Felicity H. McCoy wurde in Dublin geboren. Sie arbeitet als Autorin und Schauspielerin am Theater, fürs Fernsehen und Radio. In ihrer Heimat hat sie bereits drei Sachbücher veröffentlicht. «Die Bücherei am Ende der Welt» ist ihr erster Roman. Sie teilt ihre Zeit zwischen London und der Dingle-Halbinsel im Westen Irlands und bloggt regelmäßig über ihr Leben an beiden Orten.

«McCoy beobachtet scharf und mit den Augen einer Künstlerin.» (Irish Independent)

FELICITY H. McCOY

DIE Bücherei AM ENDE DER Welt

Roman

Aus dem Englischen
von Barbara Ostrop

Rowohlt Taschenbuch Verlag

Die Originalausgabe erschien 2016 unter
dem Titel «The Library at the Edge of the World»
bei Hachette Books Ireland, Dublin.

Deutsche Erstausgabe
Veröffentlicht im Rowohlt Taschenbuch Verlag,
Reinbek bei Hamburg, März 2017

Redaktion Heike Brillmann-Ede
Umschlaggestaltung any.way, Barbara Hanke / Cordula Schmidt
Umschlagillustration Ruth Botzenhardt
Satz aus der ITC Legacy Serif bei Dörlemann Satz, Lemförde
Druck und Bindung CPI books GmbH, Leck, Germany
ISBN 978 3 499 27248 6

Für Wilf

Besucher der Westküste Irlands werden dort Finfarran nicht vorfinden. Die Halbinsel, ihre Bewohner und alle Personen, die Hanna in London zurückgelassen hat, existieren nur in der Vorstellung der Autorin.

KAPITEL 1

Der türkisblaue Himmel brach sich im tieferen Blau des Meeres. Eine Steinplatte diente als Türschwelle, und dahinter reichte eine abschüssige Gestrüppwiese bis zum Rand der Klippe, wo eine Steinmauer die Grenze markierte. Dahinter gab es nur noch einen schmalen Grasstreifen, von Strandgrasnelken übersät, und die steil nach unten abstürzende Felswand, an deren Fuß die Brandung toste. Das kleine Haus stand am oberen Rand eines schmalen Grundstücks, die Rückseite der Straße zugekehrt, die Tür zeigte zum Meer. Hanna hatte sich durch ein Gestrüpp von Weidenschösslingen gekämpft, war durch eine schlammige Pfütze gewatet und schließlich durch ein Fenster im Anbau geklettert. Jetzt stand sie mit dem Gesicht zur Sonne auf der Türschwelle und roch den modrigen Geruch der verfallenen Räume und den salzigen Duft des Meeres, das gegen die Klippen donnerte.

Vierzig Jahre waren vergangen, seit sie zum letzten Mal auf dieser Schwelle gestanden hatte. Das Haus wirkte seit jeher dunkel und abweisend. Ihre Großtante Maggie hatte hier gelebt, eine verkniffene Rothaarige, die immer die Hühner aus der Tür gescheucht und über die hohen Paraffinölpreise gejammert hatte. Als Maggie gestorben war, hatte sie das Haus

Hanna hinterlassen, die damals noch ein Kind gewesen war. Jetzt war Hanna, beinahe einem Instinkt folgend, hierhergekommen, um allein zu sein, in den Händen ihre Hoffnung für die Zukunft.

In der blauen Luft kreischte eine Möwe, und ganz in der Nähe flatterte eine Drossel in einem Weidenbaum. Auf der Türschwelle lagen braune und gelbe Schneckenhäuser wie Edelsteine verstreut. Es war zu spät, um sich jetzt noch über die schönen Pumps Gedanken zu machen, die sie am Morgen für die Bibliothek angezogen hatte. Vom Geräusch der Wellen angezogen, ging sie die Wiese hinunter. Das Gras war hüfthoch, und Blüten wie Wollpompons kitzelten sie an den Ellbogen. Vor ihr wölbte sich der riesige Himmelsbogen, und die Bewegung durch das Gras kam ihr so vor, als würde sie darin waten. Die aus Feldsteinen errichtete, niedrige Begrenzungsmauer war hier und dort eingefallen, daher näherte sich Hanna vorsichtig. Dann fand sie hinter blühenden Dornsträuchern und einem vor sich hin rostenden Kühlschrank eine Stelle, wo Steine aus der Mauer herausgebrochen waren, sodass sie nun einen niedrigen Sitzplatz auf der Klippe mit Blick aufs Meer bot. Hoch oben trieb der Wind ein paar Wolken über den Himmel, und draußen, wo glänzende Felsen aus den Wellen ragten, glitzerte die Gischt auf der Brandung. Hanna setzte sich, legte ihre Füße mit den schlammverschmierten Schuhen auf ein Kissen von Grasnelken und betrachtete den Umschlag in ihrer Hand.

Vorhin hatte ihr Herz einen Satz gemacht, jetzt aber musterte sie zögernd das schwere, teure Papier, die getippte Adresse und die leuchtend bunten Farben der abgestempelten Briefmarken. Während sie den Umschlag so in der Hand drehte und wendete, sagte sie sich, dass ein Brief nichts weiter sei als Worte auf Papier. Und eine Bibliothekarin sollte besser als jeder andere wissen, dass das geschriebene Wort über Zeit und Raum hinweg das Leben eines Menschen verändern konnte. An zwei Tagen in der Woche lenkte sie den Bibliotheksbus des Bezirks durch die Berge und Täler der wunderschönen Finfarran-Halbinsel und rollte von einsamen Dörfern zu weit verstreut liegenden Berggemeinden. Sie liebte diese Fahrten zwischen den hohen, blühenden Hecken und genoss die Gedanken an die Bücher, die sie dabeihatte, und an ihren Inhalt. Seit Jahrtausenden vermittelte das geschriebene Wort Träume, Visionen und Ambitionen über Meere und Gebirge hinweg, und sie, die den Kleinbus zwischen Pfützen und Schlaglöchern hindurchsteuerte, war ein Teil dieses Prozesses. Schon die handgeschriebenen Texte der Ägypter und Mesopotamier hatten das Leben der Menschen beeinflusst – und genau das taten heute die Romane, eingeschlagen in stabile Folie, und die Hör-CDs, auf denen man klassischen und modernen Texten lauschen konnte. Sogar Promi-Kochbücher konnten das Leben beeinflussen ... Außerdem empfand Hanna diese einsamen Stunden auf der Straße wie kleine Oasen der Freiheit und Stille. Sie hatte sie bitter nötig.

Heute hatte die Bibliothek früh geschlossen, und so war Hanna langsam nach Hause gefahren, nicht gerade glücklich über einen weiteren Nachmittag in der Gesellschaft ihrer Mutter. Mary Casey war eine großzügige, großherzige und unterhaltsame Frau, doch sie mischte sich in alles ein, war taktlos und konnte manchmal entsetzlich eingeschnappt reagieren. Vor dem Tod von Hannas Vater Tom vor zehn Jahren war alles anders gewesen. Er hatte seine Frau angebetet und liebend gern Überraschungen für sie organisiert. Hanna erinnerte sich noch, wie die beiden damals in den 1970er-Jahren zum Essen in ein Hotel in Carrick gefahren waren. Tom hatte seinen besten blauen Anzug getragen, und Mary, mit Perlenschmuck und neuer Frisur, hatte gekichert und geflirtet wie ein Backfisch. Doch jetzt, da niemand sie mehr verwöhnte, war Marys Charme weit weniger offensichtlich als ihre herrische Art.

Da inzwischen kein Teenager mehr das Bad endlos belegte, lief morgens alles wesentlich weniger hektisch ab. Trotzdem war es nicht einfach, Kaffee und Toastbrot zu genießen, während Mary Casey, die Königin des ausgiebigen irischen Frühstücks, Speckstreifen und Blutpudding briet. Der Frühstückskampf tobte, seit Hanna vor einigen Jahren auf der Türschwelle ihrer Mutter aufgetaucht war, neben sich ihre rebellisch dreinschauende, sechzehnjährige Tochter Jazz und in der Hand zwei Koffer voller unzweckmäßiger Kleidung, die sie in wilder Wut zusammengeworfen hatte. Als Hanna damals Jazz ohne Erklärung aus ihrem Londoner Zuhause gerissen hatte und ohne Vorwarnung bei ihrer Mutter eingefallen war, hatte sie alles dafür getan, den Frieden zu wahren. Schon immer stand Mary auf dem Standpunkt, unter ihrem Dach solle niemand dem Tag ohne einen anständig gefüllten Magen entgegentreten. Jazz, die von Hanna mit Croissants und Orangensaft großgezogen worden war, hatte der Anblick eines Spiegeleis auf geröstetem, weißem Buttermilchbrot in Empörung versetzt. Und so hatte Hanna wochenlang Joghurt für ihre Tochter gekauft, Pilze für ihre Mutter gegrillt und sich gleichzeitig bemüht, beide für ein gesundes

Müsli zu interessieren. Vollkommen vergebens. Das Frühstück blieb die Hölle, denn obgleich Jazz, die gerade zwanzig geworden war, inzwischen in einer WG in Frankreich lebte und für eine Fluggesellschaft arbeitete, bereitete Mary immer noch ein vollständiges irisches Frühstück zu. Und Hanna steckte mit einundfünfzig Jahren in einem aussichtslosen Job fest und schlief obendrein im Gästezimmer ihrer Mutter.

Hanna war in Crossarra geboren und aufgewachsen, ein paar Meilen östlich von Lissbeg, wo sie jetzt in der Bibliothek arbeitete. Aber das Haus ihrer Kindheit gab es nicht mehr. Ihr Dad hatte das Postamt des Dorfes geführt und einen Teil des Raums als Lebensmittelladen genutzt; draußen hatte er zudem zwei Zapfsäulen für Benzin betrieben. Ihre Mutter hatte hinter der Kasse gesessen. Vor dem Laden hatten sich regelmäßig Kinder versammelt, die rote Limonade tranken und Schokolade aßen, und die Leute, die am Postschalter Briefe aufgaben oder ihre Rente abholten, hielten gerne ein Schwätzchen. Wenn jemand zum Tanken kam, während Tom ein Päckchen wog oder jemandem half, ein Formular auszufüllen, übernahm ihre Mutter seinen Platz am Postschalter, und dann rief man Hanna, um Käse oder Speck zu schneiden, während ihr Vater die Zapfpistole bediente. Bei Caseys konnte man so ziemlich alles bekommen: Mehl, Tee und Backpulver, Äpfel und Mausefallen, Kekspackungen und Gemüse, Batterien und Marmelade. Doch heutzutage fuhren die Leute zum Tanken oder für den Lebensmitteleinkauf nach Lissbeg oder zu einem der Supermärkte zehn Meilen entfernt in Carrick, wo man, wenn man genug Nudeln oder Waschmittel kaufte, ein paar Cent Rabatt für das Benzin bekam, das man für die Fahrt verbraucht hatte.

Als Hanna in den 1980er-Jahren heiratete und nach London zog, hatte ihr Vater den Laden verkauft und ein neues Haus gebaut. Für ein älteres Ehepaar, das an zugige Zimmer, einen launischen Küchenherd und klirrende Fensterscheiben gewöhnt war, war das Vierzimmerhaus an der Hauptstraße ein Rentnertraum. Es hatte doppelt verglaste Scheiben, eine Zentralheizung, eine moderne Küche, und in jedem Zimmer hing eine helle Deckenlampe. Hanna, die alte Häuser und ihren historischen Charme liebte, hasste es. Wann immer sie mit ihrem Auto in die Einfahrt einbog, zuckte sie beim Anblick der neonpinken Außenwände und der blauen Kacheln des Vorbaus zusammen, die Mary voller Stolz ausgewählt hatte. An eine Tafel an der Wand war ein großes, emailliertes Kleeblatt geschraubt, das irische Wahrzeichen. Weil sich die pinken Wände, die blauen Kacheln und das limonengrüne Kleeblatt so bissen, musste Hanna immer die Zähne zusammenbeißen.

Neben der Eingangstür hing ein Kunststoffbriefkasten. Als sie heute den Deckel aufgeklappt hatte, hatte sich ihr beim Anblick des Briefs mit dem vertrauten Londoner Poststempel plötzlich die Kehle zugeschnürt. Der Brief war an *Ms. Hanna Casey, Crossarra, Co. Finfarran, Ireland* adressiert. Obgleich sie schon seit einer Woche darauf wartete, konnte sie sich nur mit Mühe überwinden, den Umschlag aus dem Briefkasten zu ziehen. Doch dann raffte sie ihren Mut zusammen und wollte das Schreiben gerade öffnen, als es jemand nur Sekunden später ohne Vorwarnung aus ihrer Hand riss.

Das war erst eine Stunde her. Jetzt saß Hanna hoch oben auf der Klippe und schaute erneut auf den Umschlag, den sie mit Tränen der Wut benetzt hatte. Sie war herumgewirbelt, als er ihren Fingern entglitt, und hatte versucht, ihn wieder zu packen zu bekommen, aber Mary hatte sich gewehrt.

«Mam! Hättest du die Güte?»

«Wie gut, dass du Miss Hanna Casey bist und nicht Mrs. Malcolm Turner.»

«Nein, Mrs. Malcolm Turner bin ich nicht mehr, okay? Die Scheidung ist jetzt drei Jahre her, Mam, gewöhn dich dran.»

«Oh, ich bin sehr gut daran gewöhnt, das kannst du mir glauben. Nur kapiere ich immer noch nicht, wie du das zulassen konntest.»

«Das war nicht mein Werk. Malcolm hat die Scheidung eingereicht.»

«Nachdem du blöd genug warst, ihm einen Vorwand zu liefern.»

Hanna versteifte sich. «Mam, ich will nicht darüber reden, okay? Das haben wir jetzt schon tausendmal durchgehechelt. Ich hab ihn mit einer anderen Frau im Bett erwischt. Da hab ich mein Kind genommen und bin gegangen. Was hätte ich sonst tun sollen?»

«Du hättest die Stellung halten und wenigstens dafür sorgen können, dass er ordentlich blecht.»

«Ich hatte nicht gedacht ...»

«Nein, *nach*gedacht hast du wirklich nicht. Genauso wenig wie damals, als du ihn gerade einmal zehn Minuten kanntest und von ihm schwanger wurdest.» Jetzt war Mary voll in Fahrt. «Und dann kommst du nach zwanzig Jahren als Ehefrau in London nach Hause zurückgekrochen! Weißt du, was ich dir sage, Hanna-Mariah? Du bist ein Dummkopf und immer schon einer gewesen.»

«Nenn mich nicht Hanna-Mariah.»

«Dein Vater hat sich Arme und Beine ausgerissen, damit du studieren kannst. Wir hatten einen wunderbaren kleinen Laden, den du hättest übernehmen können, aber nein, der war nicht gut genug. Madame musste ja für ihre Bibliothekarinnen-Ausbildung nach Carrick, dann nach Dublin und zum Schluss auch noch nach London. Du warst nicht zu halten, da konnte ich mir den Mund fusselig reden. Und dein Vater hat sich die ganze Zeit dumm und dusselig gezahlt.»

Hanna riss den Brief endgültig an sich und steckte ihn in ihre Handtasche. Ihre Hände zitterten. Mary warf den Kopf zurück.

«Ich weiß genau, was in diesem Brief steht. Nichts als Juristenquatsch und dass er keinen Cent zahlen wird.»

Einen Augenblick gelang es Hanna noch, sich zu beherrschen. Sie zog den Reißverschluss ihrer Handtasche zu und wollte ins Haus gehen. Doch Mary zerrte sie zurück und drohte ihr mit dem Finger.

«Ich hab es dir schon oft gesagt und sag es dir noch mal: Dieser Winkeladvokat hat dich nach Strich und Faden ausgenommen. Mit der Heirat hast du die Chance auf eine berufliche Karriere aufgegeben. Egal, wie viel Geld er für Jazz zur Seite gelegt hat, dir ist er auch etwas schuldig, Kind.»

Plötzlich packte Hanna der Zorn. Sie packte Mary bei den Schultern und schrie sie an: «Himmel noch mal, Mam, kannst du dich nicht um deinen eigenen Kram kümmern?»

«Allgütiger, wieso hab ich nur eine solche Idiotin großgezogen? Du bist ein Trottel, Hanna-Mariah Casey, und die ganze Welt weiß es!»

Zu ihrem Entsetzen spürte Hanna plötzlich, dass sie losschluchzte. Sie wühlte in ihrer Tasche, fand den Schlüsselbund und hastete zum Auto zurück. Sie brauchte unbedingt Ruhe und Einsamkeit, hatte aber keine Ahnung, wo sie hinfahren sollte. Zehn Minuten später hatte sie sich durch das hohe Gras und die Weidenschösslinge gekämpft, ihre Schuhe im Schlamm eingesaut und war durch das zerbrochene Rückfenster des einzigen Orts auf der Erde geklettert, den sie ihr Eigen nennen konnte.

Das Problem war, dass Mary Casey recht hatte. Eine vernünftige Frau wäre nicht, ohne nachzudenken, von Mann und Heim weggelaufen, oder hätte später, als Malcolm die Scheidung einreichte, verkündet, sie wolle keinen Penny von seinem Geld. Doch Hanna war damals viel zu sehr in ihrem Stolz verletzt gewesen, um vernünftig handeln zu können. Jetzt aber, da ihre erwachsene Tochter in die Welt hinausgezogen war und ihr selbst eine Zukunft in der Enge von Mary Caseys Haus bevorstand, hatte sie ihren Stolz heruntergeschluckt und Malcolm geschrieben, ohne jemandem davon zu erzählen. Gewiss könne er doch ihre Position verstehen, so hatte sie es in ihrem Brief formuliert. Gewiss sei doch etwas Geld für ein eigenes Zuhause nicht zu viel von ihm verlangt. Am Rand von Lissbeg gebe es ein kleines Neubaugebiet, hatte sie geschrieben, und dabei genau gewusst, dass der Preis für ein solches Haus für Malcolm ein Klacks war. Nicht gewusst hatte sie dagegen, ob er tatsächlich großmütig reagieren würde.

Weit draußen, wo die Möwen kreisten, blitzte Licht auf dem Meer. In ihrer Hand hielt sie den Brief mit den Worten, die ihr Leben verändern könnten. Sie holte tief Luft, straffte die Schultern und riss den Umschlag auf.

KAPITEL 2

Morgens früh, wenn die Geschäftsleute auf dem Weg zur Arbeit waren, hörte man in Lissbeg ungeduldiges Gehupe, wenn Autos und Lieferwagen sich die Broad Street streitig machten. Conor McCarthy war das zu blöd. Deshalb ließ er sein Auto meistens zu Hause und fuhr mit der Vespa zur Bibliothek. Sie war ein Original. Er hatte sie in den Kleinanzeigen der Zeitung gefunden und im Schuppen hinter dem Kuhstall eigenhändig restauriert. Sich in Lissbeg über die Broad Street zu schlängeln, war vielleicht nicht ganz so cool, wie auf einer Vespa um italienische Kirchen zu flitzen, trotzdem war es cooler, als einen Parkplatz für den alten Ford suchen zu müssen.

Das Städtchen Lissbeg lag fünf Kilometer von dem Dorf Crossarra entfernt. Lissbeg bestand eigentlich nur aus einer breiten Straße, die im Zentrum noch breiter wurde, und vier schmalen Nebenstraßen. Dort, wo die Broad Street sich am stärksten weitete, hatte man den ehemaligen Marktplatz zum Parkplatz umfunktioniert. Der alte Pferdetrog in seiner Mitte war inzwischen mit Pflastersteinen eingefasst, man hatte ihn mit Erde gefüllt, und er wurde jedes Jahr von der Gemeinde mit Fleißigen Lieschen und Petunien bepflanzt.

Auf der einen Seite des Trogs war eine Bank im Boden verankert, wegen der parkenden Autos saß dort aber fast nie jemand. Conors Mam zufolge war der Trog in ihrer Zeit immer von Schulkindern umlagert gewesen. Seitdem die neue koedukative Schule weit außerhalb Lissbegs eröffnet worden war, sah man kaum noch Kinder in der Stadt.

Gegenüber dem Pferdetrog beherrschte die Front der alten Mädchenschule die Broad Street. Der Komplex reichte entlang der beiden angrenzenden Seitenstraßen weit nach hinten zurück und umfasste sowohl die alten Schulgebäude als auch das Nonnenkloster, das die Schule einst betrieb. Als die Nonnen die Schule schlossen, mietete die Gemeinde ein paar Räume an und verlagerte Lissbegs Bibliothek aus einem Fertigbau, der immer unpraktisch gewesen war, in den langen getäfelten Saal, der früher als Aula der Schule diente. Und ein paar Büros der Bezirksverwaltung hatten ebenfalls in der alten Schule Platz gefunden, während das eigentliche Bezirksrathaus in Carrick stand. Ein Teil des mit einer Mauer geschützten Gartens der Nonnen wurde kurzerhand in einen kleinen Parkplatz umgewandelt. Der Zugang zur Bibliothek und zu den Bezirksbüros führte durch einen Hof; hier war einmal der Schuleingang gewesen. Auf den Parkplatz gelangte man über den Hof und durch eine Fußgängertür. Es gab aber auch ein gesichertes Tor, das auf den Parkplatz führte, doch man brauchte eine Fernbedienung, um hindurchzukommen. Miss Casey hatte einen Parkplatz, auf den mit leuchtend gelber Farbe in gestochen scharfen Lettern das Wort *Bibliothekarin* gesprüht stand. Conor musste allerdings für sich selbst sorgen, denn aus Sicht der Bezirksbücherei in Carrick war eine Teilzeitkraft, die parallel auf dem heimischen Bauernhof arbeitete, kein echter Gemeindemitarbeiter. Conor hatte damit kein Problem. Er sah sich nicht als das, was sein Dad immer einen *Federfuchser* nannte. Er mochte eben einfach Bücher.

Es war überhaupt nicht schwierig, eine Ecke für die Vespa zu finden, aber Miss Casey beschwerte sich immer, dass ihm eigentlich ein offizieller Parkplatz zustünde. Conor nahm an, dass dahinter vor allem der Wunsch steckte, ihre eigene Bedeutung hervorzuheben, indem sie mehr Respekt für ihren Mitarbeiter verlangte. Es war trotzdem nett.

Merkwürdigerweise mochte er Miss Casey. Die meisten Leute nannten sie eingebildet und reserviert, kannte man sie jedoch besser, war sie großartig.

Es war komisch, sich vorzustellen, dass die Bibliothek einmal die Aula von Miss Caseys Schule gewesen war und dass es hier nur so von Nonnen gewimmelt hatte. Im Kloster lebten immer noch einige von ihnen, und Conors Bruder Joe zufolge war das der Grund, warum die Kirche die Gebäude nicht schon längst verkauft hatte. Einige Jungs im Pub meinten allerdings, Joe sei bekloppt. Sicher, es sei ein riesiger Komplex mitten in der Stadt, aber man müsse sich nur den Immobilienmarkt anschauen, um zu begreifen, dass keiner etwas dafür bieten würde. Angesichts der zögerlichen Kreditvergabe der Banken und der vielen nagelneuen Häuser im Land, die sich nicht verkaufen ließen, dankte der Bischof Gott wahrscheinlich auf den Knien für die Mieteinnahmen durch die Gemeinde. Wenigstens kam so regelmäßig Geld herein, mit dem man dafür sorgen konnte, dass keine Feuchtigkeit in die Wände drang und der Strom nicht abgeschaltet wurde.

Conor lenkte die Vespa um den voll geparkten Platz in der

Mitte der Broad Street herum und schlängelte sich zwischen den Autos und Lkws hindurch. Dann stieg er ab und schob den Roller auf den Hof, der einmal als Schuleingang diente. Seiner Mam zufolge hatten die Nonnen diesen Eingang niemals benutzt. Eine eigene Tür auf der Rückseite der Gebäude gewährte ihnen den Zugang vom Kloster aus. An der ehemaligen Schultür hing nun ein Kunststoffschild mit dem Aufdruck: *Öffnungszeiten montags bis freitags 9:30 Uhr–17:00 Uhr.* Die Tür zur Bibliothek lag auf der anderen Seite des Hofs. Normalerweise stellte Conor seine Vespa dort in einer Ecke ab, außer mittwochs, denn dann warteten dort Mülltonnen auf die wöchentliche Leerung. Heute Morgen war der Platz jedoch frei. Er schloss seinen Roller ab, nahm den Helm vom Kopf und betrat die Bibliothek.

Conor liebte den Geruch der Bücher in dem getäfelten Saal. Die meisten waren ziemlich neu, doch ein paar gehörten zu einer Sammlung, die aus der Zeit der alten Schule stammte. Sie hatten lederne Einbände, und ihr dickes, an den Rändern zerfleddertes Papier roch wundervoll. Lesen wollte er sie lieber nicht, die Schrift war winzig, und die Bücher enthielten dunkle Bilder und Diagramme, aber er liebte es, wie sie sich anfühlten. In die Buchdeckel waren in den Ecken und in der Mitte vergoldete Ornamente geprägt, und die Vorsatzblätter waren mit gefiederten Mustern bedeckt, wie man sie auf Cremetörtchen findet. Miss Casey bewahrte diese Kostbarkeiten hinter den Glastüren des alten Bücherschranks auf, der an der rückwärtigen Wand des Saals stand und eigentlich von niemandem beachtet wurde. Der normale Bibliotheksbestand verteilte sich auf modernen Metallregalen. Jedes Buch steckte in einem durchsichtigen Folienschutzumschlag, und wenn eines zurückgegeben wurde, wurde es mit verdünntem Geschirrspülmittel eingesprayt. Bevor man es dann wieder ins Regel stellte, musste man es noch nach nicht hineingehörenden Lesezeichen durchsuchen, denn die Leute hinterließen die unglaublichsten Dinge in den Büchern. Einmal hatte Conor sogar einen Streifen Frühstücksspeck in einem Roman von Maeve Binchy entdeckt, und Miss Casey war durch die Decke gegangen. Sie hatte eine gestrenge E-Mail verschickt und mitgeteilt, dass das Buch ersetzt werden müsse und eine offizielle Rechnung folgen werde. Conor hatte sich bei dem Gedanken, dass der alte Metzger Fitzgerald, ein reizbarer, kleiner Mann mit einem Gesicht wie ein Hühnerpo, ein verkappter Maeve-Binchy-Leser war, köstlich amüsiert. Fitzgeralds Frau hatte das Buch ausgeliehen – fast alle Nutzer der Bibliothek waren Frauen –, aber es gab keinen Zweifel, dass der Speckstreifen aus der Metzgerei stammte.

Conor und Miss Casey hatten also nicht viel miteinander gemein. Außer den Büchern. Es gab allerdings Zeiten, da konnte man glauben, Miss Casey halte überhaupt nichts von Büchern. An diesen Tagen verweigerte sie sich jeder Plauderei über Literatur. Und dann gab es wieder Tage, da machte sie Conor auf hervorragende Bildbände aufmerksam wie das große Buch über Canaletto mit seinen umwerfenden Gemälden von Italien. Danach hatte Conor *Bilder + Italien* in eine Suchmaschine eingegeben und war völlig überwältigt, als er auf eine Mischung von richtig alten Gemälden und total coolen Fotos stieß, darunter solche, die junge Männer zeigten, die mit ihren Vespas auf Kirchenplätzen herumkurvten. Das hatte zu seinem Entschluss geführt, für sich selbst auch eine Vespa aufzutreiben.

Sobald er nach den Computern geschaut hatte, flitzte er in die Küche, um sich einen Kaffee zu machen. Miss Casey saß mit ziemlich grimmiger Miene hinter ihrem Schreibtisch, daher störte er sie besser nicht. Nicht, dass ihm ihre Launen etwas ausmachten; er war daran gewöhnt, und außerdem fand er, dass seine Mam es ganz richtig sah: Wenn man mit der alten Mary Casey zusammenlebte, hatte man ein Recht auf Launen. Während er in der kleinen Küche darauf wartete, dass das Wasser kochte, scheuerte er die Spüle. So früh am Vormittag, wo noch nicht viel los war, konnte man solche Dinge ganz gut erledigen. Allerdings nutzten manchmal junge Mütter mit Kinderwagen die Bibliothek zu dieser frühen Stunde als Treffpunkt, und auch das ärgerte Miss Casey. Conor hatte den Verdacht, dass sie am liebsten ein altmodisches Schild mit der Aufschrift *RUHE* aufhängen würde. Klatsch und Tratsch waren etwas, das sie nicht ausstehen konnte, und der Anblick einer Schar junger Frauen, die die Köpfe zusammensteckten, machte sie wild. Conor fand dagegen, dass sie für ein wenig Leben sorgten.

Das Problem in Lissbeg war, dass es kaum Orte gab, wo man sich treffen konnte. Und so schien in jedem Jahr jemand auf die Idee zu kommen, ein Café oder einen Delikatessen-Imbiss zu eröffnen, wo man zusammensitzen und plaudern konnte. Der- oder diejenige lieh sich dann Geld, renovierte passende Räume und stellte Blumen und Deko nach draußen, um Aufmerksamkeit zu erregen. Manchmal berichtete auch der Lokalsender im Radio darüber, oder man schaltete selbst eine Anzeige in der kostenlosen Zeitung, die an Hotels und Pensionen auf der Halbinsel verteilt wurde. Doch die meisten Touristen fuhren an Lissbeg vorbei, und

Leute wie Conors Mum standen nicht auf teure, biologisch angebaute Pinienkerne oder Mozzarella-Wraps. Und so tauchten früher oder später handgeschriebene Schilder auf, die irisches Frühstück anpriesen, oder es wurden ein paar Euro in neue Café-Schaufenster gesteckt. Später gab es dann Tee und vielleicht auch Toast umsonst. Am Ende ging immer das Geld aus, das Lokal machte Pleite, und wieder hingen in einem Schaufenster der Stadt Listen mit Küchengeräten und Einrichtungsgegenständen, die zum Verkauf standen.

Jedes Mal, wenn Conor auf einer Abschiedsfeier eines Freundes war, der jede Hoffnung aufgegeben hatte, in Lissbeg seinen Lebensunterhalt zu verdienen, dankte er seinem Glücksstern für die Stelle in der Bibliothek. Es waren zwar nur drei Tage die Woche, aber die bedeuteten ein festes Einkommen, mit dem er dafür sorgen konnte, dass die Familienfarm nicht verkauft werden musste. Conors Vater Paddy McCarthy hatte seit einigen Jahren ein Rückenleiden. Er kam zwar noch zurecht, aber die schwere Arbeit war mehr, als Conors Bruder Joe allein bewältigen konnte, und für sie drei warf die Farm nicht genug ab. Wäre die Bibliothek nicht, hätte Conor auswandern müssen, und das Land, das die McCarthys seit Generationen bewirtschafteten, wäre an Fremde verkauft worden. Es war großartig zu wissen, dass sie sich weiter durchwursteln konnten, zumindest vorläufig. Und wenn die Dinge sich zu Hause änderten, könnte er vielleicht eine richtige Ausbildung machen und sich eine Vollzeitstelle in einer Bibliothek suchen. Heutzutage war allerdings nichts mehr sicher. Und wie sein Dad immer sagte, wenn er düster gestimmt war: Ein einziger Federstrich eines Federfuchsers genügte, um allen Träumen den Garaus zu machen.

KAPITEL 3

Hanna saß mit der Reisetasche zu ihren Füßen in der Abflughalle und starrte wütend auf Malcolms Brief. Ihre verdammte Mutter hatte auch darin recht behalten: Das von seinem Büro aus versandte und von seiner Sekretärin getippte Schreiben war tatsächlich voller Juristenquatsch gewesen. Und die Antwort auf ihre Bitte war eindeutig ausgefallen: Hanna habe ihren Standpunkt bei Abschluss der Scheidungsvereinbarung deutlich gemacht und eine Neuverhandlung der Angelegenheit komme nicht in Frage.

Hanna knirschte fast mit den Zähnen. Sicher, sie hatte Malcolm verlassen, aber er hatte sie mit seinem Betrug und seinen Lügen dazu getrieben. Und anders als Mary Casey, die jeden Penny aus ihm herausgequetscht hätte, war sie nicht auf Rache aus. Sie wollte einfach nur ein Haus, in dem sie leben konnte. Malcolm konnte sich das leisten, und er war es ihr schuldig. Als sie sich kennenlernten, waren sie beide Anfang zwanzig gewesen, und damals hatte sie eine Arbeit als Bibliothekarin in einer Kunstgalerie angestrebt. Malcolm befand sich seinerseits auf dem Weg die Karriereleiter nach oben; eine teure Universität und der Status seiner Eltern verliehen ihm den nötigen Schub. Doch wie sehr er diese Tatsache jetzt auch überging – sie hatten seinen Erfolg gemeinsam geschmiedet. Das Haus, das Hanna für sie aufgestöbert hatte, war ein hohes, schmales Gebäude an einem heruntergekommenen Platz eines vor die Hunde gegangenen Viertels gewesen. Aber jeder, der auch nur einen Blick dafür hatte, konnte sehen, dass sich das Viertel bereits im Aufwind befand. Das Haus stammte aus den zwanziger Jahren des vorigen Jahrhunderts, Georgianische Architektur. Es hatte eine mit Stuck verzierte Fassade, eine schmale Eingangshalle und eine elegante Treppe, die in die Empfangsräume im ersten Stock führte. Hanna hatte einen Architekten und eine Baufirma gefunden, die spätere Zusätze beseitigt und die ursprüngliche Pracht wiederhergestellt hatten. Sie hatten Schichten von Tapete und Farbe entfernt, Zwischenwände herausgerissen und überkleisterte Wandfriese restauriert. Hanna ließ in der Küche im Souterrain einen Ölherd installieren, baute nach hinten hinaus einen Wintergarten an und begrünte die hohen Backsteinmauern mit einem Birnbaumspalier. Monatelang klapperte sie Bergehöfe für historische Baumaterialien nach schmiedeeisernen Badewannen und Feuerrosten ab, suchte einen tiefen, historischen Spülstein hier und Türgriffe aus geschliffenem Glas dort. Für die Schlafzimmer wählte sie handbedruckte Tapeten, und das geschwungene Mahagonigeländer wurde abgeschliffen und mit Bienenwachs poliert. Bis zur Fertigstellung des Hauses dauerte es beinahe ein Jahr, und als sie einzogen, war sie darin verliebt. An ihrem ersten Abend waren sie und Malcolm Hand in Hand durch die Räume gewandert, bis sie zum Elternschlafzimmer kamen, für das Hanna, passend zu den salbeigrünen Wänden, Vorhänge und Bettwäsche in Grautönen ausgewählt hatte.

Als sie die Tür aufmachte, entdeckte sie auf dem Nachttisch eine Flasche Champagner in einem silbernen Weinkühler aus Georgianischer Zeit. Als Malcolm ihr Erstaunen sah, lachte er.

«Passt dieser Kühler nicht gut? Er stammt aus der gleichen Periode wie das Haus.»

Das stimmte, und er war das Tüpfelchen auf dem i. Beim Einschenken beteuerte Malcolm erneut seine Liebe. Als sie sich in dieser Nacht in dem Bett zurechtkuschelte, in dem sie ihn später mit Tessa ertappte, dachte Hanna, dass sie noch nie glücklicher gewesen war. Doch als sie Jahre später zwei und zwei zusammenzählte, begriff sie, dass seine Affäre mit der Frau, mit der sie beide befreundet gewesen waren, schon in den Monaten begonnen haben musste, in denen Hanna noch die Vorhänge für das Schlafzimmer auswählte.

Als auf der Anzeigetafel am Flughafen die Nummer ihres Flugsteigs erschien, warf Hanna noch einmal einen Blick auf den Brief. Ansehen und Reichtum von Malcolms Anwaltskanzlei erkannte man schon an der Adresse, und die Position seines Namens im Briefkopf unterstrich seinen Rang in der Hierarchie, den er während ihrer Ehe durch Leistung und Raffinesse erworben hatte. Sie steckte das Schreiben in ihre Handtasche, stand auf und machte sich auf den Weg zum Flugsteig. Malcolm mochte der Ansicht sein, dass eine Neuverhandlung ausgeschlossen war, doch die Zeit war gekommen, das zu ändern.

Vor drei Tagen hatte sie diese Eingebung gehabt, als sie auf dem Steinhaufen über dem Meer gesessen und seine Antwort gelesen hatte. Sie hätte wissen sollen, dass ein Brief an Malcolm ihm einfach nur in die Hände spielen würde. Als sie ihm schrieb, hatte das ihren Stolz verletzt und an ihrem ohnehin schon geschwächten Selbstvertrauen gekratzt, ihn dagegen hatte die Antwort überhaupt nichts gekostet. Ein weiterer Brief würde alles nur noch schlimmer machen, schließlich hatte sie ihn jahrelang große Reden über die Freuden von Abnutzungskriegen schwingen gehört. «Du musst den anderen zermürben», hatte er gesagt und ihr bei Tisch über den teuren Hummer oder das Wildbret hinweg zugezwinkert, die dankbare Klienten spendiert hatten. «Er muss sich wie ein Trottel fühlen, dann wird er zum Verlierer.» So etwas nannten Malcolm und seine überbezahlten Kollegen Strategie. Und so hatte Hanna dort oben auf der Klippe, die silbrigen Wellen und die im Wind segelnden Möwen vor Augen, einen Entschluss gefasst: Jetzt musste sie selbst zu einer kleinen Kriegslist greifen. Sie hatte ihr Handy herausgeholt, die vertraute Nummer von Malcolms Büro gewählt und seiner Sekretärin eine knappe Botschaft zukommen lassen.

«Genau, Mrs. Turner, seine Exfrau. Sagen Sie ihm, dass ich mich am Samstag im Parsons Hotel in Mayfair mit ihm treffe.»

Sie hörte, wie die junge Frau überrascht die Luft einsog, ließ sich davon aber nicht durcheinanderbringen.

«Haben Sie das? Danke. Sagen Sie Mr. Turner, dass ich ihn um fünfzehn Uhr fünfzehn erwarte.»

Sie legte auf und zwinkerte einer Seemöwe triumphierend zu. Nicht nur hatte sie Malcolms Sekretärin keine Gelegenheit gegeben, Einwände zu erheben, auch die Wahl des Zeitpunkts ließ es so klingen, als müsste sie derart wichtige Termine einhalten, dass sie ihre Zeit im Viertelstundentakt maß.

Als sie jetzt im Flugzeug über die Welt und ihre Probleme hinwegglitt, schenkte ein hübsches Mädchen, das ohne weiteres hätte Jazz sein können, es aber nicht war, Tee ein. Nach ein paar Schlucken hielt Hanna die Tasse möglichst weit von sich weg, bis sie wieder abgeräumt wurde. Das hätte gerade noch gefehlt, dass sie schlabberte und in einem Fünfsternehotel mit Flecken auftauchte.

Sie trug ein schlichtes, aber raffiniert geschnittenes Etuikleid aus weicher, weinroter Wolle mit Dreiviertelärmel und einem hochgeschlossenen Kragen. An dem Tag, an dem sie Malcolm verlassen hatte und außer sich vor Zorn nach Irland zurückgekehrt war, hatte sie es ohne nachzudenken in ihren Koffer geworfen. In London hatte sie sich immer todschick gekleidet, und in ihrem Cottage in Norfolk, wo Malcolm, Jazz und sie gerne ihre Wochenenden verbrachten, besaß sie einen ganzen Schrank voller Jeans und Tops, Kaschmirpullover, Designerschals und Pumps. Und doch war sie mit einer lächerlichen Kleiderauswahl vor Mary Caseys Tür erschienen, Outfits, die überhaupt keinem Anlass angemessen waren – und schon gar nicht in Crossarra. Das meiste von dem, was sie an jenem Tag in ihren Koffer geworfen hatte, war längst zu den Sozialläden in Carrick gewandert. Doch zum Glück war sie klug genug gewesen, eines ihrer schlichten guten Stücke aufzubewahren. Dieses Kleid wirkte immer noch so schick wie eh und je, und am Flughafen war es ihr mit Hilfe von Haarnadeln und Haarspray zudem gelungen, ihr schulterlanges, dunkles Haar zu einer ziemlich überzeugenden Hochsteckfrisur zu arrangieren. Anschließend hatte sie sich im Spiegel der Damentoilette begutachtet. Nicht gerade Audrey Hepburn, aber gut genug, um sich in einem Hotel in Mayfair nicht schämen zu müssen. Vorausgesetzt, sie zog ihren Allerweltsmantel aus und trug ihn beim Eintreten über dem Arm.

Es regnete, als ihr Flugzeug landete. Hanna nahm die U-Bahn in die Stadt und trat auf eine nasse Londoner Straße hinaus. Sobald sie ein freies Taxi mit leuchtendem Schild entdeckte, winkte sie es heran. Sie musste sich auf das Gesamtbild konzentrieren. Nachdem sie so viel Geld für die Flüge und eine Nacht im Hotel lockergemacht hatte, waren die Kosten für das Taxi Kleinkram. Und es machte einen großen Unterschied: Ihr Haar würde sich nicht aus der Hochsteckfrisur lösen, und sie würde sich nicht von einer reifen Audrey Hepburn in eine verrückte, kraushaarige Version von Barbra Streisand verwandeln. Außerdem würde ihr der Valet des Hotels sofort die Tür öffnen, wenn sie im Taxi vorfuhr. Sie wollte Autorität ausstrahlen und wie eine selbstsichere Frau behandelt werden, um für die Begegnung mit Malcolm gerüstet zu sein. Vorausgesetzt, er tauchte überhaupt auf. Bei dem Gedanken, dass er vielleicht fernbleiben würde, krampfte sich Hannas Magen plötzlich zusammen. Doch dann hielt das Taxi vor dem eleganten Parsons Hotel, und ein uniformierter Valet eilte mit einem großen Regenschirm herbei. Hanna atmete einmal tief durch, schwang die Beine aus dem Wagen und schlenderte bewusst locker zur Eingangstür.

KAPITEL 4

Conor hatte an den Wochenenden nur selten Freizeit, aber falls ja, blieb er meistens zu Hause, bastelte im alten Kuhstall an seiner Vespa herum oder entspannte sich vor dem Fernseher. Heute Nachmittag hatte ihm sein Freund Dan Cafferky allerdings eine Textnachricht geschickt, dass er sich in Lissbeg mit ein paar Mädels auf einen Kaffee treffen würde. Wenn Conor in die Stadt fahren wollte, musste er duschen und sich halbwegs annehmbar zurechtmachen, doch das war besser, als einen alten Harrison-Ford-Film mit seiner Mam zu schauen, die als Erste auf dem Sofa gesessen und sich die Fernbedienung geschnappt hatte.

Bríd Carney war mit Dan und Conor zur Schule gegangen, und ihre Kusine Aideen hatte damals eine der unteren Klassen besucht. Conor hatte Bríd seit einer Ewigkeit nicht mehr gesehen. Sie war gerade nach einer Art Kochausbildung oder einem ernährungswissenschaftlichen Studium nach Lissbeg zurückgekehrt, und die beiden jungen Frauen führten den Delikatessen-Imbiss gegenüber der Bibliothek. Sie hatten ihn *HabberDashery* – Kurzwarenladen – genannt, weil in den Räumen einmal Nähzubehör verkauft worden war. Laut Bríd lief das Geschäft annehmbar, wenn auch nicht glänzend. Als

Dan und Conor eintraten, waren tatsächlich keine Gäste da, aber so konnten sie wenigstens zusammensitzen und ein wenig quatschen. Aideen wollte kein Geld für den Kaffee nehmen, aber Dan sagte, sie sei verrückt. Sein eigenes Geschäft – ökologische Meerestrips auf der Nordseite der Halbinsel – laufe auch nicht so toll, aber einen Milchkaffee könne er sich noch leisten. So gerade mal eben.

Sie saßen um einen der Tische herum, wobei Bríd auf dem Sprung blieb, um eventuell hereinkommende Kundschaft zu bedienen. Dan erzählte von seinen Walbeobachtungstouren. Heutzutage gab es massenhaft Touristen, die scharf auf Ökotrips waren. Aber das Problem waren die miserablen Straßen, über die niemand zu einem fand. Bríd entgegnete, das eigentliche Problem sei die verdammte Straße, die direkt von Carrick nach Ballyfin führte; die erlaubte Geschwindigkeit sei so bescheuert hoch, dass die Touristen niemals vom Gas gingen, um sich die wunderbaren Orte rechts und links anzuschauen. Da weder die Farm noch die Bibliothek vom Geschäft mit den Touristen abhingen, saß Conor zurückgelehnt da und hörte zu, während die anderen redeten. In ihrer Schulzeit hatte er das Gefühl gehabt, dass Dan auf Bríd stand, vielleicht hatten sich die Dinge seitdem anders entwickelt. Jedenfalls lag kein Flirten in ihrem Gespräch, es ging nur um Gewinnspannen und Möglichkeiten, über die Runden zu kommen. Auch Aideen war fest entschlossen, ihr Zwei-Frauen-Geschäft zu einem Erfolg zu machen.

«Gegen eine Reise hätte ich überhaupt nichts einzuwenden, na klar. Aber ich möchte eben einfach die Wahl haben. Und letzten Endes möchte ich hier leben.»

Dan kippte ein Päckchen Zucker in seinen Milchkaffee.

«Also, ich sag euch, wie ich das sehe. Ich war ein Jahr in Australien, aber richtig niederlassen möchte ich mich nur in meinem eigenen Dorf. Und jetzt schaut euch mal meine arme Mum und meinen Dad an, wie sie probieren, was aus ihrem Laden zu machen. Außerdem betreiben sie die Poststelle und das Internetcafé. Ich meine, das sind ja gleich drei Geschäfte in einem, und trotzdem halten sie sich nur gerade eben über Wasser. Und ich selbst versuche nun, Touren an Touristen zu verkaufen, die nur mit Mühe den Weg zu mir finden. Und die Hälfte der Zeit muss ich mir irgendeinen Job suchen, um über die Runden zu kommen, und bin nicht da, wenn mal jemand anklopft.»

«Vielleicht brauchst du eine Website? Irgendeinen Auftritt im Netz?»

«Vielleicht könntest du ja die Gemeinde oder das Fremdenverkehrsamt bitten, dich zu unterstützen.»

«Ja klar. Die Einzigen, die sie unterstützen, sind doch die Leute in Ballyfin.»

Das war die übliche Klage, weshalb Bríd den Kopf schüttelte und von einer sich selbst erfüllenden Prophezeiung sprach. «Hör mal, wir zahlen auch unsere Steuern. Und ich sag dir noch was: Wer nicht fragt, der bekommt auch nichts.»

Dan unterbrach sie. «Das stimmt, aber ich sag euch mal, was mir wirklich stinkt. Niemand interessiert sich für unsere Meinung. Obwohl doch wir hier leben, kommt niemand zu uns und sagt: ‹Das hier sind unsere Pläne, kommt und sagt uns, was ihr davon haltet.›»

Bríd und Conor nickten, Aideen erhob Einwände. Eigentlich stimme das gar nicht, meinte sie. In Carrick hingen Plakate, dass die Gemeinde eine Bürgerversammlung abhalte. Es gehe um die nächstjährige Haushaltsplanung für die ganze Halbinsel. Vielleicht sogar um einen Fünfjahresplan. Jedenfalls wollten sie in den nächsten Wochen eine öffentliche Versammlung abhalten und ihre Ideen vorstellen. Dan brach in lautes Gelächter aus, als hätte Aideen etwas total Dummes gesagt. Das Ganze sei doch nur Augenwischerei, denn so sei das letztlich immer. Was zähle, seien braune Umschläge in den Hinterzimmern. Jedenfalls behaupte das sein Dad. Aideen wurde rot und zog sich hinter den Tresen zurück. Wie sie jetzt verlegen mit etwas Geschirr in der Spüle herumklapperte, tat sie Conor leid. Schließlich hatte Dan ja selbst das Thema Einbeziehung der Bürger angesprochen. Conor war kurz versucht, ihm einen Tritt gegen das Schienbein zu versetzen, doch dafür war es jetzt zu spät, und Aideen würde es ihm auch nicht danken. Sie wirkte ein bisschen schüchtern, und vermutlich fände sie es nicht gut, wenn er Theater machte.

Als er später auf seiner Vespa nach Hause knatterte, sagte sich Conor, dass Dan Cafferky zumindest in einem Punkt recht hatte. Alles Geld, das die Touristen auf Finfarran ließen, schien bis auf den letzten Cent in Ballyfin zu landen. Der ehemalige kleine Fischereihafen war inzwischen ein boomender Tourismusort, in dessen schmalen Gassen der Jetset und berühmte Filmstars flanierten. Den Strand entlang zog sich eine Kette schicker Restaurants, in denen immer eisgekühlter Champagner bereitstand. Man verkaufte den Touristen diesen Ort, der am westlichsten Zipfel der Halbinsel noch hinter den Knockinver Mountains lag, als bestgehüteten Geheimtipp Irlands. Wer auf dem Rest der Halbinsel wohnte, nannte es dagegen das bekannteste Geheimnis der Welt.

Aber Aideen hatte recht. Die gut ausgeschilderte, mit teurem Geld unterhaltene, breite Straße von Carrick führte auf kürzestem Wege nach Ballyfin, und die kleineren Straßen, die davon abgingen, wurden selten von Touristen befahren. Was nicht erstaunlich war, da sie selbst für Traktorfahrer eine Herausforderung darstellten. Tatsächlich waren das wirklich gut gehütete Geheimnis der Halbinsel Finfarran ihre Wiesen und Felder, Wälder und Klippen im Süden und Norden, zwischen denen einzelne Höfe und Dörfer verstreut lagen. Das waren die Orte, die Miss Casey mit dem Bibliotheksbus abklapperte. Und soweit Conor das beurteilen konnte, wussten die Federfuchser gar nicht, dass es sie überhaupt gab.

KAPITEL 5

An der Rezeption trug Hanna sich als Mrs. M. Turner ein, nahm ihren Schlüssel entgegen und begab sich in ihr Zimmer. Dort ging sie energisch darüber hinweg, dass jeder Snack auf der Karte mehr kostete als eine ganze Woche Mittagsbrote in der Bibliothek, rief den Roomservice an und bestellte ein Sandwich und eine große Kanne Tee.

«Darjeeling oder China, Madame?»

«Earl Grey», antwortete sie bestimmt. Wenn sie Malcolm um Viertel nach drei empfangen wollte, gewöhnte sie sich besser gleich daran, selbstsicher aufzutreten. In einem Brief konnte er sie abblocken, doch wenn sie im selben Zimmer beisammensaßen und sich unterhielten, würden sie gewiss eine Lösung finden.

Er war immer ein Kontrollfreak gewesen, im Rückblick erkannte sie das jetzt. Louisa und George Turner hatten ihren intelligenten, gutaussehenden Sohn vergöttert und ihm alles mitgegeben, was er zum Erfolg brauchte. Im Gegensatz zu ihnen hatten die ehrgeizigen Wünsche ihres einzigen Kindes Tom und Mary vollkommen verblüfft. Aber Tom hatte bereitwillig für Hannas Ausbildung in Carrick bezahlt und ihr ein Bündel Fünfpfundscheine in die Tasche gesteckt, als sie ihre erste Stelle in einer städtischen Bibliothek in Dublin antrat. Und als sie ihm telefonisch mitteilte, dass sie nach London ziehen würde, hatte er ihr Glück gewünscht. Mary hatte ihm den Hörer aus der Hand gerissen und ihr vorgeworfen, sie sei der Nagel am Sarg ihres armen Vaters. Hanna wollte gerade auflegen, als sie erneut Toms freundliche Stimme hörte.

«Achte nicht auf deine Mam, Liebling, wir freuen uns für dich. Nur ist London eben sehr weit weg.»

«Nicht wirklich, Dad, und es ist eine Riesenchance, dass ich einen Platz in diesem College bekommen habe. Vielleicht kann ich dann irgendwann in einer Galerie arbeiten. Und das habe ich mir doch immer gewünscht.»

Ja, so war es gewesen. Bilder waren das, was ihr zuerst etwas bedeutet hatte, Worte kamen erst später dazu. Als Kind hatte sie sich nicht fürs Lesen interessiert. Zu Hause hatten ohnehin nur eine zerfledderte Bibel aus viktorianischer Zeit und eine Taschenbuch-Biographie über John F. Kennedy herumgestanden. Das Erste, was ihre Phantasie in Gang gesetzt hatte, war das Gemälde eines Hauses gewesen.

Es war ein in Öl gemaltes, kompakt gebautes Gutshaus aus dem 18. Jahrhundert gewesen. Davor stand ein junger Mann mit einem Dreispitz auf dem Kopf, einem gelben Mantel, Kniebundhosen und einer wunderschön bestickten Weste; seine Hand war zum Kopf eines Pferdes geführt. Das Pferd war vor eine hochrädrige, offene Kutsche gespannt, in der eine junge Frau mit rosigen Wangen, gepuderten Locken und einem gesteppten Reifrock ein Kleinkind auf dem Schoß hielt. Selbst als Teenager hatte Hanna gespürt, mit welcher Freude das Bild verkündete, dass es hier jemand zu etwas gebracht hatte. Irgendwo im Hintergrund stand ein

Stallbursche, aber die Hand am Zaum des Pferdes war die seines Besitzers, und der Stolz, mit dem er dem Betrachter sein Glück präsentierte, war viel zu berührend, um arrogant zu wirken. Im Rückblick begriff Hanna, dass das, was sie als Kind angezogen hatte, eine naive Mischung aus Materialismus und Romantik gewesen war. Hier sah sie eine Welt, in der Menschen, die kaum älter waren als sie selbst, in häuslichem Glück harmonisch und in einer beneidenswerten Umgebung lebten. Das Paar war sich unübersehbar innig zugetan. Und offensichtlich gehörte ihnen alles, worauf der Blick fiel. Für Hanna, die in den Zimmern über Crossarras Postamt aufgewachsen war, ließ das Gemälde überwältigende Möglichkeiten aufscheinen.

Sie hatte es auf einem Werbeflyer für eine Kunstausstellung entdeckt, der in einem Buch der Schulbibliothek steckte, zu dessen Lektüre sie von einem Lehrer angeregt worden war. Das Buch war langweilig, und als die vierzehnjährige Hanna den Flyer fand, war die Ausstellung schon längst vorbei, aber die Kopie des Bildes hatte sie gefesselt. In jenem Jahr beschwatzte sie ihren Vater in den Sommerferien, mit ihr nach Dublin zu fahren und die National Gallery zu besichtigen. Sie gingen eine Stunde lang darin herum, ohne Hannas Bild zu finden, aber als sie herauskamen, war Hanna der Kunst verfallen. Sie wusste bereits, dass sie mit Pinsel oder Zeichenstift eine Niete war, doch es gab auch Menschen, die sich um das ganze Drumherum kümmerten und zum Beispiel die Schilder beschrifteten, die unter den Bildern und Statuen hingen, oder Listen und Kataloge erstellten. Vielleicht konnte sie einen solchen Job finden. Als sie dann später entdeckte, dass die großen Kunstgalerien ihre eigenen

Bibliotheken besaßen, fügte sich alles zusammen. Sie würde eine Ausbildung zur Bibliothekarin durchlaufen und sich dann eine Stelle in einer Galerie suchen. Und dann würde sie den Rest ihres Lebens zwischen Gemälden verbringen, die die Augen leuchten ließen und das Gehirn auf Hochtouren brachten – und wunderschöne Bücher betreuen, die alles über die Kunst verrieten.

Damals hatte sie nicht nur die Tatsache erregt, dass sie einen Berufswunsch gefunden hatte. Es gab da auch den Gedanken, eines Tages jenseits der Grenzen der Halbinsel Finfarran ihre eigene Version des in dem Bild dargestellten Lebensstils zu verwirklichen, einschließlich eines wunderschönen Hauses, eines wundervollen Ehemanns und einer wunderbaren Familie. Wenn Hanna heute an dieses Paar aus dem 18. Jahrhundert zurückdachte, das nicht weniger von sich überzeugt gewesen war als jedes Liebespaar im 21. Jahrhundert, das seine Fotos auf Facebook postete, sah sie nichts als Verwundbarkeit. Das Schiff des Kaufmanns auf See gesunken. Die Bank bankrott. Die Kinder von Infektionskrankheiten bedroht und dazu die Gefahren des Kindbetts. Das Vermögen verspielt oder für eine Geliebte vergeudet. Die Einsamkeit einer Ehefrau, die auf dem Land festsitzt, während sich ihr Mann in der Stadt verlustiert.

Ein Klopfen an der Tür ihres Hotelzimmers riss Hanna aus ihren Gedanken. Es war ein Kellner mit ihrem Sandwich. Während er es auf einen Tisch beim Fenster stellte, betrachtete Hanna ihre Umgebung. Hier saß sie also in einem mit zurückhaltendem Charme eingerichteten Zimmer in einer ruhigen Londoner Nebenstraße, während Mary Casey vermutlich in einem Bus übers Land rumpelte, um ihren Wocheneinkauf in Carrick zu erledigen. Die Tür schloss sich hinter dem Kellner, und Hanna schaute auf ihr Hähnchenbrust-Sandwich hinunter. Daneben stand ein Schälchen mit einem Salat aus Rote-Beete-Blättern, Spinat und Walnüssen. Das Geschirr war aus Porzellan, und rechts davon lag ein schweres Silberbesteck, eingerollt in eine Damastserviette. An diese Art von Service war sie während ihrer Ehe mit Malcolm gewöhnt gewesen, aber sie war, wie ihre Mutter nur zu gerne betonte, nicht so aufgewachsen. Und auch als sie zum Studieren nach London gezogen war, war ihr Leben ganz anders gewesen. Damals hatte sie kurz nach ihrer Ankunft eine Wohnung in Paddington gefunden, in der sie in einer WG mit drei Mädels Anfang zwanzig zusammengewohnt hatte. Gemeinsam hatten sie Galerien und Museen besucht, Schaufensterbummel durch die King's Road gemacht, hatten in Pubs unten am Fluss Bier getrunken und in italienischen Restaurants in Soho Spaghetti gegessen. Lucy, die Älteste, arbeitete als Köchin und kochte gerne für die anderen, die genau wie Hanna Studentinnen waren. Ihre Wohnung im vierten Stock eines schmuddeligen Hauses aus dem 19. Jahrhundert besaß einen gemauerten Balkon vor dem Küchenfenster. Im Sommer saßen sie gerne dort an einem wackeligen Tischchen, die nackten Beine in die Sonne gestreckt, und tranken Wein, während Diana Ross im Radio *Endless Love* sang und die Ausdünstungen der Stadt sich mit dem Geruch von Ambre Solaire vermischten.

Hanna und Malcolm lernten sich in dem Restaurant kennen, in dem Lucy arbeitete. Die anderen Mädels aus der Wohnung hatten sie zum Geburtstag dorthin eingeladen, und Lucy hatte zum Nachtisch einen kostenlosen Riesenteller Eis organisiert, der mit bunt brennenden Wunderkerzen serviert wurde. Alle im Restaurant hatten geklatscht, als die Kellner ihn unter *Happy Birthday*-Gesang hereintrugen, und ein paar junge Männer am Nachbartisch spendierten eine Flasche Champagner. Danach hatten sich die beiden Gruppen zwangsläufig zusammengesetzt – und das war der Anfang gewesen. Innerhalb weniger Wochen waren Hanna und Malcolm ein Paar, und einen Monat später hatte er sie seinen Eltern vorgestellt, die in Kent in einem großen Haus mit weiten Rasenflächen und einem Tennisplatz lebten. Sie fuhren an einem Samstag mit dem Auto hin, und Louisa, Malcolms Mutter, empfing sie in einer Eingangshalle mit einem offenen Kamin, dessen Sims mit Reliefs verziert war und in dessen Feuerstelle eine Vase mit Lilien stand. Während Malcolm den Wagen parkte, führte Louisa Hanna ins Wohnzimmer, und sie setzten sich neben einer geöffneten Terrassentür auf chintzbezogene Sessel. Louisa war reizend gewesen, und Hanna hatte sie sofort gemocht. Hanna erzählte gerade, wie Malcolm und sie sich im Restaurant kennengelernt hatten, als dieser selbst ins Zimmer trat und ihr Gespräch unterbrach.

«Schicksal? Überhaupt nicht. Sie ist mir schon aufgefallen, als sie zur Tür reinkam, und ich wusste sofort, dass ich sie will!»

Alle lachten, Hanna eingeschlossen. Damals hatten Malcolms Selbstsicherheit und sein energisches Auftreten warm und liebevoll gewirkt und nicht tyrannisch. Und auch wenn er ihr Herz mit seiner einnehmenden Art und seinem guten Aussehen im Sturm erobert hatte, so war sie doch Tom Caseys Tochter aus Crossarra geblieben. Eine junge Frau, die unter Leuten, die sich nicht zum Narren halten ließen, hinter der Ladentheke aufgewachsen war. Sie wusste, dass mehr an Malcolm war als sein Macho-Charme. Er war intelligent und mutig, fleißig und interessant, und er war seinen Eltern ein sehr guter Sohn.

Und er liebte sie wirklich. Als sie drei Monate später feststellte, dass sie schwanger war, kam ihr gar nicht der Gedanke an eine Heirat. Sie hatte eine Abtreibung im Sinn und ihm nur von dem Baby erzählt, weil sie ihm das Recht zugestand, Bescheid zu wissen. Er aber war entzückt, umarmte sie begeistert und wollte gleich alle Welt mit der Neuigkeit beglücken. Hanna hatte auf dem Doppelbett im Gästezimmer seiner Eltern gesessen und ihn erstaunt angesehen.

«Wie kommt es, dass sie nicht wütend sind?»

«Wenn ich glücklich bin, sind sie auch glücklich.»

Malcolm hatte sich vor ihr niedergekniet und ihre Hand ergriffen. «Bedeutet das, dass du dich entschieden hast, meinen Antrag anzunehmen?»

«Ich weiß nicht recht.»

«Bitte, Hanna. Tun wir es einfach. Ich liebe dich. Ich möchte für dich sorgen. Ich möchte, dass wir unser Kind gemeinsam großziehen und glücklich sind.»

«Bist du dir sicher?»

«Dass ich glücklich sein möchte?»

«Nein, du Dummkopf, bist du dir sicher, dass wir richtig füreinander sind? Wir haben noch nie übers Heiraten gesprochen. Das war alles nicht geplant.»

«Das gilt aber nur für dich, Miss Casey. Ich habe schon Hochzeitsglocken gehört, als ich dich das erste Mal gesehen habe.»

«Und dann? Dann hast du ein Loch in ein Kondom gemacht, damit es passiert?»

Er grinste sie an. «Nein, dieser Teil war wirklich Schicksal. Aber ich hätte daran denken sollen. Du hättest es niemals herausgefunden.»

Während er noch vor dem Bett kniete, hatte sie sich lachend hinuntergebeugt und ihn geküsst. Doch in den letzten bitteren Ehejahren hatte sie begriffen, dass ihr Scherz einen zentralen Zug von Malcolms Persönlichkeit erfasst hatte. Er war in der Überzeugung erzogen worden, ein gottgegebenes Recht auf alles zu haben, was er sich wünschte, und so manipulierte er instinktiv jeden um sich herum, um genau das zu bekommen.

Als sie ihre Eltern angerufen hatte, um ihnen von der Verlobung zu erzählen, hatten die Dinge ganz anders ausgesehen. Mary Casey hatte einen Schwangerschaftsradar, der sich durch die räumliche Entfernung nicht täuschen ließ.

«Oh Allgütiger, Hanna-Mariah, du hast dich ins Unglück gestürzt. Habe ich deinem armen Vater nicht gesagt, dass dieser Bibliotheksunsinn zu nichts Gutem führen wird?»

Hanna hörte sich ein paar Minuten lang die zornigen Ergüsse ihrer Mutter an, bis ihr Vater den Hörer übernahm.

«Ist alles in Ordnung mit dir, Liebling? Fühlst du dich wohl in deiner Haut?»

Solange sie sich «wohl in ihrer Haut fühlte», war Tom jederzeit bereit gewesen, ihre halbherzig verteidigte Fiktion zu schlucken, dass sie ohne jeden Hinweis auf eine Schwangerschaft glücklich und zufrieden verlobt war. Und genauso bereitwillig hätte er das Schild *Geschlossen* an die Ladentür gehängt und wäre mit dem Boot nach England gefahren, um jeden Mann, der sie unglücklich gemacht hätte, nach Strich und Faden zu verdreschen. Die Rührung über seine Güte schnürte Hanna die Kehle zusammen, so wie die Reaktion ihrer Mutter sie auf die Palme gebracht hatte.

«Und wie willst du jetzt deine Traumstelle finden, Mädchen? Mit einem Kind auf dem Arm und einem Mann, der versorgt werden will, wirst du dein Leben weit weg von Galerien und Museen verbringen.»

Eine Woche nach diesem Telefongespräch war Hanna bei Malcolm eingezogen. Er lebte für eine lächerlich niedrige Miete in einem repräsentativen Mehrparteienhaus in der Nähe des Sloane Square, da die Wohnung irgendeinem Vetter gehörte.

«Sie ist Familieneigentum. Ich glaube, unser gemeinsamer Ururgroßvater hat sie bei der Errichtung des Gebäudes gekauft.»

«Aber wo wohnt dein Vetter?»

«In der Nähe meiner Eltern. Du wirst ihn irgendwann kennenlernen. Außerdem hat er hier in der Stadt noch eine Zweitwohnung, und die liegt näher an seinem Arbeitsplatz.»

Für Hanna war die Vorstellung, dass eine Familie über einen beträchtlichen Immobilienbesitz und hier und da verstreute, leerstehende Wohnungen verfügte, etwas ganz Außergewöhnliches. Und die Wohnung war wunderschön. Drei Zimmer, und vor dem Wohnzimmer lag ein großer Balkon. In der Küche bügelte Malcolms Putzfrau einmal die Woche die Wäsche. Vor dem Balkon öffnete sich ein Panoramafenster, und eine Glastür führte nach draußen. In Hannas WG in Paddington war der Zugang zu dem staubigen Küchenbalkon, auf dem die Mädels aßen, studierten und plauderten, nur mittels einer umgedrehten Kiste und durch die Kletterei durch ein Schiebefenster möglich gewesen.

Anfangs hatte sie noch versucht, ihre Kurse am College durchzuziehen. Aber es war Hochsommer gewesen, und in London hatte die Luft vor Hitze geflirrt. Zweimal war es Hanna in der U-Bahn so schwindlig geworden, dass der Schaffner die Sanitäter rufen musste. Der Gedanke, mit dem Taxi zur Vorlesung zu fahren, war einfach nur lächerlich, eine direkte Busverbindung gab es nicht, und zu Fuß war der Weg zu weit. Nachdem sie sich eine Zeitlang so schlecht gefühlt hatte, dass sie ein ganzes Modul verpasste, beschloss sie, ihr Studium vorläufig aufzugeben und sich im folgenden Jahr wieder einzuschreiben. Als sie das Zimmer ihres Tutors verließ, ahnte sie den skeptischen Blick in seinen Augen.

Im Rückblick erinnerte Hanna sich nicht mehr, ob Malcolm selbst oder seine Mutter eine Hochzeit in Kent vorgeschlagen hatte; sie war nur zu gerne bereit gewesen, einen von Mary Casey dominierten Tag zu vermeiden. Kurze Zeit war sie besorgt, als ihr klarwurde, dass die Turners von einem Gottesdienst in der idyllischen mittelalterlichen Kapelle ihres heimischen Dorfes ausgingen, während ihre eigenen Eltern eine Messe in der nächstgelegenen römisch-katholischen Kirche erwarteten.

Aber George und Louisa waren verständnisvoll und organisierten Autos, um die Gäste vom Haus zur Kirche und wieder zurück zu chauffieren, und als Sahnehäubchen wickelte Malcolm auch noch den Priester, den Louisa zum Tee eingeladen hatte, um die Zeremonie zu besprechen, mit seinem Charme vollkommen ein. Das eindrucksvolle Heim der Turners hatte in Verbindung mit Louisas aufmerksamer Art bewirkt, dass der Priester dem Brautpaar den vorgeschriebenen Kurs erließ, in dem die Sicht der Kirche auf die Ehe erläutert wurde. Er werde sie sehr gerne trauen, hatte er gesagt und sich mit einem Stück Battenbergkuchen in dem bequemen Sessel zurückgelehnt. Und es werde ihm eine Ehre sein, zum Empfang zu kommen. Als er mit einer Flasche von Georges erlesenem Portwein abzog, hegte Hanna den Verdacht, dass er sie genauso bereitwillig mit einem Baumanbeter trauen würde.

Der Hochzeitstag verging wie im Flug. Hannas Eltern waren erst unsicher, wie sie sich verhalten sollten, aber George erwies sich Tom gegenüber als äußerst aufmerksamer Gastgeber, und Mary freundete sich mit einer von Malcolms Tanten an, die wie sie das Gefühl hatte, ohne Tanz sei es keine richtige Hochzeit. Als sie entdeckten, dass es keine Band gab, beschlossen sie, sich in einer Ecke gegenseitig mit etwas Gesang zu unterhalten. Als alle gegangen waren und Hanna auf der Terrasse saß, die Füße auf einen Tisch gelegt, kam Malcolm mit zwei Gläsern Champagner zu ihr.

«Ich weiß, dass du nichts trinken darfst, aber ein Schlückchen wird schon nicht schaden.» Er legte ihre Finger behutsam um den Stiel des Glases. «Ich will, dass wir auf unsere Liebe und unser gemeinsames Leben anstoßen.»

Hanna schüttelte den Kopf. «Davon wird mir nur schlecht. Und außerdem sollte ich nicht.»

«Nur einen Schluck. Heute ist doch unser Hochzeitstag.» Er stieß mit ihr an. «Auf dich, mich und das Baby.»

Vielleicht waren es die Hormone, aber plötzlich fühlte Hanna sich den Tränen nah. Mit feuchten Augen hob sie das

Glas und trank wider besseres Wissen. Sie lächelte Malcolm über den Rand hinweg zu und wiederholte seinen Trinkspruch: «Auf dich, mich und das Baby.»

Als sie jetzt, beinahe dreißig Jahre später, vor dem Fenster ihres Zimmers im Parsons Hotel im vornehmen Stadtteil Mayfair am Tisch saß, dachte Hanna an diesen Moment zurück. Da sie damals gespürt hatte, wie sehr Malcolm sie liebte, hatte sie später niemals an ihm gezweifelt. Wäre vielleicht alles anders gekommen und wären sie heute noch verheiratet, hätte sie das Kind nicht zwei Monate später verloren?

KAPITEL 6

Bis vierzehn Uhr hatte Hanna ihr Sandwich gegessen, geduscht und ihr Haar wieder aufgesteckt. Dann rief sie den Zimmerservice an und ließ ihr Tablett abholen. Zehn Minuten später rief sie noch einmal an und bestellte eine weitere Kanne Tee. Als man sie fragte, ob sie chinesischen oder indischen vorzöge, musste sie sich auf die Zunge beißen, um nicht «Bauarbeitertee» zu sagen. So hatte ihr Vater immer den kräftigen Schwarztee genannt, den er mit Milch und mehreren Löffeln Zucker trank. Bei den Caseys war «Bauarbeitertee» in schwierigen Lagen der beste Trost gewesen, und jetzt sehnte sich Hanna nach seiner sirupartigen Konsistenz und dem herben Tanningeschmack, der, wie ihre Mutter immer erklärte, ein ganzes Jahr Rost aus dem Kessel putzte.

Sie hatte einen ungelesenen Wallander-Krimi eingesteckt, um damit gegebenenfalls die Zeit zu überbrücken. Aber der Versuch, sich auf das Verbrechen in Ystad zu konzentrieren, misslang kläglich, und so setzte sie sich einfach mit einer Tasse Tee hin und schaute aus dem Fenster. Eine halbe Stunde später, Punkt fünfzehn Uhr fünfzehn, klingelte das Telefon auf dem Tisch. Sie nahm ab.

«Hanna?»

«Ja.»

«Hier ist Malcolm.»

«Ja.»

«Ich bin in der Lobby.»

«Oh. Also, komm doch bitte hoch.»

«Du willst, dass ich hochkomme?»

«Na ja, ja, also, hier ist es ruhig ... Ich meine, hier sind wir allein.» Glaubte er etwa, sie wolle in einer Hotellobby, wo alle zuhörten, über Geld reden? Es folgte eine kurze Pause, während der sie überlegte, wie eigenartig es war, dass sie seine vertraute Stimme schon so lange nicht mehr gehört hatte, dann sagte er einfach «Okay» und legte auf.

Er hatte sich nicht sehr verändert, seit Hanna ihn zum letzten Mal bei der Beerdigung seines Vaters gesehen hatte, der unerwartet an einem Herzanfall gestorben war. Sie war mit Jazz, die damals immer noch ein rebellischer Teenager gewesen war, wütend und verwirrt wegen des unvermittelten Umzugs nach Crossarra, von Irland hergeflogen. Kaum waren sie eingetroffen, hatte Malcolm Jazz zu einem Schwarm von Turner-Verwandten entführt. Louisa, die am Boden zerstört wirkte, hatte Hanna kühl angelächelt und sich während der ganzen Beerdigung an Malcolms Arm festgehalten. Hanna saß hinten in der idyllischen kleinen Kapelle, in der Malcolm und sie damals nicht getraut worden waren, und starrte auf Jazz' Hinterkopf. Jazz saß in der vordersten Bank und hatte die Wange an Malcolms Schulter gelegt; die beiden hatten genau die gleiche Haarfarbe. Das lag inzwischen vier Jahre zurück. Als Malcolm jetzt die Tür ihres Hotelzimmers öffnete, sah sie, dass er das Haar kürzer geschnitten trug als früher, vermutlich, um weniger Aufmerksamkeit auf seine grauen Schläfen zu lenken. Ansonsten wirkte er nicht gealtert, nur wesentlich gebieterischer.

Sie hatte beschlossen, nichts zu sagen, bis er als Erster das Wort ergriff. Auch sie hatte eine gewisse Erfahrung im Pokern, außerdem war sie sich nicht sicher, ob ihre Stimme nicht rau oder dünn wirken würde. Er trat ein, wandte sich ihr zu und schwieg. So hatte sie sich das nicht gedacht. Einen verrückten Augenblick lang stellte sie sich vor, sie würden für alle Zeit so dastehen: Das Zimmermädchen würde hereinkommen, um sauber zu machen, und neue Gäste würden einziehen, aber sie und Malcolm stünden wie zur Salzsäure erstarrt da, während das Leben um sie herum weiterginge. Diese Vorstellung war so lebhaft, dass sie beinahe gelacht hätte. Malcolm schaute verblüfft. Dann entspannten sich seine Züge, und er streckte ihr die Hand hin.

«Es ist schön, dein Lächeln wiederzusehen.»

Hanna spürte, wie ihr Magen sich entkrampfte. Sie ergriff seine Hand, und er zog sie näher und küsste sie auf die Wange. Es würde also schließlich doch gut laufen.

«Hättest du gerne einen Tee? Ich könnte noch eine Kanne bestellen.»

Er schüttelte den Kopf und setzte sich an den Tisch. «Nein, ich brauche nichts. Lass uns keine Zeit vergeuden.» Dabei lehnte er sich bequem zurück, offensichtlich entspannt und frei von Druck. Hanna war verwirrt. Sie hatte gehofft, dass er ansprechbar wäre, aber nicht erwartet, dass es sich als so leicht erweisen würde. Als sie etwas sagen wollte, fiel ihr auf, dass er sie mit dem vertraut-spöttischen Blick musterte, der halb Liebkosung und halb Herausforderung war. Er zog die Augenbrauen hoch und sah sie an.

«Diese Farbe hat dir immer gut gestanden.»

«Was?»

«Wie ein guter Portwein.» Er beugte sich lächelnd vor. «Ich bin froh, dass du angerufen hast, Hanna. Ich wusste, dass du das irgendwann tun würdest.»

Er streckte die Hand über den Tisch und ergriff ihre. Hanna merkte plötzlich, dass sie anfing loszubrabbeln. Sie hatte keine Zeit herauszufinden, was er mit seinen Worten eigentlich meinte, und wollte unbedingt Kurs halten.

«Also, ich bin froh, dass du froh bist. Ich wusste, dass du vernünftig sein würdest, wenn wir uns einfach sehen und miteinander reden könnten. Ich meine, ich wollte sagen, ich wusste, dass wir vernünftig sein würden. Wir beide. Ich habe Arbeit, natürlich habe ich Arbeit, aber ich lebe bei meiner Mutter ... na, du kennst meine Mutter ja ... du musst einsehen, dass ich nicht den Rest meines Lebens bei ihr verbringen kann ... jetzt, wo Jazz groß und aus dem Haus ist, brauche ich meine eigenen vier Wände. Ich will dich nicht ausnehmen, Malcolm, ich bitte dich nur darum, fair zu sein.»

Als sie sah, wie er die Augen zusammenzog, machte sie hastig weiter. «Schau mal, ich weiß ja, dass ich damals keinen Penny von dir wollte und dass das aggressiv gewirkt haben muss. Das tut mir leid. Aber die ganze Scheidung wäre vielleicht anders gelaufen, wenn wir nur miteinander hätten reden können. Ich kann nicht schriftlich mit dir kommunizieren, Malcolm. Du ziehst dich dann hinter dein Juristenkauderwelsch zurück, und das macht mich einfach total wütend.»

Sie holte tief Luft und versuchte, sich zu konzentrieren. «Deswegen bin ich hier. Ich bin einundfünfzig, Malcolm.

Mein halbes Leben habe ich in unsere Ehe und deine Karriere investiert. Ich habe den Umbau des Londoners Hauses in die Hand genommen und das Cottage in Norfolk gefunden. Ich habe mich präzise wie ein Uhrwerk um alle gesellschaftlichen Anlässe gekümmert, den Kühlschrank aufgestockt, Abendessenseinladungen geplant, mich mit den richtigen Leuten angefreundet und die richtigen Kleider getragen.»

Malcolm presste die Lippen zusammen. Hanna merkte, dass sie sich an seiner Hand festklammerte. «Ich habe dir bei deinem beruflichen Aufstieg geholfen, und jetzt erntest du allein die Früchte. Du wirst dich immer um Jazz kümmern, das weiß ich. Aber ich bin ihre Mutter, und ich war deine Frau, und nicht ich habe unsere Ehe kaputt gemacht. Du bist mir was schuldig, Malcolm, und du musst vernünftig sein.»

Froh, dass es ihr gelungen war, halbwegs gelassen zu bleiben, sah sie ihn hoffnungsvoll an. Malcolm zuckte zurück wie eine Schlange. Dann stand er auf und durchquerte das Zimmer, bevor er umkehrte und so tat, als befrage er einen Zeugen.

«Lass mich das mal klarstellen. Du hast mich hierher eingeladen, um mit mir über Geld zu reden?»

«Also ja, das stimmt. Ich dachte einfach, wenn wir uns wie vernünftige Menschen zusammensetzen ...»

Er sah sie an, als wäre sie verrückt. «Am Nachmittag? In einem Hotelzimmer?»

«Ja, wie schon gesagt, hier sind wir allein.»

Plötzlich dämmerte ihr, was in ihren Worten mitschwang. «Du dachtest ...»

«Was hast du denn erwartet, was ich denken würde?»

«Du dachtest, das hier sei so eine Art ... Stelldichein?»

Ihr blieb der Mund offen stehen, aber das schien er nicht zu bemerken.

«Es ist drei Uhr nachmittags, Hanna. Und wir sind in Mayfair.» Er trat einen Schritt auf sie zu. «Und ich könnte mir vorstellen, dass es bei dir schon eine Weile her ist.»

«Was?»

Der Ausdruck in ihrem Gesicht ließ Malcolm erneut zurücktreten. «Okay, vielleicht auch nicht. Vielleicht bist du ja mit ein paar rauen irischen Fischern ins Bett gehüpft. Was weiß ich.» Er starrte sie finster an, und seine Stimme klang gereizt. «Du hast mich hierher eingeladen und gesagt, hier wären wir allein. Vielleicht habe ich das nicht ganz richtig verstanden.»

Hannas ungläubige Bestürzung verwandelte sich in Wut. «Oh doch, du hast mich sehr genau verstanden. Ich habe deiner grantigen Sekretärin gesagt, dass ich dich hier treffen möchte, und das habe ich getan. Und ich wollte, dass wir allein sind, weil ich die Nase gestrichen voll davon habe, wie du mit deinem aufgeblasenen Ego deine Mitarbeiterscharen benutzt, um mich auf Abstand zu halten.»

Er machte den Mund auf, aber nun stand sie auf, schob den Tisch beiseite und deutete mit ihrem spitzen Zeigefinger auf ihn.

«Nein, sei still, Malcolm, das hier ist meine Zeit. Ich zahle hier mit meiner Kreditkarte. Ich habe den Flug hierher bezahlt, ich habe das Zimmer bezahlt, und für mich ist das ein Vermögen. Du segelst wohl andauernd zu irgendwelchen nachmittäglichen Stelldicheins in fremden Hotelzimmern ...» Sie brach unvermittelt ab und riss die Augen auf. Malcolm hatte nur einen Augenblick lang schuldbewusst geschaut, doch der hatte gereicht. «Oh, mein Gott, das tust du wahrscheinlich wirklich.» Hanna starrte ihn an, und nun verwandelte sich ihre Wut in Empörung. «Na, du bist wirklich ein Prachtexemplar, Malcolm, weißt du das? Was ist mit der armen Tessa? Weiß sie, wie du deine Nachmittage verbringst? Oder verschonst du sie damit so, wie du auch mich verschont hast? Sagst du dir immer noch, dass alles in Ordnung ist, solange es nur keiner merkt?»

Genau das hatte er vor fünf Jahren erklärt, einen Tag, nachdem sie unerwartet nach Hause gekommen war und ihn mit ihrer gemeinsamen Freundin Tessa Carmichael, seiner Kollegin in der Kanzlei, im Bett gefunden hatte. Jenes grässliche Telefonat hatten sie am Morgen danach geführt, als sie schon ihre Sachen gepackt hatte und mit Jazz nach Irland geflogen war. Hanna, der bewusst gewesen war, dass Mary Casey auf jedes Wort lauschte, hatte wütend ins Telefon gezischt, während Malcolm sie von London aus angeschrien hatte. Irgendwann war bei diesem Schlagabtausch zwischen seinem wütenden Gebrüll und ihren Anschuldigungen die Wahrheit über die Dauer seiner Affäre herausgekommen. Für Hanna war der Schock, die beiden zusammen im Schlafzimmer vorzufinden, das sie so liebevoll eingerichtet und gepflegt hatte, ein Klacks im Vergleich zu der Entdeckung, dass er schon lange vor Jazz' Geburt mit Tessa geschlafen hatte.

Jetzt verwandelte sich der schuldbewusste Ausdruck in seinem Gesicht in Dickköpfigkeit. «Ich habe nie gesagt ...»

«Oh doch, das hast du. Du warst stolz darauf, dass keiner was gemerkt hat. Der aufmerksame, rücksichtsvolle Malcolm, der unbedingt will, dass alle glücklich sind!»

«Ja, das wollte ich auch, verdammt noch mal. Ich habe mein Bestes getan!»

«Das war dein *Bestes*?»

«Ich habe es dir doch schon gesagt, Hanna. Ich wollte mich nicht verlieben. Es ist einfach passiert. Und als es passiert ist, habe ich mich verantwortungsvoll verhalten. Ich habe meine Familie an die erste Stelle gesetzt.»

«Du warst mit mir verheiratet! Und du hast mit einer anderen Frau geschlafen! Wie kannst du da behaupten, du hättest die Familie an die erste Stelle gesetzt?»

«Du warst meine Frau. Ich habe dir Achtung erwiesen. Wenn du das nicht begreifst, ist nichts zu machen.»

Hanna holte tief Luft. Das Gespräch lief überhaupt nicht nach Plan. Es sollte sich ruhig und rational entwickeln, doch nun lieferten sie sich brüllend ein Duell. Sie versuchte, sich wieder zu konzentrieren, aber dafür war es zu spät. Malcolm, verärgert, weil er den Grund ihres Treffens falsch eingeschätzt hatte, und trotzig, nachdem er unbeabsichtigt einen Anflug von Schuldgefühlen zu erkennen gegeben hatte, kam in Fahrt.

«Du bist doch diejenige, die die Familie auseinandergerissen hat, Hanna. Und falls du es vergessen haben solltest: Dazu hat auch gehört, dass du unsere sechzehnjährige Tochter aus ihrer vertrauten Umgebung gerissen hast, weg von allem und jedem, was sie kannte. Du hast ihr Glück auf dem Altar deines verletzten Stolzes geopfert.»

Das kam den Vorwürfen, die Hanna sich in so manchen schlaflosen Nächten in Mary Caseys Gästezimmer selbst gemacht hatte, so nahe, dass sich ihre Augen mit Tränen füllten. Sofort nutzte Malcolm den kleinen Vorteil aus.

«Ein wenig Besonnenheit. Verantwortungsgefühl. Die Bereitschaft, über den eigenen Tellerrand hinauszuschauen. Das ist nicht viel verlangt, Hanna. Nicht von einer Frau, die behauptet, eine liebevolle Mutter zu sein.»

Es war unfair, vielleicht war es auch wahr. Hanna blinzelte, fest entschlossen, nicht zu weinen. Sie konnte ihrer Stimme nicht trauen, doch innerlich schrie sie ihn an. Wie konnte er so herablassend dastehen? Als sie damals, so kurz nach dem Kennenlernen, festgestellt hatte, dass sie schwanger war, war er derjenige gewesen, der heiraten wollte. Als sie dann das Kind verloren und sich gefragt hatte, ob die Hochzeit ein Fehler gewesen war, hatte er sie davon überzeugt, dass für sie beide noch alles gut werden konnte. Sie erinnerte sich, wie sie nach der Fehlgeburt in der Wohnung am Sloane Square in stummem Elend im Bett gehockt hatte. Malcolm hatte sich neben sie gesetzt, sie umarmt und immer wieder gesagt, dass sie das gemeinsam durchstehen würden. Er könne es nicht ertragen, nach dem Verlust des Babys auch noch sie zu verlieren. Sie würden sich ein Haus suchen, etwas Schönes, das ihnen gehören würde, keine Mietwohnung, die auch noch im Besitz seines Vetters war. Es würde Hannas Projekt sein. Sie würde ihnen ein wunderschönes Zuhause schaffen, und später würden sie wieder ein Kind bekommen. Oder Kinder. Aber selbst falls nicht, spiele das keine Rolle. Er liebe sie um ihrer selbst willen.

Und Hanna hatte ihm geglaubt. Sie hätte ihn damals verlassen können, sie hätte ihr Studium wiederaufnehmen und erneut eine berufliche Laufbahn anstreben können. Stattdessen war sie wie ein Zombie durch die ersten Wochen nach der Fehlgeburt gegangen und hatte sich auf sein Projekt geworfen, weil sie es für einen Ausdruck ihrer gemeinsamen Liebe hielt. Ach, es war sinnlos, dieses Fass erneut aufzumachen. Hanna holte noch einmal tief Luft und bemühte sich, mit fester Stimme zu sprechen. «Leider hast du recht, es war wirklich dumm von mir, dich hierherzubitten. Ich wollte einfach nur unter vier Augen mit dir reden, Malcolm, weil ich dachte, wenn wir uns zu zweit zusammensetzen, könnten wir das Problem lösen.

«Ich sehe kein Problem.»

«Tja, das ist ja gerade das Problem.» Sie sah, dass er schon wieder in Rage geriet, und so redete sie weiter. «Schau mal, hier geht es um praktische Fragen, nicht darum, wie wir die Dinge wahrnehmen. Ich bitte dich ja nicht um ein Vermögen. Ich denke einfach nur, dass ich nach all diesen Jahren eine Abfindung verdient habe. Und ich behaupte gar nicht, dass es keine glücklichen Jahre waren. Doch, das waren sie. Oder das dachte ich zumindest. Okay, darum geht es jetzt sowieso nicht, und es tut mir leid, dass ich die Vergangenheit aufs Tapet gebracht habe. Aber die Sache ist die, dass du nicht fair bist.»

Nachdem er es geschafft hatte, dass sie sich entschuldigte, war er offensichtlich der Meinung, sein Werk sei getan. Er nahm seine Aktentasche an sich.

«Wir wollen lieber nicht über Fairness reden, Hanna. Oder darüber, was ich der Frau schuldig bin, die das Leben meines Kindes zerstört hat.»

«Wie kannst du das behaupten? Jazz ist glücklich! Aber sie ist jetzt erwachsen und jagt ihren eigenen Träumen nach, während ich bei meiner Mutter festsitze.»

«Jazz serviert Fertigmahlzeiten für die Passagiere von

Billigfliegern nach Malaga. Nicht gerade das, was ich einen Traum nennen würde, Hanna. Eher schon das, was nach deinem Rundumschlag noch von ihren Träumen übrig geblieben ist.»

Malcolm ging zur Tür und drehte sich dann noch einmal unvermittelt um. «Du hast vollkommen recht. Ich werde mich immer um meine Tochter kümmern. Aber du hast deine Wahl getroffen, Hanna. Von mir bekommst du nichts mehr.»

KAPITEL 7

Als Hanna am nächsten Morgen aus dem Flugzeug stieg, war sie wie immer vom Duft der irischen Luft überwältigt. Von der Treppe an der hinteren Flugzeugtür sah sie die grünen Felder und dahinter die hohe Bergkette, die den Weg nach Finfarran zu hüten schien. Hanna passierte die Zollkontrolle, ging zu ihrem Auto und ließ eine halbe Stunde später die Außenbezirke der Stadt hinter sich. Nach einer weiteren Viertelstunde auf der Autobahn bog sie ab und nahm die ältere, langsamere Strecke, die sie noch aus ihrer Kindheit in Erinnerung hatte.

Bis zum Morgengrauen hatte sie in ihrem Hotelzimmer wach gelegen und all die Tränen geweint, die sie im Gästezimmer ihrer Mutter stets unterdrücken musste. Und während sie zwischen Feldern und Bauernhöfen dahinrollte, die immer kleiner wurden, und je weiter sie nach Westen kam, desto deutlicher merkte sie, wie erschöpft sie war. Als sie am Straßenrand einen kleinen Laden entdeckte, hielt sie an, um sich etwas zu essen zu besorgen. Nachdem sie an allen Regalreihen entlanggegangen war, kaufte sie einen Apfel und einen Haferkeks und setzte sich damit auf eine Bank bei der Tür. Gleich darauf kam die Frau, die sie bedient hatte, mit einem Becher Tee heraus. Sie habe sich gerade selbst einen eingeschenkt, erklärte sie, ob Hanna auch einen wolle? Nachdem die Frau die Bezahlung mit einem Kopfschütteln abgelehnt hatte, verschwand sie wieder im Laden und ließ Hanna mit einem Becher Bauarbeitertee zurück, der mit reichlich Milch und Zucker versehen war.

In einem kleinen Garten auf der Straßenseite gegenüber flatterte Wäsche im Wind. Vor vielen Jahren hatte Hanna manchmal Bettlaken und Flanellnachthemden an der Wäscheleine im Garten hinter Maggies Haus festgeklammert. An heißen Sommertagen war die Wäsche rasch im Atlantikwind getrocknet, und wenn sie sie ins Haus zurückgetragen hatte, hatte sie sich immer ganz warm angefühlt. Mary Casey liebte ihren praktischen Wäschetrockner, und der war zweifellos zeitsparend. Aber jetzt beim Teetrinken dachte Hanna an das Vergnügen zurück, das ihr die rauen Baumwolllaken bereitet hatten, aus deren Falten ein scharfer Salzgeruch strömte.

Und plötzlich formte sich ein Gedanke in ihrem Kopf: Vielleicht sollte sie ihr Treffen mit Malcolm als einen Abschluss betrachten und nicht als Niederlage. Wenn sie das kleine Haus in Lissbeg nicht bekommen konnte, wie wäre es dann mit dem Grundstück über dem Meer? Es war nur ein schmales Stück Land, und das winzige Häuschen bot kaum mehr als ein Dach und vier Wände. Aber es gehörte ihr. Und vielleicht, nur vielleicht, wäre das ein Schritt nach vorn. Sie kramte ihre Brieftasche heraus und ging die Visitenkarten durch, die sie im Laufe der Zeit gesammelt hatte. Und da steckte auch die eine, die sie suchte. Mit loderndem Blick nahm sie ihr Handy heraus und wählte die angegebene Nummer.

Eine halbe Stunde später saß sie in einem Café in Carrick und lächelte Dennis Flood entschuldigend an.

«Hör mal, Dennis, es tut mir leid, dass ich dich am Sonntag störe.»

«Schon gut. Was ist los? Ich war sowieso in der Stadt.»

Dennis war der Direktor der Carrick Credit Union, und sie waren vor vierzig Jahren gemeinsam in Crossarra zur Schule gegangen. Er hatte immer noch das breite Grinsen, an das sie sich vom Schulhof erinnerte, aber der Gürtel seiner Hose saß jetzt unter einem mächtigen Bierbauch, und sein Haar war bis auf ein wenig Flaum über den Ohren verschwunden.

Jetzt blickte Dennis auf die Papierserviette, auf der er sich Notizen gemacht hatte. Für etwas, das erst mal nur ein spontaner Einfall sei, meinte er, wirke ihr Vorhaben in seinen Augen sehr vernünftig. Der größte Batzen bei einem Haus sei immer der Bauplatz, und den besitze Hanna ja schon. Wenn sie nur ein altes Gebäude instand setzen wolle, würde sie keinen allzu großen Kredit brauchen.

«Und du bist dir sicher, dass die Zahlen Sinn ergeben? Und die Credit Union würde mir das Geld leihen?»

«Mensch, Hanna, du bist doch die perfekte Bewerberin. Bist du nicht eine städtische Angestellte, und hast du nicht einen total sicheren Job in der Bibliothek von Lissbeg? Komm Montag in mein Büro, dann füllen wir die Anträge aus. Es wird mir ein Vergnügen sein.»

Den Meeresgeruch der Luft einatmend, fuhr Hanna über die Halbinsel nach Crossarra weiter. Sie brauchte Zeit, ihre Gedanken zu ordnen, deshalb bog sie von der Hauptstraße ab und folgte den gewundenen Sträßchen vorbei an Wiesen und Feldern zu Maggies Haus.

Hinten im Kofferraum lag ein Paar Gummistiefel. Hanna zog sie an, öffnete das Tor, schob sich an der Giebelwand des Hauses vorbei und stand ein weiteres Mal auf dem hoch gelegenen Grundstück über dem brausenden Meer. Als sie die eingestürzte Mauer am Rand der Klippe erreichte, schien das Licht auf den Wellen blendend hell. Sie kletterte auf den Steinhaufen, setzte sich und schloss die Augen.

Sobald sie nichts mehr sah, spürte sie alle anderen Sinne. Rund um sie herum führten Tausende kleine, lautstarke Kreaturen ihr eigenes Leben, und oben am Haus ging der Gesang einer Amsel in Warnrufe über. Als Hanna die Augen aufschlug, sah sie einen Falken über dem Feld kreisen. Der Salzgeruch des Windes vermischte sich mit dem Honigduft der Blumen, an denen er rüttelte. Sie lehnte sich wieder zurück, genoss die Wärme der Sonne auf ihren Augenlidern und lächelte über die kleinen Paradoxien des Lebens.

Mary Casey war diejenige gewesen, die ihr so lange zugesetzt hatte, bis sie sich um die Stelle in der Bibliothek von Lissbeg bewarb. Wozu sie denn sonst zu gebrauchen sei?, hatte Mary gefragt. Und hätte sie nicht ein Mordsglück, dass gerade jetzt, wo sie nach ihrer gescheiterten Ehe mit nichts in der Hand nach Hause zurückgekrochen sei, dort eine Stelle zu besetzen sei? Sie solle Gott danken, ihre Kenntnisse auffrischen und die Chance mit beiden Händen ergreifen. Aus Hannas Sicht war das nach der riesigen Kränkung, die sie erfahren hatte, dann noch das Sahnehäubchen gewesen. Wie konnten ihre Träume von einer Laufbahn als Bibliothekarin in einer Kunstgalerie in London mit einem Job in der

Bibliothek jener Stadt enden, in der sie zur Schule gegangen war? Da es jedoch keine Alternativen gab, hatte sie einen Kurs besucht, war zum Vorstellungsgespräch gegangen und hatte ihr Schicksal mit gebeugten Schultern und zusammengebissenen Zähnen akzeptiert. Und doch war die Stelle in der Bibliothek, die Mary ihr aufgedrängt hatte, genau das, was es ihr jetzt ermöglichen würde, ihren Traum von Freiheit zu verwirklichen. Von der Anspannung der letzten zwei Tage erschöpft, döste sie ein.

Kurz darauf schrillte ihr Handy laut in der Handtasche. Es war eine Textnachricht von Mary, wie üblich ohne Satzzeichen und ausschließlich in Großbuchstaben verfasst.

KOMMST DU ÜBERHAUPT NOCH HEIM ODER WO BIST DU JAZZ HAT EINEN LANGEN ZWISCHENSTOPP UND ÜBERNACHTET HIER

Aufstöhnend drückte Hanna auf Antworten und tippte: «In einer halben Stunde.» Bevor sie noch Zeit hatte, auf Senden zu drücken, traf eine weitere Nachricht ein.

GEH BEI JOHNNYS VORBEI

Mit einem tiefen Atemzug erinnerte Hanna sich an das Licht am Ende des Tunnels. Dann stapfte sie die Wiese hinauf, stieg in ihr Auto und fuhr bei ihren Nachbarn vorbei, um ein paar Zwiebeln für den Leberschmortopf ihrer Mutter zu besorgen.

KAPITEL 8

Jazz saß am Küchentisch ihrer Oma und aß eine mit Butter bestrichene Scheibe irisches Rosinenbrot. Der Resopaltisch stand in der Mitte des Raums. Die Stühle hatten Kunststoffsitze und auf ihnen lagen – hinten festgebunden – gehäkelte Kissen. Als sie den Bungalow bauten, hatte Mary bei Tom den Wunsch nach einer Einbauküche geäußert. Doch sobald sie eingezogen waren, hatte sie auf einer traditionellen Anrichte bestanden. Wozu sei ihr ganzes schönes Geschirr denn gut, hatte sie gesagt, wenn die Nachbarn es nicht bewundern könnten? Die Anrichte stand zwischen der Kühlgefrierkombination und einem Bild von St. Padre Pio. Auf ihren mit kariertem Papier ausgelegten, lackierten Kiefernholzborden stand eine Sammlung von Krügen, die verglasten Schrankfächer beherbergten Geschirr fürs Abendessen und die Teemahlzeiten, und in den Schubladen türmte sich das Besteck. Auf der anderen Seite des Raums, da, wo Mary jetzt zwischen der Edelstahlspüle und dem Einbauherd hin- und herhastete, dienten die Einbauschränke als Stauraum für Zeitschriften, alte Blumentöpfe, Weihnachtsschmuck und einen Nähkorb. Jazz fand es ganz gemütlich, aber sie wusste, dass ihre Mutter es hasste.

Als Hanna die Küche betrat, legte sie die Papiertüte mit den Zwiebeln auf den Tisch und ging mit ausgestreckten Armen zu Jazz, die sie kurz an sich drückte. Früher war Hanna mit begeisterten Schreien und einer glückseligen Umarmung begrüßt worden. Jazz hatte als Kind sogar einen Freudentanz erfunden und diesen auch als Jugendliche manchmal aufgeführt. Mit einem inneren Seufzer sagte sich Hanna, dass das vor der Zeit gewesen war, in der ihre Tochter eine Menge Groll in sich aufgestaut hatte, der sich heute, da Jazz älter war, in höfliche Zurückhaltung verwandelt hatte. Mary wandte sich vom Herd ab, auf dem sie die Leber schmorte, und schüttete den Inhalt der Tüte auf dem Tisch aus. Mit den Zwiebeln kullerte auch ein Salbeizweiglein heraus.

«Mal wieder typisch für Johnny Hennessy. Versucht, sein altes Unkraut loszuwerden!», sagte sie verächtlich.

Jazz zupfte ein graugrünes Blättchen ab und schnupperte daran. «Leber und Salbei passen toll zusammen. Tu das doch mit in den Topf, Oma.»

Mary schüttelte heftig den Kopf. «So hat man uns hier nicht erzogen, das sag ich dir. Altes Gras und Blätter essen!»

«Eigentlich hat Maggie doch früher bei einer Menge Gerichte Salbei verwendet, Mam. Und Tee hat sie auch davon gekocht.» Hanna setzte sich und zerrieb ein Blättchen zwischen den Fingern. «Hat sie nicht alle möglichen Kräuter verwendet? Ich kann mich nur nicht an sie erinnern.»

Mary fegte die Zwiebeln auf ein Schneidebrett und fiel mit einem Messer über sie her. «Na klar, alle wussten doch, dass die arme Maggie nicht ganz richtig im Kopf war. Hat da hinten am Rand der Klippe gelebt und einem die Tür vor der Nase zugeknallt, wenn man mal zu Besuch vorbeikam.»

Hannas Lippen zuckten. Sie hatte den Streit ganz vergessen, der vor Jahren stattfand, als Maggie allmählich alt wurde und Mary Casey entschied, sie solle ihr Leben am besten im Altenheim in Carrick zu Ende bringen.

Jazz, die eine Geschichte ahnte, schenkte Hanna ein Glas Rotwein ein und zog einen Stuhl an den Tisch. «Wer war denn Maggie?»

Mary schnaubte laut. «Sie war die Tante Margaret von deinem Opa, Schatz, und ein richtiger boshafter alter Besen, Gott verzeih mir meine Worte.»

Hinter dem Rücken ihrer Großmutter sah Jazz Hanna mit hochgezogenen Augenbrauen an. «Ein alter Besen? Los, Oma, erzähl mehr.»

Doch Hanna mischte sich ein, bevor Mary noch antworten konnte. «Also ehrlich, Mam! Sie war vielleicht exzentrisch, aber boshaft war sie nicht.»

Mit einer weit ausholenden, verächtlichen Geste kippte Mary die Zwiebeln zur Leber. Jazz trat mit der Weinflasche an sie heran.

«Wir wär's mit einem Schuss davon, Oma?»

Ohne sie zu beachten, schüttelte Mary die Bratpfanne kräftig, dickte die Soße mit Maismehl an und gab das Ganze in eine dickwandige Keramikschale, die sie mit durchwachsenem Speck ausgelegt hatte. Jazz schaute sich lächelnd nach den Topfhandschuhen um und stellte den Auflauf in den Ofen. Dann setzte sie unaufgefordert das Teewasser auf. Alkohol fand niemals den Weg in Mary Caseys Gerichte. Tatsächlich kam ihr vor einundzwanzig Uhr kein Tropfen über die Lippen. Dann aber setzte sie sich für die Nachrichten und den Wetterbericht vor den Fernseher und genehmigte sich das, was sie ihren «kleinen Martini» nannte. Es war ein Ritual, das Hanna noch aus ihrer Kindheit kannte, als die Abendmahlzeit «Tee» und nicht «Dinner» genannt wurde. Damals hatte Tom den Drink seiner Frau sorgfältig in eines der geschliffenen Trinkgläser eingeschenkt, die er ihr einmal zum Hochzeitstag geschenkt hatte, und sich dann mit seinem eigenen Glas Dunkelbier zu ihr vor den Fernseher gesetzt. Jetzt ließ Mary sich mit einem Becher Tee bei Jazz und Hanna nieder, strich sich die Küchenschürze über den Knien glatt und stemmte die Ellbogen auf den Tisch.

«Also, was gibt's zu berichten? Wie war es in Cork?»

Das war die Frage, die Hanna gefürchtet hatte. Sie hatte ihrer Mutter nichts von ihrer Entscheidung erzählt, nach London zu fliegen; stattdessen hatte sie die Geburtstagsfeier einer alten Freundin in Cork vorgeschoben und erklärt, dass sie dort übernachten würde. Es war lächerlich, in dieser Sache zu lügen, aber sie war auch so schon nervös genug gewesen, da hatte sie keinen weiteren Streit gebrauchen können.

«Ach, die Heimfahrt war ein bisschen ermüdend.» Hastig wandte sie sich an Jazz. «Und, was ist mit dir? Bestimmt hast du deiner Oma schon alle guten Storys aus Malaga erzählt?»

«Mir geht es prima. Warum warst du eigentlich in Cork?»

Es folgte eine Pause. Ein Blick über den Tisch zeigte Hanna, dass Mary sie hämisch beäugte. Offensichtlich war der hastige Themenwechsel nicht unbemerkt geblieben. Hanna dachte fieberhaft nach. Sie hatte nicht die Absicht, ihrer Mutter im Beisein von Jazz zu erklären, dass sie keineswegs in Cork, sondern in London gewesen war. Also war auf der Stelle ein Ablenkungsmanöver gefragt! Und so holte sie tief Luft und ließ die Bombe platzen.

KAPITEL 9

«Himmel hilf, Allgütiger, hast du den Verstand verloren, Hanna-Mariah Casey, oder was ist mit dir los?»

Die Bombe hatte Wirkung gezeigt. Ohne ihre Mutter zu beachten, deren Mund über der Teetasse weit offen stand, wandte sich Hanna an Jazz, die ebenfalls wie vor den Kopf geschlagen wirkte.

«Eigentlich wollte ich erst davon erzählen, wenn meine Pläne schon weiter gediehen wären, aber da wir jetzt alle hier zusammensitzen, kam es mir heute Abend richtig vor.»

«Aber warum wusste ich überhaupt nicht, dass du ein Haus besitzt?»

Mary verdrehte die Augen zum Himmel. «Weil sie gar keines besitzt. Ihr gehört ein Schuppen auf einer vergammelten Wiese am Rand einer Klippe. Zwei Räume sind darin. Und man hätte ihn schon vor Jahren abreißen sollen!»

Hanna sprach auch weiter nur zu Jazz. «Die Finanzierung ist noch nicht geregelt. Zumindest noch nicht offiziell. Morgen fülle ich den Kreditantrag aus.»

«Heiliger Gott im Himmel, ich habe eine Idiotin großgezogen.»

Diesmal war Jazz an der Reihe, Mary zu ignorieren. «Aber

jetzt mal ehrlich, Mum. Wie kommt es, dass ich noch nie von deinem Haus gehört habe?»

Hanna schenkte sich noch ein Glas Wein ein und erklärte Jazz, in gewisser Weise habe Mary recht. Es sei kein Haus, sondern eher ein Dach mit vier Wänden auf einer Wiese. Und sie habe seit ihrer Kindheit nicht mehr daran gedacht.

«Aber wie konntest du denn einfach nicht mehr daran denken?»

«Na ja, ich war als Kind zum letzten Mal dort. Maggie ist gestorben, als ich ungefähr zwölf war, und ich bin mir noch nicht einmal sicher, ob ich damals kapiert hatte, dass sie es mir hinterlassen hatte.»

«Und jetzt ist es dir plötzlich wieder eingefallen?»

«Ja, wohl schon.» Sie würde Jazz nicht von dem überwältigenden Bedürfnis nach Alleinsein erzählen, das sie nach ihrem Streit mit Mary überkommen hatte. Oder davon, dass sie unter Tränen der Wut vom Bungalow ihrer Mutter weggestürmt war. Tatsächlich war es so gewesen, dass sie nach der Auseinandersetzung mit ihrer Mutter den Verlust ihres Vaters wie einen schmerzhaften Stich gespürt hatte, und bei der Erinnerung an ihn hatte es sie plötzlich zu Maggies altem Haus gezogen.

Es war Tom, der ihr damals von der unerwarteten Erbschaft erzählt hatte. Sie waren gerade von Maggies Beerdigung zurückgekommen, und sie half ihm, Keksschachteln in ein Regal zu packen. Der Sarg hatte unter dem hohen Dach der Kirche sehr klein gewirkt, und die meisten Trauergäste hatten seit Jahren kein Wort mehr mit Maggie gewechselt, waren aber aus Achtung vor der Familie gekommen. Statt des Fair-Isle-Musterpullovers, den Tom sonst hinter der Ladentheke trug, hatte er seinen guten schwarzen Anzug angehabt, und während er und Hanna jetzt Feigenpäckchen aufstapelten, berichtete er ihr von Maggies Testament. Hanna war damals genauso ungläubig gewesen wie Jazz heute. Ihre Beziehung zu der alten Dame hatte im Wesentlichen aus knappen Befehlen bestanden, Torfsoden hereinzubringen oder die Teetassen auszuspülen, oder aus bitteren Klagen über ins Haus eingedrungene Hennen, den Preis des Lampenöls und den Lärm, den die Nachbarn machten. Und so hatte die Tatsache, dass Maggie Hanna das Haus hinterlassen hatte, sie total verblüfft. «Aber was könnte ich damit anfangen?», hatte sie Tom gefragt. Ihr Vater hatte sie mit einem Schulterzucken angelächelt. «Das Leben ist lang, Liebling. Man weiß nie, was noch alles passiert.»

Jetzt, vierzig Jahre später, bombardierte ihre eigene Tochter sie mit Fragen.

«Aber warum, Mum? Und wo steht es?»

«Ein paar Meilen von hier, in der Nähe des ehemaligen Ladens.»

«Und dort wirst du leben?»

«Na ja, nein. Zumindest nicht jetzt gleich. Ich meine, deine Oma hat recht, es ist unbewohnbar ...»

«Es ist ein altes Rattenloch, das man noch nicht einmal einem Hund zumuten würde!» Mary stampfte durch die Küche, um sich noch einen Tee einzuschenken. Wenn in ihrer Küche eine frische Kanne Tee zubereitet war, wanderte diese sofort auf die bei geringer Hitze eingestellte Herdplatte und simmerte dort, bis die nächste Kanne Tee ihren Platz einnahm. Sie kam mit der Tasse in der Hand an den Tisch zurück und stellte sie krachend auf die Untertasse.

«Ich sag dir das jetzt noch einmal und nicht wieder, Hanna-Mariah: Du bist genauso verrückt wie deine Großtante Maggie, und du solltest dich zusammenreißen!»

Genau das war die Reaktion, die Hanna erwartet hatte. Sie grinste Jazz über den Tisch hinweg an.

«Ganz recht. Ich bin so verrückt wie meine Großtante Maggie.»

«Und was genau hast du vor?»

«Na ja, ich besorge mir bei der Credit Union einen kleinen Kredit, und den verwende ich zusammen mit meinen Ersparnissen, um das Haus zu sanieren. Und dann ziehe ich dort ein.»

«Sanieren? Du meinst, du willst Leitern hochklettern und Backsteine schleppen?»

Hanna lachte. «Backsteine bestimmt nicht, es ist doch ein Natursteinhaus. Und Leitern werde ich wohl auch nicht hochsteigen. Ich lasse einen Bauunternehmer kommen.» Sie ließ das verächtliche Schnauben ihrer Mutter an sich abprallen und erklärte Jazz, dass das Projekt nicht so kompliziert sei, dass man einen Architekten würde hinzuziehen müssen. Es sei nur dafür zu sorgen, dass das Dach und die Wände stabil wären, Fenster und Türen wasserdicht und das Innere des Hauses praktisch und gemütlich. Sie würde eine neue Küche und ein Bad einbauen lassen, und für die Heizung müsste sie sich auch noch etwas überlegen.

«Wie hat Großtante Maggie denn geheizt?»

«Sie hatte nur ein Torffeuer. Darauf hat sie auch gekocht.»

«Nein!»

«Doch!» Hanna erinnerte sich an den blubbernden Kessel, der an einem Eisenarm über dem Feuer hing, und an das

Backpulver-Kuchenbrot und die Scones, die Maggie in einem Topfofen gebacken hatte. «Sie hat den Teig in einen gusseisernen Topf gegeben und schwelende Torfsoden auf den Deckel gehäuft. Das hat wunderbar funktioniert.»

Jazz kicherte. «Ich kann mir nicht vorstellen, dass du plötzlich auf Erdmutter machst.»

Sich das vorzustellen, gelang Hanna ebenso wenig. Aber eine einfache Küche würde nicht viel kosten, und den offenen Kamin könnte sie ja vielleicht behalten. Selbst wenn sie irgendeine Art von Zentralheizung einbauen ließe, wäre ein echtes Feuer an Winterabenden doch total gemütlich.

Während Mary klappernd in der Küche hantierte, stellte Jazz weitere Fragen, doch die meisten konnte Hanna nicht beantworten. Nein, für die Arbeiten, die sie im Sinn habe, würde sie keine Baugenehmigung brauchen; oder vielleicht doch, aber das wisse sie noch nicht. Ja, ein Parkplatz für das Auto sei da; oder, na ja, es gebe eine Parkbucht an der Straße, und sie könnte vielleicht später für etwas Besseres sorgen. Sie sei sich ziemlich sicher, dass es fließendes Wasser gebe, aber die Pumpe würde vielleicht nicht funktionieren. Die Kosten der Sanierung? Na ja, wie lang ist ein Stück Schnur? Aus dem Augenwinkel sah Hanna, dass Mary Casey gekochte Speiserüben und Karotten in der Pfanne zerstampfte, ein paar Löffel Sahne dazugab und das Mus mit Pfeffer bestreute. Jeder Zentimeter ihres Rückens drückte aufrechte Missbilligung aus, und als sie die Auflaufform aus dem Ofen nahm, war ihr Gesicht ein Bild für die Götter. In diesem Moment erkundigte sich Jazz nach Maggies Garten.

«Ist er groß? War er einmal richtig professionell angelegt?»

Mary konnte sich nicht länger zurückhalten. «Professionell angelegt? Der Herr steh dir in deiner Unschuld bei, Kind, wir reden hier von Maggie Casey! Sie hatte da eine Ecke, wo sie ein paar Kartoffeln anbaute. Und deine Mutter denkt wahrscheinlich, sie hat den Garten in einer Woche tipptopp, und da stehen dann neun Reihen Bohnen bis zum Rand der Klippe und ein Bienenkorb!»

Eindeutig befriedigt, dass sie Hannas hochtrabende Ideen mit einer Anspielung auf ein Gedicht von Yeats lächerlich gemacht hatte, nahm sie den Deckel von der Auflaufform und wandte sich eilig dem Gemüse zu. Hanna schaffte es, nicht aus der Haut zu fahren. Aber nur gerade so eben.

Das Essen war köstlich, wie alles, was Mary kochte. Nicht aufregend und gewiss nicht abwechslungsreich, aber immer großzügig und energisch zusammengerührt und dampfend heiß serviert. Als Jazz' Handy einen Signalton von sich gab, fischte sie es aus ihrer Hosentasche und schaute auf das Display, eine Gabel voll Essen in der Hand.

«Oh, toll, Áine und Paula sind übers Wochenende daheim! Kann ich dein Auto haben, Mum, und nach Lissbeg fahren, um mich mit ihnen zu treffen?»

Sobald Hanna genickt hatte, schaufelte Jazz den Rest des Essens hastig in sich hinein und schoss dann los, um zu duschen. Hanna wusste, dass das Treffen mit Áine und Paula eine Verabredung im Pub bedeutete. Aber Jazz war zu klug, um angetrunken heimzufahren, und außerdem war sie alt genug, sagte sich Hanna energisch, um auf die Ratschläge ihrer Mutter verzichten zu können. Der Himmel mochte wissen, was sie an Orten wie Rom oder Malaga alles anstellte, da wäre es lächerlich, wegen eines Abends in Lissbeg Theater zu machen. Doch als Jazz zwanzig Minuten später in der Küche vorbeischaute, stellte Hanna plötzlich fest, dass sie trotzdem, zusammen mit dem Autoschlüssel, eine Ermahnung losließ.

«Fahr langsam, Liebling, okay? Und mach keine Dummheiten.»

Jazz verzog das Gesicht, nahm den Schlüssel und war weg.

Hanna spürte, wie eine Woge von Müdigkeit sie überrollte. Sie wollte einfach nur noch früh ins Bett, aber Mary marschierte mit ihrem Martiniglas durch die Küche und setzte sich in den Lehnstuhl, der beim Waschtrockner stand. Er wirkte in dieser Küche genauso fehl am Platz wie die riesige Kiefernholzanrichte, aber Mary hatte darauf bestanden, dass das Gerät dem Fenster gegenüber aufgestellt wurde, damit sie auch weiterhin sehen konnte, wer auf der Straße vorbeikam. Jetzt richtete sie den Blick auf Hanna, die dieses Gespräch unter vier Augen gefürchtet hatte.

«Also, wirst du mir jetzt davon erzählen?»

Hanna fügte sich ins Unvermeidliche. «Ich bin nach London geflogen, um mit Malcolm zu reden.»

«Hab ich doch genau gewusst, dass du nicht in Cork warst!»

«Tja, du hast recht, Mam, dort war ich tatsächlich nicht. Ich bin rübergeflogen und habe die Nacht in London verbracht.»

Sie war fest entschlossen, ihrer Mutter die kürzest mögliche Version der Geschichte zu berichten. Kein Wort über Malcolms lächerliche Fehldeutung des Grundes, weswegen sie ihn in ihr Zimmer gebeten hatte. Oder darüber, wie sie bei seinem einschüchternden Verhalten fast in Tränen ausgebrochen war. Bevor er aufgebrochen war, war die Verachtung in seiner Stimme so schneidend gewesen, dass Hanna es kaum ertrug, daran zu denken. Ein Teil ihrer selbst wusste, dass das nur eine Pose gewesen war, trotzdem zuckte sie bei der Erinnerung zusammen. Sie hatte nicht die Absicht, davon zu erzählen. Sie würde ihrer Mutter das Nötigste mitteilen, und was immer Mary dazu sagen würde, sie würde die Beherrschung nicht verlieren.

Wie sich herausstellte, hörte Mary ihr ruhig zu und versuchte nicht einmal, sie zu unterbrechen. Hanna erklärte, dass sie über ihre Zukunft nachgedacht und beschlossen hatte, Malcolm um das Kapital für ein Haus zu bitten.

«Und er hat nein gesagt.»

«Ja, Mam, genau. Ich weiß, dass du denkst, ich hab ihn ungestraft davonkommen lassen, aber so ist es nun mal.» Hanna blickte zu Mary auf. «Und ich kann nicht ewig hier bei dir leben, Mam, das weißt du.»

Mary Casey erwiderte ihren Blick. «Ich sag dir was, das ich tatsächlich weiß, Mädel, auch wenn ich keine Ahnung habe, warum ich mir die Mühe mache. Aber du hast es schon wieder getan.»

«Was habe ich getan?»

«Du bist losgestürzt und hast eine dumme Entscheidung getroffen, ohne zuvor gründlich darüber nachzudenken. Vielleicht bringt es nichts, immer auf demselben Thema rumzureiten. Vielleicht hast du recht, und ich irre mich. Aber einen großen Kredit aufzunehmen und deine ganzen Ersparnisse in Maggies altem Schuppen zu versenken! Was hat dich denn dazu gebracht?»

Hanna hörte zum ersten Mal, wie Mary zugab, vielleicht einen Fehler begangen zu haben. Deshalb wollte sie unbedingt positiv reagieren und suchte nach Worten, die nachvollziehbar machten, was sie antrieb. Aber wie konnte sie ihrer Mutter sagen, dass deren Geschmack ihr missfiel und sie sich in ihrer Gesellschaft eingeengt fühlte? Wie konnte sie ihre Sehnsucht nach dem Alleinsein beschreiben? Oder ihr die Erregung klarmachen, die sie überkommen hatte, als der Plan in ihrem Kopf Gestalt annahm? Sie begriff, dass es aus Marys Sicht keinen Unterschied gab zwischen diesem Plan und ihrer überstürzten Entscheidung, vor fünf Jahren London zu verlassen – in ihren eigenen Augen war das etwas ganz anderes. Nach Jahren der Lähmung hatte sie endlich einen Weg nach vorne gesehen. Und als sie dann mit Dennis Flood in dem Café in Carrick zusammengesessen hatte, hatte sie herausgefunden, dass es machbar war. Trotz ihres begrenzten Budgets wusste sie, dass sie der Aufgabe gewachsen war. Und verglichen mit den Arbeiten, die sie an dem Haus in London und dem Cottage in Norfolk hatte durchführen lassen, war Maggies Haus ein Klacks. Tatsächlich war ihr ihre Idee überhaupt nicht wie eine zufällige Laune erschienen, sondern wie der Abschluss eines Prozesses.

Sie versuchte, bei Mary Verständnis zu wecken. «Natürlich muss ich noch mehr darüber nachdenken, Mam, das weiß ich. Und ich ziehe ja auch nicht sofort aus. Ich meine, wenn ich darf, bleibe ich hier, bis der Umbau fertig ist, und das dauert wahrscheinlich ewig. Auf jeden Fall Monate. Ich muss die Arbeiten planen, das Kapital organisieren – na ja, du weißt ja selbst, dass so was Zeit erfordert.»

«Weißt du denn nicht, dass du hier immer willkommen bist? Du bist meine Tochter. Du hast hier für immer ein Zuhause.»

Hanna lachte wehmütig. «Ach, Mam, sei doch vernünftig.

Kannst du dir vorstellen, dass wir ewig hier beieinanderhocken und uns gegenseitig auf die Nerven gehen?»

Mary Casey schnaubte. «Oh, das ist dir also auch schon aufgefallen?»

«Was ist mir aufgefallen?»

«Dass du nicht die Einzige in diesem Haus bist, die die Dinge gerne auf ihre eigene Art erledigt?»

Es folgte ein Moment des Schweigens. Obgleich Hanna gesagt hatte, dass sie sich gegenseitig auf die Nerven gingen, hatte sie sich selbst immer als die Empfindsame gesehen und ihre Mutter für zu dickhäutig gehalten, um verletzlich zu sein.

Jetzt warf Mary Casey ihrer Tochter einen gewitzten Blick zu. «Ich bin nicht dumm, Mädel, selbst wenn ich einen Dummkopf großgezogen habe, und ich komme sehr gut zurecht, ohne dass meine Tochter Tag und Nacht auf mich herunterschaut.»

«Mam!»

«Widersprich mir nicht, Hanna. Wir wissen beide, dass es stimmt. Und jetzt, wo Jazz weg ist, siehst du es vielleicht ganz richtig: Wir sollten besser getrennt leben. Der Herrgott weiß es, dein Vater hat immer gesagt, dass wir beide, du und ich, vom gleichen Schlag sind. Und deshalb ist unter diesem Dach vielleicht nur Platz für eine von uns.»

KAPITEL 10

Conor saß in der Bibliothek allein an der Empfangstheke, als Tim Slattery, der Bezirksbibliothekar, hereinschlenderte. Miss Casey war bei einem Auffrischungskurs des Amtes für Arbeits- und Gesundheitsschutz in Carrick, und Conor hätte erwartet, dass auch Tim Slattery in der Bezirkshauptstadt sein würde, da sein Büro dort lag. Andererseits schien er sehr viel Zeit mit Treffen und Konferenzen auf der ganzen Halbinsel zu verbringen. Er war klein und untersetzt, trug eine stahlgraue Haarbürste und hatte eine wichtigtuerische Art. Zudem zog er sich irgendwie merkwürdig an, wie so ein alter Knacker, der gerne schick und modern wäre. Heute war es ein Dreiteiler, in dessen Brusttasche ein gemustertes Taschentuch steckte. Am Handgelenk saß eine riesige Armbanduhr, die auch einem Tiefseetaucher hätte gehören können. Wann immer Conor ihn sah, schien er eine neue Uhr zu tragen, manchmal klotzig und wasserdicht, gelegentlich auch schmal und neonfarben. Und normalerweise besaß Tim Slatterys Uhr die neuesten Funktionen für das Überprüfen des Herzschlags oder das Ausweisen der Höhe über dem Meeresspiegel. Dan Cafferky, der ein großer Spötter war, nannte ihn den Time Lord. Aber Miss Casey würde durch die Decke gehen, wenn sie das jemals hörte, und so bemühte sich Conor, Mr. Slattery selbst in Gedanken bei seinem richtigen Namen zu nennen.

Sobald die Tür aufging, schob Conor sein Handy unter die Theke. Er hatte es gar nicht benutzt, aber man wollte ja schließlich keinen schlechten Eindruck beim Oberboss hinterlassen.

Mr. Slattery wischte eine Schreibtischecke mit seinem Taschentuch ab, legte seinen tweedumhüllten Oberschenkel darauf und stieß dabei Miss Caseys Stiftebecher um. Conor, der aufgestanden war, um ihn zu begrüßen, sah, dass er keinen Handschlag bekommen würde. Also setzte er sich wieder.

«Dann ist Miss Casey also nicht da?»

Conor wusste nicht, was er antworten sollte. Mr. Slattery war doch gewiss darüber informiert, wo Miss Casey sich derzeit aufhielt, da die Aufforderung zur Teilnahme an dem Gesundheitsschutzkurs unter seiner E-Mail-Adresse verschickt worden war. Wahrscheinlich wäre es unhöflich, ihm das in Erinnerung zu rufen. Und vielleicht wurden solche Mails auch von irgendeinem subalternen Angestellten in Carrick versandt. So oder so, Mr. Slattery schien nicht auf eine Antwort zu warten. Seinen Fuß schwenkend, der in irgendwas aus Krokodilleder steckte, verkündete er, er schaue gerade auf dem Rückweg von einer Konferenz in Ballyfin vorbei, weil er kurz mit Miss Casey reden wolle. Es eile aber nicht, er werde ihr eine Textnachricht schicken oder bei nächster Gelegenheit selbst mit ihr sprechen. Conor machte den Mund auf, um ihm anzubieten, Hanna etwas auszurichten, doch dann klappte er ihn wieder zu. Schenkte man dem Klatsch Glauben, führte der Oberboss seine Abteilung, als wäre er M aus einem *James Bond*-Film, und Conor wollte das Risiko gerne vermeiden, auf seinen eigenen geringen Status hingewiesen zu werden. Also lächelte er und sagte, das sei kein Problem. Woraufhin sein Handy, das er unter die Theke geschoben hatte, laut losbimmelte.

Conor griff danach, sah, dass er eine Nachricht von zu Hause erhalten hatte, und schaltete das Gerät aus. Dann hatte er das Gefühl, Mr. Slattery eine Erklärung schuldig zu sein, und erläuterte, er habe einen Stier bekommen.

«Ich meine, die Farm hat einen Stier bekommen. Ein Stierkalb. Die Kuh hat es gerade geworfen.»

Und das sei super, fuhr er fort. Es habe ihm nämlich Sorgen gemacht, dass er nicht dabei sein konnte. Sein Bruder habe zwei linke Hände, wenn es ums Kalben gehe.

Mr. Slattery blinzelte verwirrt, vermutlich hatte er vergessen, dass Conor eine Teilzeitkraft war. Dann stand er auf und lachte los.

«Da sag mal einer was von Multitasking! Wenn ich nächstes Mal hierherkomme, darf ich nicht vergessen, mich vorher gegen Milzbrand impfen zu lassen!»

Conor lächelte höflich. Als dann der tweedgewandete Rücken durch die Tür abzog, schüttelte er verwundert den Kopf. Sollte man nicht annehmen, dass einer, der einen Scherz machte, auf eine halbwegs sinnvolle Pointe achten würde? Während er sorgsam Miss Caseys Stifte in ihren Becher zurückräumte, sagte sich Conor, dass der Time Lord ein Vollidiot sei. Wahrscheinlich hatte es in Irland zum letzten Mal einen Fall von Milzbrand gegeben, als Gott noch ein Kind war.

Miss Casey kam eine Stunde später mit der neuesten Broschüre zum Arbeits- und Gesundheitsschutz sowie einem neu gestalteten Aufkleber für die Bibliothekstür, der mit der Aufschrift *Vorsicht, Stufe* warnte. Außerdem hatte sie einen Blumentopf mit blühendem Lavendel dabei. Während Conor die Schutzfolie vom Aufkleber pulte, beobachtete er, wie sie den Topf erst auf ihren Schreibtisch, dann auf die Fensterbank und schließlich zurück auf den Schreibtisch stellte.

«Und wozu ist der gut? Beschützt er die Leser vor Vampiren?»

Miss Casey rückte den Blumentopf auf dem Schreibtisch zurecht. «Ich hab ihn in Carrick gesehen und dachte, der würde sich hier gut machen.»

Der Lavendelduft passte tatsächlich gut zum Geruch nach Büchern und Leder.

«Wenn Sie ihn gießen wollen, müssen Sie aber was drunterstellen.»

Auf dem Weg in die Küche, wo er einen Unterteller holen wollte, sagte sich Conor, dass Miss Casey heute viel aufgeräumter wirkte als sonst nach einer Besprechung oder einem Kurs. Normalerweise brummte sie bei ihrer Rückkehr etwas über Idioten, die nur ihre Zeit absäßen und ein Buch nicht von einer Boulevardzeitung unterscheiden könnten, doch heute lächelte sie die ganze Zeit. Vielleicht, weil ihre Tochter gerade zu Hause war. Conor kannte Jazz nicht richtig, obgleich sie in seiner Schulzeit eine Klasse unter ihm gewesen war. Es hieß, sie sei früher ziemlich reizbar und grantig gewesen, ein bisschen wie Miss Casey, wenn man sie aber dieser Tage in Lissbeg sah, wirkte sie toll in Form. Das war auch nicht verwunderlich. Direkt nach ihrem Schulabschluss hatte sie mit ein paar Freundinnen eine Ausbildung zur Flugbegleiterin gemacht, und wenn sie nach Finfarran zurückkehrte, war sie immer knackig braun. Conors Bruder Joe zufolge war sie gestern Abend mit ein paar Freundinnen in der Stadt gewesen. Vielleicht lächelte Miss Casey jetzt deshalb so, während sie sich gleichzeitig nach der Post umsah.

«Müssen wir irgendwas beantworten?»

Conor schob den Unterteller unter den Lavendeltopf. «Nein. Wir hatten eine E-Mail von irgend so einem Kerl, der ein bestimmtes Buch sucht. Auf dem Schutzumschlag ist vorne ein schwarzer Hund zu sehen, aber die Buchhandlung in Carrick konnte den Titel nicht finden.»

«Sonst noch irgendwelche Hinweise?»

«Nur dass auf dem Umschlag ein schwarzer Hund abgebildet ist, mit dem Titel quer darüber.»

«Na ja, damit dürften Shakespeares Gesammelte Werke ausscheiden.»

Conor beugte sich über den Computer und öffnete die E-Mail für sie. «Ich habe ihm zurückgemailt, wenn er will, kann er selbst hier nachschauen, ob wir es haben.»

«Oje, Conor. Na, falls er kommt, können Sie sich um ihn kümmern.»

Aber sie lächelte, obwohl sie zu einer anderen Zeit vielleicht eher scharf reagiert hätte. Und als er ihr von Mr. Slatterys Besuch erzählte, schien sie sich richtig über das Stierkalb zu freuen.

Am Vormittag war Hanna vor ihrem Kursbesuch bei der Carrick Credit Union vorbeigegangen, hatte ihre Unterschrift unter den Kreditantrag gesetzt und mit einem blauen Kuli einen energischen Strich darunter gezogen. Es war ein großartiges Gefühl gewesen. Dennis Flood wünschte ihr mit einem Händedruck Glück, und beim Verlassen seines Büros musste sie den Impuls unterdrücken, Jazz' Freudentanz zu vollführen. Als sie dann in der Auslage vor einem Blumenladen den Lavendeltopf sah, war sie mit federnden Schritten hineingegangen und hatte ihn gekauft, einfach nur, weil er nach guter Laune aussah. Der Strich unter ihrer Unterschrift hatte sich angefühlt, als hätte sie damit auch einen Strich unter die ganzen Schuldgefühle und Sorgen der letzten fünf Jahre gezogen. Die ehemalige Mrs. Malcolm Turner war Geschichte. Nun konnte Hanna Casey, die niemandem zu Dank verpflichtet war, mit ihrem Leben weitermachen.

Den Lavendel vor sich auf dem Schreibtisch, wandte sie sich jetzt wie beiläufig an Conor. «Sie können mir nicht zufällig einen hiesigen Bauunternehmer oder Bauhandwerker empfehlen?»

Er stand auf einem Stuhl und versuchte, den alten Aufkleber zu entfernen, der oberhalb der Tür angebracht war. Nun schielte er über die Schulter nach ihr.

«Um was für eine Arbeit würde es sich denn handeln?»

«Oh, nur lauter Kleinkram. Instandsetzungsarbeiten ... Vielleicht auch eine Reparatur am Dach.»

Conor wandte sich von dem Aufkleber ab und dachte über die Frage nach. Als Hanna sah, dass ihre beiläufig gedachte Erkundigung zu einer langwierigen Erörterung führen würde, forderte sie ihn hastig auf, erst seine Arbeit zu Ende zu bringen. «Wenn jemand reinkommt, wirft er Sie vom Stuhl.»

«Stimmt. Aber das würde eine tolle Schlagzeile für den *In-*

quirer abgeben: ‹Mann stürzt beim Aufhängen eines Sicherheitshinweises.›»

Das war noch so ein Punkt, an den Hanna gar nicht gedacht hatte. Dass es nämlich praktisch unmöglich war, in Crossarra oder Lissbeg etwas zu tun, ohne dass es von allen Leuten ausführlich durchgehechelt wurde. Die Neuigkeit, dass sie vorhatte, Maggies Haus instand setzen zu lassen, würde mit Sicherheit überall die Runde machen. Stirnrunzelnd schaute sie auf ihren Computerbildschirm und fragte sich, ob sie die hiesigen Handwerker vielleicht besser übergehen sollte. Das würde zwar mehr kosten, andererseits wäre es das vielleicht wert. Ihr Abwägen der Mittel und Wege wurde von einem dramatischen Aufstöhnen Conors unterbrochen.

«Dafür hat man ja die Federfuchser, dass sie einem das Leben schwer machen!» Er war vom Stuhl heruntergestiegen und schaute zum Ergebnis seiner Arbeit hinauf. Über der Tür, wo der alte Aufkleber angebracht gewesen war, war ein Abdruck der Kleberspuren an der Wand zurückgeblieben. Als er den neuen Aufkleber hochgehalten hatte, um Maß zu nehmen, war ihm aufgefallen, dass sich drum herum ein Streifen der alten Klebestelle abzeichnen würde.

Hanna betrachtete den Abdruck. «Ob der wohl mit heißem Wasser weggeht?»

«Bestimmt nicht. Wir brauchen ein paar Tropfen Terpentinersatz. Ich kleb jetzt erst mal das alte Schild wieder hin und kümmere mich morgen um das neue.»

Hanna nickte, froh, dass er ihre Frage anscheinend vergessen hatte. Als der alte Aufkleber wieder an seinem Platz saß, hatte sie sich schon in ihre Arbeit vertieft. Und so wurde über die hiesigen Bauunternehmer nicht mehr gesprochen.

KAPITEL 11

Gleich nach der Arbeit kehrte Hanna zu Maggies altem Haus zurück. Es war nicht gerade ein Anlass, die Champagnerkorken knallen zu lassen, aber irgendein kleiner feierlicher Moment, mit dem sie den nun vollzogenen Schritt begehen würde, erschien ihr doch angemessen. Beim Aufbruch aus Marys Bungalow hatte sie morgens eine Liste der Dinge mitgenommen, die sie für ihre Mutter erledigen sollte. Für den Gang zur Reinigung und den Kauf von Blutpudding bei Fitzgerald's brauchte sie nicht mehr als zehn Minuten, und so schaute sie in Lissbegs neu eröffnetem Delikatessen-Imbiss vorbei, um sich einen Kaffee mitzunehmen. Der Tag war vielleicht kein Fall für Champagner, aber ein feierlicher kleiner Cappuccino auf der Klippe hinter dem Haus schien gut zu passen.

Die junge Frau hinter der Ladentheke lächelte, als sie hereinkam. «Hallo, Miss Casey!»

Sie hatte im vergangenen Schuljahr die letzte Jahrgangsklasse besucht. Hanna erinnerte sich, wie sie nach dem Unterricht die Bibliothek nach Vorbereitungsmaterial für die Abschlussprüfung durchforstet und wie wild gelernt hatte. Jetzt hatte sie ihr Haar mit einem Blümchentuch zurückgebunden und arbeitete in diesem Imbiss. Es war schön, sie so fröhlich zu sehen. Der Laden war mit Malerfarbe und Blumen ansprechend hergerichtet worden, und die Auswahl an Häppchen und Leckereien sah köstlich aus. Es gab winzige Laibe Ziegenkäse, bei deren Anblick Jazz, wie Hanna wusste, das Wasser im Mund zusammenlaufen würde, und so ließ sie sich zusätzlich zu ihrem Cappuccino auch noch einen Käse einpacken. Die junge Frau steckte ihn in eine braune Papiertüte, versah den Schaum auf dem Cappuccino gekonnt mit einem Federmuster und bot Hanna einen Schokoladentrüffel an.

«Bríd hat sie kreiert. Sie macht sie selbst, und diese Woche bekommt jeder, der einen Kaffee nimmt, kostenlos einen dazu.»

Hanna schüttelte den Kopf. «Bewahren Sie den Trüffel für den nächsten Kunden auf, Aideen. Die sind bestimmt nicht billig herzustellen.»

«Himmel, nein, sie kosten ein Vermögen!» Aideen wurde rot. «Ich sollte das nicht sagen, nur stimmt es eben. Aber wir wollen nun mal wirkliche Qualitätsprodukte verkaufen. Wer nicht wagt, der nicht gewinnt.»

Hanna nahm lächelnd ihren Kaffee entgegen. «Die Trüffel werden sich auch verkaufen, und bestimmt sind sie köstlich.»

Die Atmosphäre des Ladens ließ sie an farbige Designs für ihr Haus denken, deshalb fühlte sie urplötzlich eine Verwandtschaft mit Bríd und Aideen, die so viel Mut und Einfallsreichtum in ihr Geschäft investiert hatten.

Vor Maggies Haus machte die Straße eine scharfe Kurve, und so sah Hanna den Kastenwagen am Tor erst, als sie knapp dahinter war. Es war ein zerbeulter, roter Toyota mit einem Dachträger und einer Anhängerkupplung. Hanna fuhr in einem Bogen an ihm vorbei und hielt ein Stück weiter vorn. Sie schob die Füße in ihre Gummistiefel, marschierte mit ihrem Kaffee zum Tor zurück und betrachtete den Wagen finster. Am Rückspiegel baumelten die Farben des örtlichen Fußballvereins. Als sie näher kam, sprang ein älterer Jack-Russell-Terrier vom Beifahrersitz gegen das Armaturenbrett. Hanna musterte die Straße in beiden Richtungen, konnte aber niemanden entdecken. Wahrscheinlich hatte ein Farmer den Wagen stehen gelassen und war losgegangen, um nach seinem Vieh zu schauen. Wenn das noch einmal geschah, würde sie ein Wort mit ihm reden müssen.

Sie öffnete das Tor, um auf die Wiese hinter dem Haus zu gelangen. Als sie sich zwischen den überwucherten Weidensträuchern an der Giebelwand vorbeischob, erstarrte sie. Nur wenige Schritte vor ihr stand eine hoch aufgeschossene, gebeugte Gestalt in einer langen Wachstuchjacke mit zerrissenen Taschen. Der Mann trug eine undefinierbare Cordhose, die in schweren Arbeitsstiefeln steckte, und hatte eine Wollmütze über sein widerspenstiges graues Haar gezogen. Noch bevor Hanna sich zusammenreißen konnte, sagte er, ohne sich umzudrehen: «Natürlich werden Sie darauf bestehen, wegen der Schindeln ein Riesentheater zu machen.»

«Was?»

Der Mann deutete mit einem Kopfnicken zum Dach hinauf, das mit reizend unregelmäßigen, moosbewachsenen Schindeln gedeckt war. Hanna hatte vorgehabt, für die fehlenden oder beschädigten Stücke Ersatz auf Bergehöfen für historisches Baumaterial zu suchen. Doch bevor sie noch den Mund öffnen konnte, redete der Mann weiter.

«Die werden Sie nicht finden, wissen Sie.» Er schaute sich über die Schulter nach ihr um und wandte ihr ein düsteres, unrasiertes Gesicht mit einer langen Nase zu. «Und falls doch, wird man Sie schon aus einer Meile Entfernung kommen sehen und dann Gott weiß was für einen Preis verlangen.» Ohne eine Antwort abzuwarten, drehte er sich wieder zum Haus um. «Ich verkaufe den ganzen Krempel und schlage für Sie ein paar Kröten raus. Die Balken behalten wir aber. Wenn da der eine oder andere morsch sein sollte, kann ich den ersetzen.»

«Entschuldigen Sie bitte!» Hanna hörte ihre eigene, empörte Stimme. «Wissen Sie eigentlich, dass Sie Hausfriedensbruch begehen? Das hier ist Privatbesitz.»

«Hausfriedensbruch? Auf Maggie Caseys Wiese?»

Der Mann fuhr herum, und einen Augenblick lang bekam Hanna Angst. Aber er marschierte ohne einen weiteren Blick an ihr vorbei. Er hatte die sechzig deutlich überschritten und kam offensichtlich von hier, daher rief sie ihm hinterher: «Entschuldigung, ich wollte nicht unhöflich sein. Tut mir leid, aber ich weiß gar nicht, wer Sie sind. Oder wovon Sie reden.»

«Schon gut, Mädel, kein Problem.»

Mit der eng anliegenden, langen Jacke marschierte er zum Tor und hob dabei im Gestrüpp die Beine wie ein Storch. Hanna holte ihn beim Kastenwagen ein. In der Fahrerkabine brach der Terrier in wildes Gekläff aus, und seine Krallen zerkratzten das Armaturenbrett.

Hanna erhob die Stimme. «Vielleicht wissen Sie ja nicht, wer ich bin. Ich bin Hanna Casey.»

Der Mann schwang sich auf den Fahrersitz, und der Hund verstummte.

Die Gänge knirschten im Getriebe, dann rollte der Wagen davon. Während er hinter einer Kurve verschwand, starrte Hanna ihm verwirrt nach. Schließlich wandte sie sich schulterzuckend ihrem eigenen Fahrzeug zu. Der Kerl war offensichtlich ein Spinner, aber irgendwie hatte ihr sein verstörendes Auftauchen die Freude auf den kleinen, feierlichen Cappuccino-Moment verdorben.

KAPITEL 12

Jazz saß auf der Terrasse hinter dem Bungalow ihrer Oma und nahm sich vor, gleich reinzugehen und ihre Uniform zu bügeln. Es war der letzte Abend ihres langen Zwischenstopps, und sie musste am nächsten Morgen superfrüh raus, als sie sich jedoch in ihrem gepolsterten Gartenstuhl zurücklehnte, sagte sie sich, dass sie schon noch fünf Minuten Zeit hatte, um die durch die Dämmerung schimmernden Nacht-Levkojen zu betrachten. Ihr Großvater hatte ihr vor unendlich vielen Jahren erzählt, Levkojen würen stärker duften, wenn man sie an eine Stelle pflanzte, wo sie nicht durch Umgraben gestört würden. Wenn man sie dann auch nicht zu viel gösse oder mit Dünger traktierte, säten sie sich von Jahr zu Jahr neu aus und erfüllten abends den ganzen Garten mit ihrem Duft. Während sie jetzt die aromatische Luft genoss, beschloss Jazz, dass das Kofferpacken eine solche Routinesache war, dass sie dafür eigentlich nur wenige Minuten brauchte. Sie liebte ihre Arbeit, die dafür sorgte, dass sie ständig auf Achse war. Aber sie liebte auch diese langen Wochenenden in der gemütlichen Zuflucht des hässlichen, aber praktischen Bungalows ihrer Oma, dessen Terrasse mit großen Strandkieseln eingefasst war. In nichts zu vergleichen mit dem gut abgeschirmten Formgarten hinter dem Londoner Haus, in dem sie aufgewachsen war, oder dem riesigen Obstgarten hinter dem Cottage in Norfolk. Ganz zu schweigen von dem gemeinschaftlichen Innenhof in Frankreich, wo alle Topfpflanzen eingingen, weil nie jemand zu Hause war, um sich zu kümmern.

Die Freundinnen, mit denen sie die Wohnung in Frankreich gemietet hatte, arbeiteten alle für dieselbe Fluggesellschaft. Auch wenn die Topfpflanzen eine Schande waren, so war ihr Wohnblock doch ein wunderbar lebendiges Zuhause direkt in der Stadtmitte und lag nur eine halbe Stunde vom Flughafen entfernt. Allerdings musste sie einräumen, dass die Zimmer sogar noch winziger waren als der Mini-Hof, und so war es ganz gut, dass sie bei ihrer Oma immer noch ein paar angemessen große Schränke besaß, in denen sie ihren Kram aufbewahren konnte.

Die Schränke in ihrem alten Kinderzimmer im Londoner Haus waren inzwischen praktisch leer, und das Cottage in Norfolk hatte ihr Dad schon vor einer Ewigkeit verkauft. Mum hatte ihr die Nachricht von dem Verkauf so vorsichtig beigebracht, als hätte sie erwartet, dass sie ausflippen würde. Tatsächlich war es ihr ziemlich egal gewesen, solange sie Dad weiter besuchen konnte. Damals hatte sie sich bereits mit dem nicht recht nachvollziehbaren Umzug nach Irland abgefunden, obgleich sie anfangs stinksauer gewesen war. Doch in Norfolk hatte es ihr ohnehin nie besonders gefallen: Was konnte man mit einem Tennisplatz und einem Riesengarten schon anfangen, wenn man nie lange genug vor Ort war, um Freunde zu finden, die einem Gesellschaft leisteten?

Als das Licht jetzt immer mehr nachließ und der Duft der Levkojen intensiver wurde, ging die Tür hinter ihr auf.

«Hast du was dagegen, wenn ich mich zu dir setze?»

«Das hier ist ein freies Land.»

Jazz biss sich auf die Lippen. Es hatte ablehnend geklungen, und das hatte sie gar nicht beabsichtigt. Es war einfach nur so, dass ihre Mum bei ihr ständig wie auf Eiern ging. Das nervte total. Bei jedem sonst war ihre Mum die forsche, kompetente Hanna Casey, die kein Blatt vor den Mund nahm. Nur ihrer Tochter gegenüber verhielt sie sich so dünnhäutig und vorsichtig, dass sich Jazz ständig Mühe geben musste, um sie nicht zu verletzen. Damals in England war das anders gewesen. Jazz streckte den Fuß aus und zog den freien Gartenstuhl näher an ihren eigenen heran. Eine Entschuldigung wäre übertrieben gewesen, aber eine einladende Geste war wohl angebracht. Und diese würde hoffentlich ihren Zweck erfüllen.

Als Hanna sich auf dem Stuhl niederließ, fragte sie sich, ob es zudringlich von ihr war, sich Jazz an ihrem letzten Abend daheim aufzudrängen, auch wenn sie es immer genossen hatten, bei Einbruch der Nacht im Duft der Levkojen zusammenzusitzen. Als Jazz noch klein war, hatten sie jeden Sommer in Irland verbracht. Damals hatte Hanna Malcolms Versicherung geglaubt, er würde sich ihnen sofort anschließen, wenn die Arbeit es nur erlaubte. Als dann später die Wahrheit über seine Affäre herauskam, hatte sie sich bei dem Gedanken gekrümmt, dass er und Tessa in London Mann und Frau spielten, während sie und Jazz in Finfarran Sandburgen bauten. Und nie hatten die Nachbarn etwas zu ihr gesagt. Aber wie denn auch? Sie hatten sie wahrscheinlich nicht verletzen wollen, genauso wie sie es heute nicht ertrug, Jazz zu verletzen.

Nur die Sorge um Jazz hatte Hanna veranlasst, den Mund zu halten, als ihre Tochter Tessa zum ersten Mal als «Dads neue Freundin» bezeichnete. Sobald Jazz die Schule abgeschlossen hatte, hatte Malcolm sie ohne vorherige Rücksprache mit Hanna in ein teures Restaurant in London ausgeführt und ihr seine Beziehung mit Tessa so dargestellt, als wären sie beide urplötzlich von einem Wirbelsturm der Liebe erfasst worden. Jazz war danach total aufgeregt in Crossarra angekommen.

«Ehrlich, Mum, ist das zu glauben? Nachdem sie schon eine Ewigkeit Kollegen sind. Und weißt du, was? Dad hat mich im Sommer auf eine Kreuzfahrt zu dritt eingeladen.»

Hannas Herz machte einen so heftigen Satz, dass sie schon fürchtete, sich übergeben zu müssen. Während sie noch nach Worten suchte, war Mary Casey von hinten gekommen und hatte einen Becher Tee vor ihr auf den Tisch geknallt. Als Hanna jetzt im duftenden Garten saß, erinnerte sie sich daran, wie das Blut in ihren Ohren gepocht hatte und wie der Becher ihre kalten Hände wärmte und die Stimme ihrer Mutter die Lücke füllte, die durch eine unangemessene Reaktion entstanden wäre.

«Und was hast du darauf geantwortet, Jazz?»

Wie sich herausstellte, hatte Jazz die Einladung ausgeschlagen. Gerade hatte man ihr einen Kurs angeboten, in dem man sie und ihre Freundinnen Afric und Shane zu Flugbegleiterinnen ausbilden würde.

«Und wie hat dein Dad auf die Ablehnung reagiert?»

Jazz lachte. «Na ja, sie hätten sich bestimmt durch mich

eingeengt gefühlt. Ich glaube, dass er erleichtert war. So, das war jetzt jedenfalls die Story, und wer hätte das gedacht? Tessa Carmichael und Dad!»

Das lag inzwischen über ein Jahr zurück, und die Fiktion der stürmischen Liebe war eine weitere Lüge, die Hanna gezwungenermaßen, so empfand sie es zumindest, übernommen hatte. Andernfalls wäre die Tatsache ans Tageslicht gekommen, dass Malcolms Affäre mit Tessa schon vor Jazz' Geburt begonnen hatte. Das Problem war, dass Malcolm Hanna zuvorgekommen war. Lange bevor sie sich hatte zurechtlegen können, wie sie Jazz die Trennung erklären sollte, hatte er das Märchen erzählt, sie seien in aller Freundschaft auseinandergegangen. Eine weitere Lüge, die angeblich Jazz schützen sollte, in Wirklichkeit aber Hannas Position unmöglich machte. Vielleicht war ja auch gerade das seine Absicht gewesen. Vielleicht hatte er seine Geschichten eigens deshalb ersonnen, um Hanna dafür zu bestrafen, dass sie Jazz mitgenommen hatte, als sie ihn verließ. Vielleicht glaubte er wirklich, dass Lügen vollkommen in Ordnung waren und nur ihre Entlarvung schadete. So oder so, er hatte es geschafft, seine eigene Beziehung zu Jazz zu erhalten und Hanna gleichzeitig in ihrem Verhältnis zu ihrer Tochter zu lähmen. Verdammt noch mal, dachte Hanna, jetzt ging es schon wieder los, dass sie Zeit mit Gedanken an Malcolm verschwendete, anstatt das Zusammensein mit ihrer Tochter zu genießen.

Jazz rekelte sich neben ihr und sog die Luft ein. «Das erinnert mich immer an Opa.»

«Mich auch.»

In Hannas Kindheit hatte Tom duftende Blumen zu beiden Seiten der Bank vor der Ladentür gepflanzt und hohe

Callas unter die Fenster gesetzt. Und als er dann in Rente ging und der Bungalow gebaut wurde, war er in seinem Element. Er hatte Blumen und Sträucher ausgewählt und Terrassenfliesen verlegt. Hanna erinnerte sich, wie ihm die sommersprossige Jazz mit nackten Beinen und von der Sonne ausgebleichtem Haar im Alter von acht oder neun Jahren in den Sommerferien geholfen hatte, große, von den Wellen rund geschliffene Steine auf ein Badehandtuch zu schleppen und die Ladung dann in den Kofferraum zu hieven. Gemeinsam hatten sie über Größen und Farben diskutiert und die Steine an ihren Platz rund um die Terrasse gerollt. Jazz hatte sich weit mehr für die Steine als für die Gartenarbeit interessiert, aber Hanna hörte gerne, dass sie gute Erinnerungen an ihre Kindheit in Irland hatte.

In der Familie Turner war Malcolms Mutter Louisa die Gärtnerin gewesen. Das Grundstück des Hauses in Kent war zehnmal so groß wie der Garten der Caseys, aber bei den seltenen Begegnungen zwischen Malcolms und Hannas Eltern hatten Tom und Louisa gerne über ihre gemeinsame Blumenliebe geplaudert. Und in ihrem Haus in London hatten immer Blumen gestanden, die Louisa ihnen aus Kent schickte. An dem Tag, an dem Hanna erfahren hatte, dass Jazz ein Mädchen sein würde, war Malcolm bei seinen Eltern zu Besuch gewesen. Er war an diesem Abend mit einem weißen Jasminstrauß von Louisa nach Hause gekommen, die die Blumen mit ihren Blütensternen und glänzend grünen Blättern in feuchte Papiertücher gehüllt hatte, um sie im Wagen kühl zu halten. Hanna hatte den Duft des Jasmins eingesogen und dabei voller Glück gedacht, dass sie nun also doch noch ein Baby bekommen würde. Nach ihrer Fehlgeburt vor elf Jahren hatten ihr die Ärzte gesagt, dass sie wahrscheinlich kein weiteres Kind empfangen könnte. Anfangs war ihr das schrecklich erschienen, aber mit der Zeit war ihr Leben ganz von Malcolms Karriere und ihrer scheinbar perfekten Partnerschaft ausgefüllt gewesen.

Und hätte sie jemand in den elf geschäftigen, kinderlosen Jahren vor Jazz gefragt, ob sie glücklich sei, hätte sie mit Ja geantwortet. Um die Ecke lag eine ausgezeichnete öffentliche Bibliothek, ein Gebäude aus dem 19. Jahrhundert. Dort machte sie sich auf die Jagd nach Büchern über Architektur und Design und fand so ihren Zugang zu einer ganz besonderen Welt von Literatur. Bücher über Londons Bauweise am Ende der Georgianischen Epoche – dem Ende der zwanziger und Beginn der dreißiger Jahre des 20. Jahrhunderts – führten sie zu Biographien und Romanen aus jener Zeit. Bildbände über Stoffe und Materialien lenkten ihre Aufmerksamkeit auf die andere Seite des Ärmelkanals und die Pracht der französischen Paläste, aber auch auf die Behaglichkeit der Wohnräume wohlhabender Niederländer und die antiken Inspirationsquellen der englischen Architekten des 18. Jahrhunderts, diesen Männern mit geschwungenem Dreispitz auf dem Kopf. Damals folgte ihre Lektüre keinen logischen Bahnen. Bald las sie alles, von Simenons *Maigret* bis zu P. D. James' Kriminalromanen, und sie stieß in dem Essay eines amerikanischen Psychologen auf den irischen Romancier John McGahern, von dem sie nie zuvor gehört hatte. Als die Renovierung der Häuser in London und Norfolk abgeschlossen war, verfügte sie zwar über genug Geld, um jedes beliebige Buch zu kaufen, doch die Bibliothek um die Ecke blieb ihr eine dauerhafte Freude.

Und so merkte sie erst, als sie wieder schwanger war, wie sehr sie sich ein Baby wünschte. Malcolm war entzückt, als er hörte, dass es ein Mädchen sein würde. Als sie an diesem Abend mit dem feuchten, süß duftenden Strauß auf Hannas Schoß zusammengesessen hatten, hatten sie stundenlang über die Zukunft geredet. Malcolm hatte dann den Vorschlag gemacht, das Kind Jasmine zu nennen. Seiner Mutter würde das sehr gefallen, sagte er. Was Hanna denn davon halte?

«Ich finde den Namen auch toll. Dann soll sie so heißen.» Sie lächelte ihn an. «Du wirst sie nach Strich und Faden verwöhnen, stimmt's?»

«Natürlich.»

Aber das hatte er nicht. Er war ein disziplinierter Vater gewesen, großzügig, aber streng. Und wo es um Jazz ging, waren er und Hanna ein wirklich gutes Team gewesen. Als Hanna jetzt ihre Tochter betrachtete, die neben ihr im Dämmerlicht ruhte, war sie stolz auf das, was sie erreicht hatten. Malcolm, der sich für Jazz immer ein Studium gewünscht hatte, mochte ihren Job bei einer Billigfluglinie verachten. Aber Jazz war zu einer glücklichen, gesunden und verantwortungsvollen Frau herangewachsen. Und sie hatte die Schule mit einem absolut annehmbaren Abschluss verlassen. Wer konnte schon wissen, was sie in künftigen Jahren mit ihrem Leben anfangen würde? Hanna machte den Mund auf, um Jazz zu sagen, wie stolz sie auf sie war. Doch bevor auch nur ein Wort herauskam, ging die Schiebetür auf, und Mary stapfte auf die Terrasse.

«Da ist so ein Käse im Kühlschrank, der zum Himmel stinkt. Hat einer von euch vor, den zu essen?»

Hanna lächelte Jazz an. «Ziegenkäse von HabberDashery. Ich dachte, darauf hättest du an deinem letzten Abend vielleicht Appetit.»

«Mhm, lecker!» Jazz stand auf und machte sich auf den Weg ins Haus. «Sollen wir ihn wie eine Vorspeise auf Crackern servieren?»

«Also, mir brauchst du keinen Teller zu bringen!» Als die Terrassentür zufiel, setzte Mary sich auf den Gartenstuhl, den Jazz gerade geräumt hatte. «Mit Vorspeisen wurde dieses Kind aber nicht erzogen.»

Hanna lachte. «Ach, Mam! Sie ist praktisch mit Rohkostdips groß geworden.»

Es folgte eine Pause, während derer sie Jazz in der Küche rumoren hörten. Mary deutete mit einer Kopfbewegung auf das offene Fenster und redete ausnahmsweise einmal mit leiser Stimme.

«Dann hast du ihr also nicht erzählt, dass du in London warst?»

«Nein.»

«Tja, du wirst natürlich nicht auf mich hören, das tust du ja nie. Aber du brockst dir da selbst was ein, Mädel, das sage ich dir.»

Hanna schwieg. Mary lehnte sich zurück und zuckte nachdrücklich mit den Achseln. «Niemand ist so blind wie einer, der nicht sehen will, das hat dein Vater immer gesagt. Du denkst vielleicht, du baust dir da gerade eine großartige neue, unabhängige Existenz auf, Hanna, aber dieser Kerl da in London hat dich noch immer um den kleinen Finger gewickelt.»

Die Terrassentür glitt wieder auf, und Mary sprach noch

leiser. «Und ich sage dir noch etwas, das du nicht hören willst. Dieses Mädchen ist kein Kind mehr. Eines Tages wird sie herausfinden, was für ein Mann ihr Vater ist. Und an diesem Tag wird sie entdecken, dass ihr beide Lügner seid.»

KAPITEL 13

Das einsame Vergnügen der Fahrt durch die großartige Landschaft der Halbinsel war die zusätzliche Stunde Aufwand, die Hanna an mobilen Tagen entstand, unbedingt wert. An solchen Tagen fuhr sie immer zuerst nach Carrick, parkte dort ihr Auto bei der Bezirksbibliothek und machte sich dann mit dem Bibliotheksbus auf den Weg.

Heute würde ihre Route von der Hauptverkehrsstraße weg zur südlichen Seite der Halbinsel und nach Ballyfin führen. Das Wetter war anfangs trübe, aber als sie Carrick in Richtung Westen verlassen hatte, lockerte die Bewölkung bereits auf. Ihr erster Halt war ein Küstendorf, zu dem ein einspuriges Sträßchen führte, das sich einen Hügel hinaufschlängelte. Als sie oben ankam, schimmerte die Luft vor ihrer Windschutzscheibe, und ein Regenbogen wölbte sich vom Horizont zu einer kleinen Gruppe von Häusern oberhalb des Strandes. Als sie langsam zum Dorf hinunterrollte, sah Hanna Kinder in der Nähe des Schulhofs am Kai spielen. Jenseits der Schule lag eine kleine Bucht, umgeben von Klippen, in denen Tölpel nisteten und von denen sie sich kreischend herabschwangen, um den Fischerbooten zu folgen. Es war eine zweiklassige Schule, die von einer Lehrerin und einer Hilfskraft geführt wurde. Abgesehen von der Neuerung, die in der Ausstattung mit ein paar Computern und einem elektronischen Klavier bestand, hatte sich im Gebäude wenig verändert, und die Kinder wurden in denselben Räumen unterrichtet wie schon ihre Eltern und Großeltern vor ihnen. Heute standen die Schulbänke zwar nicht mehr in strengen Reihen, und die Wand, an der einmal die Tafel gehangen hatte, war jetzt mit den Kunstwerken der Kinder bedeckt, aber die lange Reihe von Garderobenhaken in der Eingangshalle, an der Stepp- und Kapuzenjacken hingen, hatte einmal Regenmänteln mit Gürteln und Cordjacken Platz geboten, und viel früher noch hatten hier Schultertücher und Mäntel aus schwerem Tuch gehangen. Hanna selbst hatte eine zweiklassige Schule besucht, bevor sie in den hohen Korridoren und Klassenzimmern unter dem Regiment der Nonnen zur Oberschule gegangen war. Doch wie in Lissbeg waren auch die meisten anderen Grundschulen Finfarrans schon vor Jahren geschlossen worden. Die Kinder, die jetzt gerade losrannten, um sich zu ihren Eltern in die Schlange vor dem Bibliotheksbus zu stellen, gehörten zu den letzten auf der Halbinsel, die noch über die Straße oder den Strand zu Fuß zur Schule gehen oder mit dem Fahrrad dorthin radeln konnten.

Als Hanna später wieder den Berg hinauffuhr, sagte sie sich, dass die Freiheit, ohne die ständige Aufsicht durch Erwachsene aufzuwachsen, einer der Vorzüge war, die sie im Rückblick am meisten an ihrer Kindheit zu schätzen wusste. Vielleicht hatte Jazz deshalb die Ferien in Irland so genossen. Das Tempo war hier reduziert, und die Kinder wurden nicht von Ballettstunden zu Sommerfreizeiten oder in Kreativkurse gescheucht, sondern vertrieben sich gemeinsam die Zeit oder halfen im Laden der Familie oder auf der Farm.

Hanna fädelte sich wieder in den steten Strom der westwärst fahrenden Touristen ein. Hier wurde sie nicht durch Kurven oder Schlaglöcher behindert, und so trat sie aufs Gas. Fünf Meilen weiter drosselte sie ihr Tempo erneut und bog nach links auf ein kurvenreiches Sträßchen ein, das sich zwischen Wald und Feld dahinschlängelte. Als Hanna diesen Weg vor Jahren mit dem Fahrrad entdeckt hatte, hatten die aus den Gräben wuchernden Farne die Sicht auf die Felder verdeckt. Bei der Fahrt mit dem Bus war das jetzt anders. Vom hohen Fahrersitz aus konnte sie meilenweit über den Flickenteppich aus Weiden und Äckern hinwegschauen, wo Kühe zwischen Steinmäuerchen weideten und die cremeweißen Blüten der grünen Kartoffelstauden wie Schaum im Wind zu treiben schienen.

Sie war auf dem Weg ins Dorf Knockmore, wo im Gemeindezentrum der Kirche eine Begegnungsstätte für Senioren eingerichtet war. Neben der Kirche lag ein großer Parkplatz, und die Leute nutzten den Termin des Bibliotheksbusses gern, um auch noch im Dorfladen vorbeizuschauen oder im Pub zu Mittag zu essen, wenn sie sich Bücher ausliehen. Als Hanna an dem Tor einer Farm vorbeikam, stürzte eine Frau mit einem Buch in der Hand heraus und winkte ihr zu. Hanna kam der Bitte zu halten seufzend nach. Theoretisch war das nicht vorgesehen, tatsächlich passierte das oft. Sie ließ die Fensterscheibe herunter, als die Frau an der Tür des Busses ankam und sich keuchend am Griff festhielt.

«Tut mir leid, Miss Casey, Mum ist ein bisschen erkältet, da können wir heute nicht zum Gemeindezentrum kommen.»

«Kein Problem, Nell, machen Sie sich keine Gedanken.»

Hanna streckte die Hand aus dem Seitenfenster und nahm das Buch entgegen. «Wird die Erkältung besser? Oder hat sie sie gerade erst bekommen?»

«Ach, sie schlägt sich schon eine ganze Weile damit herum. Aber das Buch, das wir letzte Woche ausgeliehen hatten, hat ihr sehr gefallen. Sie haben dahinten nicht vielleicht noch so eines?»

Sie brauchten zehn Minuten, um ein neues Buch für Mrs. Reily zu finden, die Krimis schätzte, und dazu gab es noch einen Familienroman für Nell. Meistens, so erklärte Nell, klöppelten sie und ihre Mutter ja und schauten dabei fern.

«Aber ich kann mich nicht auf das Klöppeln konzentrieren, wenn es Mum nicht gut geht», erklärte Nell. «Und ich hab dann auch nicht gerne den Fernseher laufen, weil ich sie so vielleicht nicht rufen hören würde. Das hier wird uns die Zeit vertreiben, bis sie wieder aufstehen kann.»

Sie legte die Bücher oben aufs Tor und winkte dem davonfahrenden Bus nach.

Ein Blick in den Rückspiegel zeigte Hanna, dass sie mit munteren Schritten zum Haus zurückkehrte. Die Begegnung hatte nicht lange gedauert, aber die paar Minuten Kontakt mit einem anderen Menschen und die Aussicht auf ein wenig Lesestoff, über den man plaudern konnte, hatten den Tag offensichtlich für Nell gerettet. So isoliert die auf der Halbinsel verstreuten Höfe und Dörfer auch wirken mochten, es gab ein Netz persönlicher und von der Gemeinde organisierter Beziehungen, das die Menschen miteinander verband und durch das sie sich gegenseitig unterstützten. Und das galt nicht nur für die Senioren, überlegte Hanna. Jazz' und Conors Schulfreunde, die sich in ihrer Heimat eine Existenz aufbauen wollten, brauchten ebenso eine Gemeinschaft, die sie unterstützte. Selbst wenn deren Rituale und Beziehungsgeflechte einem manchmal den letzten Nerv rauben konnten.

An diesem Morgen war Conor gerade mit seiner Vespa angeknattert gekommen, als sie die Bibliothekstür aufschloss, und er hatte eindeutig etwas auf dem Herzen gehabt. Aber da sie selbst nur darauf aus gewesen war, schnell nach Carrick zu kommen, um den Bus abzuholen, und da sie hoffte, dass es sich um irgendetwas Unwichtiges handeln würde, bemühte sie sich, sein Gesicht zu ignorieren. Auf dem Weg zur Tür hatte sie dann zum alten *Vorsicht Stufe*-Schild aufgeblickt und Conor aufgetragen, es bis zum Ende des Tages zu ersetzen. Doch schien ihm genau dieses Thema auf der Seele zu liegen. Und so hatte sie die nächsten zehn Minuten damit verbracht, eine komplizierte Geschichte aus ihm herauszuholen, der zufolge der hoch aufgeschossene Eindringling, der gestern auf Maggies Grundstück gestanden hatte, tatsächlich von Conor geschickt worden war.

«Ich habe nicht getratscht, Miss Casey, ehrlich, ich wollte Ihnen nur helfen. Und ich habe ihn auch überhaupt nicht aufgefordert, bei Ihnen vorbeizugehen. Ich habe noch nicht einmal eine Ahnung, woher er überhaupt wusste, wo er hinmusste. Aber er ist nun einmal ein Bauhandwerker, und Sie hatten mich ja gefragt, ob ich in dieser Branche jemanden kenne. Und als ich ihn dann um ein bisschen Terpentinersatz bat, habe ich zufällig Ihren Namen erwähnt.»

Hanna hatte den Gedanken aufgegeben, noch vor dem Stoßverkehr loszukommen, und sich auf dem Rand ihres Schreibtischs niedergelassen, während Conor mit knallrotem

Gesicht erklärte, dass er das alte Schild erst herunternehmen könne, wenn er so weit sei, das neue anzubringen. Und das neue könne er erst anbringen, wenn Fury O'Shea mit dem Terpentinersatz da sei. Und Fury würde vielleicht überhaupt nicht auftauchen, da das Gerücht umging, Hanna hätte ihn tödlich beleidigt. Das habe sie gewiss nicht beabsichtigt, setzte Conor hastig hinzu, aber jemand habe gesehen, wie sie sich neben Furys Kastenwagen anscheinend in die Haare gekriegt hätten, und das müsse wohl der Ausgangspunkt des Gerüchts gewesen sein. Auf Hannas Vorschlag hin, Conor könne ja losgehen und für ein paar Euro selbst eine Flasche Terpentinersatz besorgen, schaute er sie entsetzt an. Was, wenn Fury dann doch mit dem Lösungsmittel auftauchte? Der Gedanke, dass Conor an ihm gezweifelt habe, würde ihn gleich doppelt sauer machen. Und was wäre mit den Leuten, die vielleicht Bücher leihen wollten, während Conor rasch zum Baumarkt liefe? Er würde das Schild *Geschlossen* an die Tür hängen müssen, und dann würde es vielleicht Beschwerden geben. Als Hanna sah, wie sich bei dem Gedanken, dass eines zum anderen kommen und alles immer schlimmer werden könnte, Conors Augen weiteten, beschwichtigte sie ihn rasch.

«Na ja, wozu ein einfaches Missverständnis zu einer Krise aufbauschen. Lassen Sie das Schild eben hängen, bis Sie sehen, ob Mr. O'Shea nun vorbeischaut, und tut er das nicht, kümmern wir uns morgen darum.»

Als sie jetzt auf dem von Schlaglöchern übersäten Sträßchen aufs Gas trat, um die Zeit aufzuholen, die sie mit Nell Reily verbracht hatte, machte Hanna sich Sorgen. Da sie in Crossarra aufgewachsen war, wusste sie genau, was geschehen würde, wenn Conor recht hatte und dieser O'Shea tödlich gekränkt war. Nicht nur O'Shea würde sich dann weigern, für sie zu arbeiten, auch sonst würde keiner im Umkreis einen Auftrag annehmen, den er abgelehnt hatte. Zumindest keiner, dem man irgendwelche Arbeiten anvertrauen wollte. Hanna stöhnte. Wenn sie Glück hatte, übertrieb Conor die Sache. Aber so, wie es klang, war es wesentlich wahrscheinlicher, dass sie selbst einen teuren Fehler begangen hatte. Dann riss sie sich zusammen und ermahnte sich, nicht so blöd zu sein. Das war wieder die alte Hanna, die immer nur das Schlimmste voraussah. Die neue Hanna war anders. Und wie schwierig konnte es schon sein, mit diesem Fury O'Shea zurande zu kommen?

KAPITEL 14

Fury O'Shea umkreiste auf der Broad Street den Parkplatz, entdeckte eine Lücke und rollte hinein. Ein Rucksackwanderer, der neben dem bepflanzten Pferdetrog saß, zuckte zusammen, als die Motorhaube nur Zentimeter vor seinen Knien zum Stehen kam und sich ein kleiner Hund wild kläffend gegen das Armaturenbrett warf. Der junge Mann faltete seine Landkarte zusammen, krümmte sich wieder unter seinen riesigen Rucksack und stapfte mürrisch davon. Fury zog den Schlüssel aus der Zündung und griff ins Handschuhfach. Dann schob er eine abgenutzt wirkende Plastikflasche in die aufgerissene Tasche seiner Wachstuchjacke und schwang die langen Beine aus dem Wagen. Der Morgenverkehr rumpelte auf beiden Seiten der Hauptstraße vorbei. Fury schlüpfte zwischen einem Pkw und einem Lastwagen hindurch und steuerte auf die Bibliothek zu. Als er merkte, dass er nicht zum Mitkommen aufgefordert wurde, rollte sich der Hund, der den Namen Divil - Irisch für Teufel - trug, auf dem Beifahrersitz des Kastenwagens zusammen und deckte die Nase mit dem Schwanz zu. Fury ging auf dem Bürgersteig die alte Schulmauer entlang, bog beim Klostergebäude ein und betrat den Hof.

Conor, der an der Theke saß, blickte auf, als der große, düstere Mann in der Tür auftauchte.

«Wie geht es, Mr. O'Shea?»

«Besser denn je.»

Mit äußerster Sorgfalt auf einen Anschein von Beiläufigkeit bedacht, zog Fury die alte Plastikflasche aus der Hosentasche und schob sie über die Theke.

«Ist mir ein Vergnügen, Junge. Sag nichts.»

«Ah, das ist toll, Fury, tausend Dank.»

Fury warf einen Blick auf das Schild über der Tür. «Hast du mit dem neuen Schild schon Maß genommen?»

«Ja, natürlich, aber es ist nur halb so groß. Deswegen brauche ich ja dieses Zeug.»

Conor zog einen Stuhl zur Tür, kletterte drauf und machte sich daran, den hässlichen Rand aus altem Kleber mit dem Terpentinersatz aus Furys Flasche zu entfernen.

«Bleib doch noch, Fury, wenn ich fertig bin, setze ich den Teekessel auf.»

«Nicht nötig, Junge, überhaupt nicht, ich hab noch Arbeit vor mir.» Fury blickte sich in der Bibliothek um. «Dann ist sie selbst heute also nicht da?»

Conor schüttelte den Kopf. Ihm war klar, dass Fury ganz genau wusste, wo Miss Casey derzeit unterwegs war. Aber hier musste man behutsam vorgehen. Nach allem zu urteilen, was sie ihm heute Morgen vor ihrem Aufbruch mit dem Bibliotheksbus berichtet hatte, würde es verdammt viel diplomatisches Geschick erfordern, die beiden wieder an einen Tisch zu bekommen. Da die Idee, sie zusammenzubringen, ja zunächst einmal auf seinem Mist gewachsen war, war er fest entschlossen, einen Erfolg daraus zu machen.

Wenn man Conors Dad glaubte, konnte kein anderer Handwerker auf der Insel Fury das Wasser reichen. Außerdem hatte er etwas für alte Häuser übrig. Er stand nicht auf diese modernen Kästen, die in den Boomjahren des Keltischen Tigers zu Hunderten aus dem Boden gestampft worden waren, damals, als die Spekulanten durchdrehten. Fury verstand etwas von Steinen und Holzbalken, vom Maurer- und Zimmermannshandwerk. Und er hasste Verschwendung. Wo ein anderer Mann sich die Arbeit leicht machte und einem dann doch ein Vermögen abknöpfte, ging Fury geschickt ans Werk und erledigte es ordentlich. Conor hatte geglaubt, indem er ihn mit Miss Casey zusammenbrächte, würde sich das ideale Paar finden. Stattdessen schien er nun einen Krieg angezettelt zu haben. Aber man wusste nie, vielleicht würden die beiden ja doch noch einen gemeinsamen Nenner finden. Sie waren vermutlich wie Kühe – wenn man denen ihr eigenes Tempo ließ, kam man mit ihnen am schnellsten dorthin, wo man sie haben wollte.

Der zweite Halt auf Hannas Südstrecke war das Dorf Knockmore, wo das Kirchengemeindezentrum der St. Mary's Seniorenbegegnungsstätte Raum bot. Als sie den Bus parkte, ging der Gemeindepriester Father McGlynn gerade zu seinem Auto. Die Rentner und Rentnerinnen, die aus einem Umkreis von Meilen zur Begegnungsstätte kamen, berichteten Hanna immer von den Schlachten, die Father McGlynn für sie schlug. Wenn er nicht wäre, sagten sie, müssten sie alle zu diesem riesigen, verglasten Monstrum, dieser Begegnungsstätte auf der anderen Seite von Carrick wackeln, wenn sie zur Fußpflege müssten oder einmal nicht kochen wollten.

Wenn Hanna hörte, wie beunruhigt sie klangen, fragte sie sich gelegentlich, ob es vielleicht gütiger von Father McGlynn wäre, der Versuchung zu widerstehen, sich als Held darzustellen. Vielleicht konnte eine so abgelegene Pfarrgemeinde wie St Mary's sich aber auch glücklich schätzen, das Amt in so energischen Händen zu wissen. Wie Nell Reily Hanna einmal bei der Auswahl eines Buches in Großdruckausgabe zugeflüstert hatte, war die Hälfte der Priester in den ländlichen Kirchengemeinden des Bezirks längst im Rentenalter. «Ehrlich, Miss Casey», hatte sie gesagt, während sie dem Klappentext eines Liebesromans zu entnehmen versuchte, ob sie ihn schon gelesen hatte, «die meisten von ihnen wissen nicht, mit welchem Fuß sie zuerst aufstehen sollen, und noch mehr von ihnen könnten Ihnen nicht sagen, wozu sie überhaupt aus dem Bett gekrochen sind.»

Jetzt ging Hanna ins Gemeindezentrum und setzte sich an einen leeren Tisch. Die alten Leutchen, die im Nachbarraum gerade zu Mittag aßen, würden gleich hereinkommen, um hier Tee und Kaffee zu trinken, aber für die nächsten zehn Minuten würde sie in Ruhe ihr Sandwich essen können. Die Stammgäste der Begegnungsstätte betrachteten den Bibliotheksbustermin als einen festlichen Anlass: Irgendjemand buk immer einen Kuchen oder brachte Hanna Obst oder Gemüse aus dem Garten mit, und oft bot man ihr auch ein Kätzchen oder einen Welpen an. Da sie wusste, dass Mary Casey durch die Decke gehen würde, wenn sie mit einem Haustier ankäme, hatte sie immer abgelehnt. Doch als sie jetzt ihr belegtes Brot auspackte, fragte sie sich, ob eine Katze auf dem Ofen nicht vielleicht eine gute Gesellschaft wäre, wenn sie aus dem Bungalow ihrer Mutter in Maggies Haus zog.

Im Nachbarraum hörte man Stühlerücken, als die Senioren vom Tisch aufstanden. In diesem Moment traf eine SMS von Tim Slattery auf Hannas Handy ein. Rasch warf sie einen Blick drauf. Er habe sie heute Morgen leider verpasst, wolle sie aber um einen Gefallen bitten. Ob sie ihn bitte bei Gelegenheit anrufen könne? Hanna tippte hastig «gerne», drückte auf Senden und schaltete ihr Handy aus, als die schwatzenden Damen und Herren aus dem Speisesaal in den Raum strömten.

Zehn Minuten später war ihre Vision eines gemütlichen Kaminfeuers und einer schnurrenden Katze in ihren eigenen vier Wänden ein gutes Stück in die Ferne gerückt. Sobald die alten Leutchen sich gesetzt hatten, brachte Hanna das Gespräch auf Fury O'Shea, um das fröhliche Geplauder bei der üblichen Tasse Kaffee als Deckmantel für ihre Erkundigungen zu nutzen. Das Ergebnis war niederschmetternd. Alle waren sich einig, dass man Fury besser nicht in die Quere kommen sollte. Er war nicht gewalttätig oder so, aber ein schrecklicher Dickschädel, trotzdem genoss er großen Respekt. Hanna hörte zunehmend entmutigt zu. Conor hatte offensichtlich recht: Sie hatte ihre erste Begegnung mit genau dem Mann vermasselt, den sie für ihr Projekt brauchte. Nicht, dass es so klang, als wäre Fury O'Shea jemand, mit dem sie gerne zusammenarbeiten würde. Anscheinend machte er keine Schätzungen, von Kostenvoranschlägen ganz zu schweigen, und er hielt sich auch an keinen Zeitplan. Wo man ihn finden konnte, wusste man ebenfalls nie, da er doch immer sein Handy ausstellte und nicht auf Nachrichten reagierte. Tatsächlich waren sich alle einig, dass er ein schlimmerer «Divil» war als sein kläffender kleiner Terrier.

Allerdings hieß er auch nicht umsonst Fury: Wenn er sich einmal in eine Arbeit verbissen hatte, war er nicht mehr zu halten und hörte erst auf, wenn er fertig war.

Der Mann neben Hanna, ein Bäcker in Rente, bot ihr einen seiner Mini-Cupcakes an. Er habe sie heute Morgen eigens für den Bibliothekstag gebacken, erzählte er. Die Küchlein waren köstlich, und Hanna hatte bereits zwei gegessen, als sie jedoch die nervöse Anspannung im Gesicht seiner Frau sah, lächelte sie und nahm noch einen. Die kleine alte Dame strahlte vor Freude und versetzte ihrem Mann einen Knuff. Während er dann mühsam aufstand, um die Küchlein am Nachbartisch anzubieten, beugte sie sich zu Hanna vor und senkte die Stimme.

«Es ist gar nicht so einfach, ihn derzeit aufzumuntern, Miss Casey. Da ist es schön, wenn er einen Grund zum Backen hat.»

Noch während sie das sagte, erklang auf der anderen Seite des Raums plötzlich lautes Gelächter, und als ihr Mann zurückkam, gluckste er vor Vergnügen. «Jetzt hören Sie sich das einmal an, das hatte ich ganz vergessen. Aber damals hat man sich in den Pubs gar nicht mehr darüber eingekriegt. Wissen Sie, was er vor ein paar Jahren mal gemacht hat, dieser Fury? Hat die Schindeln vom Dach so einer bedauernswerten Frau runtergenommen und sie an einen Bauunternehmer verkauft. ‹Überlassen Sie es mir, einen ordentlichen Preis für Sie herauszuschlagen›, hat er gesagt. Und dann hat er die Hälfte davon direkt in die eigene Tasche gesteckt. Guter Gott, der Kerl ist einfach unschlagbar!»

KAPITEL 15

Mary Casey öffnete das Schlafzimmerfenster, zog das Bett mit geübter Hand ab und bezog es neu. Jazz war bei Tagesanbruch mit einer Freundin, die ihr eine Mitfahrgelegenheit angeboten hatte, zur Arbeit aufgebrochen und hatte das Zimmer mit zurückgeschlagenem Federbett und einem Durcheinander von allem möglichen Zeugs auf der Frisierkommode zurückgelassen. Das störte Mary überhaupt nicht. Wie sie es sah, war außer ihr selbst sowieso niemand imstande, ein Bett ordentlich zu machen oder irgendetwas angemessen zu putzen, zu reinigen oder zu ordnen. Sie stopfte das Kissen in einen sauberen Kissenbezug, schüttelte es auf und klopfte es nach dem Hinlegen noch einmal zurecht. Dann strich sie den frisch gebügelten Bezug des Federbetts glatt und lehnte ein paar herzförmige Rüschenkissen gegen das gepolsterte Kopfbrett. Als auch die Frisierkommode in Ordnung gebracht war, blickte sie sich mit dem Arm voll schmutziger Wäsche noch einmal um und betrachtete ihr Werk.

Das Zimmer mit dem Einzelbett sah fast so aus wie damals, als Hanna und Jazz plötzlich vor ihrer Tür gestanden hatten. In den Jahren nach ihrem unerwarteten Eintreffen war zwar Marys Rosenmustertapete unter Wandpostern verschwunden, und überall hatten Laptops, Handys, Kleider und Kosmetika herumgelegen. Sie musste Jazz aber lassen, dass sie gleich nach dem Antritt ihrer neuen Stelle alles abgehängt, ihre Sachen aufgeräumt und den blöden Schreibtisch und Stuhl entsorgt hatte, auf die Hanna der Hausaufgaben wegen bestanden hatte.

Während sie mit dem Staubtuch nach einer Biene schlug, die durchs offene Fenster hereingebrummt war, überlegte Mary, dass Hanna sich furchtbar verändert hatte. Früher war sie wie ihr Vater gewesen, viel zu vertrauensselig und leichtgläubig. Und ihr Mann hatte diese Naivität ausgenutzt und sie hereingelegt. Leider war Hanna heute das genaue Gegenteil: sorgenvoll, misstrauisch und viel zu verkrampft, um sich entspannen und sie selbst sein zu können. Mary versetzte der Biene einen wütenden Hieb und schüttelte das Tuch mit dem pelzigen Leichnam vor dem Fenster aus. Es gab so einiges, was sie diesem Malcolm nicht verzeihen konnte, aber dass er Hanna in einer solchen Verfassung zurückgelassen hatte, war das Schlimmste.

In die Küche zurückgekehrt, stopfte Mary das schmutzige Bettzeug in den Wäschekorb und machte sich daran, das Staubtuch in der Spüle auszuwaschen. Tom hatte ihr vor Jahren auf der Terrasse eine wunderbare kleine Wäscheleine angebracht, und dort konnten ihre Geschirrhandtücher und Staubtücher ein bisschen geschützt trocknen. Alles andere wanderte immer montagmorgens in den Wäschetrockner, und zwar bei jedem Wetter. Während sie in der Spüle die schaumige Waschlauge bereit machte, dachte sie daran, dass ihre arme Mutter ihren Ehering jahrelang an einer Kette um den Hals tragen musste. Nach den Tausenden von Stunden, die sie mit dem Scheuern von Böden und dem Kartoffelschälen unter kaltem Wasser zugebracht hatte, waren ihre Finger verkrüppelt gewesen. Die schreckliche Erinnerung an ihre glänzenden, geschwollenen Fingerknöchel hatte Mary nie mehr losgelassen. Hanna und ihresgleichen mochten ein warmes, gemütliches Heim voll praktischer moderner Geräte geringschätzig abtun und sich nach so einer Art Hippie-Leben in einem Schuppen sehnen. Aber wenn dann der Winter kam, würde sie nur zu bald wieder mit einem Stoß schmutziger Wäsche vor der Tür stehen. Wobei, genau das würde sie nicht tun. Mary wrang ihr Staubtuch aus und überlegte, dass ja das gerade das Problem mit Hanna war: Sie war ein schrecklicher Dickschädel.

Genau so hatte sie Hanna an diesem Vormittag in der Metzgerei Fitzgerald beschrieben. Als Mary ihre Würstchen auswählte, war Pat Fitzgerald aus der Wohnung im Obergeschoss heruntergekommen, und sie hatten sich für ein Schwätzchen über die Theke gebeugt. Mary und Pat waren zusammen zur Schule gegangen; sie hatten unter Schwester Consuelos kaltem Blick auf den hinteren Bänken herumgezappelt und waren nach dem letzten Läuten immer so schnell davongestürzt, dass die Schulranzen auf ihren Rücken hüpften. Als Mary zum ersten Mal mit Tom Casey ausgegangen war, waren auch Pat und Toms Schulfreund Ger Fitzgerald mit von der Partie gewesen. Und bei Pats und Gers Hochzeit waren Mary und Tom die Trauzeugen gewesen, obgleich Mary nie recht begriffen hatte, was Pat eigentlich an Ger fand. Selbst damals war er schon ein kleiner, mürrischer Kerl mit verdrossener Miene gewesen. Aber er war ein Einzelkind, und sein Vater hatte einen großen, gut gehenden Betrieb besessen, vielleicht hatte das ja etwas mit Pats Entscheidung zu tun gehabt. Als sie sich an diesem Vormittag über die Theke beugte, vertraute Mary sich Pat an wie damals auf der Schulbank. Es war nun einmal so, dass sie sich schreckliche Sorgen wegen Hanna machte. Schlimm genug, dass dieser Kerl in London sie übers Ohr gehauen hatte. Jetzt gab es also auch noch diese neue Schnapsidee, in Maggies Haus zu ziehen.

«Sie ist ein schrecklicher Dickschädel, das ist das Problem mit ihr, und darum kann man nicht mit ihr reden.» Mary nahm ihre Einkaufstasche auf und schüttelte den Kopf. «Der Herrgott weiß es, bei uns mag es auch schon mal krachen, aber dir ist vollkommen klar, dass ich sie niemals rausschmeißen würde.»

Pat nickte mitfühlend. Sie war schon immer eine gute Zuhörerin gewesen.

«Die Sache ist doch die, Pat, viele Ersparnisse kann sie nicht besitzen. Und sie hat auch keine vernünftige Rente zu erwarten, woher denn auch? Bevor sie nach London ging, hatte sie nur einen einzigen Job, das war ihre Stelle in Dublin. Und bis zur Rente wird sie hier in Lissbeg höchstens ein Dutzend Jahre vorweisen können.»

«Und natürlich hat sie bei der Scheidung nichts von ihrem Mann bekommen.»

«Nichts bekommen? Sie hat nichts genommen, dieser Dickschädel! Und was werden diese Renovierungsarbeiten nun wohl kosten?»

Pat schüttelte den Kopf. «Das Haus da ist wirklich eine Bruchbude.»

«Genau das sage ich auch. Und weißt du, was sie getan hat? Sie ist zur Credit Union gegangen.»

«Ach, Mary!»

«Schulden! In ihrem Alter! Ich weiß nicht, was ihr armer Vater sagen würde.»

An dieser Stelle war die Tür hinter ihnen aufgegangen, ein Kunde war eingetreten, und Mary hatte sich verabschiedet. Aber Pat hatte sie, noch immer kopfschüttelnd, nach draußen begleitet.

«Für dich wird es auch nicht leicht sein, wenn du da ganz allein zurückbleibst, oder?»

Mary sah sie scharf an. «Was?»

«Jetzt spring mir nicht gleich an die Kehle, mir geht es doch nur um dich. Du wirst sie vermissen, Mary, das weißt du genau. Und jetzt, wo auch noch Jazz weg ist ...»

Mary warf den Kopf hoch. «Allmächtiger, Pat Fitz, soll das ein Scherz sein? Renn du mal den beiden ständig hinterher, dann würdest du selbst sehen, wie sehr du sie vermissen würdest! Und kommt nicht Jazz alle zehn Minuten mit einem Koffer voll Wäsche nach Hause und verdrückt zu den unmöglichsten Zeiten ihr Toastbrot?»

Mary ärgerte sich immer noch über Pats besorgte Miene, als sie mit den Händen in der Lauge an der Spüle stand. Sie spülte das Staubtuch unter fließendem, heißem Wasser aus, wrang es energisch aus und trug es zur Wäscheleine. Als sie es aufgehängt hatte, ging sie zur anderen Seite der Terrasse, sammelte die in der Nacht abgefallenen Blütenblätter der Nachtkerzen auf und warf sie ordentlich in die Mülltonne. Morgen kam die Müllabfuhr, dann musste die Tonne vorne stehen. Wenn Hanna nach Haus kam, würde sie nach der langen Fahrt mit dem Bibliotheksbus müde sein, aber gerechterweise musste Mary zugeben, dass sie immer noch die Mülltonne auf die Straße rollte, bevor sie sich zum Essen hinsetzte. Mary schob die Tonne ein Stück von der Terrassentür weg und fuhr mit einem Straßenbesen dahinter; wenn man die Netze nicht regelmäßig wegfegte, wimmelte es da bald von Spinnen. Dann kehrte sie ins Haus zurück, schaute sich in ihrer tipptopp aufgeräumten Küche um und fragte sich, was sie als Nächstes tun sollte.

KAPITEL 16

Ballyfin war Hannas letzter Halt des Tages. Sie stellte den Bibliotheksbus wie üblich auf den öffentlichen Platz gegenüber einem kleinen, hübschen Gebäude, an dem ein großes Schild mit der Aufschrift *Interaktives Heimatmuseum* hing, das das in den Türgiebel gemeißelte Wort *Bibliothek* beinahe, aber nicht gänzlich verdeckte. Das Gebäude war vor zweihundert Jahren mit Geld errichtet worden, das von den anglo-irischen de Lancys gestiftet worden war, die über Jahrhunderte hinweg die Grundherren der Halbinsel waren. Inzwischen war ihre Wohltätigkeit nur noch eine Erinnerung. Das letzte Mitglied der Familie lebte zwar noch im Stammschloss nahe von Carrick, doch vor zwanzig Jahren, als das für die de-Lancy-Bibliothek hinterlassene Geld dahingeschwunden war, hatte die Gemeinde das Bibliotheksgebäude übernommen. Und anschließend hatte man beschlossen, dass es für Bücher zu schade sei. Und so waren die Bücher, Landkarten, Fotos und Aufzeichnungen, die die de-Lancy-Sammlung gebildet hatten, in die Bezirksbibliothek von Carrick verbracht worden, und die ehemalige öffentliche Bibliothek wurde zu einem Erlebnisort für Geschichte umgerüstet. Wenn die Einwohner Ballyfins jetzt ein Buch ausleihen oder darin etwas nachschlagen wollten, hatten sie nur noch die Alternative, entweder nach Lissbeg oder Carrick zu fahren – oder auf Hannas Bibliotheksbus zu warten.

An einer Theke unmittelbar hinter der Tür des Interaktiven Heimatmuseums zeigte ein großer Monitor abwechselnd das Wort *Touristeninformation* und Bilder von Fischen, die im Wasser tanzten. Jahr für Jahr kamen weniger Touristen zum Angeln nach Ballyfin, doch die Fische blieben der Markenkern der Stadt, nicht nur ihrer maritimen Vergangenheit wegen, sondern auch aufgrund eines Buches, das sie in ein Tourismuswunder verwandelt hatte.

Es trug den Titel *Der lange Weg nach Los Angeles* und war die Lebensgeschichte eines unglaublich attraktiven Filmstars, dessen Hollywoodkarriere drei Jahrzehnte Blockbustererfolge umfasste. In dem verzweifelten Versuch, es unter den anderen Promi-Biographien herausstechen zu lassen, hatte der Verlag sich an der Tatsache festgebissen, dass sich der Star einmal nach einem Nervenzusammenbruch beim Angeln in Ballyfin erholt hatte. Der Gestalter des Buchcovers – das später Kultstatus erlangte – hatte keine Ahnung gehabt, dass der Name der Stadt sich von einem mittelalterlichen Heiligen namens Fionn ableitete. Doch sein Cover mit der riesigen Rückenfinne, die aus den Wellen aufstieg, hatte den Herausgeber dazu bewogen, den Lebensbericht als den Bewusstseinsstrom eines Stars zu interpretieren, der in den langen Wochen in Ballyfin mit riesigen Fischen gekämpft hatte. Das verschaffte dem Buch nicht nur eine Struktur, sondern verlieh auch dem Star eine neue Größe, da er nun als eine Art Kapitän Ahab dastand, der mit Wahnsinn und Ungeheuern gerungen hatte. *Der lange Weg nach Los Angeles* wurde ein internationaler Bestseller, der sich umso besser verkaufte, als er gerade zu der Zeit erschien, da sich der Star von seiner fünften Frau scheiden ließ und seine sechste heiratete, eine einundzwanzigjährige Sängerin mit einer riesigen Internetfangemeinde. Und Ballyfin wurde zu einem angesagten Ort.

Heutzutage aß man hier die Fische eher, als sie zu angeln, und *Der lange Weg nach Los Angeles* war längst vergriffen. Doch in Ballyfin waren noch überall Bilder des Stars und des Buchcovers zu sehen, und in Verbindung mit der überwältigenden Landschaft genügte die Verquickung mit Hollywood, um Scharen von Touristen anzulocken.

Aus Hannas Sicht war es eine jämmerliche Stadt. Sie erinnerte sich an eine Zeit, als in den Geschäften um den Platz Lebensmittel, Schuluniformen und Elektrowaren angeboten worden waren, und dazwischen hatte es auch eine Arztpraxis, ein Anwaltsbüro und einen Friseur gegeben. Genauso erinnerte sie sich, dass die Halbinsel einmal in sieben Dörfern Postämter besessen hatte. Jetzt kämpfte das letzte davon – es wurde von den Eltern von Conors Freund Dan Cafferky geführt – in einem Dorf westlich von Carrick darum, nicht geschlossen zu werden. Und Ballyfin, das seine Bibliothek verloren hatte, hatte außer Andenkenläden und Hotels nichts hinzugewonnen.

Ein Blick auf ihre Armbanduhr zeigte, dass es Zeit zur Rückkehr war. Als sie mit ihrem Bus auf dem Platz wendete, kam Gráinne, eine der jungen Angestellten der Touristeninformation, mit einem Plakat heraus. Sie winkte Hanna zu, und die hielt für ein Schwätzchen an.

«Wie war der Tag?»

«Ach, Sie wissen schon, ein unheimlicher Betrieb.» Gráinne

kam heran und lehnte sich gegen den Bus. «Typisch für diese Jahreszeit, wir sind daran gewöhnt.»

Neben dem Interaktiven Museum hing ein öffentliches Anschlagbrett, ein Überbleibsel aus der Zeit, als das Gebäude eher den Einheimischen als den Touristen diente.

Gráinne blinzelte zum Himmel hinauf. «Heute wird wieder ein Superabend. Ich häng das hier noch auf, mache den Laden dann dicht und gehe schwimmen.»

Hanna blickte auf das Plakat. «Was ist denn das?»

«Ach, es geht um so eine Bürgerversammlung, in der die Verwaltung den Haushaltsplan fürs nächste Jahr vorstellt. Das Plakat ist heute Morgen aus Carrick gekommen. Aber Sie wissen ja selbst, dass es keiner lesen wird.»

Hanna lachte. «Es ist wirklich eine bescheuerte Jahreszeit für so was. Jetzt kann man doch nicht erwarten, dass die Leute in dieser Stadt Plakate lesen. Oder bei Versammlungen erscheinen.»

«Na ja, man weiß nie, vielleicht geht es ihnen ja gerade darum! Vielleicht ist das Letzte, was sie wollen, dass die Leute ihnen tatsächlich ein Feedback geben.»

Hanna lächelte ihr zum Abschied zu und bog auf die Straße ein. Sie wollte nicht unhöflich zu Gráinne sein, die wirklich nett war, aber sie hatte heute Abend genug anderes Programm. Sie hatte Tim Slattery wegen seiner SMS vom Mittag zurückgerufen und ihm versprechen müssen, abends zu einer langweiligen Bezirksveranstaltung zu kommen. So war es das Letzte, was sie vor dem Feierabend wollte, ein Schwätzchen über Kleinstadtpolitik zu halten.

Hanna mochte Tim. Als sie sich um die Stelle in Lissbeg bewarb, war er unheimlich herzlich gewesen, hatte ihr keine zu persönlichen Fragen über ihre Zeit in London gestellt und erklärt, die Bibliotheksverwaltung Finfarrans schätze sich glücklich, sie gefunden zu haben. Er hatte den persönlichen Parkplatz in Lissbeg für sie organisiert, der ihr ein gewisses Gefühl von Würde verschaffte, auch wenn sie das niemals zugeben würde, nicht einmal vor sich selbst. Und seine Großstadtallüren amüsierten sie. Gelegentlich hatte sie sich gefragt, ob er sich auch in Finfarran eingeengt fühlte. Seine Eltern hatten einen gut gehenden Betrieb in Carrick geführt, und seine Schwester machte irgendwas Bedeutendes in Dublin. Und doch arbeitete er trotz seines eindrucksvollen Titels als Bezirksbibliothekar in einem Raum, den man eigentlich nur als ein jämmerliches Kämmerchen in einem heruntergekommenen, hässlichen Gebäude bezeichnen konnte. Angesichts seines energischen Strebens nach Stil und Schick war das wohl kaum der perfekte Ort, doch da sie sah, wie sehr er ihre eigene Privatsphäre achtete, ging sie seinen Empfindungen nicht auf den Grund.

Am Telefon hatte er sich weltgewandter gegeben denn je. Er wolle sie auf keinen Fall nerven, aber würde sie es ertragen, an einer Fete teilzunehmen? Also, nein, das treffe es nicht ganz, eher handele es sich um eine langweilige Saufparty. Die Tourismusmanagerin des Bezirks habe einen Minister aus Dublin eingeladen und wolle ihn nach einer Besichtigungstour über die Insel mit ein paar Drinks traktieren.

«Das hat eigentlich einen Dreck mit uns zu tun, aber sie will unbedingt Eindruck bei ihm schinden, darum trommelt sie jetzt überall Gäste zusammen.»

Hanna hatte innerlich gestöhnt. Gott allein wusste, welchen Gefallen Teresa O'Donnell, die Tourismusmanagerin,

Tim früher einmal erwiesen hatte, dass er jetzt bei allen anklingelte, aber so lief das nun mal. Hanna selbst fühlte sich ihrerseits Tim verpflichtet. In den fünf Jahren seit ihrer Trennung von Malcolm war sie keineswegs zu rauen irischen Fischern ins Bett gehüpft, sondern hatte fast überhaupt keine Kontakte mehr gepflegt. Da war das gelegentliche Abendessen mit Tim und seiner Freundin eine willkommene Abwechslung zu den langen Fernsehabenden mit Mary Casey gewesen, während derer Jazz auf ihrem Zimmer hockte und die Tür hinter sich abschloss. Und dann und wann hatte ein Gespräch mit Tim, der sich nicht nur beruflich für Bücher interessierte, auch ihren Arbeitstag interessanter gemacht. Nachdem er sie mit seinem Anruf vollkommen überrumpelt hatte, hatte sie gemerkt, dass sie nicht ablehnen konnte.

«Heute war ich mit der Bibliothek unterwegs, da muss ich den Bus sowieso nach Carrick zurückbringen. Ein Drink ist bestimmt nett.»

«Glauben Sie mir, mit Sicherheit nicht. Der Rotwein wird billig sein, und der Weiße wird schmecken wie mit Saccharin gesüßt. Ich weiß, dass so ein Abend viel verlangt ist, aber ich bin Ihnen wirklich dankbar. Dann also bis sieben.»

Diese Uhrzeit bedeutete, dass sie eine ganze Stunde totschlagen musste, und so konnte Hanna bei der Rückfahrt nach Carrick im schräg einfallenden Licht der Abendsonne der Versuchung nicht widerstehen, einen Umweg zum Haus einzuschlagen. Conor hatte in Lissbeg bestimmt die Bibliothek abgeschlossen und alles in bester Ordnung hinterlassen. Er war absolut zuverlässig, selbst wenn seine übereifrige Hilfsbereitschaft ihn manchmal übers Ziel hinausschießen ließ. Und tatsächlich war sie an dem Problem mit Fury selbst schuld. Sie hätte wissen sollen, dass Conor genau so, wie er sich in ein Computerproblem verbiss, bis es gelöst war, auch versuchen würde, eine Antwort auf ihre Frage nach den hiesigen Bauhandwerkern zu liefern. Als sie jetzt über Conor nachdachte, hatte sie plötzlich die Idee, dass der heutige Abend sehr wohl genutzt werden konnte, um seine Aussichten im Bibliotheksdienst zu verbessern. Daher schickte sie ihm, bei Maggies Haus angekommen, eine SMS mit der Bitte, sie um neunzehn Uhr in Carrick zu treffen und einen Anzug anzuziehen.

Nachdem sie die Nachricht versandt hatte, wandte sie sich ihren eigenen Sorgen zu. Während sie den Bus hinter sich stehen ließ und durchs Tor trat, fragte sie sich, ob es wohl vernünftig wäre, sich einen Bauunternehmer zu suchen, der von weiter weg kam. So oder so würde sie sich, wen immer sie schließlich beauftragte, erst einmal selbst einen Überblick über die anstehenden Arbeiten verschaffen müssen. Als Erstes müsste das Grundstück entrümpelt werden; es sah so aus, als hätte es die halbe Gemeinde seit Maggies Tod als Müllkippe genutzt. Während sie am Haus entlang nach hinten ging, sagte sie sich, dass sie aus den Renovierungsarbeiten in England auf jeden Fall eines gelernt hatte: Es war entscheidend, von Anfang an die vollständige Kontrolle über den Umbau zu behalten. Voller Entschlusskraft bog sie auf der Giebelseite um die Hausecke – und vor ihr stand ein Ziegenbock.

KAPITEL 17

Überrumpelt starrte Hanna das grobknochige, braun-weiße Tier an, das in aller Ruhe einen kreisförmigen Ausschnitt der Gestrüppwiese abgraste. Es war mit einem langen, schmuddeligen Seil am Rand eines halb überwucherten Wagenrads festgebunden, und so weit dieses Seil reichte, war das Stück Wiese jetzt so glatt wie mit der Sichel gemäht. Außerhalb dieses Kreises wuchsen Gras und Unkraut jedoch so hoch wie zuvor. Wie das übrige Gerümpel, das verstreut herumlag, war das Rad, an dem der Ziegenbock festgebunden war, offensichtlich vor langer Zeit entsorgt worden, um hier zu verrotten. Und zu Hannas Überraschung wirkte es auf dem kurz abgeweideten Gras beinahe dekorativ. Irgendwie machte die Tatsache, dass zumindest eine kleine Fläche gesäubert war, das wilde Pflanzengewucher weniger erschreckend. Der Ziegenbock hob ohne viel Interesse den Kopf und betrachtete Hanna kurz. Dann ging er ein paar Schritte und graste in aller Ruhe weiter. Die verblüffte Hanna wollte gerade ein Stück auf ihn zu gehen, als das Tier wieder den gehörnten Kopf hob und seine gelben Augen mit den länglichen Pupillen auf etwas richtete, das hinter Hanna war. Gleich darauf hörte sie eine bekannte Stimme.

«Ich würde sagen, man sollte ihn als Nächstes an den Kühlschrank binden.»

Fury O'Shea kam über das Grundstück auf Hanna zu, die Wachstuchjacke eng um die Hüften geschlossen, um sich vor dem Gestrüpp zu schützen. Divil hüpfte vor ihm her und verschwand dabei immer wieder im wogenden Gras. Bei Hanna angekommen, hob er den Kopf und kläffte schrill. Hanna stieß den Zeigefinger in Richtung Ziegenbock und schrie Fury an.

«Was macht dieses Tier auf meinem Grundstück?»

Der Hund verstummte, als Fury bei ihnen war, und Hanna wiederholte ihre Frage.

Fury sah sie mit hochgezogenen Augenbrauen an. «Wieso glauben Sie denn, dass ich weiß, was der hier macht?»

«Wollen Sie etwa behaupten, dass Sie es nicht wissen?»

«Doch, natürlich weiß ich es. Ich hab ihn für Sie ausgeliehen.»

«Sie haben ihn für mich *ausgeliehen*? Hat Ihnen irgendwer gesagt, dass ich eine Ziege brauche?»

«Das sieht doch jeder, dass Sie eine Ziege brauchen. Besser noch zwei. Ich werd mich nach einem weiteren Tier umschauen, aber vielleicht braucht das ein oder zwei Wochen.»

Empörung und gesunder Menschenverstand lieferten sich in Hannas Kopf eine Schlacht. Dann gewann der gesunde Menschenverstand, und sie sah Fury böse an. «Wie lang würden zwei Tiere brauchen, um diese Wiese sauber zu weiden?»

«In Gottes Namen, Mädel, wo sind Sie denn groß geworden? Wissen Sie das nicht selbst?»

Bevor sie noch antworten konnte, nahm er sie beim Ellbogen und führte sie zum Wagenrad.

«Ich kann hier nicht andauernd herkommen, um den Bock woanders anzubinden. Jetzt machen Sie mal selbst das Seil los, dann bringen wir ihn zum Kühlschrank.»

Zehn Minuten später saß Hanna zu ihrer eigenen Verwunderung mit dem zänkischen Hund zu ihren Füßen neben Fury O'Shea auf der Mauer, während der Ziegenbock einen neuen Kreis Gras abweidete. Wahrscheinlich sei das Dachgestühl noch tipptopp, sagte Fury. Und mit den Wänden sei auch alles in Ordnung, eine Abdichtung gegen Feuchtigkeit nicht nötig.

«Woher wissen Sie das denn?»

Fury wandte ihr den Kopf zu und sah sie streng an. «Womit verdienen Sie Ihren Lebensunterhalt?»

«Das wissen Sie doch. Ich bin Bibliothekarin.»

«Und ich bin Bauhandwerker. Lassen wir das mal so stehen?»

Plötzlich erhob er sich, und einen Augenblick lang glaubte Hanna, er werde einfach weggehen wie beim letzten Mal. Stattdessen streckte er die Hand aus und zog sie hoch.

«Dann schauen wir uns mal drinnen um.»

Sie reihte sich hinter Divil ein und folgte Fury das Grundstück hinauf.

Als sie das Haus betraten, hielt Hanna vor Schreck den Atem an. Hatte sie wirklich den Plan, das hier zu ihrem Zuhause zu machen? Die Tür hing schief im halb verrotteten Rahmen, und die winzigen Scheiben in den Sprossenfenstern waren verdreckt und rissig. Der Boden war mit Brocken bedeckt, die von der Decke herabgefallen waren, und in einer Ecke hatte die Feuchtigkeit Stockflecken hinterlassen. Maggies hohe Anrichte stand noch immer, wenn auch von

Spinnweben überzogen, in einer Nische neben dem offenen Kamin. Hinter den schmutzigen Glastüren zeichneten sich die Umrisse einsamer Tassen und Gläser ab. Ein Krähennest war aus dem Schornstein auf die Kaminsohle gefallen und hatte einen Haufen Ruß und Federn um sich verstreut. Durch die offene Tür auf der anderen Seite des Raums erkannte Hanna das alte Messingbett, in dem Maggie früher geschlafen hatte. Dahinter hing die verblichene Tapete in Fetzen von der Wand. Sie sah das alles, während Fury den winzigen Anbau untersuchte. Der hatte ein Wellblechdach, das durch das Gewicht des draußen wuchernden Efeus gefährlich eingedellt war.

Hinter Hanna war plötzlich ein scharrendes Geräusch zu hören, und sie fuhr erschrocken herum. Mit einem Seufzer der Erleichterung erkannte sie, dass da nur Divil mit staubbedeckter Nase aus dem Schlafzimmer kam. Furys Gesicht tauchte im Eingang des Anbaus auf. Hanna, die sich plötzlich töricht fühlte, zeigte auf das Schlafzimmer.

«Ich dachte schon, da wären vielleicht Ratten.»

«Da können Sie Gift drauf nehmen. Ich würde sagen, kann sein, Sie brauchen nicht nur die Ziege, sondern auch Divil, um hier Ordnung zu schaffen.»

Als sie später wieder auf der Mauer saßen, während die Sonne im Meer versank, versicherte er ihr, dass es keinen Grund zur Panik gebe. In einem Haus, das man in diesem Zustand sich selbst überlasse, würden unvermeidlich Ratten leben, umso mehr, als noch die alte Matratze auf dem Bett liege. Hier müsse man entrümpeln und dann das Haus wetterfest machen. Der alte Anbau wäre in zehn Minuten abgerissen und ein neuer in null Komma nichts hochgemauert.

«Dort werden Sie das Klo, die Dusche und einen kleinen Allzweckraum haben. Wir bauen ein paar Schränke und einen Herd in den Hauptraum, und Sie können mit dem Kochen loslegen. Eine Spüle, ein Herd, ein Kühlschrank und eine Arbeitsfläche, dann staunen Sie schließlich noch über sich selbst. Sie machen Feuer im offenen Kamin und stellen einen Sessel daneben. Wenn wir erst mit dem Dach fertig sind und Sie ans Stromnetz angeschlossen haben, sind Sie fein raus.»

Das alles ging Hanna viel zu schnell. Sie werde darüber nachdenken müssen, sagte sie, und sie müsse gezeichnete Pläne sehen. Und um die Ausgaben zu planen, brauche sie einen Kostenvoranschlag. Dann fiel ihr das Gespräch in der Begegnungsstätte wieder ein, und sie bedachte Fury mit dem strengen Blick, den sie sich normalerweise für Leute aufsparte, die ihre Bücher zu spät zurückgaben.

«Haben Sie verstanden? Ich möchte alles auf Papier sehen.»

«Ja, das möchten Sie natürlich.» Fury stand auf und schaute sich nach Divil um, der gerade seine Bekanntschaft mit dem Ziegenbock festigte. «Wissen Sie, was, ich würde sagen, da liegt Regen im Wind. Ich mach mal, dass ich heimkomme.»

Hanna kam ebenfalls auf die Füße und legte Fury die Hand auf den Arm. «Schauen Sie, es tut mir leid, ich weiß, dass ich neulich unhöflich zu Ihnen war.»

Einen Moment herrschte Schweigen, dann zuckte er mit den Schultern. «Hören Sie, Mädel, Sie und ich, wir haben beide Maggie Casey gekannt. Wenn *sie* der Meinung gewesen wäre, jemand treibt sich unberechtigt auf ihrem Land rum, hätte sie eine Waffe geholt.»

Hanna lächelte. «Das stimmt.»

«Da hätte ich wohl Bescheid wissen und eine kleine Grobheit von ihrer Großnichte nicht krummnehmen sollen.»

«Kann sein. Es tut mir trotzdem leid.»

Fury zupfte einen Grashalm ab und kaute mit einem Blick zum Horizont darauf herum. «Maggie war eine harte Frau, aber wissen Sie, was? Ich hab sie gemocht. Ich hab hier als junger Bursche mal was für sie erledigt. Nur für einen Monat oder so. Sie hat sich immer mit ihren Nachbarn zerstritten, darum wollte sie eine richtige Grenze um ihr Grundstück haben. Und ich brauchte Fahrgeld nach England, drum hab ich ihr die Mauer gebaut.»

Er nickte zum Haus hinüber. «Und wo ich schon mal dabei war, hab ich auch ein paar Löcher im Dach geflickt.»

«Und da ist noch was.» Hanna sah ihn durchdringend an. «Ich möchte die ursprünglichen Schindeln behalten, wenn das Dach neu eingedeckt wird.»

«Ja, das möchten Sie natürlich.» Fury schob die Hände in die Hosentaschen, zog die lange Jacke um seine mageren Hüften und pfiff nach Divil. «Vergessen Sie nicht, den Ziegenbock regelmäßig umzusetzen, ich kann nicht ständig nach Ihnen schauen.»

«Ja, aber warten Sie, ich brauche noch Ihre Handynummer.»

«Wieso?»

«Na ja, damit wir Kontakt halten können.»

«So werden Sie nicht Kontakt mit mir halten, Mädel, ich schalte das verdammte Ding nie ein.»

KAPITEL 18

Es gab Zeiten, dachte Conor, da war sein Job in der Bibliothek doch wieder nicht so toll. Heute Vormittag hatte er mehrere Stunden auf der Farm malocht und war dann zur Arbeit nach Lissbeg gefahren. Nach Feierabend hatte er eine Viertelstunde mit dem Anlasser seines Motorrollers gekämpft, bevor er im Regen nach Hause zurückgekehrt war. Jetzt hätte er also nichts dagegen einzuwenden, sich einfach nur auszuruhen und gar nichts zu tun. Stattdessen musste er sich unter die Dusche schleppen und zurechtmachen, während der Rest der Familie mit Pizza vor dem Fernseher saß und eine Spielshow anschaute. Als er, in sauberem Hemd und sauberer Hose, wieder nach unten kam, schüttelte sein Bruder Joe ungläubig den Kopf. Bekäme er die Überstunden eigentlich bezahlt, wenn er sich so aufbretzelte und nach Carrick fuhr? Conor überging die Frage mit einem Schulterzucken. Er hatte nichts als eine kurze SMS von Miss Casey erhalten, die ihn darin aufforderte, zu irgendeiner Veranstaltung im Bezirksrathaus zu kommen.

«Was soll diese Einladung eigentlich?» Joe riss eine Bierdose auf. «Ich meine, zu diesem Haufen passt du doch sowieso nicht, oder? Egal, wie viel Gel du dir ins Haar schmierst.»

Ihre Mum versetzte Joe einen Stoß. «Lass deinen Bruder in Ruhe, er sieht großartig aus. Und warum sollten sie ihn nicht auf eine Feier einladen? Wahrscheinlich bauen sie ihn für eine bedeutende Zukunft auf.»

Conor beugte sich über die Rückenlehne des Sofas und küsste sie aufs Haar. «Das kommt mir nicht sonderlich wahrscheinlich vor, Mum, trotzdem danke.»

Jeder wusste, dass Orla McCarthy ihre Söhne für die Größten hielt. Tatsächlich hätte man sich wohl allgemein über sie lustig gemacht, wären die Leute nicht ehrlich davon beeindruckt gewesen, wie Conor und Joe die Farmarbeit schulterten, seit ihr Vater Paddy den kaputten Rücken hatte. Die ständigen Schmerzen und der ganze Frust machten Paddy McCarthy nicht gerade zu einem angenehmen Hausgenossen, aber was blieb ihnen anderes übrig, als zusammenzuhalten und sich durchzubeißen? Als Conor jetzt auf dem Weg nach draußen eine Olive von Joes Pizza stibitzte, rief Paddy ihm nach:

«Vergiss nicht, dass morgen früh der Tierarzt kommt.»

«Keine Sorge, ich bin bis zehn zurück.»

Auf der Fahrt durch den Regen sagte sich Conor, dass Joe im Grunde recht hatte. Der Himmel mochte wissen, warum Miss Casey ihn gebeten hatte, auf diese Feier zu gehen, die anscheinend noch nicht einmal etwas mit der Bibliothek zu tun hatte. Doch das würde er vermutlich herausfinden, wenn er da war.

Hanna traf Conor um neunzehn Uhr im Foyer des Bezirksrathauses, und sie fuhren gemeinsam mit dem Lift zu einem Konferenzsaal hinauf, wo man, nach der Batterie von Flaschen und Gläsern zu schließen, ein volles Haus erwartete. Teresa O'Donnell musste eine ganze Menge Leute gebeten haben, ihr einen Gefallen zu erwidern. Als Hanna Tim Slattery auf der anderen Seite des Saals entdeckte, steuerte sie Conor dorthin und verkündete fröhlich, obwohl sie Conor die Nachricht erst nach Dienstschluss geschickt habe, sei er gleich bereitwillig hergekommen. Wie Hanna es ihm im Lift aufgetragen hatte, lächelte Conor nun und sagte, es gehe doch nichts über eine Vollzeitstelle. Tim nickte zustimmend und merkte sich offensichtlich, dass Conor jemand war, auf den man sich bei Bedarf verlassen konnte. Und das, dachte Hanna, während sie Conor wegsteuerte, würde mit ein bisschen Glück vielleicht die unglückselige Wirkung ihres Gesprächs über das neugeborene Stierkalb auslöschen.

Conor war sich nicht klar gewesen, dass sie sich vor dem Servieren der Drinks erst einmal eine Anzahl von Reden anhören mussten. Vor einem Podium waren Stuhlreihen aufgestellt, und als die Tourismusmanagerin Teresa O'Donnell eintraf, setzten sich alle. Sie stellte einen mit gebleckten Zähnen lächelnden Kerl vor, der, wie sich herausstellte, ein Minister war. Mit viel Hin und Her und großem Theater setzte man den Minister schließlich auf den richtigen Platz. Dann besorgte man dieser O'Donnell mit genauso viel Hantieren ein Glas Wasser. Ein paar Leute klatschten, als sie aufstand und ans Rednerpult trat. Conor achtete nicht darauf, ob irgendjemand zuhörte. Er selbst blendete sie schon nach wenigen Minuten aus, und erst als Miss Casey ihn mit dem Ellbogen anstieß, nahm er seine Umgebung wieder wahr.

«... das ist also die *Hands On Hands Off App*! Eine direkte Antwort auf die Regierungsempfehlung, die Haushaltsmittel in den Regionen projektorientiert einzusetzen. Sie wird hier vor Ort erstellt, reduziert unsere Tourismusausgaben um den Faktor zehn und bietet gleichzeitig den Konsumenten der Halbinsel Finfarran eine aufregende, dem 21. Jahrhundert entsprechende Erfahrung. Sicher werden mir alle zustimmen, dass es sich hier um eine Win-win-Situation handelt.»

Unter dem Applaus des Ministers, dem sich alle anderen anschlossen, trat sie vom Rednerpult zurück. Dann trank sie einen Schluck Wasser und sah sich nach Meldungen um.

«Bitte zögern Sie nicht, Fragen zu stellen. Ich bin sehr gespannt auf Ihr Feedback.»

Der Minister strich sich mit einer manikürten Hand über den Hinterkopf und ließ die Augen durch den Saal wandern. «Also, ich finde den von Ihnen für die Anwendung gewählten Namen interessant. Könnten Sie uns mehr darüber verraten?»

Conor dachte, dass der Name wirklich das Unwichtigste war. Eigentlich sollte doch die App selbst, die übrigens ein ziemlicher Blödsinn zu sein schien, das Thema sein. Aber die O'Donnell plapperte schon wieder los.

«Aber selbstverständlich. Der Name umreißt den Kern des Konzepts. ‹Hands On›, weil wir dem Nutzer eine befähigende persönliche Erfahrung bieten. ‹Hands Off›, weil die Anwendung die direkte Interaktion zwischen dem Einzelnen und der gewählten Tourismusregion fördert. Die App ersetzt ein veraltetes, nicht lokal abgestimmtes Interface durch den letzten Schrei von Nischenmarketing. Und sie hat ihr eigenes Markenimage. Die HoHo-Erfahrung.» Teresa malte mit den Fingern Gänsefüßchen in die Luft. «Die App der Halbinsel Finfarran. Downloaden, und Sie sind der, der lacht.»

Conor schaffte es nur mit Mühe, nicht selbst laut loszulachen. Aber bei einem Blick auf Miss Casey konnte er ihr Gesicht nicht deuten, also hielt er sich zurück.

Sobald der Minister genickt und sich eine Notiz gemacht hatte, schossen rundum im Saal die Hände in die Höhe. Hanna sah, dass auch Gráinne, Phil und Josie, die Angestellten in den Tourismusinformationszentren in Carrick und Ballyfin, unter denen waren, die sich meldeten. Teresa überging alle und deutete auf ihre eigene Assistentin, die in der hintersten Reihe saß. Das Mädchen sprang sofort auf.

«Ich habe mich gefragt, ob Sie vielleicht die Kosten-Nutzen-Analyse noch etwas näher erläutern könnten.»

Erst nach vollen zehn Minuten legte Teresa eine Pause ein, und nun hob wieder der Minister die Hand.

«Diese App würde also letztlich die vorhandenen örtlichen Tourismusinformationszentren ersetzen?»

«Letztlich ja. In der Tat. Das ist vollkommen richtig.»

«Sie würden geschlossen?»

«Und durch ein System ersetzt, das nicht nur den Zielen der Landesregierung entspricht, sondern der Region ungeheure Vorteile böte. Tatsache ist nun mal, dass wir mit der Zeit gehen müssen. Wissenschaftliche Untersuchungen belegen, dass der durchschnittliche Besucher Finfarrans über eine hohe digitale Kompetenz verfügt und am liebsten sein Smartphone verwendet.»

Die Menschen, so fuhr sie fort, wollten Unmittelbarkeit, Spaß und eine aufregende Erfahrung. Sie wollten den Kulturtourismus als dynamisches Paket. Mehr als alles aber wollten sie Kontrolle.

«Und wenn wir möchten, dass sie bei der Wahl ihres Ferienorts auf Finfarran klicken, müssen wir ihnen genau das bieten.»

Zehn Minuten später stand Hanna mit Tim Slattery in einer Ecke des Saals. Über seine Schulter hinweg sah sie, dass die meisten Gäste – Abgeordnete des Bezirksparlaments oder öffentliche Angestellte – die Gelegenheit nutzten, um so viel kostenlosen Alkohol wie möglich in sich hineinzuschütten. Auf der gegenüberliegenden Seite des Raums standen die drei jungen Touristik-Frauen tuschelnd beisammen. In einer Nische der Seitenwand hatte Teresa den Minister mit Beschlag belegt. Hanna bemerkte, dass Tims Blick gelegentlich in diese Richtung zuckte. Aber das war nicht sonderlich überraschend. Es kam ja nicht oft vor, dass Regierungsmitglieder sich die Mühe machten, von Dublin nach Carrick zu reisen.

Während sie darauf warteten, dass Conor ihnen ihre Drinks brachte, redeten sie von der Arbeit. Tim wollte gerne den Sachbuchbestand des Bezirks ausbauen. Hanna pflichtete ihm bei, dass mehr Sachliteratur in Lissbeg dringend benötigt werde. Und wäre es nicht schön, meinte sie, die Bibliothek in Ballyfin wiederzueröffnen und die de-Lancy-Sammlung in das Gebäude zurückzubringen, das für sie errichtet worden war? Es folgte eine kurze Pause, in der Tims Blick wieder in Richtung Minister zuckte. Hanna sah ihn scharf an.

«Entgeht mir hier irgendwas?»

«Was meinen Sie damit?»

«Diese HoHo-Idee betrifft uns doch nicht etwa? Ich meine, es steht nicht zur Debatte, dass die Bibliothek von Lissbeg geschlossen wird, oder?»

Tim warf abwehrend die Hände hoch, wobei ein großer, runder Zeitmesser an einem karierten Armband zum Vorschein kam.

«Nur über meine Leiche! Natürlich nicht.»

Aber in Hannas Hinterkopf blieb eine nagende Sorge zurück, und sie legte ihm die Hand auf den Arm.

«Sind Sie sich sicher?»

Tim zog mit gespielt vorwurfsvoller Miene die Augenbrauen hoch, und Hanna lachte beschämt. Dann entschuldigte sie sich für den Fall, dass sie ihn gekränkt haben sollte. In diesem Augenblick tauchte Conor mit den Händen voller Weingläser aus dem Gedränge auf. Sich wie ein Schlangenmensch windend, kam er ohne Missgeschick in ihrer Ecke an, und Tim und Hanna brachen das Gespräch ab und konzentrierten sich darauf, den Wein mit eng an den Leib gelegten Ellbogen zu trinken. Es war genauso schlimm, wie Tim vorhergesagt hatte, deshalb erklärte Hanna so früh, wie es die Höflichkeit erlaubte, dass sie heimmüsse. Conor fügte hinzu, das gelte auch für ihn.

«Morgen kommt der Tierarzt.»

Sobald die Worte heraus waren, lief er rot an, da ihm die Anweisungen einfielen, die ihm Hanna im Lift gegeben hatte. Doch als sie sein puterrotes Gesicht sah, musste sie lächeln. Wie sehr man auch versuchen mochte, seine Karriereaussichten zu verbessern: Man konnte Conor aus der Farm herausholen, aber die Farm nicht aus Conor.

KAPITEL 19

In der folgenden Woche führte die Tour mit dem Bibliotheksbus Hanna über die nördliche Seite der Halbinsel. Die Straße verlief zwischen dem Saum alter Wälder und den schwarzen Klippen des Steilufers, die mit den Felsenbuchten, die sie umschlossen, eine ganz andere Landschaft boten als die Sandstrände der Südseite. Wieder einmal war das Wetter unbeständig, Sonne und Regenschauer wechselten sich ab. Am Himmel über dem Meer trieben Wolkenbäusche, in den dunklen Bäumen sangen Vögel, und die von Schlaglöchern übersäte Straße war vom Sonnenlicht gefleckt, das zwischen den raschelnden Blättern hindurchsickerte.

Weil es auf dieser Seite der Insel weniger Dörfer gab, die weit auseinanderlagen, waren in ihrem Zeitplan mehr, dafür kürzere Halte vorgesehen. Einer der ersten befand sich an einer Kreuzung, wo eine alte Schmiede und das dazugehörige Wohnhaus zu einem Gästehaus umgebaut worden waren. Es war ansprechend zwischen Wald und Klippen gelegen und vor einigen Jahren von einem jungen Deutschen und seiner irischen Frau gekauft und renoviert worden. Im Wohnhaus gab es vier Gästezimmer mit eingebautem Bad sowie Gunthers und Susans eigene Wohnräume. Und aus der alten Schmiede war ein Gemeinschaftsraum für die Gäste geworden. Dort wurden die Mahlzeiten an langen Holztischen serviert, und um eine gemütliche Feuerstelle waren mehrere Sofas und Sessel gruppiert. Gunther kochte, und Susan hatte die Hauswirtschaft übernommen, hielt Schafe und Ziegen und stellte in einem Steinschuppen mit Schieferplattenboden, den sie hinten an die Schmiede gebaut hatten, Käse her.

Als Hanna den Bus an der Kreuzung abstellte, kam Susan herbeigeeilt.

«Hallo, Miss Casey. Konnten Sie das Buch besorgen, das ich bestellt habe?»

Hanna ging um den Kleinbus herum zur Hecktür, um es zu holen. Auf dieser Seite der Insel war die Breitbandabdeckung recht gut, und Susan nutzte häufig die Möglichkeit, Bücher online aus anderen Bibliotheken zu ordern. Von den älteren Bücherliebhabern machte dagegen kaum jemand von diesem System Gebrauch, auch wenn einige der Rentner und Rentnerinnen in der Begegnungsstätte vorhatten, sich in einen Computerkurs in Carrick einzuschreiben. Das würde dann ihr Leben revolutionieren, so versicherten sie sich gegenseitig. Schade sei nur, so hatten sie Hanna erklärt, dass es keinen Kurs gebe, der näher an ihrem Zuhause stattfände. Die Fahrt nach Carrick erforderte abends ein bisschen Mut, selbst im Sommer, und so war bisher noch nichts aus ihren Plänen geworden. Ohnehin war die Breitbandversorgung auf der Halbinsel bestenfalls lückenhaft zu nennen. Da Lissbeg relativ nahe bei Carrick lag, hatte man dort keine Probleme, aber die großen Hotels und Geschäfte in Ballyfin hatten mit aggressiver Lobbyarbeit dafür gesorgt, dass der

Mast nahe der Spitze der Halbinsel und damit an einem für sie günstigen Ort errichtet wurde. Für alle anderen war es dann so, wie Susan es beschrieb: Den Letzten beißen die Hunde.

«Wir hier haben Glück, weil Gunthers Vetter in Stuttgart ein Reisebüro führt und uns Gäste vermittelt. Und außerdem logieren hier Gruppen von Wanderern, die immer wiederkommen, wenn sie uns erst einmal kennengelernt haben. Aber die Hälfte der Pensionen in der Gegend hat aufgegeben.»

Hanna händigte Susan das bestellte Buch aus und half ihr noch, ein Bilderbuch für ihre fünfjährige Tochter Holly auszusuchen. Nachdem sie anschließend die kleine Schlange von Leuten bedient hatte, die auf der Mauer gesessen und auf sie gewartet hatte, fuhr sie zum nächsten Haltepunkt bei Cafferkys Laden und Poststelle weiter. Wie damals vor dreißig Jahren der Laden ihrer eigenen Familie in Crossarra wurde er von einem Ehepaar geführt, das im Obergeschoss wohnte und hinter dem Haus einen Garten hatte. In den Regalen lagen dieselben Grundversorgungsmittel, an die Hanna sich aus ihrer eigenen Kindheit und Jugend erinnerte, aber sie fragte sich oft, was Tom wohl von den Sandwiches und Smoothies gehalten hätte, die Fidelma Cafferky auf Bestellung zubereitete, oder von dem kleinen Internetcafé, das aus einem Computer und ein paar Tischen im Hinterzimmer bestand. Sie hatte das einmal gegenüber Mary erwähnt, und die hatte überheblich den Kopf zurückgeworfen.

«Ja, sicher, war Tom Casey nicht der Erste im Umkreis von Meilen, der eine elektrische Schneidemaschine für den Speck verwendete? Nicht einer von uns hat damals gebremst, wenn es um Innovationen ging. Wir hätten niemals überlebt, wenn wir uns in Noahs Arche eingemauert hätten.»

Als Hanna jetzt den ordentlichen Laden der Cafferkys und das Internetcafé betrachtete, an dessen Wand eine sauber geschriebene Liste mit Anweisungen und Gebühren hing, begriff sie, dass ihre Mutter recht hatte. Die Einwohner Finfarrans waren seit jeher findig. Viele Erwachsene und auch viele junge Leute in Conors Alter arbeiteten in zwei oder drei Jobs, um über die Runden zu kommen, manchmal auch im Wechsel zwischen Sommer und Winter, und oft betrieben sie nebenher noch eine kleine Landwirtschaft. Sie ermahnte sich innerlich, künftig dankbarer für ihre sichere Stelle in der Bibliothek zu sein, und fragte Fidelma, wie es denn mit Dans Walbeobachtungstouren für Touristen lief. Die zuckte mit den Schultern und verzog das Gesicht.

«Er hält sich, ehrlich gesagt, nur mit Müh und Not über Wasser. Wir hoffen immer noch, dass endlich einmal ein bisschen Geld in die Straßen gesteckt wird, um mehr Besucher auf diese Seite der Insel zu locken. Und man verspricht es uns ja auch immer wieder. Aber was daraus wird, weiß man nicht. Und wenn sie natürlich mit so einer Monsterstraße ankommen wie die, die nach Ballyfin führt, ist hier bald alles vollkommen zerstört.»

Ihr Mann habe die Nase gestrichen voll davon, deswegen ständig Briefe an den Gemeinderat zu schreiben.

«Er hat ihnen schon so oft geschrieben, dass sie ihn inzwischen für einen richtigen Spinner halten. Und das Schlimme ist, dass er allmählich furchtbar verbittert ist, Miss Casey. Und Dan ist inzwischen fast so zynisch geworden wie er.»

Fidelma zwang sich zu einem Lächeln und drehte sich um, um in ihren Laden zurückzukehren.

«Aber Sie trinken bestimmt eine Tasse Tee, solange Sie hier sind?»

Sie brachte den Tee auf einem Tablett heraus und dazu einen frisch gebackenen, noch heißen Scone und eine zweite Tasse für sich selbst. Als Hanna ausgetrunken und einen alten Herrn bedient hatte, der einen Roman zurückgab, wollte sie sich gerade wieder hinters Steuer setzen, als ein Wagen beim Bus hielt und eine junge Frau mit zerzaustem Haar ausstieg, gefolgt von einem Kleinkind in einer mit Farbe bespritzten Latzhose. Die Frau, die ein T-Shirt in Übergröße und Leggins trug und mit Bernsteinketten behängt war, näherte sich Hanna mit einem Stapel Bücher und hob die Stimme schon, als sie noch mehrere Meter entfernt war.

«Morgen, Miss Casey, ich glaube, ein paar von denen sind überfällig.»

Hanna versteifte sich. «Wenn Sie ‹ein paar von denen› sagen, Mrs. Kelly, wissen Sie doch vermutlich, welche. Oder? Das fristgerechte Rückgabedatum ist gut sichtbar auf die Karte in der Innenseite des Buchdeckels gestempelt.»

Sie hörte selbst, dass sie kleinlich klang, aber Frauen wie Darina Kelly machten sie fuchsig. Darina legte die Bücher in einem schwankenden Stapel auf das Mäuerchen und bückte sich, um sich von dem Kleinen zu befreien, der ihre Beine umklammerte.

«Ach, ich würde sagen, es sind nur ganz wenige. Vielleicht sind sie sogar alle noch rechtzeitig. Ich habe sie einfach nur schnell geschnappt und bin los, als mir eingefallen ist, was für ein Tag heute ist.» Sie strahlte. «Ist es nicht ein Riesenglück, dass wir die Busbibliothek haben? Ich meine, das ist wirklich etwas für die *Gemeinschaft*. Es bringt die Leute zusammen. Und es ist viel besser, als im Internet ein Vermögen für Bücher auszugeben, die man nur ein einziges Mal liest.»

Sie packte das Kind und zog ihm ein Kinderbuch aus dem Latz seiner Hose. Es war zusammengedreht wie eine Schriftrolle, und die Seiten waren bekritzelt. Das Kind riss den Mund auf und brüllte los. Dann tapste es zu Hanna und schlug ihr gegen das Bein. Seine Mutter lachte. «Ist er nicht süß? Ein richtiger kleiner Bücherwurm. Er möchte es nicht zurückgeben.»

Sie nahm ihn hoch und setzte ihn auf ihre Hüfte. Dort streckte er die Unterlippe vor, steckte den Finger in die Nase und sah Hanna finster an. Darina wiegte ihn lachend.

«Die schlimme Miss Casey! Böse, böse Bibliothek!»

Das war zu viel für Hanna. Sie marschierte stocksteif zum Bus, legte die Bücher in den Rückgabebehälter und wandte sich erneut an Darina Kelly.

«Wie Sie sehen, Mrs. Kelly, ist das Buch hinüber. Es muss ersetzt werden, und Sie erhalten demnächst eine Rechnung mit der Post. Es kommt noch eine Verwaltungsgebühr obendrauf, und ich wäre für baldige Begleichung dankbar. Die verspätete Rückgabe von Kinderbüchern ist gebührenfrei, aber für vier der Bücher, die Sie aus der Erwachsenenabteilung geliehen haben, stehen Gebühren an. Außerdem sind drei Bücher in einem miserablen Zustand. Ich bin Bibliothekarin, Mrs. Kelly, und es gehört nicht zu meinen Aufgaben, Schmierflecken von den Covern der Bücher zu entfernen, die ich betreue. Falls Sie den öffentlichen Bibliotheksdienst auch in Zukunft nutzen wollen, empfehle ich Ihnen, Ihr Kind unter Kontrolle zu halten und die Bücher fristgerecht und in angemessenem Zustand zurückzugeben!»

Als Hanna später von der Klippenstraße abbog und in das Dämmerlicht des Waldes einschwenkte, sagte sie sich, dass es einfach nur jämmerlich war, bei einer Frau wie Darina Kelly die Beherrschung zu verlieren. Aber wie sollte man sich sonst gegenüber einer Person verhalten, die ihr Kind dazu erzog, dem *Grüffelo* ein Eselsohr zu machen?

KAPITEL 20

Hannas Tage begannen morgens mit einem Besuch beim Ziegenbock. Es war eigentlich ganz entspannend, eine Stunde früher aufzustehen und zu einer Tageszeit, da in den Straßengräben noch die Tautropfen in den Spinnweben funkelten, zum Haus zu fahren. Jeden Morgen führte sie den Bock zu einer neuen Stelle und band seinen langen Haltestrick an dem einen oder anderen Gerümpel fest, das er beim Grasen freigelegt hatte. Die Entdeckung, wie unheimlich viel Schrott tatsächlich auf dem Grundstück lag, war deprimierend, aber es war auch beruhigend zu sehen, wie gründlich der Bock seine Arbeit verrichtete. Hier und dort gab er sich zwar bei allzu hohem, verfilztem Gras oder sehr dichtem Gestrüpp geschlagen, doch insgesamt schien er damit zufrieden, sich durch alles hindurchzukauen, solange etwas zu fressen da war. Und da jede Ankunft Hannas für ihn eine neue Weidefläche bedeutete, freute er sich, sie zu sehen.

An diesem Morgen kraulte sie ihm das kurze, drahtige Haar auf der Stirn, als sie ihn von einer alten Wäschemangel losband und an einer großen, zerbeulten, mit Erde gefüllten Milchkanne festmachte. Dann schlenderte sie die Wiese zu der eingestürzten Mauer hinunter, um sich ein Weilchen dort hinzusetzen und aufs Meer hinauszuschauen. Als sie die Stelle überquerte, von der sie den Bock gerade losgebunden hatte, stolperte sie und fiel hin. Gleich darauf kniete sie auf dem abgeweideten Gras und begriff, warum. In dieser von Furchen durchzogenen Ecke am unteren Rand des Grundstücks hatte Maggie einmal Kartoffeln angebaut.

Hanna schloss die Augen und sog den Geruch der abgebissenen Grashalme und das Salzaroma des Meeres ein. Fast meinte sie zu hören, wie Maggie nach ihr rief, wie der Henkel des verzinkten Eimers klapperte und der Esel, der früher auf dem Nachbargrundstück gehalten wurde, brüllte. Sie grub forschend mit der Hand in der Erde und erinnerte sich daran, wie aufregend es jedes Jahr gewesen war, am Rand einer Kartoffelfurche zu scharren und die erste Ernte freizulegen. Normalerweise lehnten die Erwachsenen es ab, Kartoffeln aus der Erde zu holen, solange sie noch nicht groß genug waren. Aber Maggie, die nur ihren eigenen Regeln folgte, liebte die kleinen, jungen Kartoffeln, die sie *poreens* nannte. Und so wurde Hanna jedes Jahr, mit dem verzinkten Eimer bewaffnet und mit der strengen Anweisung versehen, die Hände und keinesfalls die Grabegabel zu verwenden, losgeschickt, um die kleinsten Kartoffeln herauszuwühlen, während der Rest noch ein paar Wochen reifen konnte. Wenn der Eimer halb gefüllt war, wusch Hanna die *poreens* unter fließendem Wasser, und anschließend kippte Maggie sie in den schwarzen Kessel, der an dem Eisenarm hing, und schwenkte ihn über dem Feuer. Sie waren in null Komma nichts gar und wurden dann in ein Sieb gegeben, eine Weile am Feuer getrocknet und schließlich auf den Küchentisch geschüttet. Am Ende saßen Hanna und Maggie auf einem Hocker am Tisch, stippten die Kartoffeln in eine Schale mit Buttermilch und aßen. Oft war das die einzige Würze gewesen, doch manchmal hatten sie die Kartoffeln auch mit weißem Pfeffer und einem kleinen Laib Butter verspeist, der so gelb wie Käse und von einer der wenigen Nachbarinnen hergestellt worden war, mit denen Maggie sich nicht überworfen hatte. Manchmal lag so ein Butterklumpen, in ein grünes Kohlblatt eingewickelt, auf der Türschwelle. Hanna erinnerte sich an den kräftigen, salzigen Geschmack, an das Fleisch der Kartoffeln, das fast auf der Zunge zerging, und daran, wie das Sonnenlicht durch das kleine Fenster auf den gescheuerten Holztisch fiel. Wenn im Sommer die Tür offen stand und der Geruch des Paraffinöls vom Meereswind weggeweht wurde, waren diese Mahlzeiten köstlich gewesen. Ein Teil des Vergnügens lag natürlich in dem Wissen, dass Mary Casey das alles missbilligt hätte. Maggie zufolge hatte Gott die Kartoffeln erschaffen, um mit der Hand gegessen zu werden. Mary zufolge wusste Gott, der die Welt erschaffen hatte, alles über Krankheitserreger und Bakterien, und darum hatte er auch das Besteck geschaffen. Die beiden würden sich niemals einig werden, und so hatte Hanna gelernt zu essen, was Maggie ihr vorsetzte, und zu Hause den Mund darüber zu halten. Als sie jetzt zwischen den Furchen kniete, die sie einmal nach versteckten Schätzen durchwühlt hatte, lief ihr bei dem Gedanken an diese Mahlzeiten das Wasser im Mund zusammen.

Als sie später in der Bibliothek an ihrem Schreibtisch saß, überlegte Hanna, ob sie Fury anrufen sollte. Sie hatte seine Handynummer aus Conor herausgequetscht, sie aber noch nicht benutzt. Das für Maggies Haus benötigte Kapital war verschwindend gering im Vergleich zu dem, was sie damals für die Immobilien in England aufgewendet hatte. Aber sie hatte Fury klargemacht, dass alles ordnungsgemäß ausgeführt werden sollte. Natürlich würde er eine Weile benötigen, um die Kosten für die Arbeitszeit und die Baumaterialien zu berechnen und ihr die Informationen über die von der Behörde verlangten Planungsschritte zu geben. Doch war es jetzt schon eine Woche her, dass sie zum letzten Mal von ihm gehört hatte – als er ihr den Ziegenbock gebracht hatte. Da war es vielleicht die Mühe wert, ihn einmal anzurufen.

In der Bibliothek war ein ruhiger Vormittag. Um zehn steckten ein paar junge Mütter den Kopf zur Tür herein, offensichtlich in der Hoffnung, Conor anzutreffen und nicht Hanna. Als sie merkten, dass sie den falschen Tag erwischt hatten, zogen sie sich wieder zurück, rumpelten mit ihren Buggys die Treppe hinunter und holperten davon, um sich vielleicht einen anderen Ort für ihr Plauderstündchen zu suchen. Conor hatte kürzlich vorgeschlagen, Hanna könne doch einmal in der Woche eine Buchclubstunde abhalten, die speziell auf Mütter mit Säuglingen zugeschnitten war. Kleinkinder, die überall herumrennen, würde man ja vielleicht nicht haben wollen, aber Babys würden doch meistens schlafen.

«Und den Rest der Zeit plärren.»

«Ja, aber das tun sie nur ganz selten. Und sie schlafen gleich wieder ein, wenn sie gestillt werden.» Als er Hannas Gesicht sah, machte er hastig weiter: «Natürlich nicht öffentlich. Wir könnten in der Ecke einen Wandschirm aufbauen, dort ein paar Stühle hinstellen und vielleicht noch einen der Tische, auf den wir ein paar Blumen stellen.»

Obgleich sie den Verdacht hegte, dass an den Tagen, an denen sie nicht da war, etwas ganz Ähnliches, wenn auch weit weniger Geordnetes, ablief, war Hanna eisern geblieben. Eine Bibliothek, so erklärte sie Conor, sei eine Bibliothek und kein Ort der Geselligkeit. Und schon gar keine Kinderkrippe. Tagelang hatte ihr Conors enttäuschte Miene zu schaffen gemacht, trotzdem war es ihr gelungen, eisern zu bleiben. Die Wahrheit war, dass sie nach der demütigenden Scheidung und der Rückkehr nach Irland fest entschlossen war, nicht umherzulaufen und um Aufmerksamkeit zu buhlen. Wenn sie Conors Buchclub guthieße, würden der Klatsch und das Gerede gar nicht mehr aufhören, und sie könnte nicht mehr für Ruhe sorgen; stattdessen würde man von ihr erwarten, dass sie sogar mitmachte. Und wenn die Schleusentore dann erst einmal geöffnet wären, würde man zudem noch von ihr erwarten, dass sie Arbeitsgemeinschaften leitete, Ausflüge organisierte und alle möglichen grässlichen Projekte anleierte, die alles nur noch schlimmer machten.

Sie verbannte die absurde Vorstellung, wie sie in einer kreativen Schreibgruppe säße und allen ihre Lebensgeschichte vorläse, aus ihrem Kopf, vergewisserte sich, dass die Tür auch wirklich hinter den abziehenden Müttern zugefallen war, und nahm erst dann ihr Handy heraus, um Fury anzurufen. Nach allem, was er gesagt hatte, war sie nicht überrascht, als er nicht abnahm, aber sie blieb dran, da sie erwartete, auf seiner Mailbox zu landen. Nach einer langen Wartezeit verstummte das Freizeichen, und so steckte sie ihr Handy wieder ein und wandte sich anderen Dingen zu. Gleich darauf verkündete ein Piepen das Eintreffen einer Textnachricht. In der Erwartung einer Antwort Furys griff sie wieder in ihre Handtasche. Sie öffnete das Display und warf einen Blick drauf.

JEMAND HAT MICH MITGENOMMEN WAR IN DER STADT WEGEN SPECK FÄHRST DU DIREKT HEIM

Mit einem tiefen Seufzer schloss Hanna die Augen und fand sich damit ab, dass sie Mary Casey nach deren Einkaufsausflug nach Lissbeg mit heimnehmen würde.

Mary, die per SMS Anweisung erhalten hatte, um dreizehn Uhr zu kommen, stürmte um Viertel vor eins herein, eine regenfeste Einkaufstasche über dem Arm und von ihrer besten Freundin Pat Fitzgerald begleitet. Hanna begriff sofort, dass man ihr eine Falle gestellt hatte. Mary hatte sich die Fahrgelegenheit bei ihrem geduldig leidenden Nachbarn Johnny Hennessey nicht einfach nur erschnorrt, um Frühstücksspeck zu kaufen. Sie hatte schon die ganze Woche Andeutungen fallen lassen, sie wolle unbedingt Maggies Haus sehen, und da sie jetzt Pat Fitz an ihrer Seite hatte, würde ihre Tochter wohl kaum wagen, ihr diese Bitte abzuschlagen. Pat, die mit einem Tweedrock, Klettverschlussschuhen und einem knallgelben Anorak bekleidet war, strahlte Hanna zuversichtlich an.

«Weißt du, was, ich würde mir auf dem Weg zu Mary unglaublich gerne mal dein neues Projekt anschauen.»

Mary machte ein Gesicht wie ein Unschuldslamm. Sie habe Pat auf einen Schwatz nach Hause eingeladen, erklärte sie. Ger sei bei irgendeiner Versammlung in Carrick und werde Pat später abholen und heimbringen. Aber wenn Hanna sie jetzt zum Bungalow mitnehmen würde, wäre es da nicht toll, einen kleinen Umweg über Maggies Haus einzuschlagen?

Wenn Hanna sich nicht vor Pats Augen ein Duell mit ihrer Mutter liefern wollte, gab es wohl keinen Ausweg. Heute war die Bibliothek nur den halben Tag geöffnet, und so gestattete sie sich eine winzige Rache, indem sie ihre Mutter aufforderte, bis dreizehn Uhr, der offiziellen Schließzeit, auf einer Bank Platz zu nehmen. Danach verbrachte sie noch zehn Minuten mit Aufräumen. Anschließend ging sie den beiden zum Parkplatz voran und fuhr den Wagen ein Stück vor, damit sie hinten einsteigen konnten. Pat war schwer beeindruckt von der gelben Schablonenaufschrift auf ihrem Platz.

«Jetzt schau dir das einmal an, Mary, das ist mir noch nie aufgefallen. In der Bezirksbibliothek halten sie bestimmt eine Menge von ihr, wenn sie das für sie getan haben.»

Ein Blick in den Rückspiegel zeigte Hanna, dass die beiden sich auf der Rückbank niedergelassen hatten, als ginge es zu einem Ausflug. Einen verrückten Augenblick lang glaubte sie, gleich würden durchweichte belegte Brote und eine Thermoskanne mit Tee aus der Einkaufstasche ihrer Mutter befördert. Früher waren die Ausflüge der Caseys immer von hitzigen Streitgesprächen über die Frage begleitet gewesen, wo man das Picknick abhalten solle. Damals hatte für Hanna der halbe Spaß darin bestanden, einen passenden Platz für die Brotzeit zu finden, und Tom, der es genauso sah, hatte immer Lust auf einen kleinen Spaziergang gehabt, um die richtige Stelle zu entdecken. Doch Mary Casey wusste es besser: Essen war dazu gemacht, an einem bequemen Ort verzehrt zu werden und nicht etwa auf einem gottverlassenen Steinbrocken, wo man von Insekten geplagt wurde. Wann immer sie die Auseinandersetzung gewann – und das war die Regel –, wurden ihre auf einem Marmite-Aufstrich mit Tomaten belegten Brote im Auto verspeist. Die Fenster waren dann immer hochgekurbelt, damit keine Fliegen hereinflogen, und auf dem Schoß lagen Handtücher, um die Krümel aufzufangen.

Auf dem Weg zu Maggies Haus plauderten Pat und Mary fröhlich miteinander. Ein Blick auf Hannas hochgezogene Schultern genügte Mary, um zu sehen, dass ihre Tochter wütend war, aber was spielte das für eine Rolle? In diesem Leben fiel einem nichts in den Schoß, wenn man nicht loszog, um es sich zu besorgen – und Mary hatte es absolut satt, immer wieder mit dem Zaunpfahl zu winken und nicht beachtet zu werden. Seit dem Tag, an dem die Leute gesehen hatten, dass Fury O'Shea erneut mit seinem Kastenwagen zu Maggie Caseys altem Haus gefahren war, spekulierte die eine Hälfte der Gemeinde über Hannas dumme Idee, während die andere Hälfte sogar beim Bungalow vorbeikam und Mary nach Antworten löcherte. Nicht, dass sie ein Sterbenswörtchen verraten hätte, selbst wenn sie etwas gewusst hätte. Natürlich nicht. Aber man fühlte sich ganz schön blöd, wenn man mit einer Miene der Verschwiegenheit dasaß, obwohl man in Wirklichkeit selbst keine Ahnung hatte, was los war. Und hatte eine Mutter vielleicht nicht das Recht zu wissen, was ihre Tochter so trieb?

Als der Wagen von der Hauptstrecke abbog, verloren sich die beiden auf der Rückbank in Erinnerungen. Waren die Hecken früher nicht besser gepflegt und die Bäume viel kleiner gewesen? Aber Bäume konnten in dreißig Jahren schon ein verteufeltes Stück wachsen. Diese Wiese dort hatte Dinny Cassidy gehört, oder vielleicht doch Bob Murtagh? Jedenfalls hatten früher dahinten ein paar Schuppen gestanden.

Oder war das anderswo gewesen? Als Hanna vor der Kurve zum Haus langsamer wurde, beugte Mary sich vor und pikte sie in den Arm. Sollte man nicht am besten hier parken, wo die Straße breiter war? Vom knochigen Finger ihrer Mutter gereizt und abgelenkt, steuerte Hanna den Wagen um die Kurve, hielt und stellte den Motor aus, bevor sie zum Haus schaute. Als sie sich dann zur Seite wandte, um die Tür des Wagens zu öffnen, blieb ihr vor Verblüffung der Mund offen stehen. Der Anbau war verschwunden. Ebenso wie die Dachschindeln. Und es befand sich jetzt auf dieser Seite des Hauses ein mit Brettern vernagelter Eingang und eine deutlich sichtbare Umrisslinie, die zeigte, wo der baufällige Anbau mit der Wand verankert gewesen war. Das Wellblechdach des Anbaus und die Betonsteine, aus denen er errichtet gewesen war, waren auch weg. Und das Satteldach des Hauses bestand nur noch aus einem Netzwerk ungedeckter Sparren und Balken.

In ihrer vollständigen Verwirrung hielt Hanna sich an einer einzigen Tatsache fest: Da Pat und Mary keine Ahnung hatten, womit sie rechnen mussten, gab es keinen Grund, weswegen sie wissen sollten, dass Hanna selbst vollkommen baff war. Wichtig war also, nicht überrascht zu reagieren. Auf dem Rücksitz stieß man kopfschüttelnd besorgte Geräusche aus.

«Himmel, es ist ja in einem schlimmen Zustand, nicht wahr?» Pat Fitz spähte mit zweifelnder Miene zum Fenster hinaus. «Es wird eine ordentliche Stange Geld kosten, das Haus in Schuss zu bringen, wenn du mich fragst, Mary.»

Mary Casey griff energisch nach dem Türgriff. «Schauen wir es uns trotzdem einmal an, wenn wir schon hier sind.»

Hanna geriet in Panik. Gott allein wusste, was auf der

anderen Seite des Gebäudes oder in seinem Inneren los sein mochte. Mary stemmte sich aus dem Auto, stellte sich hin und musterte das Haus. Pat, die auf der anderen Seite herausgekrabbelt war, zog angesichts des Matsches die Nase kraus. Hanna erkannte ihre Chance.

«Der Garten ist im Moment leider der reinste Sumpf. Ich hab mir hier selbst ein schönes Paar Schuhe verdorben, bevor ich mir Gummistiefel besorgt habe.»

Mary Casey warf den Kopf zurück. «Garten? Was für ein Garten denn? Du hast ein Schlammloch auf dieser Seite des Hauses und einen alten Acker auf der anderen.»

«Ich weiß. Schaut mal, sollten wir nicht lieber an einem anderen Tag zurückkehren, wenn es nicht mehr ganz so sehr nach Baustelle aussieht?»

Doch das verfing bei Mary Casey nicht. «Wenn du das da eine Baustelle nennst, Mädel, dann phantasierst du. Oder ist es etwa was anderes als ein eingestürzter Schuppen, durch den der Wind pfeift? Du hattest doch behauptet, es wäre ein Dach drauf, oder?»

Mit einer gebieterischen Geste scheuchte Mary ihre Tochter weg und winkte gleichzeitig Pat herbei, die sich unübersehbar Sorgen um ihre Klettverschlussschuhe machte. Ganz kurz sah es so aus, als würde Pat zögern, aber Mary, die passend für diesen Anlass ihre Gartenarbeitsschuhe angezogen hatte, marschierte zielstrebig zum Tor. Hanna, die begriff, dass sie nicht aufzuhalten war, schaffte es, vor ihr dort anzukommen. Wenn sie voranging, hatte sie wenigstens eine Chance, die Kontrolle zu behalten. Sie straffte die Schultern, öffnete das Tor und führte Mary und Pat über einen inzwischen gut ausgetretenen Pfad am Haus entlang. Dann holte sie tief Luft, bog auf der Giebelseite um die Ecke und trat aus dem Schatten ins Sonnenlicht. Die Wiese über dem Meer sah ziemlich genauso aus, wie sie sie heute Morgen zurückgelassen hatte. Von Fury war nichts zu sehen. Doch an den Griff einer rostigen Rasenwalze gebunden, weidete ein zweiter, sogar noch größerer Ziegenbock.

KAPITEL 21

Nachdem sie Mary und Pat beim Bungalow abgesetzt hatte, fuhr Hanna nach Carrick und versuchte, Fury über die Freisprechanlage anzurufen. Bis sie beim Parkplatz ankam, hatte sie das Handy mehr als zwanzigmal bei ihm durchklingeln lassen, und dann noch zweimal im Lift zum Bezirksbauamt. Als sie jetzt aus dem Aufzug trat, versuchte sie es erneut, obgleich sie wusste, dass sie nur ihre Zeit verschwendete. Selbst an der Empfangstheke reagierte niemand auf ihr Läuten. Aber sie musste mit einem Planungsbeamten sprechen. Eine Glastür mit der Aufschrift: *Nur für Behördenmitarbeiter* und einem digitalen Codeschloss trennte den Empfangsbereich von einem Großraumbüro dahinter. Hanna spähte durch die Scheibe und sah, dass die meisten Arbeitsplätze unbesetzt waren. Aufgebracht kehrte sie zur Theke zurück und betätigte erneut die Klingel. Laut der Website des Bezirksrathauses war es möglich, ohne vorherige Terminabsprache mit einem Planungsbeamten zu sprechen, wenn man vor siebzehn Uhr eintraf. Es galt jedoch die ungeschriebene Vereinbarung, dass Beamte, die am späten Nachmittag eine Baustelle besucht hatten, sich danach nach Hause absetzen durften, ohne vorher noch einmal an ihren

Schreibtisch zurückzukehren. Und heute, dachte Hanna aufgebracht, hatte sich anscheinend auch die Empfangskraft nach Hause abgesetzt.

Während sie noch finster zur Tür starrte, näherte sich ihr ein Mann mit einer Segeltuchtasche von der anderen Seite der Scheibe, trat heraus und machte sich auf den Weg zum Lift. Es war unübersehbar, dass er nicht auf Hannas Klingeln reagiert hatte, und so versuchte sie erneut ihr Glück und betätigte die Glocke. Hinter ihr ertönte der leise Signalton, als die Lifttür aufging. Dann stieg der Mann aber nicht ein, sondern drehte sich um und sprach Hanna an.

«Kann ich Ihnen helfen?»

Er war Mitte vierzig, hochgewachsen und wirkte zurückhaltend. Sein dunkles Haar war aus der Stirn gekämmt. Seine schwarze Jeans und das unifarbene, indigoblaue Jackett wirkten wie eine wenig überzeugende Verbeugung vor konventioneller Bürokleidung, und sein Hemd, das oben offen stand, war offensichtlich einmal teuer gewesen; nach seinem leicht abgenutzten Kragen zu schließen, lag sein Kauf aber, genau wie der des verblichenen Leinenjacketts, schon eine ganze Weile zurück. Er hängte sich die Tasche über die Schulter und deutete mit einem Nicken auf die Empfangstheke.

«Es wird wohl leider niemand reagieren. Jo hat sich vorhin krankgemeldet und ist heimgegangen.»

Hanna verdrehte die Augen. Sie hatte keine Ahnung, warum ihr das wie der letzte Tropfen vorkam, der das Fass zum Überlaufen brachte, aber so war es. Die Lifttür ging wieder zu, und der Mann sah Hanna fragend an. «Kann ich etwas für Sie tun?»

«Das bezweifle ich.» Hanna hatte die Nase von allem und

jedem gestrichen voll und war extrem gereizt. «Warum, zum Teufel, springt denn niemand für Ihre Empfangskraft ein?»

Der Fremde sah sie einen Augenblick an, zuckte dann mit den Schultern und wandte sich ab.

«Oh, verdammt!» Hanna trat einen Schritt auf ihn zu. «Das war kleinlich von mir, tut mir leid. Es ist nur ... ich bin gerade in einem halsbrecherischen Tempo von Crossarra hergefahren, weil ich gehofft hatte, mir einen Planungsbeamten schnappen zu können.»

«Das ist ungewöhnlich.»

«Was?»

«Na ja, normalerweise macht man so was bei Ärzten und Anwälten.»

Hanna guckte ein wenig verständnislos, und er verzog das Gesicht. «Sorry, ein schlechter Scherz. Ich meinte, dass ein Planungsbeamter normalerweise nicht als besonders guter Fang gilt. Ärzte und Anwälte sind da schon begehrter.»

Hanna lächelte wider Willen. «Tja, das mit dem Anwalt habe ich schon ausprobiert, und ich kann Ihnen versichern, dass die längst nicht so toll sind, wie es immer heißt.»

Er lächelte zurück, und es entstand eine verlegene Pause, in der die Lifttür sich wieder mit einem Signalton öffnete, aber niemand stieg aus. Dann streckte er ihr die Hand hin. «Hab ich Sie nicht kürzlich abends auf Teresa O'Donnells Superfete gesehen?»

Ohne sich daran zu erinnern, ihn dort oder jemals sonst irgendwo wahrgenommen zu haben, schüttelte Hanna die Hand. Er hatte eine angenehme Stimme, sie konnte aber seinen Akzent nicht recht einordnen.

«Ich heiße Brian Morton.»

«Hanna Casey. Ich bin die Bibliotheksleiterin von Lissbeg.»

«Schön. Sollen wir dann also von vorne anfangen? Ich bin ein Planungsbeamter.»

Eine halbe Stunde später erhob Hanna sich von Brian Mortons Schreibtisch und sammelte die Formulare und Informationsblätter ein, die er herausgesucht hatte.

«Dann ist also wirklich alles in Ordnung?»

«Absolut. Nach dem, was Sie sagen, ist der Anbau ohnehin zu klein, um unter die Bestimmungen zu fallen. Und andernfalls können wir uns immer noch im Nachhinein darum kümmern.»

«Sind Sie sich da ganz sicher?»

«Das habe ich Ihnen ja gesagt. Die Gesetze sind gar nicht so drakonisch streng. Wir haben sogar Anweisung, uns ein Bein auszureißen, wenn jemand Arbeiten an einem alten Gebäude vorhat, statt ein neues hochzuziehen.»

«Ja, aber in meinem Fall scheint überhaupt nichts geplant zu sein, weder in Ihrem Sinne noch in meinem. Und Gott allein weiß, was als Nächstes passiert. Ich möchte, dass alles von Anfang an nach den Regeln läuft und nicht rückwirkend zurechtgebogen werden muss.»

«Oder sogar im Rückblick.»

«Wie immer Sie es nennen. Wenn Sie es allerdings tatsächlich so nennen, ist es die falsche Ausdrucksweise.»

Er sah sie nachdenklich an. «Wissen Sie, die Arbeit an einem Haus kann starke Emotionen auslösen. Sagten Sie nicht, dass Sie schon früher Projekte durchgezogen hätten ...»

«Ja, in der Tat. Und zwar viel größere.»

Sein Mund verzog sich zu einem schmalen Strich, und Hanna verfluchte sich innerlich. Ihr Stress war ihre eigene Sache, und das hier war keine Therapiesitzung, doch sie hatte nicht die Absicht gehabt, ihn ganz so heftig vor den Kopf zu stoßen.

Brian schob seinen Stuhl zurück. «Also, wenn das alles war ...»

Das war ja furchtbar. «Nein, hören Sie, Sie waren eben auf dem Heimweg, und jetzt ist schon Stoßzeit. Würden Sie gerne ... ich meine, darf ich Sie auf einen Drink einladen?» Es entstand eine Pause, und Hanna verlor die Nerven und hatte das Gefühl, eine Erklärung geben zu müssen. «Ich meine, nur um mich bei Ihnen zu bedanken. Für alles. Ich meine, für die Informationen.»

«Das ist nicht nötig.»

«Ja, aber ...»

«Schauen Sie, hier muss eigentlich ich mich entschuldigen. Es hätte jemand am Empfang sein sollen, als Sie eintrafen. Und Sie haben recht, ich war dabei, früher zu gehen, was ich sicherlich nicht hätte tun sollen.»

«Ich wollte damit nicht sagen ...»

«Nein. Jedenfalls haben Sie jetzt alle Unterlagen, und falls Sie noch Hilfe brauchen, rufen Sie doch bitte im Büro an.» Er deutete mit einem Nicken auf seinen Schreibtisch, der vollkommen in Ordnung war. «Ich sollte hier noch etwas aufräumen. Rechts neben der Tür zum Empfang befindet sich ein Schalter. Wenn Sie den betätigen, kommen Sie raus.»

Verlegen griff Hanna nach ihren Unterlagen, ging zwischen den leeren Schreibtischen davon und passierte die Tür zum Empfang. Als sie in den Lift trat, merkte sie, dass sie schief lächelte. Was das Sträuben von Nackenhaaren anging, war der Unterschied zwischen ihrer Begegnung mit Mr. Morton und der ersten Bekanntschaft Divils mit dem Ziegenbock kaum messbar.

KAPITEL 22

Hanna war schon halb über den Parkplatz, als sie beschloss, dass sie das Ende der Hauptverkehrszeit abwarten und sich selbst zu dem Drink einladen würde, den sie Brian Morton angeboten hatte. Als sie sich umdrehte, sah sie, dass Ger Fitz, Pats Mann, auf die Tür des Bezirksrathauses zusteuerte. Unmittelbar hinter ihm folgte Joe Furlong, der Besitzer von Ballyfins größtem Hotel. Sie war nicht direkt mit Joe befreundet, aber er und Hanna hatten sich doch schon öfter getroffen, und so winkte sie ihm zu. Ger war bereits im Gebäude verschwunden, aber zu Hannas Überraschung drehte Joe den Kopf weg und tat so, als hätte er sie nicht gesehen. Das kam ihr so unwahrscheinlich vor, dass sie erneut winkte, da sie glaubte, vielleicht nicht erkannt worden zu sein. Doch er zog eine Schulter hoch, als würde er dadurch weniger sichtbar, und verschwand durch die Tür, ohne sich umzuschauen. Vielleicht hatte er sie tatsächlich nicht gesehen, vielleicht war er auch verspätet und hatte einen Termin. Merkwürdig war es trotzdem. Er kannte sie gut genug, um zu wissen, dass sie als zurückhaltend galt. Er konnte also nicht befürchtet haben, dass sie auf ein Schwätzchen über den Parkplatz stürzen und ihn damit aufhalten würde.

Verwundert, aber nicht sonderlich beunruhigt, überquerte sie auf dem Weg zum Stadtzentrum die Straße und suchte sich eine Ecke in der Lounge-Bar des Royal Victoria Hotels. Die Bar war kühl und dunkel, die Jalousien halb heruntergelassen. An der Decke hingen riesige Ventilatoren aus Messing, die niemals angestellt wurden und angesichts des Klimas in Carrick auch gewiss niemals gebraucht worden waren. Das Hotel war Ende des 19. Jahrhunderts zur Zeit von Queen Victoria in Erwartung des Finfarran-Besuchs eines unbedeutenderen Mitglieds der britischen Königsfamilie errichtet worden. Der Name des Hotels war ein Tribut an die Queen Empress, die Königin Großbritanniens und Herrscherin über Indien und das Kolonialreich, und die Investoren hatten gehofft, dass Carrick als das Tor zur wunderschönen Halbinsel Finfarran ein regelmäßiger Erholungsort für die königliche Familie werden würde – und die Lakes of Killarney in den Schatten stellte. Das unbedeutende Mitglied war jedoch bei seinem Eintreffen erkältet gewesen, während seines vierundzwanzigstündigen Aufenthalts hatte es ununterbrochen geregnet, und statt die Schönheit Finfarrans zu genießen, war er im Bett geblieben und hatte sich heftig über die Klopfgeräusche in der Zentralheizung des Hotels beschwert. Das Problem mit den Heizungsrohren war eine Woche später gelöst worden, und eine Stunde nach seinem Aufbruch brannte die Sonne nieder, aber da war es bereits zu spät. Es sollte mehr als hundert Jahre dauern, bevor Ballyfin zu dem am schlechtesten gehüteten Geheimtipp der Welt wurde, und zu dieser Zeit zogen die meisten Besucher Carricks bereits moderne Hotelzimmer mit Power-Dusche im eingebauten Badezimmer vor. Wer trotzdem im Royal Victoria abstieg, fand ruhige Zimmer, bequeme Betten und mit Mahagoni- und verblichenen Samtpolstermöbeln ausgestattete Lobbys und Lounges vor und kehrte immer wieder gerne zurück. Es gab eine Ladies' Lounge, die mit Schreibtischen, einem geprägten Hotelpapier und Tintenfässern aus Messing ausgestattet war. Der Gentlemen's Smoking Room hatte sich zu einer informellen Hausbibliothek entwickelt. Der Grill Room wurde mit Vorliebe von Bankmanagern frequentiert, und in der Bar servierte man neben Drinks auch Kaffee und Sandwiches. Das Personal war überwiegend in den mittleren Jahren und der Service ausgezeichnet. Hanna wusste, dass einige der Barkeeper polnische und rumänische Studenten waren, und als sie jetzt sah, wie ihre Kollegen mit ihnen umgingen, dachte sie, dass sie es gut getroffen hatten: Von den Kellnerinnen wurden sie offensichtlich bemuttert, und der Barchef, der die Haare in Sardellen gelegt trug und ein enzyklopädisches Wissen über Weine und Spirituosen besaß, war nur zu gerne ihr Mentor.

Die Bar war das, was das Royal Victoria am Laufen hielt. Die Geschäftsleute der Umgebung nutzten sie für ihre Treffen, Passanten kamen auf einen Kaffee herein, und PJ, der Barchef, hatte über Mittag einen gut besuchten Sandwichstand eingerichtet, an dem Büroangestellte immer in langen Schlagen für frisch Belegtes anstanden. Als Hanna sich jetzt mit einem Gin Tonic, Mandeln und Oliven in einer kleinen Schale und Streifen von rosigem Rinderbraten zwischen dünn geschnittenen Brotscheiben in ihrer Ecke niederließ, gratulierte sie sich zu ihrer Entscheidung. Sie würde nicht nur der Stoßzeit in und um Carrick entgehen, sondern mit etwas Glück würden Pat Fitz und Mary auch ihr Plauderstündchen beendet haben, wenn sie schließlich zu Hause in Crossarra eintraf.

Die Freundschaft ihrer Eltern mit den Fitzgeralds war Hanna immer als etwas Unwahrscheinliches erschienen. Vielleicht war die schüchterne Pat, die sich kaum traute, den Mund aufzumachen, das passende Gegenstück zu Mary Caseys Taktlosigkeit, aber Ger mit seinen heruntergezogenen Mundwinkeln, den kalten Augen und dem grässlichen falschen Lächeln, das er aufsetzte, sobald er hinter der Ladentheke stand, war einfach nur ein Ekel. Conors Theorie, er könnte ein verkappter Maeve-Binchy-Leser sein, hellte dieses Gesamtbild keineswegs auf, auch wenn Hanna sie für pure Phantasie hielt. Allerdings hatte in der Ausgabe von *Im Kreis der Freunde* tatsächlich eine Scheibe Frühstücksspeck gelegen. Jetzt lehnte Hanna sich mit ihrem Gin Tonic zurück und lächelte. Buchzeichen stecken zu lassen war natürlich eine tadelnswerte Gewohnheit, aber es waren doch interessante Dinge, die in Büchern zurückblieben: Wollfäden, Heiligenbildchen, Grashalme und manchmal sogar ein Geldschein. Und so einmalige Objekte wie der Werbeflyer für die Kunstausstellung, der den Lauf ihres eigenen Lebens verändert hatte.

Und das war also jetzt ihr Leben. Sie passte hierher wie die Faust aufs Auge, doch die Freuden eines neuen Zuhauses würden sie vielleicht noch damit versöhnen. Unerklärlicherweise oder vielleicht einfach nur deshalb, weil auch er in seiner Umgebung fehl am Platz wirkte, kehrte sie in Gedanken zu Brian Morton zurück. Es tat ihr leid, dass sie ihn vor den Kopf gestoßen hatte, nachdem er so nett zu ihr gewesen war, aber musste er auch deshalb empfindlich sein? Er stand doch gewiss zu weit oben in der Hierarchie, um sich wegen eines Vorwurfs, zu früh Feierabend gemacht zu haben, den Kopf zu zerbrechen – oder nicht? Nun ja, allzu hoch war die Position tatsächlich nicht, die er bekleidete. Trotzdem hatte die mühelose Autorität, die er ausstrahlte, Hanna eher an einen Behördenleiter als an die Sorte Leute denken lassen, die Conor Federfuchser nannte. Nicht, dass das eine Rolle gespielt oder sie irgendwie interessiert hätte, auch wenn sie seine Hilfe schätzte. Im Rückblick rief sie sich jetzt seinen Rat in Erinnerung. Nachdem er sich ihr Geschimpfe über unverantwortliche, skrupellose Bauhandwerker angehört hatte, die einen vor vollendete Tatsachen stellten, und ihr schließlich die Luft ausgegangen war, hatte er fragend die Augenbrauen hochgezogen.

«Reden wir da vielleicht über Fury O'Shea?»

Dass Hanna überrumpelt war, musste unübersehbar gewesen sein. Sie hatte nicht vorgehabt, vor einem Fremden über Fury herzuziehen, und schon gar nicht vor einem Behördenmitarbeiter. Aber Brian hatte gelächelte.

«Fury mag jemand sein, der nur sein eigenes Gesetz kennt, aber Sie könnten keinen besseren Bauhandwerker finden.»

«Das sagen mir alle, doch er könnte sogar einen Heiligen aus der Haut fahren lassen.»

«Ich gebe Ihnen einen Tipp, der Ihnen helfen könnte, auch wenn Sie mir nicht dafür danken werden.»

«Na, dann mal los.»

«Fury ist alte Schule. Wenn er mit der Arbeit an einem Haus beginnt, ist es aus seiner Sicht nicht mehr Ihres, sondern seines. Sie bekommen es zurück, wenn er die Ausführungsbestätigung unterschreibt. Also, bildlich gesprochen, denn Fury unterschreibt nie irgendwas. Aber das ist eine andere Geschichte. Keiner in diesem Amt hier hat je herausbekommen, ob er ein Analphabet ist oder einfach nur gerissen.»

Als Brian Hannas Gesicht sah, lachte er. «Ich habe Ihnen ja gesagt, dass Sie mir nicht dafür danken würden, aber so ist es nun mal. Und wenn Sie das akzeptieren, werden Sie meiner Meinung nach besser fahren.»

Hanna hatte sich tatsächlich nicht dafür bedankt, und der Gedanke, die Kontrolle über ihren einzigen Besitz von Wert einem verantwortungslosen Analphabeten zu überlassen, war offenkundig absurd. Aber da sie Fury nun anscheinend einmal am Hals hatte, freute sie sich, dass ihn außer den alten Leutchen in der Begegnungsstätte auch noch jemand anders als echten Bauhandwerker schätzte.

«Wie kommt er denn als Analphabet mit dem System klar?»

«Wie ich das sehe, ist es Aufgabe des Systems, mit ihm klarzukommen. Nicht, dass viele meiner Kollegen mir da zustimmen würden.»

Bei diesen Worten hatte er verärgert gewirkt, und vielleicht war das des Rätsels Lösung. Vielleicht galt Brian Morton in seiner Abteilung als Querdenker, der für eine Beförderung nicht geeignet war. Im Weltbild der Bezirksverwaltung Finfarrans, wo es den meisten Leuten nur darum ging, sich eine lebenslange Anstellung zu sichern, hatte Querdenken bestimmt keinen Platz. Trotzdem hatte Hanna den starken Verdacht, dass das noch nicht die ganze Geschichte war. Angesichts der Art, wie sie auseinandergegangen waren, war es allerdings unwahrscheinlich, dass sie jemals den Rest herausfinden würde.

Als nun PJ mit weiteren Mandeln und Oliven zu ihr kam, schaute sie auf die Uhr.

«Noch einen Gin Tonic, Miss Casey?»

«Nein danke, PJ, ich muss noch fahren.»

«Dann vielleicht einen Kaffee?»

Es war zwar nur ein kleiner Gin Tonic gewesen, aber Hanna dachte daran, wie oft sie Jazz ermahnt hatte, und nickte. Der Kaffee im Royal Victoria war immer ein Genuss und wurde in flachen Porzellantassen mit einem Shortbread-Finger serviert. In ihrer Handtasche lagen die Kurzgeschichten von Saki, die gut zu diesem «Weißen Elefanten», einem kostspieligen Relikt aus der Kolonialzeit, passen würden, wie dieses Hotel eines war. Und noch ein halbes Stündchen unter den still stehenden Deckenventilatoren würde vielleicht dafür sorgen, dass Pat und Mary ihren Schwatz beendet hätten, wenn Hanna in den Bungalow zurückkehrte.

KAPITEL 23

Ger Fitzgerald hatte versprochen, Pat um halb sechs bei Mary Casey abzuholen, aber Pat war klug genug, ihn nicht pünktlich zu erwarten. Es spielte zwar diesmal keine Rolle, aber manchmal konnte das schon ärgerlich sein. Ihr eigenes Auto hatte sie letztes Jahr aufgegeben, und so war sie jetzt nicht besser dran als die arme Mary, die nie den Führerschein gemacht hatte. So manch andere Fahrerin hätte sich nicht durch ihre arthritischen Hände und ihre nachlassende Sehkraft abschrecken lassen, doch Pat war niemand, der Risiken einging. Und im Gegensatz zu Mary, die ihre Nachbarn immer mit SMS eindeckte, konnte sie sich nicht überwinden, andere Leute darum zu bitten, sie mitzunehmen. Allerdings musste man gerechterweise einräumen, dass Mary auf dem Land lebte, während sie selbst in Lissbeg wohnte und alles, was sie brauchte, vor der Haustür hatte. Ger hatte es früher missbilligt, wenn sie in ihrem eigenen Wagen herumgejuckelt war. Den hatte sie damals von ihrem ältesten Sohn Frankie geschenkt bekommen. Und selbst dieser Tage war Ger nicht sonderlich glücklich, wenn sie einmal einen Ausflug machte. Ein Besuch bei Mary bildete da allerdings eine Ausnahme. Ger hatte den armen Tom immer gemocht, und man musste ehrlicherweise zugeben, dass er auch einmal ein Auge auf Mary geworfen hatte. In gewisser Weise war es eigenartig, dass die beiden in der Zeit, in der sie alle vier bei den Nonnen und Patern gewesen waren und nach der Schule beim Pferdetrog in der Broad Street Chips geknabbert hatten, sich nicht Marys wegen überworfen hatten. Damals war der Trog noch mit Wasser gefüllt gewesen, und eines Tages, als Ger an seinem Rand entlangbalanciert war wie ein Seiltänzer, hatte ein anderer Junge ihn hineingeschubst. Mary und Pat hatten Ger herausgezogen, während Tom den anderen Burschen am Nacken gepackt und mit dem Kopf unter Wasser getaucht hatte. So war das mit Tom und Ger gewesen, sie hatten einander immer beigestanden. Und so waren sie letztlich alle gute Freunde geblieben, und als Mary ins Postamt von Crossarra eingeheiratet hatte, hatte Pat ihre Partie in der Metzgerei von Lissbeg gemacht. Und sie wusste, dass sie trotz Gers kleinlicher Art Glück gehabt hatte, ihn zu bekommen. Tom hatte sein ganzes Geld für Mary Caseys Launen verschleudert, Ger dagegen war ein Geizhals, der inzwischen wohl die halbe Insel kaufen oder verkaufen könnte. Pat jedenfalls bedauerte nicht, den besseren Handel gemacht zu haben.

Eines allerdings bedauerte sie schon: den Weggang ihrer jüngeren Söhne, die beide in Kanada lebten. Ger hatte nie einen Hehl daraus gemacht, wie er gedachte, sein Geld zu vererben. Genau wie sein Vater vor ihm, so hatte er erklärt, habe er nicht sein ganzes Leben lang geschuftet, um dann seinen Betrieb zu zerschlagen und zwischen den Söhnen aufzuteilen. Während sich also Frankie, der Älteste, in Lissbeg auf die Übernahme vorbereitete, waren Jim und Sonny aufs College geschickt worden; und gleich nach dem Abschluss waren sie nach Kanada ausgewandert, genau wie Ger es beabsichtigt hatte. Nach ein paar Jahren hatten sie sich dann endgültig in Toronto niedergelassen und geheiratet. Angesichts des Arbeitsstresses und der hohen Flugkosten war keiner der beiden in den letzten zwanzig Jahren allzu oft nach Hause gekommen. Und so waren Pats Enkelkinder trotz aller Telefongespräche, Geschenke und einer gelegentlichen, anlässlich einer Kommunion oder Konfirmation unternommenen Reise nach Kanada letztlich auf der anderen Seite der Welt aufgewachsen. Heutzutage machten Skype oder E-Mails es einem leichter, in Kontakt zu bleiben, aber immer wenn sie ein Foto auf der Facebookseite der Familie Fitzgerald postete, die Sonny für sie eingerichtet hatte, sagte sich Pat, dass der Schaden schon geschehen war und sich nicht mehr rückgängig machen ließ. Sie bemühte sich sehr, Dinge zu posten, die ihre Enkel interessieren könnten, doch manchmal blieb so ein Foto wochenlang ohne Kommentar. Und dann tauchte irgendwann ein Smiley darunter auf oder, neben einem kleinen Foto von Sonny, ein Kommentar wie *Love you, Mom*, gefolgt von drei Ausrufezeichen. Dadurch fühlte sich Pat nur noch schlechter. Die Fitzgeralds hatten sich nie ständig ihrer Liebe versichert, und keines von Pats Kindern hatte sie jemals *Mom* genannt. Wenn sie es nicht besser wüsste, würde sie glauben, dass Sonny genauso wenig auf die Facebookseite ging wie seine Kinder und dass seine kanadische Frau die Smileys und Kommentare aus purem Mitleid anbrachte. Die Kinder ihres anderen Sohns Jim, die inzwischen aufs College gingen, fanden Facebook offensichtlich öde, und so beachteten sie die Seite überhaupt nicht mehr. Wenigstens bedankten sie sich mit einem Brief für ihre Büchergutscheine zum Geburtstag; ob sie die warmen Schals und Pullover, die Pat für sie strickte, aber überhaupt bekamen, bezweifelte sie manchmal – obwohl es in Kanada verdammt kalt und zum Wärmen nichts besser war als irische Wolle.

Als Pat jetzt in Mary Caseys Küche saß, sagte sie sich, dass dies ein wundervoller Ort für einen Plausch war. Kaum dass Hanna sie im Bungalow abgesetzt hatte, hatte Mary den Teekessel aufgesetzt und einen großartigen Kuchen herbeigeholt. Eine Kaffee-Walnuss-Torte, wie Pat sie liebte und die sie zu Hause wegen Gers Gebiss niemals buk. Mary aß nicht gerne im Garten, obwohl er reizend aussah, und so saßen sie trotz des Sonnenscheins am Küchentisch. Pat hatte gemerkt, dass Mary von dem Anblick, den Maggies Haus bot, nicht gerade begeistert war, und wer könnte ihr das verdenken? Es gab einfach nur ein paar alte, gemauerte Wände, und das Grundstück war eine Müllhalde. Immerhin, sagte sie jetzt zu Mary, würden die Ziegen das Gras und Gestrüpp bald abweiden. War es nicht eine tolle Idee, die Tiere dort hinzubringen?

Mary rührte mit energischer Missbilligung in ihrem Tee und erklärte, um das Haus bewohnbar zu machen, sei mehr nötig als ein paar Ziegen. Alles daran sei ein Desaster, und zwar seit jeher. Hanna-Mariah könne sagen, was sie wolle, aber sie habe immer so einen Ausdruck im Gesicht, als ob sie befürchte, dass ihr die Dinge entgleiten würden. Wie ein Hase, den ein Autoscheinwerfer erfasst hat. Ob Pat das nicht gesehen habe. Da könne man ja einen Schreck bekommen. Mary senkte unheilverkündend die Stimme. «Ich sage dir das jetzt, Pat, und dann nicht wieder: Was auch immer sie geglaubt hat vorzufinden, das Haus war nicht in dem Zustand, den sie erwartete.»

«Ja, sicher, ein Bauhandwerker hält sich eben nie an seinen Zeitplan.»

«Aber schau doch nur, *wer* für sie arbeitet!»

Pat hatte das Gefühl, dass man bei aller Dramatik ein bisschen Gerechtigkeit walten lassen sollte. «Na ja, nach allem, was man hört, ist Fury ein guter Arbeiter.»

«Er ist ein Abenteurer, und zwar seit jeher.»

Mary gab ein großes Stück Torte auf einen Teller mit Rosenmuster und schob ihn über den Tisch. «Und war er vor fünfzig Jahren nicht genau der Richtige für Maggie Casey?»

«Du willst doch nicht etwa behaupten ...»

«Denk doch mal nach, Mädel, Maggie war da schon über siebzig! Aber die beiden waren sich ebenbürtig. Fury kommt nie ein höfliches Wort über die Lippen, und du weißt ja selbst, wie Maggie war.»

«Ach, so schlimm doch auch wieder nicht.» Pat pickte eine Walnuss aus ihrer Torte und knabberte genussvoll darauf herum. «Du hattest die arme Frau seit jeher auf dem Kieker, und weißt du, warum, Mary Casey? Ich würde sagen, du warst ein kleines bisschen eifersüchtig auf sie.»

Sie sah Mary mit schief gelegtem Kopf an, rührte in ihrem Tee und wartete darauf, dass die Fetzen flogen. Aber Mary lächelte nur grimmig. «Im Namen Gottes, Pat Fitz, wie lange kennen wir beide uns schon? Hast du wirklich geglaubt, dass ich darauf anspringe?»

Pat zuckte mit den Schultern. «Hat Tom nicht unheimlich viel Zeit für Maggie aufgewendet?»

«Na und?»

«Oh, überhaupt nichts, ich sag es ja nur.»

Mary stand auf, stolzierte zum Kühlschrank und kam

mit einer Sprühdose zurück. Sie schüttelte kräftig, sprühte einen schäumenden Berg Sahne auf den Rand von Pats Teller und tat mit ihrem dasselbe. Dann setzte sie sich wieder und machte sich über ihren Kuchen her. Tatsächlich hatte Pat Fitz recht, sagte sie sich, das war nun mal so. Tom war der aufmerksamste Ehemann gewesen, den man im Umkreis von einem Tagesmarsch finden konnte. Trotzdem hatte sie es übel genommen, wenn er seine Freizeit nicht seiner armen Frau widmete, die ein Anrecht darauf hatte, sondern zu Maggie fuhr, um Torfsoden aufzuschichten oder Kartoffeln auszugraben oder stundenlang am Feuer zu sitzen, um ihr Gesellschaft zu leisten. Das hatte Mary wild gemacht, aber natürlich hatte sie nichts gesagt. Wie hätte sie denn dagestanden, wenn sie sich über Toms Sorge für seine Tante beschwert hätte, wo er doch ihr einziger Verwandter war. Und so hatte sie anfangs gute Miene gemacht und sich damit abgefunden. Und sobald Hanna alt genug war, hatte sie ihre Tochter losgeschickt, um Maggie zur Hand zu gehen. Mary war sich durchaus bewusst gewesen, dass Hanna genauso wenig für die mürrische alte Dame übrighatte wie sie selbst, aber es schadete dem Kind nicht, so hatte sie Tom wieder und wieder gesagt, sich nützlich zu machen. Dagegen erzählte sie niemandem, dass sie das Ausmaß von Toms Aufmerksamkeit für Hanna allmählich ärgerte und sie so zwei Fliegen mit einer Klappe schlug.

Ein Klecks Sahne fiel von Pats Gabel auf den Tisch, und Mary schoss zur Spüle, um ein Spültuch zu holen. Niemand hatte die geringste Ahnung, wie sehr sie Tom vermisste. Sie wusste gut, dass alle der Meinung waren, er habe sie verwöhnt, und vielleicht stimmte das auch. Aber sie wusste auch, dass es Liebe auf den ersten Blick gewesen war, als er sie auf dem Schulhof von Crossarra entdeckte, und dass der Tag, an dem sie eingewilligt hatte, seine Frau zu werden, der glücklichste seines Lebens war. Das war das Letzte, was er ihr in dieser grässlichen Kabine im Krankenhaus gesagt hatte, während diese Ärztin mit dem Kuhgesicht schon dastand und ihn für sich beanspruchte. Man versuchte, Mary hinauszuschicken, aber sie rührte sich nicht vom Fleck. Tom hatte ihre Hand ergriffen, und sie würde nicht weggehen, und wenn der Himmel auf sie beide fiele und die Erde sich unter ihren Füßen auftäte. Sie hielt die Stellung. Dann hatte Tom sie zu sich hinuntergezogen und ihr das über ihre Ehe gesagt. Und dann war er gestorben.

KAPITEL 24

Brian Morton betrachtete die Alternativen. Ein Hähnchen-Nudelauflauf in einer in Folie verpackten Aluschale oder eine lachhaft teure Meeresfrüchtesuppe und eine Tüte gewaschener Salatblätter. Keines von beidem sah lecker aus. Im Gefrierschrank in seiner Wohnung lagen die Zutaten für ein ordentliches Essen, aber er müsste sie erst auftauen und ein Gericht daraus kochen. Und er hatte jetzt Hunger. Er unterdrückte den seiner unwürdigen und vermutlich auch unzutreffenden Gedanken, dass das Angebot besser gewesen wäre, hätte er den Supermarkt nur früher erreicht, verzichtete sowohl auf das Hähnchen als auch auf die Meeresfrüchte und kehrte mit leeren Händen zu seinem Wagen zurück. Es war ein strahlend schöner Tag gewesen, der einen großartigen Sonnenuntergang versprach. Da konnte er sich auch schnell umziehen, Käse und ein paar Cracker einpacken und wandern gehen. Eine der Entschädigungen für das Leben in Carrick war das wilde Hinterland der Halbinsel. Eine weitere bestand in den spektakulären Sonnenuntergängen, die man von Finfarrans westlichen Klippen aus genießen konnte.

Brian zog die Wanderschuhe an, nahm seine Kamera und eine winddichte Jacke, fuhr mit dem Lift vom sechsten Stock in die Tiefgarage seines Wohnblocks hinunter und rollte in Richtung Ballyfin los. Trotz der unbezweifelbar verlockenden Feinschmeckerlokale interessierte ihn Ballyfin jetzt nicht. Vier oder fünf Meilen hinter Carrick bog er von der gut ausgebauten Schnellstraße nach rechts ab, folgte einer gewundenen Nebenstraße und gelangte zu seinem liebsten Aussichtspunkt im Schutz eines riesigen Felsbrockens oben auf einer windgefegten Klippe. Das einzige Gebäude im Umkreis von Meilen war eine von Scheunen und Schuppen umstandene Farm in der Ferne. Den Himmel im Auge, parkte Brian bei einer Viehweide, kletterte übers Tor und überquerte die unregelmäßig abgefressene Grasfläche. Eine kleine Schafherde zockelte, von seiner Ankunft beunruhigt, aus dem Weg. Am anderen Ende der Weide angelangt, umging er einen Stacheldrahtzaun, der aus ein paar zwischen Holzpfosten gespannten Drähten bestand, und marschierte an der ungeschützten Steilkante entlang, die über dem Ozean aufragte. Nach ein bisschen Kletterei erreichte er den Felsen, setzte sich und lehnte sich mit dem Rücken gegen den warmen Stein. Sein Timing war perfekt. Hier auf der hohen Felsspitze konnte er seine Cracker und den Camembert essen und den Sonnenuntergang genießen. Die Wanderschuhe fest auf das zähe, drahtige Gras gesetzt, kramte er in seiner Jackentasche nach dem Essen, breitete es neben sich aus und schaute zum Horizont.

Es war ein unbestimmt nerviger Tag gewesen, was für Brian nichts Neues war. Seine Kollegen waren reizende Menschen, mit denen er aber nichts gemein hatte. Da die Mehrzahl ungefähr halb so alt war wie er, gab es neben denen, die jeden Abend ausgingen, nur noch die anderen, die entweder für ihre Hochzeit sparten oder das Haus voller Kinder hatten. Daher war der Gesprächsstoff, wenn man sich am Wasserspender traf, begrenzt. Es wäre platt gewesen, seine Kollegen als ehrgeizlos abzutun, aber für Brian, der die Mauern eines Rathauses immer als den siebten Kreis der Angestelltenhölle betrachtet hatte, war der Ehrgeiz, den sie hegten, wesensfremd. In einer ländlichen Kleinstadt aufzuwachsen, in der nicht weniger Anmaßung herrschte als in der Stadt, nur nicht die gleiche Raffinesse, und dann die Entscheidung zu treffen, sich dort niederzulassen, erschien ihm äußerst merkwürdig. Und doch schien seine Kollegen eines zu verbinden: Ob ihre Arbeit sie mit Begeisterung erfüllte oder ihnen nur die Möglichkeit eröffnete, mühelos der Rente entgegenzugleiten, sie schienen sich in ihrer Umgebung wohlzufühlen. Brian konnte nur vermuten, dass die ungebundenen, unternehmungslustigen Vertreter dieser Generation gleich nach dem Abschluss ihrer Ausbildung zu den Flughäfen und Bahnhöfen aufgebrochen waren, um sich abzusetzen, während die Daheimgebliebenen unbedingt einen Arbeitsplatz in der Nähe der ehemaligen Schule und von Freunden und Familie finden wollten.

In jenem Alter war die Idee, sich endgültig niederzulassen, für Brian ein Gräuel gewesen; und selbst jetzt, als er in den Apfel biss, den er in seiner Jackentasche gefunden hatte, musste er sich bei dem Gedanken an seinen gegenwärtigen Vierzigstundenjob beinahe krümmen. Andererseits war er, wenn er schon seine Tage in Finfarrans Bezirksbauamt verbringen musste, an einem Schreibtisch im Großraumbüro besser aufgehoben als in einem gemeinsamen Kämmerchen mit einem seiner beiden Abteilungsleiter, von denen der eine der größte Langweiler Irlands und der andere ein Alkoholiker war. Als Brian vor ein paar Jahren im Alter von sechsundvierzig in Carrick aufgetaucht war, war er für die Stelle, um die er sich beworben hatte, lächerlich überqualifiziert gewesen, und so hatten Con Short und Paddy Mackin, damals beide Mitte fünfzig, ihre üblichen Streitereien fallen lassen, um ihn vereint in die Schranken zu weisen. Es war ein Bündnis, das sich aus reiner Gewohnheit bis heute erhalten hatte. Als die Jahre verstrichen und Brian keine versteckte Agenda erkennen ließ, hatten alle im Büro aufgehört, sich zu fragen, was um Himmels willen er dort eigentlich machte. Im Gegensatz zu Brian selbst, der nie aufgehört hatte, sich diese Frage zu stellen, und keine überzeugende Antwort fand.

Allerdings wusste er auch, dass Selbstbeobachtung ihn nicht weiterbrachte. Weshalb er sich nun auf seine unmittelbare Umgebung konzentrierte. Konnte man sich wünschen, an einem schöneren Fleckchen zu sein? Er blickte direkt nach Westen, wo leuchtend rote Wolken am Himmel loderten und sich ein Lichtpfad bildete, der über die Wasserfläche zur untergehenden Sonne führte. Brian wollte schon nach seiner Kamera greifen, zögerte dann aber und legte stattdessen die Hände um die Knie. Er hatte in den letzten Jahren so viele Fotos von Sonnenuntergängen gemacht, dass die Wände seiner Wohnung in Carrick fast damit gepflastert gewesen waren. Doch als das letzte Fleckchen blassrosa Wandfarbe unter einer weiteren Studie in Rot und Gold verschwunden war, hatte er alle Bilder abgerissen und ins Altpapier geworfen. Der Versuch, den transzendentalen Moment, in dem die flammende Scheibe im Meer versank, auf ein Foto zu bannen, war lächerlich. Beim starren Blick durch die Linse ging die Sicht auf die Peripherie verloren, und die Gerüche und Geräusche, die mit zur Erfahrung eines Sonnenuntergangs gehörten, konnte man sowieso nicht festhalten. Als ihm jetzt die von Dutzenden winziger Löcher übersäten, leeren Wände seiner Wohnung im sechsten Stock durch den Sinn schossen, versuchte er, alle Erfahrung und Erwartung auszublenden und sich ganz auf die Gegenwart zu konzentrieren. Die Wolken waren von Gold gestreift. Die Wellen rollten träge dahin, während der Lichtpfad, der auf sie fiel, immer breiter wurde. Das Donnern der Brecher gegen die Felswand unter ihm wirkte wie der Schlag einer Trommel. Brian saß mit dem Gesicht zum Horizont da, während die Sonne im Meer versank, der weite Himmel sich mit einem Perlmuttschimmer überzog und das Steilufer, das sich nach Nordwesten schwang, an den Rändern verschwamm und immer dunkler wurde. Dann peitschte ein kalter Windstoß durchs Gras, wehte die Krümel der Cracker davon und zerrte an dem Einwickelpapier des Camemberts. Brian erwischte das vorbeifliegende Papier gerade noch mit dem rechten Fuß und drückte es mit dem Absatz in den Boden. Als er wieder aufblickte, war der Horizont eine von Silber geränderte, schwarze Schmiere und der Lichtpfad verschwunden.

Er hatte vorgehabt, im Dämmerlicht an den Klippen entlangzuwandern, da aber der Wind, der vom Meer heranwehte, stärker wurde, stand er auf und kehrte zu seinem Wagen zurück. Käse und Cracker hatten ihn nur noch hungriger gemacht, statt ihn zu sättigen, und was er jetzt brauchte, war eine ordentliche Mahlzeit. Der Gedanke, zur Hochsaison in einem der Restaurants von Ballyfin einen Tisch zu suchen, schreckte ihn jedoch ab, und so fädelte er sich wieder auf die Schnellstraße ein und kehrte nach Carrick zurück. Er war nicht einfach nur hungrig, er war unbestimmt niedergedrückt. Ob es nun stimmte oder nicht, er hatte immer noch das Gefühl, dass er im Supermarkt ein annehmbares Abendessen gefunden hätte, wenn diese Miss Casey ihn nicht aufgehalten hätte. Natürlich hätte er sie beim Verlassen des Büros einfach ignorieren können, aber ihre gespielte Selbstsicherheit war so offensichtlich ein Deckmantel für ihre Panik gewesen, dass er ihr spontan seine Hilfe angeboten hatte. Jetzt sagte er sich, dass er es hätte besser wissen müssen. Menschen, die sich mehr aufluden, als sie bewältigen konnten, ging er seit jeher aus dem Weg. Wenn sie sich das Leben schwer machen wollten, war das ihre Sache, aber wenn sie erwarteten, dass andere Menschen kamen und sie retteten, konnte einen das wild machen. Daher war es idiotisch gewesen, sich in Hanna Caseys Problem reinziehen zu lassen. Ihm war zu diesem Zeitpunkt sogar schon klar gewesen, dass sie eine schwierige Frau war, denn auch wenn er sich nicht erinnern konnte, wie dieser Klatsch bei ihm gelandet war, wusste er doch, dass die Leute sie nicht mochten. «Hochnäsig» war eines der milderen Adjektive, die er schon für sie gehört hatte, und nach ihrer heutigen Begegnung verstand er durchaus, warum. Gleichzeitig gefiel ihm ihre Körperhaltung und ihre Art, das Haar in einem straffen Zopf zu tragen, wenn er sie mal bei einer Veranstaltung der Bezirksverwaltung sah oder beobachtete, und wie sie in Lissbeg, wo sie arbeitete, zwischen dem Verkehr hindurchlief. Und über seinen Schreibtisch hinweg hatte er heute ihre breiten Hände mit den kurzen Fingernägeln attraktiv gefunden. Gerade hatte in Carrick ein chinesisches Nagelstudio eröffnet, und alle Frauen schienen plötzlich mit aufgeklebten Krallen in grellen Farben herumzulaufen, die abbrachen oder klackerten, wenn die Trägerin ans Telefon ging oder tippte. Hanna Casey trug nicht einmal einen Ring.

Auf dem Weg nach Carrick ging Brian einmal vom Gas, um einen Lieferwagen hereinzulassen, der von der gegenüberliegenden Seite der Straße einbog. Er kam aus der gekiesten Zufahrt eines neonpinken Bungalows, der Brian jedes Mal, wenn er daran vorbeifuhr, unangenehm auffiel. Der Lieferwagen, auf dem *Metzgerei Fitzgerald, Lissbeg* stand, setzte sich vor ihn. Das verhutzelte Männlein, das ihn lenkte, hatte säuerlich nach vorne gestarrt, aber die Frau auf dem Beifahrersitz, die einen gelben Oilskin-Anorak trug, hatte Brian dankbar zugewunken. Brian hatte mit einem Nicken reagiert und war weitergefahren, wieder einmal mit der Frage beschäftigt, wie um Himmels willen dieser scheußliche Bungalow jemals eine Baugenehmigung erhalten hatte.

Im Lieferwagen warf Pat einen Seitenblick auf Ger. Er war nie ein Fahrer gewesen, der sich bei anderen Verkehrsteilnehmern bedankte, aber heute Abend wirkte er noch mehr mit sich selbst beschäftigt als üblicherweise. Er hatte es abgelehnt, noch auf einen Drink dazubleiben, als er sie abholte. Pat hielt im Allgemeinen nicht viel von Alkohol, ein Gläschen Martini mit Mary war jedoch ein Genuss. Es half einem wunderbar beim Entspannen und erinnerte an die alten Zeiten, als Tom noch lebte. Tom hatte Pat und Mary immer einen Martini eingeschenkt und sich selbst und Ger mit einem Bier oder Whiskey bedient. Und bei ihren Treffen zu viert war Ger immer in guter Stimmung gewesen. Als sie jetzt von Lissbeg nach Crossarra zurückfuhren, fragte er, wie es Mary ginge.

«Großartig, du hast sie doch eben gesehen. Du hättest auf einen Drink bleiben sollen.»

Er habe einen langen Tag hinter sich, erwiderte er, und sie beide hätten doch jetzt ohnehin schon stundenlang getratscht.

«Herrgott noch mal, Ger, du hättest ein Bier trinken können. Hast du dich denn nicht gefreut, reinzukommen und Mary zu sehen?»

Ger grunzte. Ja, wohl schon, aber er habe nicht den Eindruck gehabt, dass Mary sonderlich gut ausgesehen hätte.

«Ach, sie vermisst Tom. Immer, sagt sie. Und auch wenn sie das niemals zugeben würde, beunruhigt sie jetzt der Gedanke, Hanna nun auch bald zu verlieren. Dieser Bungalow war nach Toms Tod immer zu groß für Mary.»

«Also, Hanna bleibt doch in der Nachbarschaft. Frau, was faselst du denn? Und sagt Mary nicht selbst, dass Jazz alle zehn Minuten mit einer Ladung Wäsche vor der Tür steht?»

Pat seufzte. Das stimmte natürlich, und Mary Casey war glücklicher dran als viele andere, aber Ger hatte einfach nie verstanden, was es bedeutete, wenn alle aus dem Nest flogen. Sie schob die Lippen vor und schwieg. Nach einer kurzen Pause warf er ihr einen Seitenblick zu und schnaubte.

«Wahrscheinlich schmollst du schon wieder, weil du nie die Kinder siehst.»

«Falls ja, ist das eh nur Zeitverschwendung.»

«Tja, also da könntest du dich irren.»

Grinsend wie ein Honigkuchenpferd, schlug er das Lenkrad ein und bog nach Lissbeg ab. Sicher sei es nicht, erklärte er, aber vielleicht würden sie über Weihnachten in Kanada eintrudeln. Pat blieb der Mund offen stehen, doch bevor sie noch Fragen stellen konnte, drohte er ihr mit dem Finger.

«Dass das klar ist: Ich habe nichts versprochen! Je weniger man sagt, desto weniger bereut man später. Aber ich hatte heute in Carrick eine gute Besprechung, mehr erzähle ich nicht. Oder doch, sie war sogar großartig.»

Fast von Schwindel ergriffen, lehnte Pat sich in ihrem Sitz zurück. Sie hatte keine Ahnung, welchen Plan Ger in der Pipeline hatte. Er selbst sah sich gerne als Geschäftsmann, auch wenn sie immer den Verdacht hegte, dass er meist einfach nur einen guten Handel auf dem Viehmarkt abschloss oder hier und da ein Stück Land erwarb. Doch sie hatte keinen Zweifel, dass viel Geld durch seine Hände ging. Und jetzt schien er erstaunlicherweise die Absicht zu hegen, etwas davon auszugeben. Es war fünfzehn Jahre her, seit Pat Sonny, Jim und ihre Enkel zum letzten Mal besucht hatte. Vor wenigen Minuten noch hatte sie keine Ahnung gehabt, wann sie sie jemals wiedersehen würde. Und jetzt hatten ein paar Worte von Ger genügt, um das alles zu ändern. Sprachlos vor Dankbarkeit wandte sie sich ihm zu und strahlte ihn an. In Gedanken war sie schon beim Kauf der Koffer und der wunderschönen Geschenke, die sie auswählen, in Papier hüllen und einpacken könnte.

KAPITEL 25

Jazz rekelte sich, wälzte sich im Bett auf die andere Seite und sann über die vor ihr liegenden, gemütlichen Stunden nach. Da alle in der Wohnung im Schichtdienst arbeiteten, konnte man nie wissen, wie sich ein Tag entwickeln würde, aber diesmal war das Timing perfekt. Sie würde die Wohnung den größten Teil der Zeit für sich haben, und erst am Abend würden sämtliche Mitbewohner gemeinsam zu Hause sein. Georgiu hatte angeboten, das Abendessen für die Mädels zu kochen, wenn Jazz die Zutaten besorgte. Er hatte ihr eine Einkaufsliste für den Markt geschrieben und ihr strenge Anweisungen erteilt: Sie sollte gegen die Melonen pochen, um auch wirklich frische Ware zu kaufen, und ja den richtigen Oregano wählen. Georgiu betrachtete die Qualität der französischen Landwirtschaftserzeugnisse mit Misstrauen, was die anderen unglaublich komisch fanden. Aber er war ein großartiger Koch und sparte auf eine Ausbildung als Küchenchef, sie hatten also, wie er ihnen immer wieder erklärte, Glück, dass er da war. Jetzt, da Jazz sich endgültig entschlossen hatte, wach zu werden, entschied sie, sich ein gemütliches Vollbad zu gönnen, statt, wie an Arbeitstagen üblich, nur kurz zu duschen. Dann würde sie den Vormittag faul im Hof gammeln und schließlich gegen Mittag zum Markt gehen. Sie würde dort einen Kaffee trinken und die Zutaten für das Abendessen besorgen.

Obgleich sie die fröhliche Zusammenarbeit mit ihren Kollegen und Kolleginnen liebte, die zu ihrem Job gehörte, wusste sie diese Stunden des Alleinseins doch zu schätzen. Wenn die anderen daheim waren, ließ immer jemand Musik laufen oder rief etwas von einem Zimmer zum nächsten, und ständig bimmelte irgendein Handy. Jetzt wälzte sie sich aus dem Bett, ohne sich die Mühe zu machen, auf ihr eigenes Handy zu schauen, und tapste auf den Balkon. Für das Vergnügen dieser winzigen, von einem Geländer umschlossenen Fläche mit rankendem Wein und der Sicht auf die fernen Berge, die zwischen den Dächern der Nachbarhäuser hindurchlugten, hatte sie im Gegenzug eine Zimmerpartnerin akzeptiert. Sarah und sie hatten nur selten die gleiche Schicht, praktisch gesehen musste sie das Zimmer also gar nicht wirklich teilen; und sowieso verstanden sie sich immer bestens. Tatsächlich war die WG trotz der einen oder anderen Kabbelei oder eines gelegentlichen Schmollens und trotz des Theaters, das Georgiu hin und wieder wegen eines versauten Ofens machte, bemerkenswert erfolgreich. Wenn sich in ihrem Unternehmen Leute über das Schwarze Brett zusammenfanden, wusste man nie, wie die Dinge sich entwickeln würden, aber diese WG hatte von Anfang an funktioniert. Jazz' Oma war allerdings durch die Decke gegangen, als sie zum ersten Mal davon hörte.

«Du ziehst mit einer Bande Fremder zusammen, die du übers Internet kennengelernt hast? Hast du völlig den Verstand verloren, oder schaust du nie in eine Zeitung?»

Jazz hatte ihr noch so ausführlich erklären können, dass das Schwarze Brett eine digitale Pinnwand im Mitarbeiterbereich der Website ihrer Fluggesellschaft war, es war vergebens gewesen. Sie hatte sogar ihren Laptop aufgeklappt und ihrer Oma gezeigt, dass das Anschlagbrett nur für Angestellte zugänglich war und alle Posts von einem Moderator kontrolliert wurden, doch Mary Casey blieb unbeeindruckt.

Tatsächlich war Jazz' Mum als Einzige vernünftig gewesen. Ihr Dad hatte einen versteinerten Blick bekommen, als sie ihren Plan erzählte, und ihr sogar angeboten, die Miete für eine eigene Wohnung zu zahlen, wenn Jazz die Vereinbarung rückgängig machte. Aber ihrem Dad war ihr Job bei der Fluggesellschaft zuwider. Nicht, dass sie direkt darüber stritten. Dad ließ sich nie auf einen Streit ein, vor allem wohl deshalb, so vermutete Jazz, weil er es nicht ertragen hätte, den Kürzeren zu ziehen. Doch das mit dem versteinerten Blick hatte über mehrere ihrer Besuche angehalten, und so war es nur gut, dass sie sich schon früh im Leben beigebracht hatte, so etwas zu ignorieren. Sich mit Dad anzulegen war Energieverschwendung: am besten, man lächelte einfach und machte sein Ding. Früher oder später gab er nach und lächelte zurück, weil ihm nichts anderes übrig blieb. Zumindest lief es so, wenn es um Jazz ging; sie verbrachten gerne Zeit miteinander, und letztlich konnte er sich nie überwinden, das zu gefährden. Vor Jahren hatte er Jazz gesagt, das Wichtigste im Leben sei, glücklich zu sein. Selbst damals schon war ihr das als eine riskante Philosophie erschienen: Wenn man nicht gerade in einer Einzelzelle lebte, hing das eigene Glück zu einem wesentlichen Teil von anderen Menschen ab. Wenn einem Glück also wichtiger war als alles andere, musste man sein Leben, ob einem das nun bewusst war oder nicht, zu einem großen Teil in fremde Hände legen.

Jazz selbst sah die Dinge anders. Für sie war das Wichtigste, Erfahrungen zu sammeln – gute, schlechte oder neutrale – und Streitfragen auszuloten, aber nicht, einen Streit zu gewinnen. In ihrer Schulzeit waren alle einfach davon ausgegangen, dass sie zur Uni gehen würde. Dad hatte sich gewünscht, dass sie sich für sein altes College in Cambridge entschied, das vor unendlich langer Zeit auch schon Grandpa George besucht hatte. Und Jazz selbst war lange Zeit davon ausgegangen, dass es so kommen würde. Doch im Chaos des plötzlichen Umzugs nach Irland hatte sich das Gefühl eingeschlichen, als wäre nun alles möglich. Anfangs hatte sie den Umzug gehasst und für eine Weile selbst einen ziemlich versteinerten Blick aufgesetzt, doch mit der Zeit hatte die neue Umgebung sie neue Möglichkeiten erkennen lassen. An ihrer Privatschule in London waren alle auf demselben schmalen Pfad gegangen: ein Abschluss in Oxford, ein Praktikum in einer prestigeträchtigen Firma, wahrscheinlich von Daddy bezahlt, und im Anschluss eine Karriere, die ein Jahr für Jahr wachsendes Einkommen garantierte. Im Gegensatz dazu hatten ihre Mitschüler in Lissbeg alles Mögliche angestrebt, und nur weniges davon hatte bereits festgestanden. Vielleicht, weil sie ganz andere Rollenvorbilder hatten. Ihre Eltern waren überwiegend Farmer oder Fischer, deren Lebensunterhalt vom Wetter abhing, oder kleine Selbständige, deren Erfolg mit dem vom Auf und Ab des Wirtschaftsklimas schwankte. Einige von Jazz' Klassenkameraden wollten studieren, andere lachten einfach nur und sagten, das könnten sie sich nicht leisten. Warum nicht ins Leben hinausgehen und etwas anpacken, statt zum Schluss einen riesigen Berg Studienkredit abzahlen zu müssen? Und dann waren da noch Jungs wie Conor McCarthy, die an ihre Familie denken mussten. Conor hatte ihr erzählte, dass er eigentlich immer zur Uni gehen wollte, aber wie die Dinge standen, war das nicht drin: Sein Bruder Joe und er mussten die Farm am Laufen halten.

«Aber vielleicht ist es trotzdem ganz gut so. Wenn ich tatsächlich aufs College ginge, würde mein Dad dafür sorgen, dass ich Landwirtschaft studiere.»

«Und dazu hättest du keine Lust?»

«Himmel, nein. Da geht es doch zur Hälfte nur um Expansion und Rationalisierung und lauter so Zeug, das mich nicht die Bohne interessiert. Das ist Agrobusiness und nicht die Kunst, eine Farm zu führen.»

Am liebsten würde er Bibliothekar werden wie ihre Mum. Jazz verstand nicht, was daran attraktiv sein sollte. Viel Betrieb herrschte in der Bibliothek von Lissbeg nicht gerade, und die Arbeit schien ihrer Mum nicht den geringsten Spaß zu machen.

«Ja, kann sein, schon möglich - und jetzt sage ich wirklich kein Wort gegen sie, ehrlich -, aber sie könnte es anders machen, wenn sie nur wollte. Da so eine ganz andere Atmosphäre reinbringen.»

Jazz hatte den Eindruck, dass das riesige Klostergebäude mit seinem aufgegebenen rückwärtigen Trakt, dem heruntergekommenen ehemaligen Schulhof und den zeitweilig dort untergebrachten Büros der Bezirksverwaltung überhaupt nicht anders als düster wirken konnte. Wie könnte sich da die Bibliothek, die nun mal in der alten Aula feststeckte, in das vibrierende Energiezentrum verwandeln, das Conor vorschwebte? Es war ihr jedoch unfair erschienen, ihm zu widersprechen. Der arme Kerl saß mit seinen Phantasien auf Finfarran fest, während Leute wie sie selbst aufstehen und weggehen konnten. Das war einer der Punkte, die sie an ihrem Job bei der Airline gereizt hatten. Sie konnte in der Welt herumreisen und leben, wo sie wollte, entdecken, wie man anderswo dachte, aß und sich stritt, und Dinge erfahren, die sich ihre Schulfreundinnen in London nicht einmal vorstellen könnten. Zugegeben, derzeit bekam sie massenhaft Flughäfen zu sehen, die außerhalb der Städte lagen, und sonst nicht viel. Aber sie machte den Job ja auch erst seit einem halben Jahr, und schon lebte sie in ihrer eigenen Wohnung in Frankreich und hatte einen Hof, rankenden Wein und einen Balkon, selbst wenn sie all das mit anderen teilen musste.

Das Badezimmer glänzte vor Sauberkeit, was hieß, dass Georgiu es als Letzter benutzt hatte. Jazz ließ sich ein Bad ein und versank voll Wonne im tiefen, duftenden Wasser. Als einzige Reaktion auf die WG-Pläne hatte Hanna die Frage gestellt, wie viele Badezimmer es gab, und als sie hörte, es gäbe nur eines, hatte sie Jazz lachend ermahnt, hinter sich sauber zu machen.

«Der schlimmste Streit, der in WGs entsteht, dreht sich um Schmutzringe in der Badewanne und nasse Handtücher auf dem Boden.»

«Woher weißt du das denn?»

Hanna erzählte, dass sie sich vor der Hochzeit mit Dad irgendwo in London eine Wohnung mit drei Mädels geteilt hatte.

«Wo denn?»

«In der Nähe von Paddington Station.»

«Cool.»

«Damals nicht. Es war ein bisschen schmuddelig und sehr staubig, und wir wurden ständig von Polizeisirenen geweckt.»

«Aber hat es dir trotzdem gefallen?»

«Natürlich. Wir waren jung. Es war meine erste Wohnung. Na ja, meine einzige Wohnung. Danach bin ich mit Dad zusammengezogen.»

«Was, noch bevor ihr verheiratet wart?»

«Das war in den achtziger Jahren, nicht im finsteren Mittelalter. Er hatte eine Wohnung in der Nähe des Sloane Square – die übrigens total cool war –, und dort haben wir gelebt, bis wir das Haus fanden.»

«Ich dachte, du wärst diejenige gewesen, die es gefunden hat.»

«Ja, das stimmt. Ich hatte die Zeit, danach zu suchen.»

«Und dann hast du es renovieren lassen.»

«Genau.»

«Dad hat immer gesagt, du wärst eine geniale Innenarchitektin. Warum hast du keinen Beruf daraus gemacht?»

«Na ja, weil ...»

«... ich meine, ihr wart doch schon eine Ewigkeit verheiratet, bevor ich da war.»

Jazz hatte nie wirklich darüber nachgedacht, aber es kam ihr tatsächlich merkwürdig vor, dass Mum nie gearbeitet hatte. Und warum arbeitete sie dann jetzt, wo sie das gar nicht nötig hatte? Dad musste doch bestimmt massenhaft Unterhalt zahlen. Vielleicht, weil sie sich in Irland langweilte oder es satthatte, mit Oma allein zu Hause zu hocken? Doch warum nahm sie eigentlich einen Kredit bei der Credit Union auf? Dad würde ihr doch gewiss das Geld leihen, das sie für Maggies Haus brauchte, sodass sie die Zinsen sparen könnte? Und wenn Dad Jazz schon unbedingt eine Wohnung in Frankreich zahlen wollte, warum gab er dann Mum nicht einfach das, was sie für ihr Haus in Irland brauchte?

Jazz hielt ihren Schwamm mit nach oben gestrecktem Arm in die Luft und drückte eine Ladung Wasser über ihrem Gesicht aus. Die Sonne brannte durch das geöffnete Badezimmerfenster herein, und draußen flatterten Hausschwalben herum. Wenn man unten im Hof war, konnte man sehen, dass sie unter dem Dachvorsprung ein Nest gebaut hatten. Ein wenig später kam ihr der Gedanke, sie könnte die abgestorbenen Wurzelreste aus den Terrakottatöpfen ziehen und sie mit Blumen vom Markt frisch bepflanzen. Die Geranien, die sie vor Jahrhunderten gesetzt hatte, hatten längst ihren Geist aufgegeben, weil keiner sie goss. Keiner der Mieter fühlte sich sonderlich zuständig für den Hof, deshalb waren die Töpfe meistens voller Pflanzengerippe. Nur dem Wein, dessen Wurzeln in einem Beet neben der Eingangstür steckten, bekam die Vernachlässigung bestens. Irgendwann würde die Hausverwaltung ihn wohl zurückschneiden, um die Regenrinnen vor Zerstörung zu bewahren, aber derzeit rankte er sich noch über die Wand des Wohnblocks nach oben, umschlang die Balkone und bot den Schwalben Schutz für ihre Nester.

Als Jazz das Wasser ausgelassen und im Bad brav hinter sich sauber gewischt hatte, hängte sie ihr Handtuch übers Balkongeländer, was streng genommen nicht gerne gesehen wurde, und zog sich für ihren gemächlichen Spaziergang zum Markt an. Unten rief sie der Concierge, die gerade telefonierte, hastig ein «Bonjour, Madame» zu, dann schlüpfte sie etwas verlegen wegen des Handtuchs, das da oben flatterte, zur Tür hinaus.

Auf dem Weg den Hügel hinunter zum Marktplatz dachte Jazz über Mums neues Projekt nach. Ihrer Oma zufolge war es eine einzige Katastrophe, aber das war einfach nur Oma, die es gerne ein bisschen dramatisch hatte. Trotzdem überlegte Jazz manchmal, dass es für ihre Mum gewiss nicht leicht gewesen war, mit Omas ewiger Negativität aufzuwachsen. Was immer jemand auch plante oder wollte, Oma fand mit Sicherheit einen Haken daran. Meistens war das einfach nur komisch, mitunter konnte es einen auch runterziehen. Mum sagte selten etwas dazu, aber seit einiger Zeit wuchs in Jazz der Verdacht, dass es sie mehr als nur ein bisschen störte. Vor dem Umzug nach Irland war Mum gut gekleidet und heiter durchs Leben gesegelt, hatte Dinnerpartys für Dads Freunde in London organisiert und jede Woche einen Luxusfresskorb von Fortnum & Mason's zum Cottage in Norfolk schicken lassen. Selbst während der langen Sommerferien, die sie in Jazz' Kindheit in Irland verbracht hatten, war Mum fröhlich und entspannt gewesen. Doch damals hatte Opa auch noch gelebt, und vielleicht war dadurch alles anders gewesen. Jedenfalls, aus welchem Grund auch immer, inzwischen wirkte Mum überhaupt nicht mehr heiter. Also war es vielleicht eine gute Idee, dass sie bei Oma auszog und ein eigenes Haus bekam. Nur fand es Jazz eigenartig, ein Gebäude auszusuchen, das eher eine Ruine zu sein schien. Wenn sie das nächste Mal daheim war, würde sie dort vorbeigehen und es sich anschauen. Gut möglich, dass Oma wieder einmal übertrieb. Vielleicht war es ein Haus wie aus einer Bildpostkarte herausgeschnitten, mit Geißblattranken um die Tür, die mit ihren Blütenköpfen nickten.

KAPITEL 26

Ein Mann im Jogginganzug arbeitete sich am Regal entlang, nahm jedes einzelne Buch heraus und sah es sich an. Er hatte ganz hinten in der Bibliothek angefangen und bewegte sich stetig in dieselbe Richtung weiter, nahm ein Buch nach dem anderen herunter, betrachtete das Cover und stellte es wieder zurück. Hanna beobachtete ihn eine halbe Stunde und hielt es dann nicht mehr aus. Sie erhob sich von ihrem Schreibtisch, ging durch den Saal zu ihm hinüber und sprach ihn mit gesenkter Stimme energisch an.

«Kann ich Ihnen irgendwie helfen?»

Der Mann blickte sich um, fixierte sie durch seine dicken Brillengläser und antwortete mit einer Stimme wie ein Nebelhorn.

«Oh nein, alles gut, Miss, ich komme zurecht.»

«Würden Sie bitte etwas leiser sprechen?»

«Nein, alles bestens, ehrlich.»

«Ja, aber könnten Sie leise ...»

«Nein, überhaupt nicht, machen Sie sich keine Mühe. Conor kümmert sich um mich.»

Er wandte sich ab, griff nach einem Taschenbuch, begutachtete das Cover und stellte das Buch ins Regal zurück. Als er ans Ende der Reihe gelangt war, reckte er sich ein Stück weiter nach oben und machte im Fach darüber genauso weiter. Hanna gab auf. Es war sinnlos, darauf zu beharren, dass er leise sprechen sollte. Er machte ja nichts kaputt, und schließlich hatte er keinen Piep von sich gegeben, bis sie selbst ihn angesprochen hatte.

Achselzuckend kehrte sie an ihren Schreibtisch zurück und machte sich wieder für den Kampf mit dem Computer bereit. Gestern hatte er die ersten Mucken gezeigt, heute war der Zugriff auf ihre Daten wie russisches Roulette. Oft war es überhaupt kein Problem, aber manchmal waren ganze Dateien verschwunden und tauchten auf geheimnisvolle Weise in den falschen Ordnern wieder auf. Der EDV-Mann in der Bezirksbibliothek war offensichtlich davon überzeugt, dass sie inkompetent war. Nach zwanzig Minuten am Telefon hatte er tief aufgeseufzt und gesagt, er werde nächste Woche vorbeischauen.

«Also, ich kann hier nicht bis nächste Woche mit einem unbrauchbaren Computer sitzen!»

«Tut mir leid, Miss Casey, früher geht es nicht. Sind Sie sich sicher, dass Sie meinen Anweisungen gefolgt sind?»

«Natürlich bin ich das. Und vor meinem Anruf habe ich alles unternommen, was mir selbst eingefallen ist.»

Noch während sie die Worte aussprach, wusste sie, dass sie besser den Mund gehalten hätte. Die gelangweilte Stimme am anderen Ende der Leitung klang sofort noch herablassender.

«Hören Sie, am besten lassen Sie die Finger davon, sonst machen Sie es nur schlimmer.»

Hanna hatte sich mühsam beherrscht, sich knapp bedankt

und aufgelegt. Vielleicht war sie keine Expertin in Computer-Chinesisch, aber sie hatte nicht die Angewohnheit, ihre Arbeitsgeräte kaputt zu machen. Hätte sie ihn dadurch nicht noch mehr gegen sich aufgebracht, hätte sie ihm das auch zu gerne gesagt. Aber das Einzige, was zählte, war, das Ding wieder ans Laufen zu bringen und nicht, gegen so ein Pickelgesicht in Carrick zu punkten.

Sie hatte sich gerade wieder hingesetzt, als Conor in die Bibliothek kam. Er steckte in dem Overall, den er immer auf der Vespa trug, und hatte noch seinen Sturzhelm auf.

«Was macht der Computer?»

«Treibt mich in den Wahnsinn. Aber jetzt ist doch gar nicht Ihre Arbeitszeit, Conor.»

«Weiß ich, klar, aber ich wollte in der Stadt ein Ersatzteil für den Traktor besorgen, und unterwegs ist mir eine Eingebung gekommen. Vielleicht würden Sie das letzte Programm ja gerne neu installieren.»

Hanna räumte ihren Platz, während er hinter den Schreibtisch trat und seinen Helm abnahm.

«Dieses Ding, das der Typ eingerichtet hat, als er vor ein paar Tagen hier war», Conor setzte sich und betrachtete stirnrunzelnd den Computer, «bei dem hatte ich das Gefühl, dass er das ganz schön vermasselt hat.»

«Er hat mir gerade am Telefon gesagt, dass ich nicht daran herumpfuschen sollte.»

Conor schnaubte. «Ja, klar. Er weiß, dass er einen Fehler gemacht hat. Lassen Sie mir ein bisschen Zeit, dann bring ich das für Sie in Ordnung.»

Zehn Minuten später strahlte er sie an.

«Was bin ich?»

«Sie sind ein Genie!»

«Ja, klar doch. Mit ein bisschen Glück haben Sie jetzt keine Probleme mehr.»

«Sie trinken wohl nicht noch eine Tasse Kaffee mit mir?»

«Nein. Ich muss noch die Kühe melken und den Traktor reparieren.» Er griff nach seinem Sturzhelm. «Bis morgen dann.»

Hanna hielt ihm die Tür auf, während er an seinem Kinnriemen herumfummelte. In diesem Moment tauchte am anderen Ende des Saals ein Kopf hinter einem Regal auf, und der Mann mit dem Jogginganzug und den dicken Brillengläsern brüllte einen fröhlichen Gruß.

«Da bist du ja, Conor, wie läuft's?»

«Prima, danke, Oliver, bist du schon fündig geworden?»

«Bisher nicht die geringste Spur, aber ich bleibe dran. Zwanzig Minuten jeden zweiten Tag, so hab ich mir das eingeteilt.»

Als sein Kopf wieder verschwunden war, packte Hanna Conor am Arm.

«Wer ist denn das, Herrgott noch mal?»

«Das ist der Hundemann. Erinnern Sie sich nicht?»

«Was für ein Hundemann?»

«Dieser Mann, der die E-Mail wegen des Covers mit dem schwarzen Hund geschickt hat. Er konnte doch das Buch nirgends finden.»

«Und da arbeitet er sich jetzt durch die komplette Bibliothek?»

«Na ja, die Buchhandlungen hat er schon durch.»

«Wie lange läuft das schon so?»

«Ein paar Wochen. Er war wohl bisher immer an Bibliotheksbustagen da, wenn Sie unterwegs sind. Ich habe ihm gesagt, dass das in Ordnung ist. Oder gibt es ein Problem?»

Hanna schüttelte den Kopf. «Nein, nein, natürlich nicht.»

«Ich habe ihm auch gesagt, er solle während seiner Suche probieren, sich den Titel in Erinnerung zu rufen.»

«Das ist wahrscheinlich eine gute Idee.»

Wieder beim Schreibtisch angelangt, klickte Hanna einen Ordner an und sah, dass die Datei, die sie brauchte, ordnungsgemäß auf dem Bildschirm erschien. Draußen vor der Tür wurde das Knattern des Vespa-Motors von den Wänden zurückgeworfen und verhallte in der Ferne. Zehn Minuten später strömten Eltern und Kinder in die Bibliothek, die auf dem Heimweg von der Schule Bücher abgeben und neue auswählen wollten. Hinter ihnen, die Hände in den Taschen und die Wachstuchjacke eng um seine mageren Hüften gezogen, kam Fury O'Shea, gefolgt von Divil.

KAPITEL 27

Hanna schoss quer durch den Saal und stellte sich Fury im Eingang entgegen. «Das hier ist eine öffentliche Bibliothek, da können Sie Divil nicht reinbringen.»

Divil war schon einmal jünger und frischer gewesen, aber wenn es Streit gab, erkannte er den auf Anhieb. Er hob die Nase zu Hanna hoch, stellte sich fest auf die Türschwelle und knurrte tief in der Kehle. Auf der anderen Seite des Saals brach ein Kind in Tränen aus, und ein Vater, der das übel nahm, drehte sich um und starrte Hanna böse an.

Die zischte Fury an: «Sie. Können. Hier. Keinen. Hund. Reinbringen. Raus mit ihm!»

Das Knurren Divils wurde noch drohender. Fury blickte nachdenklich zu ihm hinunter und richtete dann wieder die Augen auf Hanna.

«Und da hatte ich gedacht, Sie wollten mich sprechen. Na gut, wir verschwinden.»

Sich umwendend, schob er die Schuhspitze unter die Rippen seines Hundes und hob ihn aus der Tür.

«Nein, Moment mal ...»

Von den Eltern in der Kinderecke, wo Darina Kelly gerade in Shorts und Gladiatorensandalen einen Pippi-Langstrumpf-Band für das nächste Zerstörungswerk ihres mit Farbe beschmierten Kleinen aussuchte, waren missbilligende Schnalzlaute zu hören. Hanna packte Fury am Ärmel und zerrte ihn in die Bibliothek zurück. Die Tür fiel krachend hinter ihm zu, Divil blieb draußen.

«Warum haben Sie nicht auf meine Anrufe reagiert?»

«Hab ich Ihnen doch schon gesagt, als Sie mir den Auftrag gegeben haben, Mädel. Ich schalte mein Handy nie ein.»

«Ich habe Ihnen keinen Auftrag gegeben. Weder an jenem Tag noch überhaupt irgendwann.»

«Na ja, meine Ziegen haben Sie aber gut gebrauchen können.»

Hanna holte tief Luft. «Schauen Sie, ich bin ja auch tatsächlich davon ausgegangen, dass Sie das Projekt übernommen haben. Nur hatte ich einfach geglaubt, dass Sie sich normal verhalten würden.»

«Normal?»

«Ja. Wie ein normaler Mensch, der einfaches Englisch versteht. Ich hatte Ihnen gesagt, dass ich alles schriftlich brauche. Dass die Baugenehmigung ordnungsgemäß beantragt werden muss. Dass ich eine Schätzung haben will. Nein, verdammt noch mal, ich will einen Kostenvoranschlag. Ich hatte erwartet, dass Sie mir einen Zeitplan mitteilen. Und ich hatte Ihnen klipp und klar gesagt, dass ich die Dachschindeln behalten will. Und was habe ich kürzlich vorgefunden? Sie haben den Anbau abgerissen und die Schindeln fortgeschafft, ohne mir ein Wort zu sagen.»

Fury schaute zu der Gruppe von Eltern in der Kinderecke rüber, die nicht einmal mehr so taten, als beschäftigten sie sich mit Büchern. Ob Hanna sich sicher wäre, fragte er, dass dies hier der richtige Ort für ein Gespräch sei? Hanna packte ihn am Ellbogen. Vor der Tür ertönte ein lautes Jaulen, anscheinend hatte Divil durch die dicke Eichentür hindurch erspürt, dass sein Herrchen bedroht war. Fury machte die Tür auf, trat hinaus, brüllte: «Halt's Maul, Divil!» Dann kam er wieder herein und achtete sorgsam darauf, die Tür leise zu schließen. Hanna rammte die Hände in die Taschen, deutete mit einer ruckartigen Bewegung des Kopfes zur Küche und ging ihm voraus.

Nachdem sie die Küchentür hinter sich geschlossen hatte, brach sie damit zum ersten Mal ihre eiserne Regel, die Bücher niemals unbeaufsichtigt zu lassen. Wütend fixierte sie Fury. Bevor sie noch etwas sagen konnte, begann er selbst mit schief gelegtem Kopf.

«Woher wollen Sie wissen, dass Ihre Schindeln nicht irgendwo vor dem Wetter geschützt lagern und darauf warten, wieder dorthin zu wandern, wo sie herkommen?»

Hanna starrte ihn mit offenem Mund an. «Ist es denn so?»

«Nein. Ich habe sie verkauft.»

«Sie haben sie *verkauft*?»

«Nein, also nicht wirklich. Ich habe sie getauscht.»

Als er die Schindeln abgedeckt habe, so berichtete er, habe er festgestellt, dass der Zustand der Deckenbalken schlechter war als erwartet. Tja, so war das oft, man konnte sich erst sicher sein, wenn man das Holz wirklich sah. Jedenfalls war es jetzt das Vernünftigste, mit frischen Balken neu anzufangen, und die würden ein hübsches Sümmchen kosten.

«Also habe ich die Schindeln gegen eine Ladung Dachziegel eingetauscht und die Balken, die wir brauchen, obendrein bekommen?»

«Aber ich hatte Ihnen doch *gesagt* …»

«Weiß ich nicht selbst, was Sie mir gesagt haben? Aber Sie haben mir nie aufgetragen, Ihr Geld zu verschleudern.»

Hanna starrte auf ihr eigenes Spiegelbild in der Teekanne und zwang sich, ruhig zu bleiben. «Und genau das ist der entscheidende Punkt, oder? Es ist mein Geld. Ich bin die Kundin, und Sie sind der Auftragnehmer. Es ist mein Geld, und ich entscheide, wie es ausgegeben wird.»

«Und Sie wissen, wie viel Sie diese Balken gekostet hätten?»

«Nein, das weiß ich nicht. Aber ich weiß, was ich will. Und ich habe Ihnen gesagt, dass ich die Schindeln behalten will. Haben Sie mich verstanden?»

Fury griff in die Keksdose neben der Teekanne und nahm eine Handvoll Custard Creams heraus. «Oh, ich habe Sie sehr gut verstanden, Mädel, glauben Sie mir.»

«Sehr schön. Ich schaue morgen bei Maggies Haus vorbei und erwarte, die Schindeln dort wieder vorzufinden.»

«Nun, wenn Sie das erwarten, werden Sie enttäuscht sein.» Fury hockte sich mit der einen mageren Hinterbacke auf die Küchentheke. «Das wollte ich Ihnen ja gerade mitteilen. Ich bin jetzt vielleicht eine Woche oder so nicht da.»

Das war eine Unverschämtheit. Genauso empörend wie die Tatsache, dass alle einschließlich ihrer selbst das Haus immer nur «Maggies Haus» nannten.

«Sie können doch nicht einfach weggehen und alles stehen und liegen lassen!»

«Himmel, bei Ihnen weiß man aber wirklich nicht, wo man dran ist.» Fury sprach mit einem Mund voller Kekse. «Wie lange dauert es wohl, eine Baugenehmigung zu bekommen, was meinen Sie?»

Hanna glotzte ihn an, und er sah kopfschüttelnd zurück.

«Also, Sie können nicht beides auf einmal haben. Wollen Sie jetzt, dass ich weitermache, oder nicht? Streng genommen sollte noch nicht einmal eine Ziege auf der Wiese grasen, bevor wir den Papierkram erledigt haben.»

Hanna reagierte maßlos gereizt, ohne nachzudenken. «Ja, aber ich brauche eigentlich gar keine Baugenehmigung, weil der Anbau so klein ist. Und falls doch, könnte ich sie rückwirkend bekommen.»

«Rückblickend.»

«Wie auch immer.»

«Also, wenn Sie das wissen, Miss Casey, dann werden Sie sicher auch wissen, dass ich sie nicht beantragen musste.»

Fury schaute ins Leere und kaute nachdenklich auf einem Keks herum. Es folgte eine lange Pause, während der Hanna klarwurde, in welchem Maß sie sich gerade selbst zum Affen gemacht hatte. Dann zwinkerte ihr Fury zu und ging.

KAPITEL 28

Fury näherte sich Castle Lancy über die Umgehungsstraße von Carrick, die den Verkehr ostwärts von der Insel weg und zu den Grenzen der Bezirke Cork und Kerry führte. Als er in seinem Kastenwagen über die Schnellstraße tuckerte, tauchten links von ihm die Burgmauern auf ihrem Felsen am Rande eines Gebirgsausläufers auf. Im Mittelalter hatten die de Lancys diese Lage aus Verteidigungsgründen gewählt. Vom Gebirge beschützt, aber über einen Pfeilschuss weit von der nächsten Erhebung entfernt, beherrschte die Burg den Zugang zur Halbinsel. Carrick selbst hatte als Marktflecken begonnen, der die de Lancys mit Waren versorgte.

Es gab niemanden auf der Halbinsel, der die Geschichte der Burg nicht kannte. Sie war im 13. Jahrhundert von den anglonormannischen Fürsten Finfarrans als befestigte Wohnstätte errichtet worden, mit Doppeltürmen am Eingangstor, einem Burggraben, einer Zugbrücke und lotrechten Steinmauern, die einen Wohnturm umschlossen. Als in späteren Jahrhunderten die Gefahr von Angriffen durch ihre irischen Nachbarn nachließ, vergrößerten spätere Generationen der de Lancys die Fenster, erweiterten das Gebäude, beseitigten viele seiner mittelalterlichen Züge und verfüllten schließlich den Burggraben. Im 18. Jahrhundert gingen aus der Familie erfolgreiche Gewürzkaufleute hervor, die als halb philanthropische Landbesitzer gleichzeitig eine absolute Kontrolle über die Halbinsel ausübten. Die de Lancys besaßen ein Haus an einem der vornehmsten Plätze Londons, wo sie jedes Jahr die Saison verbrachten, ihre Töchter mit Aristokraten verheirateten, das Theater besuchten und auf Bälle gingen. In Irland rissen sie die Reste des mittelalterlichen Wohnturms ab und ersetzten ihn durch ein Herrenhaus im Georgianischen Stil mit allem Komfort, wenn auch die ursprünglichen Burgmauern, die fest in dem Felsen verankert waren, der sie Jahrhunderte getragen hatte, es noch immer wie eine Faust umschlossen. Während die Jahre vergingen, verdienten die de Lancys weiterhin Geld im Handel und investierten eine gewisse Summe in Maßnahmen zum Wohl ihrer Pächter – wie die Bibliothek, die sie in Ballyfin einrichten ließen. Mitte des 19. Jahrhunderts entdeckte dann ein vorausgeschickter jüngerer Sohn eine Silbermine in Amerika, und die Familie entzog sich dem Land War in Irland, überquerte den Atlantik und kaufte sich ein herrschaftliches Haus in New York. Als die Auseinandersetzungen in Irland in einen Unabhängigkeitskrieg und einen sich daran anschließenden Bürgerkrieg mündeten, teilten die de Lancys ihr Jahr zwischen New York und London auf und überließen die Burg auf Finfarran dem Schutz ihrer mittelalterlichen Mauern. Im Gegensatz zu vielen anderen Adelssitzen, deren Besitzer abwesend waren, überstand Castle Lancy auch diese Zeit. Die Familie dagegen erlosch.

Denn Lady Isobel de Lancy, die 1930 in New York zur Welt kam, starb kinderlos. Sie und ihr Mann Charles Aukin, der

Sohn eines US-Bankiers, verbrachten den größten Teil ihrer Ehe auf Luxuskreuzfahrten, verliebten sich aber in den 1990er-Jahren in Castle Lancy. Die Restaurierung des Hauses, das über Generationen von einheimischen Angestellten betreut worden war, wurde zu Lady Isobels Hobby, und als sie zehn Jahre später verstarb, blieb Charles allein dort zurück. Die meisten Zimmer waren dieser Tage abgeschlossen, aber eine Frau aus dem Ort wirtschaftete weiter als Haushälterin, während der Hof, die Stallungen und die alten Mauern, die die Parkanlage umgaben, allmählich verfielen.

Fury nahm die Ausfahrt zur Burg und passierte das Tor zwischen den Doppeltürmen. Die eisenbeschlagenen Flügel des Tors, die während der langen Abwesenheitsperioden der Familie immer geschlossen waren, standen jetzt dauerhaft offen. Fury hielt unter dem Säulenvorbau, der einmal den aus Kutschen steigenden, gepuderten Damen Schutz geboten hatte, beugte sich über den Sitz, um die Beifahrertür zu öffnen, und ließ Divil raus. Dann schwang er seine langen Beine aus dem Kastenwagen und ging mit knirschenden Schritten über den Kies. Divil verschwand auf der Suche nach seiner alten Feindin, der Küchenkatze, um die Hausecke. Fury stieg die breiten, flachen Stufen der Vortreppe hinauf und trat durch die angelehnte Haustür ein. Dann stand er unter der hohen Kuppel am Fuß der Doppeltreppe und rief. Gleich darauf ertönte eine Antwort, und Charles Aukin tauchte oben im Treppenhaus auf.

«Na, Sie haben sich ja ganz schön Zeit gelassen! Kommen Sie hoch, ich bin im Salon.»

«Nicht, wo Sie sind, interessiert mich. Sondern, wo das Problem liegt.»

«Oh, es ist wieder der Boiler, wie immer, aber Sie wollen bestimmt nicht im Keller herumfummeln.»

«Nein, verdammt noch mal, wirklich nicht. Aber deswegen bin ich hier.»

Fury marschierte zur Tür am hinteren Ende der Eingangshalle, die zur rückwärtigen Treppe führte. Charles beugte sich übers Geländer und rief ihm nach.

«Also, kommen Sie hoch, wenn Sie das Ding gebändigt haben. Ich will Ihnen etwas zeigen.»

Das anlässlich einer Familienhochzeit eingebaute Warmwassersystem von Castle Lancy war zur damaligen Zeit, der Edwardianischen Epoche vor dem Beginn des Ersten Weltkriegs, der Gipfel an Klempnerkunst gewesen. Die Braut, Lady Isobels Tante, war nie zuvor auf der Burg gewesen, aber der Gedanke, im wildromantischen Irland mitten in der tiefsten Provinz zu heiraten, hatte ihr gefallen. Sitzbadewannen in den Schlafzimmern und Dienerinnen, die mit Krügen voll heißem Wasser die Treppen hinaufeilten, wurden jedoch als inakzeptabel abgelehnt, und so holte man Arbeiter aus Dublin, die im Keller einen riesigen Kupferboiler installierten, von dem aus fließendes Wasser in mehrere neu eingebaute Badezimmer geleitet wurde.

Der Boiler war der Fluch in Furys Leben. Obwohl der kupferne Koloss eine Schönheit war, hätte er eigentlich vor Jahren schon einem neuen Gerät weichen müssen. Ersatzteile für Heizungsanlagen aufzutreiben und einzubauen, war für einen Selbständigen wie Fury eine Möglichkeit, einen ehrlichen Gewinn zu erwirtschaften, was Charles Aukin sehr wohl wusste. Doch jeder Versuch, neue Teile für das Monstrum im Keller zu finden, war von vornherein zum Scheitern verurteilt gewesen, und so blieb Fury nichts anderes übrig, als immer pfiffigere und raffiniertere Methoden zu ersinnen, um ihn zum Leben zu erwecken. Und Charles gegenüber konnte er leider nichts als seine Arbeitszeit berechnen.

Fury machte sich selbst zum Affen, und das wusste er auch. Denn Tatsache war, dass es für ihn, wenn er nicht völlig absurde Preise verlangte, eigentlich nicht der Mühe wert war, nach Castle Lancy zu fahren, geschweige denn, halbe Stunden lang unangenehm zusammengekrümmt im Keller zu kauern. Doch irgendwann war das Bemühen, das Monstrum am Laufen zu halten, zu einer persönlichen Herausforderung geworden. Außerdem hegte er eine grollende Bewunderung für Charles' Gerissenheit; man konnte förmlich sehen, wie der alte Schuft reich geworden war. Und man musste zugeben, dass Leute vom Schlage der de Lancys zu ihrer Zeit vielen Handwerkern und Händlern Geld in die Taschen gespült hatten. Noch entscheidender war allerdings die Tatsache, dass Furys Familie über Jahrhunderte mit der Burg in Beziehung stand. Ein großer Teil der Balken und Bretter, die hier verbaut waren, stammte aus dem uralten Wald in der Mitte der Halbinsel, der seit Urzeiten und fast bis zur Gegenwart den O'Sheas gehört hatte, auch wenn im Mittelalter den de Lancys die Rechte daran verliehen worden waren. Acht Jahrhunderte Pachtzahlungen an die de Lancys waren aus Furys Sicht ohne Belang; die ganze Bande hatte der Wind hereingeweht. Die Leute, denen die Burg wirklich gehörte, waren die Arbeiter, die sie erbaut und unterhalten hatten. Menschen, die die Steine getragen, das Bauholz ausgewählt und alles hier errichtet hatten, von den im Berg verankerten Grundmauern bis zu den glänzenden Glasscheiben im fächerförmigen Oberlicht über der Haustür. Als er sich jetzt vor dem Kupfermonstrum niederkniete, legte er die Hand auf den Boiler und atmete tief durch. Mochte sein Verfallsdatum auch längst überschritten sein, unter Furys wachsamen Blicken würde er nicht sterben.

Eine halbe Stunde später stieg Fury die Treppe zum Wohnzimmer hinauf und traf Charles in einem Sessel beim Fenster an, wo er ein Kreuzworträtsel löste.

«Ist das Biest wieder auf den Beinen?»

«Es keucht wie eine alte Kuh.»

«Oh, das ist einfach nur schlechte Laune.»

Charles stand auf und räumte auf dem Sofa gegenüber dem Fenster einen Sitzplatz frei. Er war ein freundlich blickender Glatzkopf in den Siebzigern und trug einen maßgeschneiderten Anzug und abgenutzte Lederpantoffeln.

«Dann läuft es also vorläufig wieder? Gut gemacht. Setzen Sie sich. Trinken Sie ein Gläschen?»

«Nein. Und wenn Sie nicht wüssten, dass ich ablehnen würde, würden Sie mir auch nichts anbieten.»

«Dann setzen Sie sich wenigstens. Was gibt's zu erzählen?»

Hätte irgendjemand anders diese Frage gestellt, hätte sie einen Strom von Anekdoten hervorgelockt. Aber wenn sie aus Charles' Mund kam, wusste Fury nichts zu sagen. Charles war ein netter Mann, der klug und unabhängig dachte, aber wozu sollte man versuchen, ihm eine Geschichte zu erzählen? Er hatte keine Ahnung, wer in Finfarran welches Feld besaß, welche Familie sich mit welcher überworfen hatte oder welche Echos der Vergangenheit in welchem Drama nachhallten. Als Geschichtenerzähler war Fury so sorgsam und kunstvoll wie bei seiner Arbeit als Handwerker, und er hatte einfach keine Lust, sich alle fünf Sekunden für erklärende Fußnoten unterbrechen zu lassen, die nur den Erzählfluss behindern würden. Dennoch hatte er Mitgefühl mit dem armen Mann, der hier in seiner Burg festsaß. Es hieß, Lady Isobel habe in ihrem Testament verfügt, sie wolle in der Krypta unter der Familienkapelle bestattet werden, und Charles habe erklärt, dann werde er lieber selbst hier sterben, als sie allein zu lassen. Fury fand diese Geschichte irgendwie anrührend. Natürlich wurde hier alles Mögliche erzählt, aber es mochte durchaus stimmen. Und falls der arme Mann seinen ständig reparaturbedürftigen Boiler behielt, weil er dann vielleicht Gelegenheit zu einem Schwätzchen bekam, musste er einem leidtun.

Ohne auf Charles' Frage einzugehen, setzte er sich aufs Sofa, auf dem sich ein Stapel Zeitungen türmte. «Sie sagten, Sie wollten mir etwas zeigen?»

«Genau. Werfen Sie doch bitte einmal einen Blick auf das hier.»

Charles durchquerte das Zimmer und kehrte mit einem mit Schnitzereien verzierten, hölzernen Buchständer zurück, wie man ihn zum Lesen auf einen Tisch oder Schreibtisch stellte. Die geneigte Auflagefläche bestand aus einem Gitter schmaler Latten, und darunter zog sich eine schmale Stellfläche entlang. An dieser waren zwei blattförmige Messinghalter angebracht, die sich hoch- und runterklappen ließen, um Bücher an einer bestimmten Seite zu fixieren, so ähnlich, wie man Notenhefte auf einem Klavier aufgeschlagen hielt. Die Messinghalter waren an einer schmalen Holzleiste festgeschraubt, die sorgfältig längs der Stellfläche angebracht war. Die Messinghalter waren ins Holz eingelassen und ihre

Schrauben im Messing, sodass die Oberfläche vollkommen glatt war. Fury nahm den Buchständer von Charles entgegen und musterte ihn misstrauisch.

«Das Holz ist gerissen.» Er wendete den Buchständer in der Hand. «Mindestens dreihundert Jahre alt, und jemand hat das Ding komplett verhunzt!»

Charles nickte entschuldigend. Fury nahm die Antiquität mit finsterer Miene näher in Augenschein. Die schmale Leiste war zu beiden Seiten eines der Messinghalter geborsten und zeigte einen horizontalen Spalt.

«Sie haben versucht, eine Schraube zu ersetzen, oder?»

«Na ja ...»

«Herrgott noch mal, Mann, sehen für Sie eigentlich alle Schrauben gleich aus? Sie haben eine viel zu große gewählt.»

«Ich dachte ...»

«Und als Sie den Widerstand spürten, haben Sie noch einmal kräftig weitergedreht, um das Ding auch wirklich kaputt zu kriegen?»

Fury stand auf und sah Charles streng an.

«Und jetzt wollen Sie, dass ich das Teil repariere. Hab ich recht?»

«Können Sie das denn?»

«Und es geht nicht nur um die Schraube, stimmt's? Jetzt nicht mehr. Man muss das richtige Holz finden. Diese Leiste muss entfernt und mit all ihren Schnitzereien neu gefertigt werden. Dann muss man eine neue Schraube drehen. Und der Messinghalter muss versetzt werden, denn das Schraubenloch haben Sie wahrscheinlich auch völlig verpfuscht. Und wenn ich den Halter auf dieser Seite umsetze, muss ich den auf der anderen Seite anpassen. Was bedeutet, dass ich dort ebenfalls alles über den Haufen schmeißen muss. Allgütiger Herrgott, Sie sind ein Barbar.»

Charles versank in seinem Sessel. «Aber ich brauche den Buchständer für meine Kreuzworträtsel.» Er deutete mit dem Kopf zu dem Zeitungsstapel auf dem Sofa. «Ich komme da nicht mehr so durch wie früher. Inzwischen türmt sich alles. Und darum habe ich ein System. Dasjenige Rätsel, an dem ich gerade arbeite, kommt auf den Buchständer. Aber dafür muss der in Ordnung sein. Sonst gerät das ganze System durcheinander.»

Charles' Miene wandelte sich von Unmut zu Resignation. «Das wird mich eine hübsche Stange kosten, oder?»

«Na ja, Sie könnten das Teil jederzeit zu Sotheby's schicken. Wie ich gehört habe, besitzt die Filiale in New York einen großartigen Restaurationsservice.»

Charles zuckte zusammen. «Sind Sie sicher, dass Sie wirklich keinen Drink wollen?»

«Ich sage Ihnen was, Charles. Ich nehme das hier mit und kümmere mich darum, und Sie können derweil in Ihrem Keller nachschauen. Denn ich sage Ihnen noch was: Was immer Sie mir als Bezahlung anbieten, es wird wahrscheinlich nicht alt genug sein.»

KAPITEL 29

Hanna parkte den Bibliotheksbus an der dafür vorgesehenen Stelle hinter der Bezirksbibliothek und ging ins Gebäude, um den Schlüssel zurückzugeben. Tim Slattery stand neben der Empfangstheke, als sie eintrat. In seiner Brusttasche steckte ein gepunktetes Taschentuch, und am Handgelenk schien er eine in Gummi gefasste Taucheruhr zu tragen. Als er Hanna erblickte, winkte er so heftig, dass seine Manschettenknöpfe aus Onyx zum Vorschein kamen.

«Genau Sie habe ich hier erwartet. Hätten Sie bitte einen Augenblick Zeit?»

Er verließ die Theke, begab sich in sein Büro und kam gleich darauf mit einer Pappröhre in der Hand zurück.

«Ich wusste, dass Sie heute vorbeikommen würden, darum habe ich das hier zurückgehalten, um die Briefmarken zu sparen. Jeder Betrag hilft.» Er streckte Hanna die Röhre hin. «Können Sie bitte dafür sorgen, dass das bei Ihnen so schnell wie möglich aufgehängt wird?» Vor der Bibliothek in Lissbeg stand ein öffentliches Anschlagbrett, und Hanna war daran gewöhnt, Material von allen möglichen offiziellen Stellen zu erhalten, um es dort auszuhängen. Sie pulte das Klebeband vom einen Ende der Röhre, ließ die Papierrolle halb herausgleiten und erkannte das Plakat, das Gráinne von der Touristeninfo in Ballyfin vor dem Interaktiven Museum ans Anschlagbrett gehängt hatte.

«Was ist das eigentlich?»

«Das Ende eines langen Weges. Also, natürlich sind wir noch nicht am Ziel, aber inzwischen liegt ein Plan vor, und wir sind bei der Bürgerbeteiligung angelangt. Der Plan hat übrigens nichts mit mir persönlich zu tun. Er stammt von der Bezirksregierung. Sehr interessant.»

Das bezweifelte Hanna. Jedes Jahr wurde diskutiert, wie der Jahreshaushalt des Bezirks aufgeteilt werden sollte, und soweit sie das beurteilen konnte – viel Beachtung hatte sie dem Ganzen nämlich nie geschenkt –, lief es stets darauf hinaus, eine immer kleinere Summe auf dem immer gleichen alten Spielbrett von einem Feld zum anderen zu verschieben. Hin und wieder machte die Straßenbaulobby ein paar Umweltschützer platt, und Lokalpolitiker rühmten sich großer Siege beim Thema Versorgung mit öffentlichen Toiletten oder Verbesserungen im Verkehrsfluss, letztlich fiel der Unterschied aber kaum jemandem auf. Jetzt steckte sie das Plakat samt Röhre in ihre Handtasche und verabschiedete sich bis zur nächsten Woche von Tim.

Der nickte. «Einen schönen Abend noch.»

«Ihnen auch.»

Tim ließ wieder seine Manschettenknöpfe hervorblitzen. So aus der Nähe gesehen, stellte Hanna fest, dass kleine Totenköpfe hineingeschnitten waren. In Verbindung mit der Taucheruhr war das eine zarte Anspielung auf die Piraterie auf hoher See, was für Tim vermutlich ein subtiler Scherz war, über den er sich die ganze Woche amüsierte.

Es regnete, als Hanna den Parkplatz überquerte. Sie umging die Pfützen mit gesenktem Kopf und kramte dabei in den Manteltaschen nach dem Autoschlüssel. Als sie ihn, beim Wagen angekommen, immer noch nicht gefunden hatte, beugte sie sich, den Rücken dem Regen zugekehrt, über ihre Handtasche und wühlte darin herum.

«Hallo mal wieder.»

Verblüfft blickte Hanna auf und sah, dass Brian Morton neben dem Nachbarauto stand. Er hielt einen großen Regenschirm in der Hand.

«Entschuldigung. Habe ich Sie erschreckt?»

«Nein, ich hatte Sie nur nicht bemerkt. Mein Schlüsselbund ist verschwunden, und allmählich ertrinke ich hier.»

Brian ging um ihren Wagen herum und hielt den Regenschirm über sie. Hanna trat zurück.

«Himmel, das ist nicht nötig. Alles in Ordnung, ehrlich.» Sie ertastete den Schlüsselbund ganz unten in der Tasche und zog ihn triumphierend heraus. «Sehen Sie. Aber trotzdem danke.»

«Keine Ursache.» Als sie die Autotür aufschloss, ergriff er erneut das Wort. «Hören Sie, ich hatte mich gefragt ... hätten Sie jetzt vielleicht Lust auf diesen Drink von neulich?»

Bevor Hanna noch antworten konnte, lächelte er sie an. «Sie müssen jetzt nicht unbedingt annehmen. Ich biete Ihnen einfach nur eine Gelegenheit, mich vor den Kopf zu stoßen.»

«Was?»

«Na ja, das befriedigt mein Gefühl für Symmetrie. Ich war letzte Woche schrecklich unhöflich zu Ihnen.»

Unwillkürlich musste Hanna lachen. «Ich würde sagen,

wir haben beide nicht gerade die Meisterschaft in Sachen Höflichkeit gewonnen.»

«Und in diesem Regenguss wollen Sie sowieso nicht fahren.»

Das war tatsächlich richtig. Und so, wie die Wolken aussahen, wäre in einer halben Stunde wahrscheinlich schon wieder eitel Sonnenschein.

«Ja, okay, danke. Aber diese Einladung geht auf mich.»

«Darüber können wir uns ja unterwegs streiten.» Brian kippte den Regenschirm, um freie Sicht auf den Himmel zu bekommen, und schlug dann vor, dass sie vielleicht besser nicht zu Fuß gehen sollten. «Kennen Sie das Royal Victoria? Wir könnten gemeinsam im selben Wagen fahren.»

Sie entschieden sich für Hannas Auto, weil Brian dann mit dem Regenschirm zum Parkplatz zurückgehen könnte, falls es nach ihrem Drink immer noch regnen sollte. Später begriff Hanna, dass sie so auch vermieden, Arm in Arm unter einem Schirm durch Carricks Straßen zu wandeln wie Lucy und Mr. Tumnus aus den *Chroniken von Narnia*. Ganz zu schweigen davon, dass ihr so der Klatsch darüber erspart bleiben würde, dass man ihren Wagen noch lange nach ihrem Aufbruch auf dem Parkplatz der Bibliothek gesehen hatte.

Als sie beim Hotel eintrafen, sah es nicht gut aus. Nach einer gestelzten Unterhaltung im Auto und einem so schlimm vermurksten Versuch, am Straßenrand rückwärts einzuparken, wie sie ihn noch nie hingelegt hatte, fühlte Hanna sich zutiefst gedemütigt. Das hier sollte doch ein entspannter Drink werden, den sie sich nach der Arbeit mit einem Bekannten genehmigte. Warum benahm sie sich wie eine von Jazz' Klassenkameradinnen bei ihrem ersten Date? Tatsächlich wäre man in Jazz' Generation längst nicht so albern, sagte sie sich streng. Andererseits konnte man auch nicht behaupten, dass Brian Morton sich sonderlich hilfreich verhielt.

Dann hatte PJ, der Barkeeper, ihnen einen Platz in der Ecke zugewiesen und war mit Mandeln und Oliven zurückgekehrt. Sein Verhalten war so diskret, dass Hanna am liebsten gelacht hätte.

«Einen Gin Tonic, Miss Casey? Sir?»

Als PJ davonflitzte, um die Bestellung zu holen, fing Brian Hannas Blick ein. «Sie sind nicht vielleicht die flatterhafte Ehefrau eines Offiziers, der zur Tigerjagd in den Bergen ist? Falls ja, könnten Sie sich nämlich absolut auf PJs Diskretion verlassen.»

Hanna prustete los, und eine Olive geriet ihr in die falsche Kehle. Brians Versuche abwehrend, ihr auf den Rücken zu klopfen, kehrte sie hustend und keuchend allmählich zu ihrer normalen Verfassung zurück und grinste ihn dann an.

«Als ich zum letzten Mal hier war, habe ich Kurzgeschichten von Saki gelesen.»

«Das kann ich gut nachvollziehen. War es die über die bleichen, matten Elefanten von Cutch Behar?»

Hanna lächelte, erfreut über die Entdeckung, dass er ihren Geschmack für die Edwardianische Literatur teilte.

«Wie haben Sie das erraten?»

«Es schien mir einfach passend für diesen wunderbaren weißen Elefanten hier.»

«Gefällt es Ihnen? Das Hotel, meine ich?»

«Ich liebe es. Ich komme nicht nur deswegen her, weil nie einer aus dem Amt hier ist.»

«Aus der Bibliothek kommt auch nie jemand. Der Herrgott mag wissen, warum. Ich finde es hier himmlisch. Aber vielleicht ist das auch gut so. Wenn die anderen hier wären, würde ich wahrscheinlich nicht kommen.»

Kaum hatte Hanna die Worte ausgesprochen, hätte sie sie am liebsten wieder runtergeschluckt. Auch wenn Brian ihre Vorliebe für Saki teilte, hieß das noch lange nicht, dass sie ihn zu ihrem Vertrauten machen wollte. Zu ihrer Erleichterung hakte er nicht nach. Vielmehr schien er noch immer der Gedichtparodie in Sakis Kurzgeschichte nachzuhängen, während sie auf ihre Drinks warteten. Hanna beobachtete ihn amüsiert und warf hin und wieder ein Stichwort ein, während er versuchte, sich den Text in Erinnerung zu rufen. Diese Art von Gespräch hatte sie schon seit Jahren nicht mehr geführt.

«Okay, angeblich ist es zum Gedenken an die Delhi Durbar verfasst, die Kaiserkrönung des englischen Königs in Indien, und deshalb kommen die Elefanten von Cutch Behar ...»

«... weil es sich reimt ...»

«Genau. Der Text geht so: ‹Zur Heimat in des Himalayas Höhen, die bleichen, matten Elefanten Cutch Behars, wie Galeonen wogen auf gezeitenloser See ...›»

«... und dann sagt Bertie, dass Cutch Behar gar nicht in der Nähe des Himalayas liegt.»

«... und dann kommt diese Bemerkung, dass es im Englischen so wenige Gedichte über Russland gibt, weil sich nichts auf Namen wie Minsk oder Tobolsk reimt.»

«Und danach geht es weiter ‹... wo im Abenddämmer Königskobras höhnen ...›»

«‹... und unter Panthers Gier die Geißen stöhnen ...›»

Brian versuchte stirnrunzelnd, sich noch mehr Text ins

Gedächtnis zu rufen. «Ich glaube, dazwischen fehlen noch ein paar Zeilen.»

«Nein.»

«Doch.»

Hanna sah ihn streng an. «Wann haben Sie diese Story zum letzten Mal gelesen?»

Er lächelte. «Wahrscheinlich in meiner Schulzeit.»

«Na also! Ich dagegen letzte Woche.»

«Oh, okay. Vielleicht haben mir einfach die stöhnenden Geißen so gut gefallen, dass ich mir eingebildet habe, es gäbe noch mehr.»

Hanna riss erschreckt die Augen auf. «Himmel hilf, jetzt haben Sie mich an was erinnert. Ich habe die Ziegen noch nicht umgesetzt.»

KAPITEL 30

Brian Morton schloss die Tür zu seiner Wohnung auf und nahm sich ein Bier aus dem Kühlschrank. Dann trat er auf den Balkon, stützte sich aufs Geländer und schaute nach Westen. In der Ferne hinter den Lichtern Carricks ragten die Berge am Rande der Halbinsel auf, purpurrot angehaucht in der Abenddämmerung. Irgendwo da hinten setzte Hanna Casey wahrscheinlich gerade ihre Ziegen um. Brian trank einen Schluck Bier und lächelte in Erinnerung an die Zeile in Sakis Gedicht über die Königskobras und das Abenddämmer. Wie eigenartig, dass er das in der Bar des Royal Victoria zitiert hatte, und noch eigenartiger, dass er dort zusammen mit der Frau gesessen hatte, die ihn letzte Woche so auf die Palme gebracht hatte.

Aber es war ja auch insgesamt ein eigenartiger Abend gewesen. Er hatte keine Ahnung, was ihn geritten hatte, als er Hanna Casey Zuflucht unter seinem Regenschirm anbot und sie dann auf einen Drink einlud. Gewiss, er hatte es unbestimmt bereut, sie brüskiert zu haben, aber das hatte ihn nicht gerade den Schlaf gekostet. Tatsächlich hatte er seit dem Tag, an dem sie hocherhobenen Kopfes – der dunkle Zopf war im Nacken hin und her geschwungen – aus seinem

Büro marschiert war, keinen Augenblick an sie gedacht. Und doch hatte er heute, als sie im Regen mit hochgezogenen Schultern über den Parkplatz auf ihn zugesteuert war, beschlossen, jetzt besser höflich zu sein.

Brian war sich vollkommen bewusst, dass sein Ruf, kühl und reserviert zu sein, seine Nachbarn und Kollegen auf Abstand hielt; das war ja genau der Grund, weswegen er ihn kultivierte. Nachdem er aber dieselbe Zurückhaltung bei Hanna gespürt hatte, erkannte er nach ihrem Aufbruch aus seinem Büro, dass er seine Neurose auf ihre Kosten gepflegt hatte. Und so war es ihm am heutigen Abend richtig erschienen, Wiedergutmachung zu leisten. Trotzdem hatte er nicht vorgehabt, das ganz so gründlich zu tun; gerade hatte er noch den Schirm über sie gehalten, während sie ihren Schlüsselbund suchte, und gleich darauf hatte er sie auf einen Drink eingeladen. Die Fahrt zum Hotel war dann so peinlich gewesen, dass er sich gewünscht hatte, er hätte sich die Einladung verkniffen. Erst als sie ihr gemeinsames Interesse für ein Buch entdeckten, war das Eis gebrochen, und trotzdem hatte es zwischendurch Augenblicke gegeben, wo beide wieder so wirkten, als hätten sie ihre Zunge verschluckt. Auf das Balkongeländer gestützt, zuckte Brian bei der Erinnerung schmerzlich zusammen. Offensichtlich war keiner von ihnen an gelegentliche Drinks mit Bekannten in Hotels gewöhnt. Vielleicht war es auch so, dass sie beide aus der Übung waren.

Weil es draußen immer noch regnete und sie sich inzwischen in der Ecke der behaglichen Bar entspannt hatten, waren sie eine halbe Stunde später in den Grill Room umgezogen. Ein Steak war ihnen als eine gute Idee erschienen. Der Grill Room im Royal Victoria war mit dunkler Eiche getäfelt und hatte hohe Fenster, die mit karmesinroten Rouleaus verhängt waren. Er blitzte von poliertem Messing und Tafelsilber, überall standen Blumentöpfe mit Farn, und aus der Küche drang ein köstlicher Duft. Hanna erzählte, dass sie noch nie dort gegessen hatte.

«Wirklich?»

«Ja, wirklich. Ich weiß auch nicht, warum. Oder doch, eigentlich schon. Es kam mir nie so vor, als wäre eine Frau allein dort gerne gesehen.» Sobald die Worte heraus waren, runzelte sie die Stirn. «Mein Gott, das ist unerhört! Das muss der subtile Einfluss von PJ und der britischen Kolonialzeit sein.»

Brian lehnte sich mit dem Rücken an das geknöpfte Lederpolster seines Stuhls. «Dagegen kann ein Mann das Lokal gut und gerne als seinen Club betrachten.»

«Tun Sie das?»

Er lächelte. «Nein. Aber es ist ein großartiger Ort für ein Steak. Vorausgesetzt, man hat Hunger.»

«Dann mal los!» Hanna schüttelte ihre Serviette aus. «Sie würden nicht glauben, wie hungrig man wird, wenn man mit dem Bibliotheksbus stundenlang in Ballyfin steht.»

Während sie die Speisekarte studierte, hatte Brian ihr Gesicht gemustert. Genau wie ihm letzte Woche der Gedanke an ihren geraden Rücken und die nicht manikürten Hände gefallen hatte, hatte er nun ihre Augenbrauen bewundert, während sie den Kopf über die Speisekarte senkte, die sie so geneigt hielt, dass genug Licht darauf fiel. Sie waren so dunkel wie ihr Haar. Ihr Teint war hell und die Haut ein wenig sommersprossig, und während ihre breite Stirn fast keine Falten aufwies, trug sie eine tiefe Furche über dem Nasenrücken, weil sie nachdenklich die Brauen zusammenzog. Selbst die Speisekarte schien ihr Anlass zu gründlichem Abwägen zu geben. Von plötzlichen Zweifeln erfüllt, hatte Brian gesagt, dass er sie zum Essen einlade. Da waren ihre grauen Augen zu ihm hochgezuckt.

«Unsinn, wir teilen uns die Rechnung.»

«Woher wissen Sie denn, dass ich nicht fassweise edlen Portwein trinken werde?»

«Na gut, dann teilen wir die Summe eben anteilig auf. Sonst landen wir nur in einer Endlosschleife, wo immer der eine dem anderen etwas schuldig bleibt.»

Sorgte sie vor, damit sie ihn nicht wieder zu treffen brauchte? Brian stellte zu seiner Belustigung fest, dass er ein wenig verletzt war. In einer Fehldeutung seines Lächelns hatte sie ihn finster angesehen.

«Ich bin absolut imstande, mein Dinner selbst zu bezahlen.»

«Natürlich. Dann halten wir es genau so. Jeder bezahlt für sich.»

Sie hatte ihre Bestellung mit befehlendem Nachdruck aufgegeben. «Ich hätte mein Steak gerne blutig, und damit meine ich wirklich blutig. Und bitte ohne Zwiebeln.»

Die Kellnerin hatte eine Notiz gemacht und sich Brian zugewandt.

«Oh, ich nehme meines medium, ich bin ein Schwächling.»

Die Kellnerin hatte gelacht und war in die Küche geeilt. In dem Schweigen, das folgte, hatte es kurz wieder den Anschein gehabt, als wüssten sie sich nichts zu sagen. Doch dann hatte Hanna sich im Raum umgesehen.

«Eine eigenartige Vorstellung, dass diese Investoren damals zu Queen Victorias Zeiten so viel Geld ausgegeben haben, nur weil es eine minimale Chance auf die königliche Gunst gab.»

«Ja, wirklich. Das hier ist nicht gerade ein Selbstläufer.»

«Können Sie sich vorstellen, wie dieser arme Prinz sich oben in sein Taschentuch schnäuzt? Und wie er dann heimfährt und der Queen Empress sagt, sie solle lieber den Lakes of Killarney treu bleiben?»

«Na, da sieht man wieder, wie es im Tourismusgeschäft läuft. Neunzig Prozent ist Mund-zu-Mund-Propaganda.»

«Stimmt diese Zahl tatsächlich, oder haben Sie sie gerade erfunden?»

Brian lachte. «Ich habe sie erfunden, aber der Prozentsatz ist hoch. Und der Markt ist wegen seiner Unbeständigkeit berüchtigt. Schauen Sie nur Ballyfin an.»

«Was ist denn damit?»

«Na ja, derzeit floriert das Geschäft, aber ich persönlich würde dort nicht investieren.»

«Nein? Warum denn nicht?»

«Nun, mir scheint, der Markt ist so gut wie gesättigt. Und wenn Sie mich fragen, ist diese neue Zuweisung der Haushaltsmittel einfach nur dumm.»

Hanna bestrich ein Stück Brot mit Butter. «Was für eine neue Zuweisung der Haushaltsmittel?»

Brian grinste. «Wie erfrischend, einmal mit jemandem zu reden, der nicht in Carrick arbeitet!»

Während die Kellnerin noch einmal frisches Brot vorbeibrachte, erklärte er, dass im nächsten Jahr ein neuer Investitionsplan für den Bezirk vorgestellt werden solle. «Sie fummeln seit Monaten daran herum und haben endlose interne Feedbacksitzungen, aber meiner Meinung nach ist die Sache einfach nur verrückt.»

«Haben Sie das so auch gesagt?»

«Leute auf meiner Hierarchieebene werden dazu nicht gefragt.»

Als er jetzt mit seiner Flasche Bier aufs Balkongeländer gestützt dastand, erinnerte Brian sich an den Augenblick, in dem er das gedankenlos dahingesagt hatte, und an den Moment danach, in dem die Möglichkeit drohte, dass sie sich nun nach seinem Leben und seiner Karriere erkundigen würde und er dieses Interesse abwehren müsste. Doch mit einem einzigen direkten Blick schien Hanna zu erfassen, was er empfand. Statt Fragen zu stellen, hatte sie nach ihrer Handtasche gegriffen und eine Pappröhre herausgezogen.

«Geht es bei diesem Plakat hier um dasselbe Thema?»

Sie hatte es auf dem Tisch zwischen ihnen entrollt, und Brian hatte genickt.

«Genau. Sie haben diesen ganzen internen Kram und die Machbarkeitsstudien hinter sich. Und jetzt treten sie damit an die Öffentlichkeit. Und dann stimmt das Bezirksparlament ab.»

«Ja, aber wie sieht der Vorschlag denn aus? Hier steht was von Bürgerbeteiligung, aber es scheint sich doch eher um eine Präsentation zu handeln, oder?»

«Damit meinen Sie wohl, dass die Leute vor vollendete Tatsachen gestellt werden.»

«Ich weiß nicht, was ich meine. *Sie* sind derjenige, der Bescheid weiß.»

«Na ja, es ist ja kein Staatsgeheimnis. Jemand hat sich für

das begeistert, was man den projektorientierten Einsatz von Haushaltsmitteln nennt. Das heißt im Grunde genommen, dass man das knappe Geld nicht gleichmäßig verteilt. Stattdessen sucht man sich gezielt Projekte, um ein maximales Ergebnis zu erzielen.»

«Und das bedeutet in diesem Fall ...?»

«In diesem Fall verspricht sich Ballyfin Zehntausende zusätzliche Touristen jährlich, wenn die Bezirksregierung einen Yachthafen baut, der groß genug für Kreuzfahrtschiffe ist. Natürlich keine riesigen. Aber es würde bedeuten, dass der alte Kai weichen müsste.»

«Und das ist der Plan? Alle Haushaltsmittel des Bezirks komplett in Ballyfin zu stecken?»

«Und in Carrick.»

«Was passiert denn in Carrick?»

«Tja, deswegen ist die Bezirksregierung ja so begeistert von dem Vorschlag. Ballyfin bekommt den Yachthafen, und Carrick bekommt ein nigelnagelneues, superphantastisches Bezirksrathaus, wo alles unter einem Dach liegt. Büros, Freizeit- und Geselligkeitszentrum, Einrichtungen für Senioren ...» Brian hatte sich unterbrochen und die Kellnerin angestrahlt, die die Steaks brachte. «Danke, das sieht großartig aus.»

Erst jetzt fiel ihm auf, dass er Hanna ohne diese Unterbrechung vielleicht gefragt hätte, was sie von dem Plan halte, auch die Bezirksbibliothek in den neuen Komplex zu integrieren. Doch die Kellnerin hatte die Steaks mit einer solchen Geste vertraulicher Nähe auf den Tisch gestellt, dass er abgelenkt war, weil er fürchtete, dass Hanna sich ärgern könnte. Stattdessen sagte sie lächelnd, das Essen sehe köstlich aus.

Und als sie den Gesprächsfaden dann wiederaufnahm, erkundigte sie sich nach der HoHo-App.

«Steht die mit dem Vorschlag der Bezirksregierung in Verbindung?»

«Nicht direkt. Aber wenn man auf den projektorientierten Einsatz von Haushaltsmitteln steht, trifft die App den Nagel auf den Kopf. Und alle Straßen führen letztlich nach Rom.»

«Sie meinen, Dublin?»

«Ja, natürlich. Die Regierung hält Projektorientierung für das Ei des Kolumbus.»

Hanna lachte. «Und Teresa O'Donnell hat einen Kabinettsposten im Visier.»

Brian grinste. «Überraschend, wie getrieben manche Leute sind, wenn sie aufsteigen wollen. Aber wird sie triumphieren?» Brian imitierte einen dramatischen Trommelwirbel. «Sie wird vielleicht noch ziemlich lange in Finfarran feststecken.»

Ganz kurz bedauerte er seinen Scherz, schließlich war das Bild von Finfarran als ländlicher Sumpf, in dem man stecken blieb, vielleicht taktlos. Immerhin hatte Hanna aus freiem Willen entschieden, auf die Halbinsel zurückzukehren, während sie vermutlich auch in London hätte bleiben können. Aber sie hatte in sein Gelächter eingestimmt, und bald redeten sie wieder über Bücher und versuchten herauszufinden, woher der Spruch «Wenn du es baust, kommen sie zurück» eigentlich stammte.

«Aus *Feld der Träume*, oder? Dem Film?»

Hanna schüttelte den Kopf. «Nein. Und außerdem heißt es tatsächlich: ‹Kommt er zurück›. Das Zitat stammt aus dem Buch, auf dem der Film basiert: *Shoeless Joe*.»

«Ich bin beeindruckt.»

Sie lächelte. «Ich bin Bibliothekarin.»

«Und damit bringen Sie also den Tag zu? Sie lesen Ihren Bestand?»

«Überhaupt nicht. Letztlich habe ich viel Zeit in meinem eigenen Feld der Träume verbracht.»

So war das Dinner verlaufen, voller Entdeckungen gemeinsamer Interessen und Bezüge, die ihm ihre Gesellschaft immer angenehmer gemacht hatten. Als er nun auf dem Balkon stand, lächelte Brian. In gewisser Weise hatten sie voreinander angegeben wie zwei balzende Teenager. Aber es hatte Spaß gemacht. Und er hatte den Verdacht, dass es schon eine ganze Weile her war, seit sich einer von ihnen beiden so entspannt gefühlt hatte.

KAPITEL 31

Während Brian Morton auf seinem Balkon in Carrick stand, saß Hanna in der Abenddämmerung auf der kaputten Mauer. Die Ziegen grasten zu ihren beiden Seiten, und die abgedeckten Dachbalken über den Steinwänden, die ihre Zukunft umschlossen, ragten wie gebleckte Zähne in den Himmel. Ein einzelner Stern funkelte und verschwand wieder in einer dahintreibenden Wolke. Dann hob sich die Wolkendecke, und über dem Meer erschien ein Vorhang von Sternen. Es war unübersehbar, dass Fury seinen Worten zum Trotz im Verlauf der Woche beim Haus gewesen war. Ein großer Teil des halb verschütteten Gerümpels war verschwunden, und die Ziegen grasten das struppige, durchfurchte Gelände an neuen Stellen ab.

Vorhin hatte sie auf der Schwelle des Hauses gestanden und in sein entkerntes Innere geschaut. Unmittelbar gegenüber der Haustür war der Durchgang, der einmal zum Anbau geführt hatte, mit neuen Brettern vernagelt. Jetzt, da die Dachschindeln und die durchhängende Decke entfernt waren, wirkten die Zimmer heller. Und es roch anders, nicht mehr verrottet, sondern eher wie in einer nasskalten Höhle. Fury hatte anscheinend alles aus dem Haus geschafft, was vor sich hin moderte: Die Tür mit den verzogenen Brettern und den rostigen Angeln war verschwunden; dasselbe galt für die Kistenstapel voller Gerümpel und die kaputten Möbel. Nur Maggies hohe Holzanrichte stand noch in ihrer Nische neben dem offenen Kamin, und die Spinnweben hatte der Regen fortgewaschen.

Hanna hatte die Tür der Anrichte geöffnet. Es standen immer noch die alten Tassen und Gläser auf den schmutzigen Regalbrettern. Ein Glas mit geraden Wänden und einem schweren Fuß wurde früher als Maß für die Buttermilch genutzt, mit der Maggie das Backpulver-Kuchenbrot buk. Der Glasrand war unregelmäßig, und das Glas wies eine grünliche Färbung auf. Hanna nahm es heraus. Es war mehr als vierzig Jahre her, seit sie es zum letzten Mal berührt hatte, und doch erinnerte sie sich an sein Gewicht in ihrer Hand. Sie hatte es mitgenommen, als sie über das Grundstück zu den Ziegen hinuntergegangen war.

Als sie nun mit dem Glas in der Hand auf den Steinen saß, fragte sie sich, ob sie den Willen verloren hatte, den Kampf mit Fury O'Shea fortzusetzen. Vielleicht hatte Brian Morton recht, und das Haus gehörte erst einmal ihm und nicht ihr. Und sie spürte, dass sie ganz andere, viel ältere Gefühle bewegten.

Sie war einundzwanzig gewesen, als sie ihr Kind in London verlor. Es war lächerlich, dass die Erinnerung daran gerade jetzt wiederkam, wo sie auf dieser Mauer saß, während die Sterne über Maggies Haus schimmerten und das Meer weit unten gegen den Felsen schlug. Es war an einem Montag in Malcolms Wohnung am Sloane Square passiert, als sie den Morgen im Hausmantel vertrödelt und nach einem

Frühstück mit Toast und schwachem Tee versucht hatte, die morgendliche Übelkeit im Zaum zu halten. Joni Mitchell sang *Chelsea Morning* auf der Stereoanlage, und Malcolm war schon zur Arbeit aufgebrochen. Die Erkerfenster standen offen, die Balkontür war angelehnt. Die langen, hauchdünnen Gardinen hingen bewegungslos herunter und filterten das Sonnenlicht, das schräg auf den Holzboden fiel.

Es war schon über eine Woche her, seit Hanna anderes getan hatte, als herumzutrödeln oder lesend auf dem Sofa zu liegen, und so hatte sie sich vorgenommen, heute zumindest eine praktische Aufgabe zu erledigen. Das Kleid, das sie an ihrem Hochzeitstag getragen hatte, hing noch immer in seiner Plastikhülle im Schrank und wartete darauf, zur Reinigung gebracht zu werden. Es war ein cremefarbenes Shiftkleid mit einem Sattelrock gewesen, der Ausschnitt besetzt mit Saatperlen, und der mit einer Muschelkante verzierte Saum reichte ihr bis zur Wade. Sie wanderte vom Wohn- ins Schlafzimmer, öffnete den Schrank und streckte sich, um das Kleid herauszuholen. Der schwache, ziehende Krampf, mit dem sie am Morgen aufgewacht war, verwandelte sich ganz plötzlich in einen scharfen, stechenden Schmerz. Sie ließ das Kleid fallen, umschlang ihren Bauch und hörte selbst, wie sie aufschrie. Dann stolperte sie entsetzt quer durchs Wohnzimmer zur Toilette, während ein Schwall von Flüssigkeit aus ihr herausschoss.

Heute Abend, mehr als dreißig Jahre später, verkrampfte sich Hannas Hand um das Glas. Sie sah noch das Sonnenlicht, das schräg auf den Wohnzimmerboden fiel, und erinnerte sich an den Klang von Joni Mitchells Stimme, wie er durch ihre eigenen Tränen hindurchdrang, während sie zusammengekrümmt auf dem Klo saß. Die Badezimmertür stand offen, und sie war sich, den Kopf auf die Knie gelegt, der Geräusche der Stadt nur zu bewusst, die von draußen durch die Wohnungsfenster drangen. Irgendwann schaffte sie es zum Telefon, rief in der Praxis des Arztes an und befolgte die Anweisung, für die Fahrt zur Sprechstunde ein Taxi zu rufen. Nach ein paar kurzen Fragen war die Stimme der Arzthelferin sehr freundlich gewesen. Hanna solle sich Zeit lassen, es bestehe keine Eile. Sollte ihr Mann unterwegs sein, könne sie ruhig sein Eintreffen abwarten. Aber Malcolm war bei Gericht, und Handys gab es noch nicht. «Na gut. Nun, überstürzen Sie nichts und kommen Sie in aller Ruhe.» Mit dem Hörer in der Hand hatte Hanna begriffen, was ihr da mitgeteilt wurde: Es war zu spät, um noch etwas zu unternehmen. Ihr Baby war tot.

Als sie Stunden später in der Wohnung im Bett lag, während Malcolm in der Küche Tee kochte, war Hanna vollkommen gefühlstaub gewesen. Die Sonne schien noch immer durchs Fenster wie ein Karamellbonbon, doch alles um sie herum schien eine Million Meilen entfernt. Malcolm hatte ihr den Tee mit tränenüberströmtem Gesicht gebracht. Am nächsten Tag hatte er Louisa die Nachricht telefonisch mitgeteilt, und da nun schon seine Eltern informiert waren, hatte Hanna ebenfalls bei sich zu Hause angerufen. Mary war diejenige gewesen, die den Hörer abgenommen hatte. Hanna, die das dringende Bedürfnis hatte, mit ihrem Dad zu sprechen, aber wusste, dass sie Mary nicht einfach übergehen durfte, hatte ihr die Entwicklung in knappen Worten mitgeteilt. Und Mary reagierte ganz spontan.

«Ach, Kind, komm nach Hause, oder ich komme zu dir.»

Dann war ihre Stimme gebrochen, und gleich darauf hatte Tom den Hörer übernommen. Auch er hatte Hanna gedrängt, nach Hause zu kommen, aber sie hatte es halb weinend abgelehnt. Selbst in den darauf folgenden Wochen, als ihr ihre Ehe wie ein Fehler erschien, hatte sie nie daran gedacht, London zu verlassen. Hätten sie und Malcolm Schluss gemacht, hätte sie ihr Studium wiederaufgenommen. Stattdessen hatte er sie davon überzeugt, dass das perfekte Leben noch immer erreichbar war; sie würde ein wunderschönes Haus finden, und eines Tages würden sie ein anderes Kind haben. Und tatsächlich, sie hatte das Haus aufgestöbert. Und dann war Jasmine geboren, ein Baby wie eine Blume, das am Leben geblieben und prächtig gediehen und zu Jazz herangewachsen war, dem pampigen Teenager, aus dem jetzt eine junge Frau geworden war, die so weit war, ihr Leben selbst anzupacken. Und auch wenn Malcolm sie belogen und betrogen und ihre Ehe in einen großen Schwindel verwandelt hatte, war er doch der einzige Mensch, der Hannas Kummer über die Fehlgeburt teilen konnte. Jahrelang hatte er sich an das Datum erinnert und ihr Blumen geschenkt, die nicht im Garten seiner Mutter gepflückt waren, sondern vom Blumenstand in der Nähe des Sloane Square stammten, dessen prächtige Auslage man vom Fenster ihrer Wohnung aus bewundern konnte. Das war eine der Erinnerungen, die Hanna anfangs den Magen umgedreht hatte, als sie Malcolms Affäre mit Tessa herausfand. Doch als sie hier hoch oben über dem Meer saß, stellte sie fest, dass die Erinnerung aus unerfindlichem Grund nun weniger weh tat.

KAPITEL 32

Mit noch immer geschlossenen Augen tastete Conor unter dem Bett herum, fand sein Handy und aktivierte die Snooze-Funktion des Weckers. Dann schob er den Kopf unters Kissen und versuchte, wieder einzuschlafen. Fünf Minuten später klopfte seine Mutter an die Tür und schaute herein.

«Stehst du gleich auf, Conor? Dein Dad macht Theater.»

Conor stöhnte. Er erkannte den angespannten Tonfall seiner Mutter. Der bedeutete, dass sein Dad schlecht geschlafen hatte und der Tag kompliziert werden würde. Mit seiner eingeschränkten Beweglichkeit wusste Paddy McCarthy durchaus, was für ein Glück er hatte, dass seine beiden Söhne bereit waren, die Arbeit auf der Farm anzupacken. Es fiel ihm dennoch schwer, seine körperliche Verfassung zu akzeptieren, und die Schmerzmittel, die für ihn unverzichtbar waren, machten ihn reizbar. In manchen Nächten bewirkte eine Mischung aus körperlichem Unbehagen und seelischer Niedergeschlagenheit, dass er fast gar nicht schlief; der darauf folgende Tag war dann immer besonders schwer für die ganze Familie.

Heute hatten Joe und Conor harte Arbeit auf den Feldern vor sich, während Paddy zu Hause sitzen und Papierkram erledigen würde. Tatsächlich wäre es eigentlich nicht nötig, dass er sich mit den Stapeln von Formularen, Quittungen und Rechnungen herumschlug, die er verabscheute, denn Joe erledigte die meisten Dinge papierlos. Wenn aber Paddy überhaupt nicht in den Betrieb involviert war, fühlte er sich überflüssig, und mit dem Computer hatte er sich nie anfreunden können. Und so ließ man, ohne je ausdrücklich darüber zu sprechen, immer eine gewisse Menge an Papierkram übrig, um ihm Beschäftigung zu geben. Conor war sich nicht sicher, ob das eine gute Idee war. Allen war der Schwindel bewusst, und letztlich bedeutete es, dass die Geschäfte weniger effizient erledigt wurden. Was wiederum allen Sorgen bereitete.

Conors Mutter sah ihn entschuldigend an. «Er möchte, dass du mit der Vespa nach Lissbeg fährst, bevor du aufs Feld gehst.»

«Warum denn?»

«Ach, er hat dort gestern Abend mit Johnny Hennessy Karten gespielt und seine Brille vergessen.»

Das war eine Katastrophe. Ohne seine Brille kam Paddy mit dem verhassten Papierkram nicht weiter, und die Tatsache, dass er nicht selbst nach Lissbeg fahren konnte, um sie zu holen, würde ihn wild machen. Conor wälzte sich aus dem Bett und versprach, gleich unten zu sein.

«Danke, Lieber. Du weißt, wie es ist ...» Orla McCarthy versagte die Stimme, und Conor fluchte in sich hinein. Sie wussten alle, wie es war, und keiner von ihnen wollte seinem Dad einen Vorwurf machen, aber es gab Zeiten, da könnte man ihn erwürgen. Trotzdem war es bestimmt die Hölle, vollständig von anderen Menschen abhängig zu sein, wenn man vor kurzem noch Bäume hätte ausreißen können. Wenn der arme Mann heutzutage mal einen Abend in Moran's Pub in Lissbeg verbringen wollte, musste Johnny Hennessy ihn hinfahren und ihm aus dem Auto helfen wie einem Neunzigjährigen.

Als Conor in die Küche kam, brodelte es schon in seinem Vater.

«Wann hast du gestern Nacht eigentlich mit dem Saufen aufgehört, dass du heute um diese Uhrzeit noch im Bett bist?»

Paddy war noch immer fassungslos über die Anordnung seines Arztes, dass er für den Rest seines Lebens auf Alkohol verzichten müsse. Die Tatsache, dass heutzutage massenhaft Leute im Pub nur Kaffee tranken oder sich an Softdrinks hielten, spielte für ihn keine Rolle. Im Moran's die Karten in der Hand zu halten, erschien ihm sinnlos, wenn nicht gleichzeitig ein Krug Bier neben seinem Ellbogen stand. Tatsächlich waren die vereinten Anstrengungen seiner Familie und der guten Seele Johnny Hennessy nötig gewesen, um ihn einmal für einen Abend aus dem Haus zu locken. Gestern Abend war er zum ersten Mal seit Wochen wieder in Lissbeg gewesen.

Jetzt schaute er Conor verlegen an, denn ihm war klar, dass er sich ungerecht verhielt. Conor ging nicht auf seine Frage ein und erkundigte sich vielmehr, wo er die Brille liegen gelassen hatte.

«Im hinteren Raum vom Moran's. Ich muss sie auf den Fenstersims neben der Tür gelegt haben.»

«Kein Problem.» Conor kippte seinen Tee herunter und

deutete mit einem Kopfnicken zur Uhr. «Ich bin bald wieder da.»

Während er sich durch den Morgenverkehr nach Lissbeg schlängelte, sagte sich Conor, dass er gestern Abend tatsächlich recht spät nach Hause gekommen war. Das war eine ziemliche Ausnahme. Lange Abende waren Quatsch, wenn man am nächsten Morgen zur Arbeit auf der Farm früh aufstehen musste, und Drinks in der Kneipe kosteten Geld. Aber gestern hatte er nach der Arbeit Dan getroffen, und dann waren ihnen Bríd und Aideen über den Weg gelaufen. Sie waren zu viert im Delikatessen-Imbiss gelandet, wo die Rollläden schon runtergelassen waren, und hatten übrig gebliebene Quiche gegessen. Danach hatten Dan und er die Mädels auf einen Drink eingeladen. Sie gingen in eine Kneipe, die in einer Nebenstraße der Broad Street lag und wo das Ambiente moderner war als im Moran's, aber das Bier genauso gut. Bríd und Aideen quetschten sich hinter einen Ecktisch, und Conor und Dan hatten die Getränke besorgt. Als sie zurückkamen, nahm sich Bríd ein Glas und hob es hoch.

«Auf unseren Weg zum Erfolg!»

Sie habe Ewigkeiten damit zugebracht, Anträge auszufüllen, um eine Förderung für den Deli zu bekommen, erzählte sie, und heute sei mal wieder eine Ablehnung eingetrudelt. Dan fragte, was sie tun werde.

«Keine Ahnung. Einfach weitermachen. Ich wollte Hilfe beim Entwurf der Werbeflyer, und eigentlich brauche ich auch jemanden, der sich meinen Geschäftsplan anschaut. Aber wir sind wohl auf uns allein gestellt.»

Als Dan gerade aufstand, um ein paar Erdnüsse zu holen, kam Aideen auf die von der Bezirksregierung angekündigte

Bürgerversammlung zu sprechen. Vielleicht sollten sie dort hingehen und Fragen stellen. Um herauszufinden, wie der große Plan aussah, und sich ein Bild davon zu machen, ob sie irgendwo hineinpassen würden. Vielleicht könnten sie ihre Argumente vorbringen, warum man Touristen dazu ermutigen sollte, nach Lissbeg zu kommen.

Conor hatte das Gefühl, wie auch immer der Plan der Bezirksregierung aussehen würde, er wäre höchstwahrscheinlich strohdumm. Während er sein Bier trank, erzählte er ihnen von dem dämlichen Abend, den er mit Miss Casey in Carrick zugebracht hatte.

«Ich sag euch, Leute, die Frau, die an dem Abend ihre Rede gehalten hat, konnte einem Angst machen. Ihrer Meinung nach gehört der durchschnittliche Besucher Finfarrans zu drei Kategorien, die sich alle dadurch charakterisieren lassen, dass die Leute ständig im Internet surfen und gut mit ihren Smartphones sind.»

«Und?»

«Was weiß ich. Sie hat es so gesagt, als wäre das eine unglaubliche Erkenntnis.»

«Aber worauf wollte sie hinaus?»

«Sie hat irgend so eine App entwerfen lassen, damit die smartphonefreudigen Touristen ihren Urlaub aktiv in die Hand nehmen können. Und ein Minister, der aus Dublin gekommen war, hat ständig genickt und war ganz begeistert.»

«Ach, Herrgott noch mal!» Dan riss ein Päckchen Erdnüsse auf und schüttete sie auf den Tisch. «Die Hälfte der Touristen, die zu mir kommen, würden ihr Handy am liebsten wegschmeißen. Wahrscheinlich müssen sie schon bei der Arbeit ständig nach seiner Pfeife tanzen.»

«Na ja, wenn man der Tussi in Carrick glaubt, will sie ein veraltetes, nicht lokal abgestimmtes Interface durch den letzten Schrei von Nischenmarketing ersetzen.»

«Und das nimmst du ihr ab?»

«Natürlich nicht, und die Hälfte der Leute im Saal genauso wenig. Und der Rest hat sich nicht dafür interessiert. Die Bezirksregierung wollte einfach nur einen vollen Saal haben, weil ja das hohe Tier aus Dublin da war.»

Bríd schnaubte. «Mein Gott, sollte man nicht meinen, irgendwann nimmt mal irgendwer sich einfach die Zeit, Leuten wie uns zuzuhören.»

Aideen, die schon eine Weile versuchte, zu Wort zu kommen, wies darauf hin, dass auf dem Plakat für die Bürgerversammlung tatsächlich stand: *«Ihre Bezirksverwaltung hört Ihnen zu.»*

Dan warf ihr einen vernichtenden Blick zu. «Ja klar, mein Dad hat bis zum Abwinken Briefe an die Bezirksregierung geschickt, aber die schert sich einen Dreck darum.»

Bevor Aideen antworten konnte, schlug Bríd mit der Faust auf den Tisch. «Seht ihr's? Auf die Großen hört man, und wir anderen werden einfach übergangen.»

Nach ein paar weiteren Drinks schlug Aideen sogar noch kräftiger auf den Tisch. «Wisst ihr, was? Wir sollten unser eigenes Treffen einberufen. Und dann klarmachen, dass wir es satthaben, herumkommandiert zu werden, und eine Bürgerbeteiligung wollen, die den Namen auch verdient!»

Als er auf seiner Vespa zum Moran's Pub rollte, merkte Conor, dass die Ereignisse der Nacht von da an in seiner Erinnerung verschwammen. Es hatte sich zwar keiner bis zur

Besinnungslosigkeit besoffen, aber alle hatten immer wieder mit der Faust auf den Tisch geschlagen und waren sich einig gewesen, dass man aktiv werden müsse. Dan hatte die Nase voll, denn er hatte die Walbeobachtungstouren auf Eis legen müssen, um für Fury O'Shea zu malochen, da er sonst nicht über die Runden kam. Bríd sagte, die Hälfte ihrer Klassenkameradinnen wären nach dem Schulabschluss gerne in Lissbeg geblieben, hätten sie sich nicht anderswo Arbeit suchen müssen. Als das Pub geschlossen wurde, hatten sie vier sich in dem Gefühl voneinander verabschiedet, eine wichtige Aufgabe vor sich zu haben. Allerdings konnte Conor sich nicht mehr recht erinnern, warum. Nun schob er seine Vespa auf den Hof neben dem Moran's und spähte durchs Fenster des hinteren Schankraums nach drinnen. Mrs. Moran sah ihn und kam zur Tür, um ihm aufzumachen.

«Ah, da bist du ja, Conor. Du willst bestimmt die Brille von deinem Dad abholen.»

Sie brachte das Brillenetui zwischen den Flaschen zum Vorschein, die hinter der Theke standen, und reichte es Conor. Der steckte es in seine Jackentasche und machte den Reißverschluss zu.

«Tausend Dank, Mrs. Moran.»

«Keine Ursache, Junge. Wie geht es dem armen Paddy?»

«Na ja, mal besser, mal schlechter, Mrs. Moran, aber er kommt schon zurecht. Ich bring ihm das Ding jetzt besser gleich zurück.»

Joan Moran, die einem manchmal ganz schön das Ohr abkaute, folgte ihm zur Tür. «Und wie geht es der armen Orla?»

«Gut, alles bestens. Schauen Sie, tut mir leid, Mrs. Moran, ich sollte den beiden Bescheid geben, dass ich die Brille habe.»

Er schob seine Vespa außer Hörweite von Joan Moran, stieg auf und schaltete sein Handy ein. In seiner Mailbox wurde eine Nachricht von Dan Cafferky angezeigt. «Ich würde sagen, heute Abend kommen 'ne Menge Leute zusammen.» Er hatte noch zwei weitere Nachrichten, die beide an diesem Morgen abgeschickt worden waren. Die erste, von Aideen, lautete: «Ich hab rumtelefoniert.» Die zweite von Bríd: «Brauchst du Hilfe mit den Stühlen?» Nichts davon ergab für Conor Sinn. Aber allmählich machte sich eine unbestimmte Erinnerung an den Vorabend in seinem Kopf breit. Und dann war alles plötzlich glasklar – und das jagte ihm einen Riesenschrecken ein. Er trat auf den Kickstarter seiner Vespa und sagte sich, dass die Brille seines Dads warten musste. Denn er musste sofort zur Bibliothek und Miss Casey ein Geständnis machen.

KAPITEL 33

Hanna saß an ihrem Schreibtisch, als Conor den Kopf durch die Tür streckte. Er trug noch seine Motorradhandschuhe und hatte das Visier seines Helms zurückgeschoben. Darunter schaute sein normalerweise fröhliches Gesicht ganz besorgt hervor. Hanna blickte zu ihm auf. «Also, heute ist definitiv keiner Ihrer Arbeitstage, und auch der Computer ist in Ordnung. Was machen Sie also hier?»

Conor hatte sich nach seinem Aufbruch von Moran's eine gute halbe Stunde beim Pferdetrog herumgetrieben und darauf gewartet, dass die Bibliothek öffnete. Während er mit einem Auge nach Miss Caseys Wagen Ausschau hielt, hatte er Dan Cafferky angerufen und sich seine schreckliche Erinnerung an den Vorabend bestätigen lassen.

Miss Casey sah ihn scharf an. «Also, kommen Sie rein, wenn Sie das wollen. Bleiben Sie nicht zwischen Tür und Angel stehen.»

Conor atmete tief durch und trat an ihren Schreibtisch. Als er nun davorstand, den Helm mit dem hochgeklappten Visier noch immer auf dem Kopf und die Hände, die in den Handschuhen steckten, verlegen ineinander verkrampft, gelang es ihm, seine Geschichte loszuwerden. Es entstand eine lange Pause, während der er einen nervösen Blick auf Miss Casey warf. Sie sah nicht glücklich aus.

«Lassen Sie mich das klarstellen: Sie haben für heute Abend eine öffentliche Versammlung hier in der Bibliothek einberufen?»

«Nein, eigentlich nicht wirklich.» Conors Züge verzogen sich besorgt. «Ich meine, das wollte ich gar nicht. Es war einfach nur so, dass wir uns unterhalten haben, und alle waren wirklich ... total aufgebracht, wissen Sie ... ehrlich, Miss Casey, ich erinnere mich nicht einmal, was ich gesagt habe.»

«Und dadurch wird es besser?»

Nein, natürlich nicht, aber es war die Wahrheit. Nachdem sich die Mädels gestern Abend verabschiedet hatten, hatte Dan erzählt, dass auf der Webseite des meteorologischen Dienstes ein toller Sternschnuppenregen angekündigt worden sei. Dan würde ihn von den Klippen aus beobachten, ob Conor nicht mitkommen wolle? Conor fand den Vorschlag großartig, und so waren sie zu Dan nach Hause gefahren und von dort auf eine Landspitze gegangen. Dan hatte ein kleines Fläschchen Whiskey mitgebracht, und gemeinsam hatten sie dagesessen, sich den Drink geteilt und zu dem zitternden Silbervorhang aus herabschießenden Sternschnuppen hochgeschaut.

«Wollen Sie damit sagen, dass Sie betrunken waren?»

So musste es wohl gewesen sein, dachte Conor. Ein bisschen. Er hatte niemals vorgehabt, eine Versammlung in der Bibliothek einzuberufen. Aber dann hatte er genau das vorgeschlagen. Und Dan hatte heute Morgen den Mädels eine Nachricht geschickt. Und das Ganze hatte ungeahnte Kreise gezogen. Wie Conor eben von Dan gehört hatte, hatten sich alle möglichen Leute angekündigt. Und sie hatten das Treffen auf neunzehn Uhr festgesetzt.

«Ehrlich, Miss Casey, es tut mir leid. Und ich weiß nicht, was ich machen soll.»

Aus seiner Jackentasche ertönte ein heller Signalton, und er sprang hoch wie ein erschrecktes Rehkitz. Unmittelbar über Miss Caseys Kopf hing ein großes Schild mit der Aufschrift: *Handys bitte ausschalten.* Conor versuchte verzweifelt, seinen Handschuh auszuziehen. Er kam mit dem Klettverschluss nicht zurande, doch dann langte Miss Casey über den Schreibtisch und riss ihn mit einer präzisen, raschen Bewegung auf wie eine Krankenschwester, die ein Pflaster entfernte. Conor zog den Handschuh herunter, holte sein Handy aus der Jackentasche und schaute auf das Display.

«Das ist mein Dad. Er sagt, er schlägt mich zu Brei, wenn ich nicht in zehn Minuten bei ihm auftauche.» Zu seinem Entsetzen bemerkte er, dass seine Stimme beim Sprechen zitterte.

Obgleich Hanna ziemlich verärgert war, konnte sie sich nicht dazu bringen, seine Verzweiflung noch zu vergrößern. «Hören Sie mal, beruhigen Sie sich. Wenn Sie heimmüssen, sollten Sie jetzt fahren.»

«Aber wie soll ich die ganzen Leute daran hindern, heute Abend hier aufzutauchen?»

«Ich würde sagen, dazu ist es jetzt zu spät, also können Sie sich die Mühe sparen. Und meist taucht ja die Hälfte der Leute, die angekündigt hat, irgendwo hinzukommen, letztlich gar nicht auf.»

«Aber ich weiß ja nicht mal, worüber wir reden sollen!»

«Erinnern Sie sich denn, worüber Sie gestern Nacht geredet haben?»

«Na ja, da ist diese Bürgerversammlung, die die Bezirksregierung angekündigt hat. Das sagt Aideen jedenfalls. Und Dan hält die für totalen Quatsch.»

Hanna deutete mit einer Kopfbewegung zu dem Plakat, das Tim Slattery ihr gegeben hatte. «Meinen Sie die da?»

Conor drehte sich um und studierte den Text. «Ich denke schon. Aideen hat einen Anschlag in Carrick gesehen.»

«Also, Conor, Sie können keine Versammlung einberufen und dort verkünden, dass Dan zutiefst misstrauisch gegenüber etwas wäre, wovon er keine Ahnung hat.»

«Ich weiß!» Conor nahm den Kopf zwischen die Hände. Hanna ergriff ihn beim Ellbogen und steuerte ihn zur Tür.

«Hören Sie mal, gehen Sie heim. Und machen Sie sich keine Sorgen. Ich lasse die Bibliothek heute bis zwanzig Uhr geöffnet. Wahrscheinlich kommt eh kaum jemand. Aber Sie können ja eine Rede halten und ankündigen, dass demnächst eine Bürgerversammlung stattfindet und dass möglichst viele Leute daran teilnehmen sollten. Und Sie können die Zuhörer auf dieses Plakat an der Wand aufmerksam machen.»

«Ja, gut.» Conor blickte gehetzt drein. «Und dann?»

«Dann bedanken Sie sich, dass alle gekommen sind, und schicken sie nach Hause.»

«Guter Gott, Miss Casey, ich weiß nicht, was Dan dazu sagen wird.»

«Sie haben die Wahl. Entweder Sie teilen Ihren Freunden mit, dass Sie gar nicht berechtigt waren, die Bibliothek als Treffpunkt anzubieten. Oder Sie machen es so, wie ich es vorgeschlagen habe, und geben sich den Anschein, als hätten Sie nie etwas anderes geplant.»

Hanna konnte praktisch sehen, wie es in Conors Kopf arbeitete. Dann biss er die Zähne zusammen und nickte. «Okay, dann mache ich es so.»

«Gut. Und, Conor, erzählen Sie es den anderen nicht. Nicht einmal, wenn alles vorbei ist. Ich kenne dieses Städtchen. Sonst lacht man noch in sieben Generationen über Sie.»

Conor nickte wieder und straffte die Schultern. «Stimmt. Sie haben recht. Danke, Miss Casey.»

Als Hanna wieder an ihrem Schreibtisch saß, hoffte sie, dass sie die richtige Entscheidung getroffen hatte. Sie hatte einfach nicht zulassen können, dass der arme Conor das Gesicht verlor. Allerdings, nachdem sie sich immer so energisch dagegen verwahrt hatte, die Bibliothek als einen öffentlichen Treffpunkt nutzen zu lassen, wäre nicht er, sondern sie diejenige, über die man lachen würde, sollte der Abend sich als Farce erweisen.

In der Mittagspause beschloss Hanna, ihr von zu Hause mitgebrachtes belegtes Brot mit einem Kaffee und einem Stück Kuchen von HabberDashery zu bereichern. Wenn sie die Bibliothek allein betreute, schloss sie normalerweise über Mittag eine halbe Stunde und zog sich mit ihrem Sandwich und einem Buch nur in die Küche zurück. Eigentlich sah ihre Arbeitszeit eine volle Stunde Pause vor, und an den Tagen, an denen Conor ebenfalls arbeitete, nahm sie sich auch die Zeit. Da aber viele Leute in Lissbeg nur in der Mittagspause Zeit hatten, in die Bibliothek zu kommen, betrachtete es Hanna als ihre Pflicht, die Tür offen zu halten.

Mary Casey war der Meinung, dass sie sich ausnutzen ließ. «In Gottes Namen, Mädel, hast du etwa kein Recht darauf, in Ruhe und Frieden etwas Ordentliches zu essen? Glaubst du vielleicht, die Geschäftsleute in Lissbeg würden dir die Tür auch nur eine Minute länger als nötig offen halten? Das kannst du vergessen. Sie würden dir Punkt eins die Tür vor der Nase zuschlagen!»

Das war Unsinn. Die Läden in Lissbeg blieben über Mittag geöffnet, und das schon seit Ewigkeiten. Aber Mary Caseys Phantasien über ein Irland wie aus den 1950er-Jahren, in dem man im Lebensmittelgeschäft Zucker noch in braunen Zuckertüten kaufte, prägten sich mit dem Älterwerden immer mehr aus. Hanna ärgerte sich extrem darüber, vermutlich hauptsächlich, weil ihr das Angst machte. Meistens schien Mary ihr aggressives Gehabe einfach nur Spaß zu machen, aber bei solchen Gelegenheiten wirkte es eher so, als ließen ihre Fähigkeiten, mit dem Leben fertigzuwerden, nach. Falls das stimmte, kündigte sich hier der Verlust von Marys Unabhängigkeit an, und eine Mary, die sich zunehmend auf sie, Hanna, stützen müsste, war nichts, worüber sie nachdenken wollte. Nicht gerade jetzt, wo sie den Plan hatte, selbst wieder ein wenig Unabhängigkeit zu erlangen.

Sie schloss die Bibliothekstür ab und machte sich auf den Weg. An der Theke von HabberDashery stand eine Schlange, und Aideen und Bríd führten eilig Bestellungen aus. Hanna, die sich für ein Stück Mandelkuchen und einen Becher Kaffee zum Mitnehmen entschied, gratulierte Aideen zu den vielen Kunden.

«Stimmt. Toll, oder? Und es wäre noch besser, wenn wir Platz für ein paar Tische hätten. In der Mittagszeit drängen sich die Kunden immer, aber den Rest des Tages ist es ruhig hier.»

Während Hanna zwischen dem Verkehr hindurch über die Broad Street flitzte, überlegte sie, dass Aideen wohl recht hatte. Es wäre schön, ihre Mittagspause in dem fröhlichen, bunt gestrichenen Deli zu verbringen, wo es so köstlich duftete. Auf dem Platz in der Mitte der Straße angekommen, überlegte sie, ob sie sich neben dem Pferdetrog auf die Bank setzen sollte. Dann entschied sie sich dagegen. Die roten Geranien in dem alten Steintrog leuchteten zwar verlockend in der Sonne, wegen der überall parkenden Autos war es trotzdem ein trostloses Plätzchen. Und so kehrte sie mit Kaffee und Gebäck in die Bibliotheksküche zurück.

Aideens Kaffee war so gut wie immer: heiß, frisch und mit einem kunstvollen, fiedrigen Muster in der Schaumkrone. Beim Trinken dachte Hanna über das Plakat nach, das sie heute Morgen aufgehängt hatte. War die Bürgerversammlung vielleicht wirklich nur ein zynisches Deckmäntelchen für die Tatsachen, die bereits geschaffen waren? Falls das stimmte und alle Entwicklungsinvestitionen des Bezirks nur noch nach Carrick und Ballyfin flössen, würden die Geschäftsleute in anderen Teilen der Halbinsel kaum noch gegen ihren Untergang ankämpfen können. Und das ließ trotz Aideens und Bríds Tatkraft auch nichts Gutes für das HabberDashery vermuten.

Das Nachdenken über Aideen und Bríd weckte den Gedanken an Jazz, die ihren nächsten längeren Zwischenaufenthalt bei Malcolm verbringen wollte. Jedes Mal, wenn Jazz das Haus in London besuchte, hätte Hanna sie am liebsten gefragt, ob eine neue Tapete an den Wänden hing, ob Tessa die

Pfirsichbäume hatte fällen lassen oder die Möbel umgestellt hatte. Aber ein Gespräch über Tessa, egal welchen Inhalts, barg das Risiko, dass Jazz die wahre Dauer von Malcolms und Tessas Beziehung herausfinden würde. Und ein Gespräch über das Londoner Haus würde Erinnerungen an eine Vergangenheit wachrufen, die von so viel Betrug verdorben war, dass Hanna bezweifelte, dann noch Malcolms Lügen aufrechterhalten zu können. Noch immer von seinen Vorwürfen in diesem idiotischen Hotelzimmer gequält, ermahnte sie sich, verantwortungsvoll zu sein: Ihre Gefühle mussten für den Seelenfrieden ihrer Tochter zurückstehen. Doch während sie jetzt in der Teeküche stand, konnte sie nicht verhindern, in Gedanken wieder einmal eine geschwungene, mit Bienenwachs zum Glänzen gebrachte Treppe aus Mahagoni hinaufzugehen und in einen Raum mit handbedruckter Tapete zu treten, dessen zartgraue Bettwäsche perfekt zu den salbeigrünen Wänden passte.

Nein, dieses schmale Londoner Haus gehörte der Vergangenheit an. Die Zukunft lag in Maggies Haus mit seiner weiten Sicht aufs Meer. Energisch zerknüllte Hanna das Einpackpapier ihres Mandelkuchens, warf es in die Kaffeetasse und ging los, um das Geschlossen-Schild an der Bibliothekstür umzudrehen. Ihre Arbeit mochte sie langweilen, aber wenigstens war sie sicher. Und jetzt war die Zeit gekommen, Vertrauen zu fassen und einen Schritt in die Zukunft zu wagen, das Risiko einzugehen und ihre Liebe und Kreativität in etwas zu investieren, das eine leere Steinhülle in einen Zufluchtsort verwandeln würde. Sie hatte ihre Entscheidung getroffen und ihr Geld darauf gesetzt. Nichts konnte sie mehr aufhalten.

KAPITEL 34

Conor, der der Versammlung in der Bibliothek entgegenbangte, stellte sich den halben Tag lang die schlimmsten Katastrophen vor. Was, wenn Hunderte von Menschen kämen und das Ganze in einen Aufruhr ausartete? Was, wenn sein Kopf plötzlich vollkommen leer wäre? Oder was, wenn Miss Casey die Bibliothek offen hielt, aber niemand auftauchte? Um alles noch schlimmer zu machen, zickte der Traktor weiterhin herum, und Joe wies Conor ziemlich scharf darauf hin, dass er jetzt schon das zweite Mal in Folge einfach für den Abend verschwand.

Um sein Selbstvertrauen zu stärken, gab Conor sich besonders große Mühe mit seinem Äußeren, was die Stimmung bei seinem Aufbruch nicht gerade besserte. Joe machte seine übliche verächtliche Bemerkung über Hairstyling, und Conor, der psychisch unter Druck stand, konnte diesmal nicht einfach darüber lachen. Vielmehr versetzte er Joe eine Kopfnuss, worauf sein Dad ihn anbrüllte. Und so war das Letzte, was er beim Hinausgehen zur Vespa hörte, die Stimme seiner Mutter, die alle nervös ermahnte, sich doch bitte zu vertragen.

Als er in der Bibliothek eintraf, waren dort nur Oliver – der Mann mit dem Hunde-Cover – und Aideen, die Stühle aufstellte. Anscheinend hatte Miss Casey nebenan in den Büros der Bezirksverwaltung angerufen und abgesprochen, dass man ihnen ein paar zusätzliche Sitzgelegenheiten leihen würde, und so legte Conor seinen Helm in der Küche ab und ging über den Hof, um sie zu holen. Die Tür war schon abgeschlossen, deshalb klopfte er ans Fenster, und der Typ dort ließ ihn herein. Conor erkannte in ihm Liam Ryan, dessen Familie am Rande Lissbegs eine Autowerkstatt betrieb. Mit den dunkel getäfelten Wänden, den Fliesen auf dem Boden und den düsteren Heiligenbildern an den Wänden, die nie jemand abgehängt hatte, hatte die Eingangshalle noch immer etwas Klösterliches. Liam führte Conor in einen Wartebereich zwischen zwei Büros.

«Miss Casey hat gesagt, sie würde etwa acht Stühle brauchen.»

Conor hatte keine Ahnung, wie viele sie brauchen würden. Zwischenzeitlich hatte er sich in seiner Erregung sechzig oder sogar sechshundert Teilnehmer vorgestellt. Aber er nickte und machte sich daran, die Stühle aufzustapeln.

Liam half ihm dabei. «Ich bin noch eine Weile da und komme sie wieder einsammeln, wenn Sie fertig sind.»

Als Dan zusammen mit Bríd eintraf, hatte Miss Casey ein Vortragspult aufgebaut, und davor hatten Aideen und Conor die Stühle in einem Halbkreis aufgestellt. Um sieben bestand die Versammlung aus Conor, Dan, Bríd, Aideen, zwei von Dans Freunden, einem Kaugummi kauenden Mädchen, Miss Casey und Oliver, dem Hundemann. Sobald Dans Freunde eingetroffen waren, hatten sie sich auf sechs Stühlen breitgemacht, und einer der Jungs legte einen Arm um das Mädchen und die Füße auf den Stuhl vor ihm. Sekunden später stürzte sich Miss Casey auf ihn und fixierte ihn mit einem kalten Blick, bis er die Füße heruntemahm. Dann stellte sie seiner Freundin nachdrücklich den Mülleimer und einen Karton Papiertaschentücher hin. Kaugummikauen sei in der Bibliothek untersagt, erklärte sie, und alle schauten diskret weg, während das Mädchen einen pinken Klumpen aus dem Mund nahm, ihn in ein Tissuepapier wickelte und in den Eimer warf. Darauf folgten ein paar quälend lange Minuten, in denen überhaupt nichts geschah. Schließlich schlenderte Fury O'Shea herein und lehnte sich gegen die Wand. Nun trat Miss Casey ans Vortragspult und hieß alle willkommen. Irgendwo im Hinterkopf hatte Conor unbestimmt gehofft, sie könnte sich in letzter Minute entschließen, den Abend selbst zu leiten. Doch sie hatte ihn dem Publikum als den heute Verantwortlichen vorgestellt und war an ihren Schreibtisch zurückgekehrt. Und so trat Conor mit dem Gefühl, dass seine Krawatte unangenehm eng saß und seine Füße viel zu groß waren, ans Pult und begann mit seiner Rede.

Im Rückblick war es ein Gefühl wie in einem Traum. Er tat genau das, was Miss Casey ihm geraten hatte, deutete auf das Plakat an der Wand und erklärte, der Zweck dieser Versammlung sei es, die Bürger der Halbinsel auf die Einladung zur Bürgerbeteiligung aufmerksam zu machen. Dann lavierte er sich mit ein paar allgemeinen Bemerkungen weiter voran, während Aideen, die ganz vorne saß, ihn ermutigend anschaute, Bríd heimlich die Fotos auf Dans Handy betrachtete und ein schlaksiger Typ in Lederjacke ihn mehrmals unterbrach, um zu sagen, die Bezirksverwaltung und alle, die dort arbeiteten, seien eine Bande bestechlicher Deppen.

«Das pfeifen doch die Spatzen von den Dächern, dass es immer nur um braune Umschläge geht. Ohne Schmiergeld läuft nichts! Aus der Bande würde man nie ein wahres Wort herausbekommen, und wenn sie von jetzt bis zum nächsten Jahr redeten!»

Conor warf Miss Casey mehrere zunehmend verängstigte Blicke zu, doch ihr Gesichtsausdruck machte ihm klar, dass er auf sich gestellt war. Und so packte er das Vortragspult mit beiden Händen und erklärte, dies sei weder die Zeit noch der Ort für unbewiesene Beschuldigungen. Nötig sei vielmehr öffentliches Engagement in einem demokratischen Prozess, der ausdrücklich zum Zwecke der Bürgerinformation und des Bürgerfeedbacks eingerichtet worden sei. Er zumindest sei froh über die Chance, seinen gewählten Vertretern nicht nur Gelegenheit zu geben, sich für die Verwendung von Steuergeldern zu rechtfertigen, sondern er wolle auch gerne zum Nutzen der gesamten Gemeinschaft verantwortungsvoll mit ihnen zusammenarbeiten. Aideen klatschte, doch der Kerl in der Lederjacke bewarf Conor mit einem zusammengeknüllten Papierball und flüsterte mit übertriebenen Mundbewegungen: «Braune Umschläge!» Zum Glück brauchte Conor keine neue Runde Gelaber aufzulegen, denn das Mädchen mit dem Kaugummi verpasste ihrem Freund einen Knuff und forderte ihn auf, nicht alle zu nerven. In diesem Moment ging die Tür auf, und Divil schoss, gefolgt von Liam Ryan, bellend in den Saal. Fury packte sich den Hund sofort und hielt ihm mit der Hand die Schnauze zu, doch Conor ergriff die Gelegenheit beim Schopf und verkündete, er danke allen für ihr Kommen und außerdem danke er Miss Casey für die Erlaubnis, die Bibliothek zu nutzen, und der Bezirksverwaltung für die Stühle, auf denen sie säßen und die Liam jetzt einsammeln würde. Dann überging er Liams schwachen Protest, stürzte vom Vortragspult runter, schnappte sich einen Stuhl und begann mit dem Aufstapeln. Während die Leute aufstanden, um ihm zu helfen, hörte er noch immer den Kerl in der Lederjacke über braune Umschläge palavern. Aber wenigstens war die Versammlung vorbei, und niemand hatte einen Aufruhr ausgelöst.

KAPITEL 35

Nach der Versammlung in der Bibliothek fuhr Fury mit Divil neben sich durch die Abenddämmerung nach Hause. Seit undenkbaren Zeiten hatte Furys Familie den alten Wald in der Mitte der Halbinsel besessen, wo das Haus, in dem Fury aufgewachsen war, jetzt verlassen dastand und zerfiel. Das Haus, in dem er nun lebte, war das erste, das er nach seiner Heimkehr vor zwanzig Jahren erbaut hatte, nachdem er zuvor zwanzig Jahre auf Baustellen in London gearbeitet hatte, ohne sich dazu bringen zu können, nach Hause zurückzukehren.

Fury hatte immer gewusst, dass sein älterer Bruder Paudie ein Nichtsnutz war. Außerdem hatte er seit jeher gewusst, dass Paudie das Land und das Haus erben und dass das Ganze in einem Desaster enden würde. Ihr Vater, ein schweigsamer Mann mit einer tiefen Liebe zum Wald, war sich nicht weniger klar darüber gewesen, was geschehen würde, wenn sein ältester Sohn das Erbe antrat. Wäre seine Frau noch am Leben gewesen, hätte sie ihn vielleicht zur Vernunft gebracht, aber sie war gestorben, als Fury sechs war. Ein paar Freunde des alten Mannes versuchten, ihm gut zuzureden, doch er blieb eisern. Paudie war der Erbe, und das Haus und der Wald standen ihm als Geburtsrecht zu. Für Furys Schwester wurde etwas Geld abgezweigt und für Fury ein oder zwei Hektar Land, die er gegebenenfalls als Bauplatz nutzen konnte; alles andere war für Paudie bestimmt, obgleich alle wussten, dass er es nach dem Tod des alten Mannes versaufen würde.

Und so war es dann auch gekommen. Fury hatte die Schule mit sechzehn verlassen und begonnen, für seinen Vater zu arbeiten. Damals ging Paudie bereits sechs Tage die Woche in den Pub und lag im Bett, wenn er sich nicht auf einem Barhocker herumlümmelte. Als ihr Vater im Jahr darauf starb, beschloss Fury auszuwandern. Seine Schwester lebte inzwischen in Amerika, und Fury hatte nicht die Absicht, vor Ort zu bleiben und zuzuschauen, wie Paudie das Land verkommen ließ, das der Familie immer so teuer gewesen war. Er brauchte drei Monate, um das Fahrgeld nach London und eine kleine Reserve für die erste Zeit dort zusammenzubekommen. Er besaß keine Ausbildung als Bauhandwerker, aber er kannte sich mit Zimmermannsarbeiten aus und hatte, wie auf Finfarran jeder Mann seiner Generation, von Kind an gelernt, wie man Steinmauern aufschichtet und alle möglichen Arbeiten geschickt anpackt. Den Großteil des Fahrgeldes hatte er sich mit der Mauer verdient, die er für Maggie Casey baute. Als er auf Maggie stieß, war das ein echter Glückstreffer gewesen. Die O'Sheas waren eine geachtete Familie, und die Leute hatten Mitgefühl mit dem verwaisten Siebzehnjährigen, aber der Anfang der 1970er-Jahre war auf der Halbinsel eine harte Zeit gewesen, in der die Schwachen oft von den Starken betrogen wurden. Maggie Casey hatte ihm sein Geld bar auf die Hand gezahlt, ohne irgendetwas für erfundene Mängel abzuziehen, ganz anders als so mancher Bauunternehmer, für den er in den Monaten vor seinem Aufbruch gearbeitet hatte.

In London führte er ein Leben als Tagelöhner, wobei ihm klar war, dass er vor Paudies Tod nicht nach Hause zurückkehren würde. Auch er wanderte gelegentlich durch die Straßen, im Gegensatz zu Paudie hielt er sich aber in öffentlichen Bibliotheken warm und war froh, dass ihn jede Arbeit, die er bekam, mehr über sein Handwerk lehrte, was dazu führte, dass er immer begehrter wurde. Nachrichten von zu Hause erhielt er von anderen Emigranten; Jungs von Finfarran tauchten in Hammersmith oder Cricklewood im Pub auf und erzählten, dass sein Bruder ganze Waldstücke für den Preis von ein paar Krügen Bier verschleuderte. Dann kam der Tag, an dem Fury im Empire Café in Kilburn den *Finfarran Inquirer* las und sah, dass der Rest des Waldes bei einer Auktion zur Versteigerung stand. Da er genau wusste, wozu Paudie fähig war, hatte er das Auktionshaus in Ballyfin angerufen und sich bestätigen lassen, dass sein eigenes Grundstück von dem Geschäft ausgenommen war; nach der Stimme des Auktionators zu schließen, war es jedoch gut, dass er angerufen hatte. Ein paar Wochen darauf hatte ihm dann ein junger Kerl aus Knockmore während der dritten Phase des Einrüstens einer Fabrik erzählt, der Wald sei inzwischen an einen Mann aus Dublin verkauft. Später war dieser Mann nach Australien ausgewandert.

Als Fury endlich nach Finfarran zurückkehrte, war Paudie, der jeden bei der Auktion erlösten Penny versoffen hatte, gestorben, und der riesige Wald, den die O'Sheas einmal bewirtschaftet hatten, hatte sich in eine Wildnis verwandelt. Das Grundstück, das der Vater Fury hinterlassen hatte, war klein und lag in der Nähe der Kreuzung, an der Gunther und Susan jetzt die alte Schmiede als Gästehaus betrieben. Susan und Gunther waren nette, hart arbeitende Menschen, die überhaupt keine Probleme machten, wenn Fury einmal zwei Ziegen ausleihen wollte wie kürzlich für Hanna Casey. Es war ein großartiges Gästehaus, aber Fury erinnerte sich noch an die Zeit, als die Schmiede in Betrieb gewesen war. Damals hatte man beim Krachen der Schmiedehämmer fast sein eigenes Wort nicht verstanden, in der Esse hatte es rot und golden gelodert, und Funken waren weit in den riesigen, dunklen Raum gestoben. Er erinnerte sich an sein tagelanges Umherstreifen zwischen den Bäumen, als er die Pfade im Wald erkundet, sich den Wuchs der Bäume und die Gestalt ihrer Äste und Blätter eingeprägt und gelernt hatte, die Qualität des Bauholzes, das sich aus ihnen gewinnen ließ, einzuschätzen: hart oder weich, gerade oder knorrig, geeignet für Bodendielen oder Deckenbalken, edle Möbel oder feine Intarsien. Als er im Frühjahr 1993 nach Irland zurückgekehrt war, hatte er anfangs geglaubt, nicht auf seinem ererbten Grundstück leben zu können, mit einem direkten Blick auf den verwilderten Wald und voller Sehnsucht nach der Welt seiner Kindheit. Da das Grundstück jedoch alles war, was er besaß, baute er sich dort ein Haus.

Im darauf folgenden Jahr war der Schmied gestorben, und Fury hatte verfolgt, wie die Schmiede allmählich verfiel, während noch immer ein Strom von Auswanderern von der Halbinsel ostwärts zu den Schiffs- und Flughäfen zog. Danach hatte er gesehen, wie die Seifenblase des Keltischen Tigers anschwoll und schließlich zerplatzte und wie danach Familien, die sich übernommen hatten, mit ihren Schulden und dem Vermächtnis unrealistischer Erwartungen kämpften. In jenen Jahren des Booms vor dem Zusammenbruch hatten Bauunternehmer für schlechte Arbeit horrende Summen verlangt, und die Leute waren dumm genug gewesen, sie zu bezahlen. In Ballyfin kauften Männer, die Fury vorher nie durch ihre Intuition aufgefallen waren, Grundstücke, während sie noch billig waren, und verkauften sie später für ein Vermögen. Manche Spekulanten, die aus England zurückgekehrt waren, waren dumm genug gewesen, in der Hoffnung auf weiter steigende Preise zu lange an ihrem Land zu kleben, und so hatten sie sich die Finger verbrannt. Andere, die wie der alte Ger Fitz zu Hause geblieben waren und gespürt hatten, woher der Wind wehte, hatten es schlauer angestellt und gehörten zu denen, die am Ende lachten. Fury selbst hatte wenig gekauft, genug gespart und war niemandem zu etwas verpflichtet.

Jetzt bog er mit seinem Kastenwagen von der Straße auf sein eigenes Grundstück ein, rollte über die gekieste Zufahrt und hielt vor dem Haus. Er hatte es im rechten Winkel zur Straße erbaut, auf drei Seiten war es von Wald umschlossen. Hinten lagen mehrere Schuppen, und an einen von ihnen hatte er einen Zwinger für Divil angebaut. Von außen besaß das Haus, von seinen gebieterischen Proportionen abgesehen, nichts, das es besonders empfahl. Und innen war es sparsam möbliert und entsprach Furys Bedürfnissen.

Er betrat das Wohnzimmer mit Divil auf den Fersen, ging zum Tisch beim Bücherregal und nahm ein Blatt Zeitungspapier von dem Buchständer der de Lancys, den er für Charles Aukin reparieren würde. Auf dem Tisch lag eine Sammlung von Werkzeug ausgebreitet, und Fury hatte bereits die gerissene Holzleiste entfernt und einen Ersatz ausgewählt. Die beiden blattförmigen Messinghalter hatte er in einen Baumwolllappen eingewickelt und beiseitegelegt, und die neuen Schrauben, um die sie sich drehen würden, waren fertig und lagen einsatzbereit im umgedrehten Deckel eines Glases, das früher löslichen Kaffee enthielt. Er hatte die Schrauben selbst angefertigt und in die Stellfläche vorne am Buchständer neue Löcher gebohrt. Charles' Ungeschick als Heimwerker hatte dazu geführt, dass die beiden Messingblätter, die das aufgeschlagene Buch offen halten sollten, einen breiteren Abstand voneinander haben würden als zuvor. Trotzdem würden sie noch ihren Zweck erfüllen, und Fury war zuversichtlich, dass er mit einer leichten Abänderung der Schnitzarbeiten am Original auch beim Ersatzteil eine ausgewogene Wirkung erzielen würde.

Beim Entfernen der gerissenen Holzleiste hatte er sofort gemerkt, dass sie dem Buchständer nachträglich hinzugefügt worden war. Irgendwann vor vielen Jahren, hatte jemand die Leiste mit dem hineingeschnitzten Relief aus Ebereschenblättern und -beeren ersetzt oder neu hinzugefügt. Vielleicht waren die mittelalterlichen Manuskripte, die wohl zunächst auf dem Buchständer gelegen hatten, von ledernen Buchzeichen offen gehalten worden, und die schwenkbaren Messingblätter waren später als hochmoderne Innovation hinzugefügt worden. Die Buchstütze war aus Eschenholz gefertigt, aber Fury erkannte, dass der Baum, von dem die gerissene Leiste stammte, noch kaum mehr als ein Schössling gewesen war, als das Holz für das restliche Werkstück gehauen wurde. Eine lange Zeit von Sonnenlicht und Bienenwachs hatte sowohl das neue als auch das alte Holz nachdunkeln lassen, und jetzt würde die Leiste, die Fury mit Schnitzereien verzierte, im Vergleich zu der Stellfläche, an der er sie anbringen würde, beinahe vergoldet wirken. Und auch sie würde nachdunkeln und denen, die Augen zum Sehen hatten, ihre eigene Geschichte erzählen.

Er zog eine Bank an den Tisch heran, setzte sich und nahm die neue Eschenholzleiste mit dem halb fertigen Band aus Beeren und Blättern in die Hand. Er hatte die Bohrungen für die Schrauben zwischen dem geschnitzten Blattwerk angesenkt, sodass die Schrauben im nachgedunkelten Holz irgendwann wie goldene Beeren wirken würden. Wenn man diesen Effekt sehen konnte, wäre er schon lange tot. Aber das störte ihn gewiss nicht; tatsächlich bestand darin sogar das halbe Vergnügen. Er wählte einen der Meißel auf dem Tisch aus, griff nach seiner Brille und machte sich an die Arbeit.

Fury war jemand, der gerne wusste, was los war. Zum Beispiel hatte es keinen besonderen Grund für seine Teilnahme an der Versammlung des jungen Conor McCarthy in der Bibliothek von Lissbeg gegeben, doch als er gesehen hatte, dass irgendwas lief, war er dazugestoßen. Derselbe Impuls führte ihn sonntags auf die hinteren Bänke der Kirche und, wenn er zufällig vorbeikam, auch in die Korridore des Bezirksrathauses von Carrick. Vor vierzig Jahren, das hatte er noch gut in Erinnerung, hatte Maggie Casey ihm vorgeworfen, er habe den Blick eines Spions. Da hatte sie ihm nach der Arbeit einen Becher Tee am Feuer serviert und gesehen, wie er die Anrichte, die in der Nische neben dem Kaminvorbau stand, aufmerksam musterte. Damals hatte die Anrichte oben einfache Regalfächer gehabt, auf Hüfthöhe ein breiteres Brett als Arbeitsfläche und darunter einen offenen Raum, der ursprünglich für einen Hühnerkäfig bestimmt gewesen war. Maggie hasste Hühner im Haus und hatte sie ihr Leben lang aus der Küche gescheucht, und so hatte Fury angeboten, unten Fächer und feste Türen einzubauen und oben Glastüren, um die Gläser und das Geschirr vor Staub zu schützen. Er hatte alles aus Eschenholz geschreinert, und die Leiste, die er jetzt mit Schnitzereien verzierte, war bei dieser Arbeit übrig geblieben. Zusammen mit anderen Reststücken hatte sie in einer verschlossenen Blechkiste in einem Schuppen gelagert, und so hatte sich ihr goldener Farbton über vierzig Jahre erhalten.

Im Jahr seiner Rückkehr nach Finfarran hatte Fury die Schlösser der Außengebäude seines Elternhauses mit einer Brechstange aufgebrochen und alles verwertbare Holz und weitere Reste, die sein Vater und zuvor sein Großvater aufgehoben hatten, an sich genommen. Theoretisch gehörte das alles dem Mann, an den Paudie den Wald verkauft hatte, aber Fury hatte keinerlei Gewissensbisse. Er wusste, dass die Leute auf der Halbinsel ihn als jemanden bezeichneten, der nur sein eigenes Gesetz kannte, und vermutlich hatten sie recht. Er glaubte daran, im Einklang mit den Regeln des gesunden Menschenverstandes zu handeln, und vor allen Dingen hasste er Verschwendung.

Während sein Meißel ein Büschel Ebereschenbeeren aus dem Holz herausarbeitete, dachte er daran zurück, wie Joe Furlong, der Besitzer des größten Hotels in Ballyfin, kürzlich im Bezirksrathaus von Carrick aus einem Büro des Bauamts gehuscht und in einen Lift geschlüpft war. Der Mann hatte unübersehbar gehofft, nicht gesehen zu werden. Da

Fury wusste, dass Joe seit Jahren in der Immobilienbranche mitmischte, und da er zudem Gerüchte über die in Vorbereitung befindlichen Pläne der Bezirksregierung aufgeschnappt hatte, hatte ihm allein sein gesunder Menschenverstand gesagt, was los war. Ein paar Tage darauf hatte er Joe Furlong und Ger Fitzgerald mit zusammengesteckten Köpfen in einem Pub in Ballyfin beobachtet. Heute Abend auf Conors Versammlung hatte ein junger Kerl in Lederjacke mit dem üblichen Vorwurf um sich geworfen, die Bezirksregierung lasse sich mit Geldscheinen in braunen Umschlägen bestechen. Fury hielt es für unwahrscheinlich, dass etwas derart Primitives ablief. Die Entscheidungsträger mussten überhaupt nicht bestochen werden. Der vorgeschlagene Plan beinhaltete einen neuen, hochmodernen Rathauskomplex, der die Verwaltung aufwerten und ihre Arbeit erleichtern würde, und gerechterweise musste man einräumen, dass gewiss so mancher Beamte und Amtsträger im Rathaus glaubte, der Service für die Bürger werde sich dadurch verbessern. Um dem Plan jedoch die Unterstützung und Billigung der Regierungskreise in Dublin zu verschaffen, würde so manches leise Wort am richtigen Ort nötig sein, und genau dafür konnten die reichen Geschäftsleute Carricks sorgen.

Fury wandte sich wieder der Schnitzerei in seiner Hand zu und blies ein paar krause Holzspäne weg. Er wusste, dass Ger Fitzgerald vor Jahren einen Bauplatz am Rande Ballyfins erworben hatte, der groß genug für einen Hotelkomplex war. Er lag unmittelbar oberhalb des im Plan vorgesehenen Yachthafens, der den Kreuzfahrtschiffen einen Halt in Ballyfin ermöglichen sollte. Wenn Ger und Joe zusammen Pläne für ein neues Hotel ausheckten, würden sie einen Riesenreibach machen, falls der Hafen tatsächlich gebaut wurde. Fury nahm an, dass es wirklich so einfach war. Keine Schurkerei im eigentlichen Sinne. Niemand würde das Gesetz brechen. Einfach nur ein abgekartetes Spiel, das wieder einmal Geld in die sehr großen Taschen spülen würde, während die Menschen mit den kleinen Taschen leer ausgingen.

KAPITEL 36

Mary Casey stellte die Bratpfanne krachend auf den Herd, holte eine braune Papiertüte aus dem Kühlschrank und griff nach der Speck-Schere. Es erfüllte Hanna immer wieder mit Erstaunen, dass Mary, die Schmelzkäse und Kuchen mit Kunstsahne aß, in Bezug auf den Frühstücksspeck eine Puristin war. Sie verlangte immer den «mit den Borsten, wie es sich gehört», der vor ihren Augen in Streifen der richtigen Dicke geschnitten wurde, und zwar mitsamt der Schwarte, die Mary zu Hause dann mehrmals einschnitt, bevor sie eine Speckscheibe in die Pfanne legte. Das Einschneiden sorgte dafür, dass sich die Scheiben in der Pfanne nicht kräuselten, und die «borstige» Schwarte wurde abgeschnitten, bevor ein perfekt gebratener Streifen Speck auf den Teller gelangte. Für Marys Frühstücksspeck kam als Metzger nur Ger Fitzgerald in Frage. Ger, so erklärte sie, verkaufe richtiges Fleisch; das blasse, in Folie verpackte Zeug, das man in Carrick bekomme, sei dagegen nichts als Wasser und Luft. Solange Hanna denken konnte, war der Frühstücksspeck in fettdichtem Einschlagpapier und einer braunen Papiertüte nach Hause gelangt. Das fettdichte Papier war so dick, dass die Tüte fleckenfrei blieb, und säuberlich gefaltete Stapel dieses Papiers, die für eine spätere Verwendung aufbewahrt wurden, quollen aus jeder Schublade in Marys Küche.

Jetzt legte Mary mit einem verächtlichen Seitenblick auf Hannas Schale, gefüllt mit Joghurt und Müsli, drei Streifen Speck in die Bratpfanne und schwenkte sie kräftig. Als sie sie dann im genau richtigen Moment gewendet hatte, nahm sie das Messer mit dem schwarzen Griff und schnitt ein paar Scheiben von einem Laib Backpulverbrot ab.

«Du verzichtest wohl lieber auf ein anständiges Frühstück und gehst stattdessen mit einem Löffel Hühnerfutter im Bauch zur Arbeit?»

Hanna beachtete die Frage nicht und schaute auf ihr Handy. Mary gab den Speck auf einen Teller im Herd, damit er warm blieb, und schlug ein Ei in die Pfanne. Sobald es gebraten war, würde sie es an den Rand der Pfanne schieben, das überschüssige Bratfett mit den quadratischen Scheiben Backpulverbrot aufsaugen und sie dann so lange auf dem Feuer lassen, bis sie außen goldbraun und innen noch zart und weich waren.

«Irgendwas von Jazz?»

Jazz hatte ihr die Nachricht geschickt, dass sie einen Flug nach London bekommen hatte und dort mit Malcolm zum Abendessen verabredet war. Mary Casey warf den Kopf zurück, als Hanna ihr das vorlas.

«Na, wie wir alle wissen, ist das kein Thema für *diesen* Frühstückstisch. Wenn das Kind wüsste, was für ein durchtriebener Hund sein Vater ist, würde es ihm sagen, was es von ihm hält, und nicht seine Gänseleberpastete verspeisen!»

Hanna hielt den Mund. Schließlich würde es nicht mehr lange dauern, bis sie in ihrem eigenen Haus frühstücken würde. Am Feuer. Oder auf der Türschwelle mit den Vögeln oben in den Zweigen. Oder auf der Mauer bei der Klippe, mit der Brandung in den Ohren. In den letzten Wochen hatte sie kaum gewagt, sich ihren Phantasien hinzugeben. Aber nach der Versammlung in der Bibliothek war Fury gestern zu ihr gekommen und hatte ihr ein Treffen auf der Baustelle vorgeschlagen, um die Instandsetzung zeitlich zu planen. Anscheinend hatte er gerade eine Lücke, in die er die Arbeit einschieben könnte. Also würde das Haus vielleicht bei Jazz' nächstem Besuch in Crossarra bereits Gestalt annehmen. Vielleicht könnten sie und Jazz dann schon im Internet oder sogar bei einem gemeinsamen Ausflug nach Küchenschränken schauen und über die Farbe des Anstrichs nachdenken. Im Licht einer solchen Aussicht sollte es nicht allzu schwer sein, jetzt ein nettes Gesicht zu machen und höflich zu ihrer Mutter zu sein. Und so schob sie die Zuckerschale über den Tisch und fragte, was Mary heute so vorhabe.

Mary Casey zuckte rastlos mit den Schultern. «Ach, gar nichts außer dem bisschen Putzen.»

«Möchtest du, dass ich dich nach Lissbeg fahre, um Pat zu besuchen?»

Doch anscheinend hatte Pat heute einen Ausflug nach Carrick geplant, um Geschenke für ihre Familie zu besorgen.

«Na ja, würdest du sie nicht gerne begleiten und dir einfach nur die Läden anschauen? Ich könnte dich jetzt nach Lissbeg bringen, und Ger fährt euch zusammen nach Carrick. Und heute Abend nach der Arbeit könnte ich dich wieder mitnehmen.»

Mary machte ein eigensinniges Gesicht. Wenn Pat sich ihre Gesellschaft wünschte, hätte sie darum gebeten, sagte sie. Außerdem sei sie völlig bekloppt mit diesen Kindern und überhaupt keine gute Gesellschaft, wenn sie im Geschenkerausch sei. Nun verlor Hanna doch die Geduld. Wozu sollte man jemandem helfen wollen, wenn er alle Hilfe ablehnte? Also trank sie einen letzten Schluck Kaffee, stand auf, zwang sich zu einem Lächeln und sagte, sie müsse jetzt los. Doch Mary Casey weigerte sich, ihrem Blick zu begegnen. Stattdessen spießte sie einen Streifen Speck auf, legte ihn auf eine Scheibe gebratenes Backpulverbrot und führte das Ganze mit verletzter und vorwurfsvoller Miene zum Mund. Dies war offensichtlich der Beginn einer Schmollphase tiefster Gekränktheit, die ohne weiteres Tage anhalten konnte.

Später auf der Fahrt nach Lissbeg fragte Hanna sich, ob sie das Gespräch irgendwie anders hätte anpacken können, aber sie konnte beim besten Willen nicht erkennen, wie sie das hätte tun sollen. Es war, als habe Mary in Ermangelung eines anderen Zeitvertreibs das Schmollen in ein Hobby verwandelt. Und Hanna hatte anders als ihr Vater nie ein Händchen dafür besessen, sie mit sanftem Druck in eine fröhliche Gemütsverfassung zurückzulotsen. Und ehrlich gesagt hatte sie auch keine Lust, den Trick herauszufinden. Eigentlich wollte sie nichts anderes, als die Unwetterstimmung im Bungalow gegen die Freuden ihres eigenen Hauses einzutauschen.

Als sie an diesem Nachmittag kurz vor dem Ende der Öffnungszeit von ihrem Computer aufblickte, sah sie Tim Slattery in der Tür stehen. Der Ansturm der Eltern und Kinder, die nach Schulschluss gerne in der Bibliothek vorbeischauten, war vorbei, Conor räumte in der Kinderecke auf, und Oliver, der Hundemann, arbeitete sich durch das Kochbuchregal, obgleich Hanna ihm versichert hatte, die meisten Verlage wählten für derartige Buchcover Bilder von Speisen und nicht von Hunden.

Doch Oliver hatte seine Methode. «Ich beginne am Anfang, Miss Casey, fahre fort, bis ich ans Ende komme, und höre dann auf. So gehe ich gerne an die Aufgaben meines Lebens heran.»

Da er offensichtlich ein Lewis-Carroll-Fan war, war Hanna in Versuchung gewesen, ihm *Die Jagd nach dem Schnatz* als kleine Erholung von seiner Suche vorzuschlagen. Doch dann hatte sie diesen Impuls unterdrückt und einfach nur genickt und ihn weitermachen lassen. Oliver war untersetzt, kurzsichtig und schon in den mittleren Jahren, daher hatte Conor ihm einen Tritthocker gegeben, um ihm den Zugriff auf die oberen Regalfächer zu erleichtern. Conor hatte auch versucht, ihn durch eine Suche auf den Websites der Verlage zu unterstützen, und Anfang der Woche hatte es sogar einmal kurz den Anschein gehabt, als hätte er das schwer fassbare Buch gefunden. Aber der schwarze Labrador auf dem Cover von Richard Adams' *Die Hunde des Schwarzen Todes* hatte die falschen Ohren gehabt. Und so ging die Suche weiter.

Jetzt stand Hanna auf, um Tim willkommen zu heißen. Er steckte in einem seiner schicken Dreiteiler und trug eine Uhrkette, die ausschließlich dem Schmuck zu dienen schien, denn an seinem Handgelenk prangte eine streng minimalistische Armbanduhr, die aus einem elastischen Band und einem Acrylglas-Display bestand. Das knallgrüne Band erinnerte Hanna an die Haargummis, die sie gekauft hatte, als Pferdeschwänze auf Jazz' Spielplatz noch der letzte Schrei waren.

Tim näherte sich flott durch den Saal und schüttelte ihr die Hand. Er komme gerade an Lissbeg vorbei, sagte er, und würde gerne kurz mit ihr reden. Sie zog einen Stuhl heraus, um ihm einen Platz anzubieten, doch er warf einen Blick auf Conor und fragte, ob sie unter vier Augen sprechen könnten. Hanna unterdrückte ein Lächeln. Es war typisch für Tim, ein Schwätzchen über Bucherwerbungen und Computersysteme in eine elitäre Sitzung hinter verschlossenen Türen zu verwandeln.

«Natürlich. Kommen Sie, ich mache Ihnen einen Kaffee.»

Als sie ihn in die Küche führte und den Wasserkocher füllte, sagte sie sich, dass sie Tim viel zu verdanken habe. Sicher, seine Aura exzentrischer Wichtigtuerei konnte einem gelegentlich auf die Nerven gehen, aber seit ihrer Rückkehr auf die Insel war er einer der wenigen Menschen, die sie als ihre Freunde betrachtete. Doch als der Wasserkocher Minuten später völlig vergessen im Hintergrund vor sich hin blubberte, fragte sie sich, wie sie sich nur hatte so sehr irren können.

KAPITEL 37

«Moment mal, versuchen Sie etwa, mir zu drohen?» Hanna blickte sich um, um sich zu vergewissern, dass die Küchentür geschlossen war. Welche Antwort Tim Slattery auch immer auf ihre Frage geben würde, dies war ein Gespräch, das sie sich ohne Zeugen wünschte. Tim lehnte sich gegen die Küchentheke zurück und strich sich mit der manikürten Hand durch seine steife Haarbürste.

«Also hören Sie mal, Hanna, das ist doch lächerlich.»

«In der Tat. Absolut lächerlich. Und gleichzeitig folgt es aus dem, was Sie gerade gesagt haben.»

«Ich habe Ihnen einfach nur gesagt, dass Sie klug daran tun würden, vorsichtig zu sein.»

Hanna holte tief Luft und straffte die Schultern. «Jetzt wollen wir einmal eines klarstellen: Wollen Sie mir etwa nahelegen, dass ich nicht das Recht habe, in meiner eigenen Bibliothek eine Veranstaltung zu organisieren?»

«Es ist ja nicht so, als hätten Sie einen Buchclub gegründet oder eine Lesung organisiert. Das hier war eine Protestversammlung.»

«Unsinn!» Hanna sah ihn scharf an. «Wer behauptet denn so was?»

«Sie müssen verstehen, dass wir es nicht zulassen können, wenn Mitarbeiter einer Zweigstelle der Bezirksbibliothek öffentlich hart arbeitende Mitglieder der Bezirksregierung beschuldigen, bestechlich zu sein.»

«Hören Sie, ich habe die Veranstaltung organisiert und ihr beigewohnt. Sie wurde von Conor geleitet, der mir direkt unterstellt ist. Wir haben den Inhalt seiner Ansprache im Voraus besprochen und abgestimmt, und alles, was er oder ich geäußert haben, war vollkommen angemessen. Eine bestimmte Person unter den Zuhörern hat einige Kommentare abgegeben, und Conor hat darauf unverzüglich, höflich und ebenfalls angemessen geantwortet. Hätte er anders reagiert oder überfordert gewirkt, wäre ich eingeschritten. Aber so war es nicht. Und folglich habe ich mich zurückgehalten.»

Tim zuckte mit den Schultern. «Wie dem auch sei ...»

Hanna zog die Augenbrauen zusammen. «Aber darum geht es nicht, oder? Es geht vielmehr darum, dass Sie gerade in meine Bibliothek marschiert sind und mich aufgefordert haben aufzupassen, was ich tue.»

«Das trifft es ja wohl kaum.»

«Doch, genau so ist es. In ebendiesen Worten. Und ich hätte gerne eine Erklärung.»

Aber sie brauchte eigentlich gar keine. Es war offensichtlich, dass Liam Ryan mit anderen Bezirksangestellten über den Kerl getratscht haben musste, der wegen angeblicher brauner Umschläge herumpalavert hatte, und dass in Carrick der Eindruck entstanden war, sie habe eine Art von Protestveranstaltung organisiert. Was ziemlich widersinnig war, da es ja nur zu diesem Vorfall gekommen war, weil der arme Conor, der sich normalerweise so verantwortungsvoll verhielt, abends einmal ausgegangen war und eins über den Durst getrunken hatte.

Freiwillig hätte Hanna sich diesen Kampf niemals ausgesucht, und zu ihrem Entsetzen traten ihr Tränen in die Augen. Wie konnte Tim nur so einen Unsinn glauben? Und selbst wenn er ihn glaubte, wieso war er nicht als Kollege und Freund für sie eingetreten? Sie selbst hatte Conor zur Seite gestanden, obgleich sie die Veranstaltung für eine Idiotie gehalten hatte. Und sie hatte nicht die Absicht, das jetzt zu ändern.

Während sie noch nach Worten suchte, zog Tim die Augenbrauen hoch. Er brauche doch gewiss nicht alles auszubuchstabieren? Der vorgeschlagene Investitionsplan der Bezirksregierung beinhalte auch eine vollständige Neustrukturierung der Bibliothekseinrichtungen des Bezirks. In Zukunft würde der gesamte Bestand in dem neuen Komplex in Carrick Platz finden. Und da es dann diesen zentralen Ort gebe, wären angesichts der Möglichkeiten moderner Technologie keine Redundanzen mehr nötig. Er zuckte mit den Schultern und breitete die Hände aus wie ein billiger Ganove in einem Krimi von Dashiell Hammett. Damit wolle er sagen, dass es eine kluge Entscheidung wäre, keinen albernen Klatsch zu nähren und vielmehr den Plan der Bezirksregierung zu unterstützen.

Hanna starrte ihn ungläubig an. Erst vor wenigen Wochen hatte er ihr versichert, die Bibliothek von Lissbeg werde nicht geschlossen. Das musste ihm genauso gut in Erinnerung sein wie ihr. Tatsächlich hatte er sogar den Ausdruck «nur über meine Leiche» verwendet. Und sie hatte sich wie ein Depp für ihre Befürchtungen entschuldigt.

Tausend Fragen und Beschuldigungen tobten durch ihren Kopf. Aber der Selbsterhaltungstrieb ließ sie schweigen; sie musste nachdenken und nicht über ihn herfallen. Wenn der Vorschlag der Bezirksregierung die Umstrukturierung des Bibliothekssystems vorsah, musste Tim bei der Planung beteiligt gewesen sein. Und eine Komponente dieses Plans sah vor, ihre Bibliothek zu schließen. Er hatte sie also aus Angst vor Widerstand belogen. Und jetzt hatte er anscheinend gedacht, sie hätte es herausgefunden und irgendeinen Protest initiiert. Während sie in Wirklichkeit viel zu dumm gewesen war, an dem von ihm gegebenen Wort zu zweifeln.

Sie zwang sich, sich von dem Gefühl erneuter Demütigung frei zu machen, und sah, dass Tim ihnen zwei Becher Kaffee eingeschenkt hatte. Und er fragte, wie es denn mit dem Computer laufe. Ob sie das IT-System der Bibliothek immer noch ein wenig zu komplex und schwer verständlich fände? Dieser Trick war so plump, dass Hanna sich nur mit Mühe beherrschen konnte. Die Bibliotheksmitarbeiter für den neuen Komplex würde natürlich Tim auswählen, und wer als Technologieverächter bekannt war, würde wahrscheinlich noch nicht einmal für ein Vorstellungsgespräch in Frage kommen. Es würde also niemanden wundern, wenn die arme Hanna mit ihrer Technikphobie nicht auf der Liste erschiene. Einen Augenblick lang hätte sie ihm am liebsten den Kaffee ins Gesicht geschüttet. Aber der gesunde Menschenverstand sagte ihr, dass sie ihm nur in die Hände spielte, wenn sie jetzt die Beherrschung verlor. Die arme Miss Casey arbeitete ja auf ihre eigene Weise durchaus hart, aber in ihrem Alter hatten Frauen nun einmal mit Problemen zu kämpfen. Sie wurden jähzornig. Übererregbar. Die Hormone spielten verrückt und untergruben ihr Urteilsvermögen. Ein Verfahren wegen Diskriminierung würde sie niemals anstrengen können, da ja keiner öffentlich gegen sie Stellung beziehen würde. Aber die üble Nachrede würde trotzdem zirkulieren und von allen für bare Münze genommen werden.

Sie zwang sich, sich zu entspannen, und schaffte es, Tim mit einem harten Blick zu fixieren. Sie musste jetzt nicht nur ruhig bleiben, sondern zurückschlagen.

«Ach, hören Sie mal, Tim, das Computersystem ist doch gar nicht kompliziert. Das einzige Problem ist, kompetente IT-Mitarbeiter zu finden und zu halten. Das ist natürlich für jemanden mit Ihrem bescheidenen Beziehungsnetz nicht einfach, aber ich bin mir sicher, dass Sie Ihr Bestes tun.»

Ihre Stimme war bei diesen Worten so cool, wie sie es sich nur wünschen konnte, und sie wurde mit einem Aufflackern von Furcht in seinen Augen belohnt. Doch diese Wirkung war leider von kurzer Dauer. Letztlich war es so, dass die Bibliothek von der Schließung bedroht war, und ihre Zukunftsaussichten waren düster. Sollte der Plan der Bezirksregierung angenommen werden, würde man sie ausmustern, und dann stünde sie da: ohne Einkommen, ohne Zukunft, aber mit einem unbewohnbaren Haus und einem nicht abbezahlten Kredit. Vielleicht würde der Plan ja im Bezirksparlament durchfallen, sagte sie sich. Aber vielleicht auch nicht. Warum sollte sie davon ausgehen, dass Finfarrans Bezirksabgeordnete ehrlicher waren als der Bezirksbibliothekar?

Als Tim ging, war es eine Stunde vor dem Ende der Öffnungszeit. Hanna kehrte an ihren Schreibtisch zurück. Am anderen Ende des Saals kämmte der Hundemann Oliver noch immer die Bücherregale durch. Conor räumte die Kinderecke fertig auf und fragte Hanna, was er als Nächstes tun solle. Da sie befürchtete, ihre Gemütsverfassung durch ihre Miene preiszugeben, hielt sie den Kopf gesenkt und bat ihn, noch die Küche aufzuräumen.

«Okay.» Conor wandte sich zum Gehen, blieb dann aber noch einmal stehen und sah sich nach ihr um. «Was hatte Tim Slattery denn zu sagen?»

«Nichts, was mit Ihnen zu tun hätte. Können Sie bitte einfach weitermachen?»

Sie sah ihm nach, dann kehrte sie zu ihren empört kreisenden Gedanken zurück, die sie seit Tims Abschied nicht mehr losließen. Wie hatte er nur so doppelzüngig sein können? Wie hatte ihre Menschenkenntnis sie nur so im Stich lassen können? Und wie hatte er es wagen können, hier hereinzumarschieren und sie wie so ein Mini-Tyrann zu drangsalieren? Und schlimmer noch als all das: Wie viele Menschen hatten gewusst, dass ihre Stelle in Gefahr war, während sie sich in Sicherheit gewiegt hatte? Plötzlich ballte sie die Fäuste und riss die Augen auf. Darum war Joe Furlong ihr also auf dem Rathausparkplatz in Carrick aus dem Weg gegangen. Er musste es gewusst und ihre Ahnungslosigkeit gekannt haben, und da hatte er ihr nicht ins Gesicht sehen können.

Als Conor in der Küche fertig war, sagte sie ihm, er könne schon heimgehen. «Es gibt nicht viel zu tun. Und sowieso waren Sie in letzter Zeit ziemlich oft außerhalb Ihrer eigentlichen Arbeitszeit hier.»

«Aber es gibt noch eine ganze Menge zu tun.» Conor blickte besorgt. «Sie wollen doch nicht ... Sie wollen doch nicht meine Stelle kürzen, oder?»

Das war ein Aspekt der Lage, der Hanna noch gar nicht zu

Bewusstsein gekommen war. Nicht nur ihr eigener Arbeitsplatz war bedroht, auch die McCarthys hingen von der Bibliothek in Lissbeg ab. Conor hatte das zwar nie erwähnt, aber sie wusste, dass seine Teilzeitstelle ein wesentlicher Bestandteil des knapp kalkulierten Familieneinkommens war, und wenn er sie verlöre, würde der Druck zu Hause noch zunehmen. Jetzt zwang sie sich, ihn anzulächeln, fest entschlossen, nichts preiszugeben, solange sie selbst im Schockzustand war.

«Natürlich nicht. Ich gebe Ihnen einfach nur die Chance, früher Schluss zu machen und vor dem Stoßverkehr nach Hause zu kommen. Machen Sie sich also auf die Socken, bevor ich es mir anders überlege.»

«Danke, Miss Casey.» Conor schwankte einen Augenblick, unschlüssig, ob er noch mehr sagen sollte. Dann fasste er sich ein Herz, obwohl er rot wurde. «Es geht mir nicht nur ums Geld. Diese ganze Sache mit den Büchern liegt mir wirklich unheimlich am Herzen. Ich liebe die Bibliothek von Lissbeg. Und es ist toll, dass ich von Ihnen lernen kann.»

Während der Heimfahrt auf der Vespa fragte er sich, ob das ein bisschen nach Einschleimen geklungen hatte. Aber er hatte es schon seit einer Ewigkeit sagen wollen, denn es war die Wahrheit.

KAPITEL 38

Jetzt brauchte Hanna vor allem eines: Raum zum Nachdenken. Aber natürlich tauchten zehn Minuten vor dem Ende der Öffnungszeit noch zwei Frauen auf, wanderten zwischen den Regalen herum und schauten sich die Bücher an. Hanna deckte die Computer ab, zog die Jalousie an der Tür herunter und verkündete, dass die Bibliothek jetzt zumache. Aber die Frauen beachteten sie gar nicht. Schließlich musste sie sie richtiggehend nach draußen scheuchen und erntete dafür dasselbe empörte Gluckern und dieselben wütenden Blicke wie damals von den Hennen, die in Maggie Caseys Küche eingedrungen waren. Sobald die beiden weg waren, schaltete Hanna die Alarmanlage ein, schloss ab und überquerte den Hof, im Kopf die Frage, wo sie wohl ein abgeschiedenes Plätzchen und etwas Ruhe finden könnte.

Es war ein wunderschöner Sommertag gewesen, und als sie sich dem Parkplatz näherte, fiel ihr auf, wie der Garten dahinter in der Sonne glänzte. Als man eine Ecke des Gartens zum Parkplatz umgebaut hatte, hatte man die Grenze mit einer niedrigen Ziegelsteinmauer markiert. Dem verwilderten Garten dahinter war kaum noch anzusehen, dass es hier einmal gepflegte Beete gab und gekieste Wege, auf denen die

Nonnen in stiller Abgeschiedenheit gewandelt waren. Heute waren alle Buchsbaumhecken überwuchert, die Bäume nicht geschnitten, und die Statue der Jungfrau Maria auf dem umzäunten Areal, das einmal der Friedhof der Nonnen gewesen war, war vollkommen von Rosen überrankt.

Hanna stand mit dem Autoschlüssel in der Hand bei ihrem Wagen und lauschte dem Gesang der Vögel im Garten der Nonnen. Sie wollte noch nicht zum Bungalow zurück. Aber wo sollte sie sonst hin? Zu Maggies Haus konnte sie nicht fahren. Möglicherweise war Fury dort. Doch selbst wenn nicht, wie könnte sie an einem Ort sitzen, den sie inzwischen so ins Herz geschlossen hatte, und über das Ende all ihrer Pläne für ebendiesen Ort nachdenken? Das Haus mit dem Sitzplatz auf der steil abfallenden Klippe hätte eine Zufluchtsstätte werden sollen, von der aus sie einer unbekannten Zukunft mit erneuertem Selbstvertrauen hätte entgegentreten können. Aber nun auf dem Steinhaufen über dem schimmernden Meer zu sitzen und keine andere Perspektive zu haben als Schulden und Arbeitslosigkeit, erschien ihr unerträglich.

Während sie noch zögerte, hörte sie hinter sich Schritte. Gleich würde jemand um die Ecke biegen und sie sehen. Und hier herumstehen und ein Schwätzchen halten zu müssen, erschien ihr von allen Alternativen die schlechteste. Fast ohne nachzudenken, stieg sie über das niedrige Mäuerchen hinweg und schlüpfte zwischen zwei Eschen hindurch in den Garten.

Hier war es ganz anders als auf Maggies Wiese, wo der ewige Seewind das Gras drahtig und seine Spitzen hart gemacht hatte. Hier wuchs das nie gemähte Gras grün und üppig unter hohen Holunderbüschen und Erlen, und in dem halb vermoderten Laub unter den Eichen schimmerten Pilze mit Lamellen wie bei einer Halskrause. Der kleine, umzäunte Friedhof lag direkt an der Außenwand des Klostergebäudes, und die Grabsteine blickten zu den Buntglasfenstern rüber, die einmal Licht ins Refektorium der Nonnen gelassen hatten. Der Rest des Gartens war mit Kieswegen und streng gezogenen Beeten angelegt gewesen. Generationen von Unkräutern hatten sich inzwischen auf den niemals gerechten Wegen breitgemacht, und zwischen Dorngestrüpp kämpften Pflanzen um ein wenig Licht. An der Kreuzung zweier Wege stand in einem großen Granitbecken eine Statue des heiligen Franziskus mit ausgebreiteten Armen auf einem Sockel. Früher hatte einmal Wasser aus Bleirohren, die von Steinblumen kaschiert wurden, die Füße der Statue umflossen; jetzt war das Becken trocken.

Mit vorsichtigen Schritten drang Hanna immer tiefer in den Garten vor. Hinter der Statue des heiligen Franziskus stand eine Bank, die halb von einer verwilderten Hortensie verdeckt war. Das Holz der Bank war vom Alter und der mangelnden Pflege zu Silber verblichen. Hanna ließ sich darauf nieder, lehnte sich zurück und schloss die Augen. Obwohl sie die Klosterschule besucht hatte, war sie noch nie zuvor in diesem Garten gewesen. Damals war er ihnen als eine abgesonderte, von Heiligkeit durchtränkte Stätte erschienen, und diese Vorstellung war durch die Tatsache gefördert worden, dass der Zugang nur von der Nonnenseite des Komplexes möglich gewesen war, zu der die Schüler keinen Zutritt hatten. Kurze Zeit konzentrierte sie sich darauf, ihre Aufmerksamkeit zwischen den fernen Verkehrsgeräuschen und dem

Gesang eines Rotkehlchens hinter ihr hin- und herzulenken. Diese Art geistiger Gymnastik belegte ihr Gehirn mit Beschlag und linderte ihre Verstörtheit eine Weile. Dann verstummte das Rotkehlchen, und als sie die Augen aufschlug, sah sie, dass sie nicht allein war.

Bestürzt setzte sie sich aufrecht. Vor ihr stand eine stämmige, weißhaarige Dame in einem ordentlichen, marineblauen Rock und einer Strickjacke, einer weißen Bluse und schwarzen Schnürschuhen. Ihre vor dem Bauch verschränkten Hände waren vom Rheumatismus knotig, und auch wenn sie eine stille Energie ausstrahlte, musste sie doch weit über achtzig sein. Hanna legte automatisch die Stimme auf, die sie für senile Weiblein in der Bibliothek verwendete.

«Haben Sie sich verirrt? Kann ich Ihnen helfen?»

Die Frau setzte sich neben sie und faltete die Hände im Schoß. «Nein, ich habe mich nicht verirrt. Ich wohne hier.»

«Hier?» Hanna blickte sich in dem vernachlässigten Garten um. Dies war ganz offensichtlich eine demente Alte, derer sich jemand annehmen musste. Sie hatte schon nach ihrem Handy gegriffen und rief bereits im Geist die nächste Polizeiwache an, als ihr Blick das runzlige Gesicht streifte und sie darin einen Ausdruck belustigter Intelligenz erhaschte. Dann streckte ihr die alte Dame mit ihren vor Lachen blitzenden, blassblauen Augen die Hand entgegen.

«Rein theoretisch begehen Sie jetzt natürlich gerade Hausfriedensbruch, aber deswegen brauchen Sie sich keine Sorgen zu machen. Ich bin Schwester Michael.»

Hanna brauchte ein paar Sekunden, um sich an etwas zu erinnern, das sie irgendwie schon seit ihrer Rückkehr nach Finfarran wusste: dass nämlich immer noch zwei ältere Nonnen im Kloster lebten. Diese hier war offensichtlich eine der beiden.

Die alte Dame sah sie fragend an. «Waren Sie selbst einmal Schülerin hier?»

«Ja, aber ich fürchte, ich weiß nicht recht, ob ich mich an Sie erinnere.»

«Tja, bestimmt nicht, ich war gar keine Lehrerin. Ich habe in der Küche gearbeitet.»

Dann musste sie eine der Laienschwestern sein, die die Schülerinnen gelegentlich in den Korridoren gesehen hatten. Meist waren es die Töchter großer Familien gewesen, die, wie die Leute damals sagten, zu den Nonnen gegangen waren, weil ihnen die Mitgift für eine Ehe fehlte. Aber auch das Kloster verlangte eine Mitgift von den Frauen, die dem Orden beitraten, und so mussten die mittellos Aufgenommenen dort die Hausarbeit verrichten. In ihrer Schulzeit hatte Hanna diese Frauen immer für ein wenig unterdrückt gehalten, doch die Person neben ihr strahlte eine stille Zuversicht aus, die außerordentlich beruhigend wirkte.

Ihre Gedanken wurden von einem leisen Lachen unterbrochen. «Ich bin nicht gerade Miss Havisham, oder?»

Das traf Hannas Gedankengang so genau, dass sie nicht wusste, was sie darauf erwidern sollte. Irgendwo im Hinterkopf hatte sie sich ein Bild von den verbliebenen Nonnen gemacht: von verhüllten Gestalten, die durch abgedunkelte Räume huschten, in denen der düstere Schein blinder, angelaufener Kerzenleuchter ein wenig Licht spendete. Schwester Michael in ihren vernünftigen Schnürschuhen, dem marineblauen Rock und der Polyesterstrickjacke passte überhaupt nicht in dieses Bild.

Die Nonne legte Hanna die Hand auf den Arm. «Stört es Sie, wenn ich Ihnen eine Frage stelle?»

Hanna schüttelte verblüfft den Kopf und erwiderte, natürlich nicht; sie war in den Garten dieser Frau eingedrungen, da war wohl kaum eine andere Antwort möglich.

«Was hat Sie so wütend gemacht?»

Hanna konnte sich später nie richtig erklären, was als Nächstes geschehen war. Die direkte Frage schien eine Blockade in ihrem Inneren zu lösen, und plötzlich strömten ihr Tränen über die Wangen. Was musste sie für eine Idiotin sein, dass es den Männern immer wieder so leichtfiel, sie hereinzulegen. Erst Malcolm und jetzt Tim. Sie hatte ihnen vertraut. Natürlich nicht beiden auf die gleiche Weise, denn Malcom war ihr Mann gewesen, während Tim einfach nur ein Freund war. Aber letzten Endes lief es doch auf dasselbe hinaus. Beide hatten sie angelogen, weil beide gewusst hatten, dass sie einfältig genug sein würde, ihnen zu glauben. Von der einen oder anderen leisen Frage Schwester Michaels weitergeleitet, spie sie die ganze Geschichte von Malcolms Betrug und Tims Falschheit aus, berichtete von ihrer eigenen Vision für Maggies Haus und schloss mit ihrer schockierenden Entdeckung, dass sie nun von Arbeitslosigkeit und nicht zu begleichenden Schulden bedroht war. Natürlich sei sie wütend, jammerte sie, sie komme sich wie ein Volltrottel vor, weil sie es nicht habe kommen sehen. Und sie könne niemandem als sich selbst dafür die Schuld geben.

Es entstand eine lange Pause, in der sie wieder den Gesang des Rotkehlchens und die Autos auf der Broad Street hörte. Die alte Frau saß schweigend neben ihr. Schließlich griff Hanna nach einem Papiertaschentuch und schnäuzte sich. Sie fühlte sich unglaublich erschöpft. Sie widerstand dem Impuls, einfach den Kopf auf die Knie zu legen, drehte sich stattdessen um und sah Schwester Michael an. Die blassblauen Augen begegneten nachdenklich ihrem Blick.

«Wissen Sie, was, Liebes? Ich würde sagen, Sie haben schrecklich viel Zeit verschwendet.»

Mit so einer Reaktion hatte Hanna nun gar nicht gerechnet. Schwester Michael stellte ihre Schuhe fest auf den Kies.

«Ihr Mann war ein Betrüger, und dieser Slattery ist ein Lügner. Auf so jemanden hereinzufallen, ist keine Schande, Liebes. Aber hier schniefend rumzusitzen, während Sie eigentlich in die Gänge kommen müssten, das ist eine Todsünde!»

Hanna öffnete den Mund zu einer Antwort, doch zu ihrer Verblüffung zwinkerte die Nonne ihr zu.

«Ich würde sagen, jetzt sollten Sie eines tun: nämlich Ihre Gefühle vergessen und sich wehren.»

«Aber was kann ich denn machen?»

«Nun, als Erstes besuchen wir die Bürgerversammlung in Carrick. Wir mischen uns unter die Leute, unauffällig wohlgemerkt, aber wir erkunden die Lage. Diesen Tim Slattery möchte ich mir gerne selbst einmal anschauen.»

KAPITEL 39

Am Morgen des Tages der Bürgerversammlung erhielt Conor einen Anruf von Aideen. Sie werde die Leute per SMS daran erinnern, dass die Veranstaltung heute Abend stattfinden werde, schrieb sie, und ob Conor es vielleicht ebenso halten könnte? Als er die Vespa auf dem Hof geparkt hatte, schickte er daher Nachrichten an Leute wie Dan Cafferky. Dann schaltete er sein Handy aus und ging in die Bibliothek. Er konnte nicht draußen auf Antworten warten, weil Miss Casey heute nach Carrick musste, um den Bibliotheksbus abzuholen.

Seit Oliver, der Hundemann, auf seiner Suche war, musterte Conor die Buchcover ebenfalls genau. Als er jetzt die zurückgegebenen Bände sortierte, fiel sein Blick auf ein Buch aus der Krimi-Abteilung, und er brachte es triumphierend zu Oliver, der wieder einmal während einer seiner zwanzigminütigen Suchphasen an den Regalen stand. Aber es stellte sich heraus, dass der Hund von Baskerville die falschen Zähne hatte. Oliver schimpfte wegen der Störung seines Systems, doch bevor er es noch einmal ausführlich beschreiben konnte, rief Miss Casey Conor zum Glück an ihren Schreibtisch und bat ihn, später eine Nonne nach Carrick mitzunehmen.

«Sie möchte zur Bürgerversammlung gehen. Könnten Sie sie abholen, wenn Sie hinfahren?»

Conor wusste nicht viel über Nonnen, weil man heutzutage kaum noch welche sah. Nach allem, was seine Mum sagte, waren sie früher überall gewesen. Man war quasi ständig über sie gestolpert. Andererseits trugen sie heutzutage weder Habit noch Rosenkranz, also fielen sie einem vielleicht auch nicht auf. So oder so war es kein Problem für ihn, eine Nonne mitzunehmen. Nur musste er dann das Auto nehmen, weil sie bei der Vespa wohl nicht mitmachen würde.

An diesem Abend lenkte er also sein Auto über die Broad Street und auf die Rückseite des Klosters. Dann stieg er aus und klingelte an der Pforte. Die Tür ging sofort auf, und sie kam in einem grauen Anorak über einem ganz normalen Rock und einer Strickjacke heraus. Conor bat sie auf den Beifahrersitz und half ihr mit dem Gurt, weil sie rheumatische Hände hatte. Sie erklärte, die andere alte Nonne, die noch im Kloster lebe, müsse das Bett hüten, aber Pat Fitz leiste ihr jetzt Gesellschaft. Conor hatte keine Ahnung, warum diese Nonne hier eigentlich zur Bürgerversammlung wollte, aber es ging ihn ja auch nichts an, und so fragte er nicht danach.

Er fuhr langsam, weil so eine uralte Nonne sich sonst vielleicht erschrecken könnte, trotzdem kamen sie mehr als pünktlich an. Einem Aushang im Empfangsbereich entnahmen sie, dass die Bürgerversammlung im dritten Geschoss des Rathauses stattfinden würde, im selben Saal also, in dem Teresa O'Donnell ihre dämliche App vorgestellt hatte. Da er sich vom letzten Mal noch an den Weg erinnerte, lenkte er Schwester Michael zum Lift.

Als sie den Saal betraten, war der noch halb leer, und abgesehen von einigen Abgeordneten des Bezirksparlaments waren die Anwesenden überwiegend Angestellte der Bezirksverwaltung. Anfangs erkannte Conor nur Tim Slattery, der in der ersten Reihe neben einem Kahlkopf mit einem Clipboard saß. Ein wenig später entdeckte er eine der Frauen, die die Touristeninfo in Ballyfin betreuten, und dann erspähte er Aideen neben Miss Casey. Schwester Michael und er schoben sich zwischen zwei fast vollständig leeren Stuhlreihen zu ihnen hindurch. Er setzte sich neben Aideen und fragte mit gesenkter Stimme: «Wo sind denn die anderen alle?»

Aideen zuckte mit den Schultern. Es war so, wie Miss Casey es schon vor seiner eigenen Versammlung in der Bibliothek gesagt hatte: Ein Haufen Leute, die ankündigen, sie würden kommen, tauchten nie auf.

Jemand von der Bezirksverwaltung trat ans Rednerpult und hieß alle willkommen. Der Zweck der Versammlung sei die Vorstellung des Plans für den projektorientierten Einsatz der Haushaltsmittel im nächsten Jahr. Es sei ein kühner, sorgfältig abgewogener Entwurf, der nach Überzeugung der Bezirksregierung den bestmöglichen Gegenwert für das Geld einbringen werde. Und wie allgemein bekannt, müsse das in diesen schwierigen Zeiten für die Öffentlichkeit ausgegebene Geld Cent für Cent effizient sein.

Er warf einen Blick auf seine Notizen, drückte eine Taste, und die erste Seite seiner Präsentation erschien auf der Leinwand. Es war die Pinselzeichnung eines neuen, riesigen Yachthafens in Ballyfin.

Als der Vortrag seinen Verlauf nahm, wurde Conor immer aufgebrachter. Die Präsentation bestand fast nur aus Aquarellen des Yachthafens und eines glänzend neuen Bezirksrathauskomplexes in Carrick. Zwischen den Bildern wurden Zahlen, Statistiken und kurze O-Töne von Passanten eingeblendet, die bei Kurzinterviews Statements abgaben. Conor kannte höchstens jeden Zehnten von ihnen, aber sie schienen alle für den Vorschlag zu sein, und dauernd blinkten kleine Schnipsel ihrer Antworten auf der Leinwand auf.

Großartig!
Tolle Nachricht!
Superleistung!

Dann wandte sich der Vortragende wieder den Statistiken zu, überwiegend Berechnungen der zusätzlichen Touristenzahlen, die Ballyfin von den Kreuzfahrtschiffen zu erwarten hätte.

Sobald er geendet hatte, erhob sich Teresa O'Donnell von ihrem Platz und klatschte.

«Als Tourismusmanagerin dieses Bezirks möchte ich sagen, dass ich diesen Plan wirklich aufregend finde. Er genießt die bedingungslose Unterstützung meiner Abteilung.»

Der Mann von der Bezirksverwaltung lächelte und erklärte, die Versammlung sei jetzt für die Beiträge der Zuhörer offen. Nach einer kurzen Pause fragte Gráinne von der Touristeninformation in Ballyfin, ob die Annahme des Plans auch den künftigen Einsatz der HoHo-App einschließe. «Denn das würde einen Stellenabbau in der Tourismusverwaltung bedeuten.»

Die Antwort war, dass man all diese Dinge und jedes zu seiner Zeit klären werde.

Dann stand Joe Furlong, der Besitzer des riesigen Hotels in Ballyfin, auf und erklärte, er wolle sich im Namen der Bürger Finfarrans für die viele Mühe bedanken, die in diesen Plan geflossen sei. Er sehe mit Freude, dass es nicht nur Geld für Investitionen in das kleine Fischerdörfchen gebe, das der bestgehütete Geheimtipp Irlands sei, sondern auch Mittel für einen besseren Bürgerservice in der Bezirkshauptstadt der Halbinsel. Nach dieser Erklärung setzte er sich unter Applaus, den auch diesmal Teresa O'Donnell einleitete.

Aideen blickte traurig zu Conor hinüber, der sich nicht mehr beherrschen konnte und aufsprang. Wer sei Joe Furlong eigentlich, dass er für die Bürger Finfarrans sprechen könne? Wenn er für überhaupt jemanden spräche, dann nur für die Geldsäcke in Ballyfin. Und was sei mit dem Rest der Halbinsel, um den sich nie jemand kümmere? Was sei mit den Auswirkungen der dämlichen Schnellstraße und der mangelhaften Breitbandabdeckung? Und was sei mit dem Zustand der Straßen?

Hanna sah, dass Tim Slattery sich mit verärgertem Blick umschaute. Als er erkannte, wer gesprochen hatte, verfinsterte sich seine Miene, und als er sich erneut nach vorn drehte, waren seine Schultern starr. Schwester Michael drückte Hannas Arm und flüsterte die Worte «unauffällig bleiben». Hanna wollte gerade Conor ans Bein treten, als der junge Mann am Vortragspult erklärte, die Fragen müssten substanziell sein. Auf Ad-hominem-Kommentare, so erklärte er aufgeblasen, werde man nicht eingehen. Conors Gesichtsausdruck war anzusehen, dass er nichts begriffen hatte. Deshalb blieb er stehen und wartete auf die Beantwortung seiner Fragen. Jemand im Publikum kicherte. Hanna warf einen Blick zu Aideen und sah, dass sie puterrot anlief. Einen Augenblick lang geschah gar nichts. Dann setzte Conor sich plötzlich, und es war deutlich, dass er sich wie ein Idiot fühlte.

In Hanna brodelte es. Sie fand die absichtliche Grausamkeit, mit der man Conor unterdrückt hatte, unerträglich. Aus dem Augenwinkel bemerkte sie, dass Aideen seine Hand ergriff. Conor, der seinerseits hochrot angelaufen war, wandte sich ab. Dann merkte Hanna zu ihrem eigenen Erstaunen, dass sie aufgesprungen war.

«Darf ich zwei Fragen stellen, die ich für substanziell halte?» Sie packte die Rückenlehne des Stuhls vor ihr und sprach laut und voller Autorität. «Stimmt es, dass die Bibliothek von Lissbeg geschlossen wird, sollte dieser Plan angenommen werden? Und verstehe ich recht, dass soziale Dienste nur noch finanziert werden, wenn sie in Carrick lokalisiert sind? Mit anderen Worten: Sollen alle Haushaltsmittel für die soziale Infrastruktur nur noch in Carrick investiert und die Mittel für den Tourismus allein nach Ballyfin gelenkt werden?»

Einige Beamte der Bezirksverwaltung schauten sich um und starrten sie an. Tim, der ihre Stimme bestimmt erkannte, sah weiter nach vorn. Der junge Mann am Vortragspult wirkte ziemlich verwirrt. Während er noch in seinen Unterlagen blätterte, ergriff Hanna erneut das Wort.

«Überall auf der Halbinsel brauchen Selbständige und kleine Betriebe nichts dringender als eine Infrastruktur, die ihnen hilft zu wachsen. Die Senioren, die auf die sozialen Dienste angewiesen sind, benötigen mehr Angebote, nicht weniger. Ich habe heute Abend nichts gehört, was nahelegen würde, dass die Mehrheit der Gemeinden Finfarrans mit diesem Plan gut bedient wäre. Und ich möchte darauf hinweisen, dass unsere Bezirksabgeordneten sich die Meinung und die Sorgen der Leute anhören sollten.»

Es folgte ein betäubendes Schweigen. Dann stand der Kahlkopf mit dem Clipboard auf und antwortete. Das Argument, dass die Öffentlichkeit ihre Sorgen äußern können müsse, sei sehr berechtigt und äußerst willkommen. Die Bezirksverwaltung würde ihre Pflichten verletzen, sollte sie sich nicht an die vorgeschriebenen Regeln der Bürgeranhörung halten. Und diese hatte sie natürlich nicht verletzt. Die Bürgerbeteiligung war ja gerade der Zweck der heutigen Versammlung.

Sofort nahm der junge Mann am Vortragspult das Stichwort auf. Sollte irgendeiner der Zuhörer Sorgen oder Fragen äußern wollen, sagte er, werde man sich jetzt und sofort damit beschäftigen. Hanna unterbrach ihn energisch.

«Ich hätte gerne eine Antwort auf meine Fragen, wenn ich bitten darf. Und apropos Senioren, die meilenweit fahren müssen, um einen sozialen Dienst in Anspruch zu nehmen: Ist es eigentlich wahrscheinlich, dass sie eine Versammlung besuchen, die um 21 Uhr abends stattfindet?»

Gráinne stand tapfer auf und erklärte, das sei ausgeschlossen. Sie würden sich so etwas wegen der vielen Schlaglöcher nicht trauen, und erst recht nicht zu dieser späten Stunde. Und sie würden auch nicht nach Carrick tapern wollen, wann immer sie ein wenig Unterstützung benötigten. Wie sollten sie denn auch dorthin kommen, wo doch die Busfahrpläne so stark beschnitten worden seien? Das teure Benzin würde sie ruinieren, vom Zustand der Straßen einmal ganz abgesehen.

Inzwischen starrte jeder Zuhörer im Saal Hanna an. Der kahlköpfige Beamte ergriff erneut mit ungeheuer vernünftig klingender Stimme das Wort. Die gesetzlichen Bestimmungen sähen von der öffentlichen Bekanntmachung eines Vorschlags bis zur Abstimmung im Bezirksparlament eine vorgeschriebene Frist vor. Bürger, die nicht an der Versammlung hätten teilnehmen können, könnten ihre Anregungen daher per E-Mail einsenden. Oder auch postalisch. Jeder werde Gelegenheit erhalten, den Plan einzusehen, und inzwischen wisse man, dass manche Bürger sich gerne etwas Zeit ließen. Schließlich habe die Bezirksverwaltung monatelang an dieser Sache gearbeitet. Sein sarkastisches Lächeln legte nahe, dass der Durchschnittsbürger im Gegensatz zu den Verwaltungsbeamten vielleicht etwas Hilfe beim Niederschreiben eines zusammenhängenden Satzes benötigen würde. Hier und dort rührte sich Applaus, den der Beamte höflich entgegennahm. Da Hanna sah, dass es nichts mehr zu sagen gab, setzte sie sich wieder und fing einen glühenden Blick Aideens auf. Dann bemerkte sie Conors Gesichtsausdruck. Unter ihren Augen wandelte er sich von Verwirrung zu Zorn. Als sie sich zu ihm hinüberbeugte, wandte er sich abrupt ab. Innerlich stöhnend, lehnte Hanna sich auf ihrem Stuhl zurück, während die Versammlung sich auflöste. Wieder einmal hatte sie sich ihr Handeln von ihren Gefühlen diktieren lassen und einen unüberlegten Schritt getan.

KAPITEL 40

«Na! Aus Ihnen würde niemals eine Nonne!» Schwester Michael begegnete Hannas Blick im Spiegel der Damentoilette. Hanna zuckte zusammen. Das eine, was sie jetzt wirklich nicht brauchte, war ein Vortrag über die Vorzüge der Disziplin. Nachdem sie sich die letzten zehn Minuten mit einem zunehmend verzweifelten Conor herumgeschlagen hatte, war ihr der traurige Mangel dieser Tugend mehr als bewusst geworden.

Gleich nach dem Ende der Versammlung hatte sie Conor in eine Ecke geschleift. Und kaum dass sie allein waren, war er zum Angriff übergegangen.

«Haben die wirklich vor, die Bibliothek von Lissbeg zu schließen?»

«Na ja, wohl schon. Ich meine, es ist offensichtlich Teil ihres Plans. Aber wir wissen ja nicht, ob der angenommen wird.»

«Aber Sie haben davon gewusst. Und mir nichts gesagt.»

Sich innerlich für ihre unüberlegten Äußerungen verfluchend, erklärte Hanna, dass sie es nicht wirklich gewusst habe.

«Ich hatte so etwas gehört, aber ich war mir nicht sicher. Und ich wollte Sie nicht beunruhigen. Tut mir leid, Conor, so hätten Sie das niemals erfahren dürfen. Nur habe ich vorhin einfach die Beherrschung verloren, als ich gesehen habe, wie dieser Kerl Sie behandelt hat.»

Sie sah, wie Empörung und Dankbarkeit sich in Conors Gesicht einen Kampf lieferten, und trotz ihres ehrlichen Bedauerns über ihren Patzer hätte sie beinahe lachen müssen. Er wollte so gerne gerecht sein und ihr verzeihen. Mit einer gewissen Anstrengung brachte sie ihr eigenes Gesicht unter Kontrolle und sagte ihm noch einmal, dass es ihr leidtue.

«Und Sie brauchen sich keine Sorgen zu machen. Es ist ja noch gar nichts entschieden.»

«Aber jetzt wissen wir es sicher, oder? Dass es zu ihrem Plan gehört?»

«Ja, ich denke, davon können wir ausgehen. Lassen Sie uns morgen darüber reden. Schauen Sie, wir können die anderen nicht den ganzen Abend hier stehen lassen. Bringen Sie Aideen nach Hause, und ich kümmere mich um Schwester Michael.»

Doch als sie jetzt dem Blick der blauen Augen der Nonne begegnete, merkte sie, dass vielmehr sie selbst diejenige war, um die sich nun gekümmert wurde.

Schwester Michael wandte sich vom Spiegel ab und betrachtete Hanna milde. «Wir wollten eigentlich nur die Lage erkunden.»

«Ich weiß. Es tut mir leid.»

Hanna verfluchte sich erneut, während Schwester Michael in ihren Anorak schlüpfte.

«Na ja, es bringt wohl nichts, über vergossene Milch zu jammern. Und ein Bild von Ihrem Tim Slattery konnte ich mir trotzdem machen.»

Beim Verlassen der Versammlung waren sie Tim beim Ausgang begegnet. Heute Abend trug er einen Dreiteiler mit einer goldenen Uhrkette über der Weste und langen, umgeklappten Manschetten, die an Oscar Wilde erinnerten. Ohne die anderen zu beachten, war er stehen geblieben, hatte Hanna direkt ins Gesicht gesehen und war dann, so nahe, dass er sie beinahe angerempelt hätte, wortlos an ihr vorbei nach draußen stolziert. Noch ganz mit Conors Verzweiflung beschäftigt, hatte Hanna das kaum bemerkt. Aber die alte Nonne hatte ihm nachgesehen, wie er über den Korridor davonmarschiert war.

«Ich sage Ihnen, an wen der mich erinnert. An Father McGlynn von Knockmore.» Schwester Michael schüttelte in stiller Missbilligung den Kopf. «Beide sind Kleingeister mit einem großen Ego!»

Dann sah sie Hanna scharfsinnig an.

«Und Sie sollten sich in den Griff bekommen, Miss Casey. Man gewinnt keine Schlachten, indem man sich wie die Axt im Wald aufführt.»

Hanna nickte kleinlaut. Kurze Zeit standen sie Seite an Seite vor dem Spiegel und brachten ihre Haare in Ordnung. Dann verzog sich Schwester Michaels runzliges Gesicht zu einem entschlossenen Ausdruck.

«Aber ich sage Ihnen noch etwas, Hanna. Das Leben auf der Halbinsel gerät immer stärker aus dem Gleichgewicht. Das ist ungesund. Und für niemanden gerecht. Es wird Zeit, dass wir beide dem einen Riegel vorschieben.»

«Wir beide?»

«Haben Sie es nicht selbst gehört? Was wir jetzt tun müssen, ist, dafür zu sorgen, dass die Bürger einen Antrag stellen.

Und Sie sehen ja selbst, dass wir da ein weites Feld zu beackern haben.»

Das Problem sei, dass die Leute es satthätten, Formulare auszufüllen, Briefe zu lesen und Feedback zu geben. Und hatten sie nicht ohnehin schon alle Hände voll zu tun, auch wenn sie keine Versammlungen besuchten? Doch während jeder sich nur auf seine persönlichen Probleme konzentrierte, verlören sie ihren Sinn für die Gemeinschaft.

«Schauen Sie nur sich selbst an, wie Ihre Gedanken um Ihr Haus und Ihren Arbeitsplatz kreisen. Dabei ist mehr als nur die Bibliothek von Lissbeg bedroht. Haben Sie das nicht selbst gesagt, als Sie aufgestanden sind und das Wort ergriffen haben?»

«Stimmt, aber Sie haben ja leider recht. Keiner wird losstürzen und sich einer Revolution anschließen. Die Leute haben genug damit zu tun, einfach nur über die Runden zu kommen.»

«Deswegen müssen wir langsam anfangen und die Dinge von selbst in die richtige Bahn finden lassen.» Schwester Michael machte ihren Anorak zu. «Siebzig Jahre habe ich in diesem Kloster verbracht, aber nichts gelernt, was ich nicht schon von der Farm meines Vaters wusste. Alles im Leben hat seine Zeit. Es gibt eine Zeit des Pflanzens, eine Zeit des Wachsens und eine Zeit des Erntens. Und nur wenn man etwas langsam und stetig anpackt, wird man seine Ernte auch nach Hause bringen.»

KAPITEL 41

Am nächsten Vormittag fuhr Hanna direkt zu Maggies Haus. Es war ja schön und gut, dass Schwester Michael so zuversichtlich klang, angesichts der ungewissen finanziellen Aussichten wäre es jetzt aber töricht, weiter auf den teuren Dachschindeln zu bestehen. Doch wie würde Fury auf ihren Sinneswandel reagieren? Am Ende entschied sie, es ihm kurz und knapp mitzuteilen und seine Reaktion nicht zu beachten. Ein kleines Stimmchen in ihrem Hinterkopf sagte ihr, dass sie wesentlich weniger Sorgen hätte, wenn sie zu Beginn nicht so selbstherrlich gewesen wäre.

Als sie eintraf, sah sie als Erstes Conors Freund Dan Cafferky oben auf dem schindellosen Dach. Divil schlief auf der Türschwelle, und Fury kam ihr vor Energie sprühend entgegen. Alles laufe großartig, sagte er, und jetzt, wo auch noch der junge Dan mitarbeite, wären sie im Handumdrehen fertig.

Als Hanna ihre Mitteilung wegen der Schindeln machte, lachte er nur.

«Wir haben die Baumaterialien gestern getauscht. Die neuen Ziegel liegen hinten.»

«Aber ich hatte doch gesagt ...»

«Ich weiß, was Sie gesagt haben. Aber ist Ihnen nicht aufgefallen, dass ich nichts erwidert habe? Und war das nicht letztlich gut so?»

Hanna schluckte eine Entgegnung herunter und ließ das Thema Dachziegel fallen. Sie erklärte, nach reiflicher Überlegung sei sie zu dem Schluss gelangt, dass sie den Einsatz ihrer Mittel vielleicht neu überdenken müsse. Fury tat das mit einem Schulterzucken ab. In diesem Fall müsse sie ihre Herangehensweise vielleicht ein wenig verändern, aber was spiele das für eine Rolle? Sie würden es nehmen, wie es kam, und schauen, was passierte. Finanzplanungen wurden nun einmal ständig über den Haufen geworfen, es sei also Zeitverschwendung, sie in Stein meißeln zu wollen.

Als Hanna später den Bibliotheksbus zwischen den Pfützen hindurch nach Knockmore steuerte, wandte sie sich in Gedanken wieder Schwester Michael zu. Die Fahrt von Carrick zum Kloster hatte sich gestern Abend in eine Art Strategietreffen verwandelt. Was sie bräuchten, erklärte Schwester Michael, sei ein Aktionszentrum. Und angesichts ihrer Lage, ihrer öffentlichen Funktion und der drohenden Schließung sei die Bibliothek von Lissbeg die auf der Hand liegende Wahl. Außerdem könne man Hannas Ruf, ungewöhnlich barsch zu sein, zum eigenen Vorteil ummünzen.

Als «ungewöhnlich barsch» beschrieben zu werden, bestürzte Hanna, doch sie konnte das Argument der Nonne nachvollziehen. Schwester Michael, die neben ihr auf dem Beifahrersitz saß, hatte ihr das Knie getätschelt. «Gerade von Ihnen würden die Leute als Allerletztes erwarten, dass Sie versuchen, die Gemeinschaft zusammenzubringen. Und so wird es den Anschein haben, als käme alles aus eigenem Antrieb zustande.»

«Was denn?»

«Die Erschaffung eines brauchbaren Kommunikationsnetzes.»

Das würde der erste Schritt sein. Die Leute zusammenzuführen, sie in Kontakt miteinander zu bringen und ihnen ihre Macht zu zeigen. Wenn dann das Fundament gelegt war, würden sie und Hanna an die Öffentlichkeit gehen – eine Versammlung in der Bibliothek einberufen, eine Alternative für den Megaplan der Bezirksregierung vorschlagen und die Kräfte der Gemeinschaft bündeln, um einen detaillierten Antrag auszuarbeiten.

«Aber wie lange wird das dauern? Und wie schaffen wir den ersten Schritt, vom zweiten einmal ganz zu schweigen?»

«Es dauert so lange, wie es dauert, Liebes. Wir können also nichts tun, als anzufangen und den Boden bereit zu machen.»

Es war ein langer Tag gewesen, und Hanna hatte die landwirtschaftlichen Metaphern allmählich über. Nach einem Seitenblick auf sie faltete Schwester Michael die Hände im Schoß und erklärte.

«Wir finden einen Grund, um die Leute in die Bibliothek von Lissbeg zu locken.»

«Sie meinen so etwas wie einen Buchclub?»

«Nein, ich meine keinen Buchclub. Wir haben keinen Deut Hoffnung, wenn wir hier klein denken. Ich meine etwas Großes, einen Knüller, der die Phantasie der Menschen in Gang setzt.»

Hanna zwinkerte. Nachdem sie ständig Conors Hoffnung

auf einen Buchclub zurückgedrängt hatte, schlug man ihr nun ein Vorgehen vor, das noch wesentlich schlimmer klang. Sie hielt vor dem Klostereingang und sah Schwester Michael misstrauisch an.

«Und was für ein ‹Knüller› soll das denn sein?»

Schwester Michael sagte, sie habe keine Ahnung. «Es wird aber etwas auftauchen. Und dann werden Sie es auf Anhieb erkennen.»

«Was meinen Sie damit, ‹ich werde es erkennen›?»

«Nun, Sie sind doch diejenige, die kreuz und quer über die Insel fährt. Und ich bin diejenige, die hinter den Klostermauern festsitzt.»

Als sie ausgestiegen war, steckte Schwester Michael noch einmal den Kopf durchs Fenster.

«In diesem Stadium bleibt alles auf Sie, mich und den jungen Conor beschränkt. Wenn wir ihn außen vor lassen, macht er hier noch die Pferde scheu. Sagen Sie ihm also unbedingt, dass er den Mund halten soll. Und halten Sie selbst die Augen offen.»

KAPITEL 42

Die Tage, an denen Miss Casey im Bibliotheksbus unterwegs war, waren auch die Tage, an denen es in der Bibliothek von Lissbeg die meisten Besucher gab. Conor sagte sich immer, dass das Zufall sei, aber im Hinterkopf wusste er genau, dass es ein Ursache-Wirkung-Verhältnis war. Ihm kam es so vor, als wäre es bei Bibliotheken der halbe Spaß, zufällig über Schätze zu stolpern, aber Miss Casey sah das anders. Wenn er das Gefühl hatte, die Leute schauten sich den Bestand einfach einmal interessiert durch, empfand sie das als Zeitverschwendung. Und, so sagte sie, Bibliotheken seien auch nicht zum Spaßhaben da.

Aber jetzt sah es mit einem Mal so aus, als würden sich die Dinge ändern. Gestern Abend auf der Heimfahrt von der Versammlung in Carrick hatte Conor vor Zorn geschäumt. Teils war er sauer auf Miss Casey gewesen, die ihm einiges hätte sagen können, was sie zurückgehalten hatte, überwiegend galt seine Wut jedoch den Federfuchsern, die ihn wie einen Idioten hatten dastehen lassen. Als er sich später ein wenig beruhigt hatte, hatte er begriffen, warum Miss Casey ihn nicht informiert hatte. Ohnehin hatte sie sich ziemlich fassungslos mehrmals bei ihm entschuldigt, da wollte er ihr also Gerechtigkeit widerfahren lassen. Als sie dann heute Morgen zur Arbeit gekommen war, hatte sie ihn ins Vertrauen gezogen. Und das war, wenn man es recht bedachte, ein ziemlicher Hammer. Anscheinend heckten sie und Schwester Michael einen Plan aus, den Federfuchsern einen Strich durch die Rechnung zu machen, und obwohl im Moment noch alles absolut geheim war, hatte sie versprochen, ihn auf dem Laufenden zu halten. Sobald sie ihm das mitgeteilt hatte, war sie zum Auto gegangen, um den Bibliotheksbus abzuholen, doch gleich darauf hatte sie noch einmal den Kopf durch die Tür gestreckt. Er solle kein großes Theater daraus machen, sagte sie, trotzdem sei es ganz in Ordnung, wenn er künftig verstärkt dafür sorge, dass die Besucher sich wohlfühlten. Conor hatte das Gefühl, dass sie dabei ein wenig verlegen dreinschaute, und so stellte er keine Fragen. Jetzt war er unglaublich gespannt, was als Nächstes geschehen würde.

Beinahe unmittelbar nach Miss Caseys Aufbruch war eine Gruppe junger Mütter, Kinderwagen mit Babys schiebend, eingetroffen und hatte sich in einer Ecke niedergelassen. Eine der jungen Frauen gab einen Thriller zurück und lieh sich den Folgeband aus, während die anderen einfach nur plaudernd dasaßen oder zwischendurch ihre Handys checkten. Conor hatte das nie schlimm gefunden, solange niemand gestört wurde. Und heute war außer Oliver, dem Hundemann, kein anderer Besucher in der Bibliothek. Also ließ Conor die jungen Frauen gewähren. Diesmal konnte er allerdings bei dem Plauderstündchen ein Auge zudrücken, ohne illoyal gegenüber Miss Casey zu sein. Und das war ein tolles Gefühl.

Gegen Mittag kam Pat Fitz herein, um einen weiteren Band von Maeve Binchy zurückzugeben, und Conor durchsuchte ihn heimlich nach Speckstreifen. Ein paar Minuten später kam eine besorgt dreinblickende Frau herein und fragte nach einem Buch, in dem erklärt wurde, wie man Glühbirnen wechselte. Conor ging mit ihr zum Heimwerkerregal und suchte ihr ein Buch mit dem Titel *Hilfreiche Tipps rund um Heim und Haus* heraus. Auf dem Rückweg zu seinem Schreibtisch riss er dann plötzlich vor Entsetzen die Augen auf. Am hinteren Ende des Saals war Oliver beim Schrank mit den Glastüren angelangt, in dem sich jene Bücher befanden, die schon immer, schon seit der Zeit, als die Bibliothek noch die Schulaula war, hier gestanden hatten. Eigentlich war vollkommen klar, dass dort bestimmt kein jüngst erschienenes Buch mit einem schwarzen Hund auf dem Cover zu finden sein würde. Aber Oliver hatte den Schrank bereits geöffnet und ging die Bücher methodisch eines nach dem anderen durch.

Conor schoss los und war mit zwei Riesensätzen bei ihm. «Hören Sie, Oliver, dieser Bücherschrank gehört nicht wirklich zur Bibliothek. Also, natürlich schon, aber man soll ihn nicht öffnen.»

Oliver betrachtete ihn durch seine dicken Brillengläser und erklärte, er arbeite nach einem System.

«Das weiß ich, Miss Casey hat es mir erzählt. Aber sie würde nicht wollen, dass Sie diesen Schrank hier öffnen.»

Oliver runzelte die Stirn. «Hör mal, Junge, du kannst nicht ein Schild aufhängen, auf dem *Öffentliche Bibliothek* steht, wenn du es gar nicht ernst meinst.»

Es wäre sinnlos, ihm zu sagen, dass nicht Conor das Schild aufgehängt hatte. Und so stellte er sich stattdessen zwischen Oliver und den Bücherschrank.

«Sie haben natürlich recht, Oliver, aber Sie wollen bestimmt nicht, dass ich meine Stelle verliere. Ich muss Ihnen dasselbe sagen, was Miss Casey Ihnen erklären würde, und ich muss den Bücherschrank jetzt zumachen. Tut mir wirklich leid, aber so ist es eben.»

Als er sich so sprechen hörte, merkte Conor, dass er genau wie seine Mum klang, wenn sie versuchte, seinen Dad zu beschwichtigen. Im Fall seines Dads machte ein solcher Appell die Dinge oft nur noch schlimmer, und so wechselte er die Taktik und nahm sich stattdessen Miss Casey zum Vorbild. Regeln seien Regeln, erklärte er, und Oliver sei nicht der Einzige, der nach einem System vorgehe. Dann packte er das Buch, schloss den Schrank und kehrte zu seinem Schreibtisch zurück. Oliver verließ mit gekränkter Miene die Bibliothek. Conor setzte sich hinter den Schreibtisch und betrachtete das Buch in seiner Hand. Eine halbe Stunde später war er so versunken, dass er die immer lauter werdenden Stimmen am Tisch mit den jungen Frauen in der Ecke gar nicht mehr wahrnahm und eine Seite nach der anderen umblätterte.

KAPITEL 43

Bei der Ausfahrt nach Knockmore drosselte Hanna ihr Tempo und bog in das schmale Sträßchen ein, das sich zwischen Wiesen, Feldern und Wäldern hindurchschlängelte. Wenn sie auf ihren regelmäßigen Routen kreuz und quer über die Halbinsel fuhr, war Hanna jede Woche aufs Neue von den wechselnden Farben der Landschaft fasziniert. Nun, da der Sommer sich allmählich dem Ende entgegenneigte, wiesen die ersten Blätter goldene Ränder auf. Es war ein sonniger Tag mit gelegentlichen Schauern, und wenn zwischen den Regengüssen der Wind wehte, hörte man die Vögel rufen und singen.

Während sie den Bibliotheksbus zwischen den Pfützen hindurchsteuerte, sagte sich Hanna nachdenklich, dass Schwester Michael recht hatte. Die drohende Schließung der Bibliothek Lissbegs war ein machtvolles Symbol eines weit tiefer liegenden Übels. Hier ging es nicht nur um ihre Stelle oder die von Conor, wenngleich Conor nun zweifellos ebenfalls auf Tim Slatterys Schwarzer Liste stand. Es ging um eine ganze Gemeinschaft, die in der modernen Zeit jede Macht verloren hatte. Trotz ihrer Bemerkung über Leute, die nicht zu Treffen erschienen, war Hanna von der Zahl der leeren

Stühle gestern Abend in Carrick überrascht gewesen. Doch als Schwester Michael ihr die Augen dafür geöffnet hatte, hatte sie gesehen, dass die Ursache auf der Hand lag: Die Halbinsel hatte ihr Kommunikationsnetz verloren. Früher hatten die Leute sich in den Dorfläden, im Postamt, beim Pferdetrog an Lissbegs Broad Street, an Bushaltestellen, beim Schmied und im Milchhäuschen getroffen. Dort hatten sie sich ihre Geschichten erzählt, Kochrezepte, Heimwerker- und Gärtnerwissen ausgetauscht und das gegenseitige Wohlergehen im Auge behalten. Die überfüllten Supermärkte und durchorganisierten Freizeitangebote in Carrick waren kein Ersatz für diese Treffpunkte oder für den regelmäßigen Rhythmus von Sonn- und Feiertagen, an denen die Leute nach der Messe im Pub zusammenkamen, um über die Ereignisse der Woche zu reden. Jedenfalls waren die Kirchen inzwischen halb leer, da immer weniger Menschen hingingen, und viele Wirte der Halbinsel hatten ihre Pubs zumachen müssen, weil sie vor dem billigen Alkohol in den Supermärkten und der Promillegrenze am Steuer die Segel gestrichen hatten.

Beim Gedanken an ihre Mutter und Maggie musste Hanna lächeln. Verdammt boshaft war es an diesen Treffpunkten manchmal zugegangen, und grässlich neugierig waren die Leute gewesen. Aber nicht das war es, was zählte. Entscheidend war das Netzwerk gegenseitiger Unterstützung, das den Menschen Sicherheit gegeben hatte. Und wenn man Schwester Michael glaubte, hatte der Verlust dieses Netzwerks alles aus dem Gleichgewicht gebracht. Das sei nicht gerecht, hatte sie gesagt. Und schlimmer noch, es sei nicht gesund.

Hanna fand diese Schlussfolgerung vollkommen zutreffend. Was ihr aber Sorgen bereitete, war der Gedanke, dass eine Kampagne, die ihr Zentrum in der Bibliothek von Lissbeg hätte, ihr persönlich zu nah auf den Pelz rücken würde. Aber hier ging es, wie Schwester Michael ebenfalls angeführt hatte, nicht um ihre Gefühle.

Ein Blick auf die Uhr in ihrem Armaturenbrett zeigte Hanna, dass sie gut in der Zeit lag. Unmittelbar vor ihr befand sich eine Ausweichbucht, und so hielt sie dort und lehnte sich an ein Zauntor. Zehn Minuten allein in der Sonne waren besser als zehn Minuten auf dem Parkplatz der Begegnungsstätte, während Father McGlynn sie vollaberte. Auf dem Acker hinter dem Tor wuchsen Kartoffeln, und die kerzengeraden Reihen ließen sie lächeln. Sie erinnerte sich daran, wie die Freunde ihres Vaters sich in der kleinen Poststelle von Crossarra über die Ackerfurchen ihrer Nachbarn ausgelassen hatten. Soundso ging geschickt daran und machte es richtig, genau wie schon sein Vater vor ihm. Ein anderer Kerl hatte wohl einen Korkenzieher benutzt, um die Linie zu ziehen, und dazu noch mit einem krummen Spaten gegraben. Die Kartoffeln, die Hanna jetzt betrachtete, wuchsen in perfekt parallelen Reihen, und die cremeweißen Blüten an den grünen Stängeln schwankten im warmen Wind. Auf der Weide daneben hatten sich ein paar Rinder im Schatten einer Eiche versammelt. Als sie das Gewebe aus Ästen und Zweigen betrachtete, wanderte Hanna in Gedanken zu ihrem letzten Gespräch mit Fury zurück. Bei ihrem Aufbruch hatte er sie beiseitegezogen, damit sie Dan auf dem Dach nicht hören konnte. Dann hatte er ihr zu ihrem Verdruss einen kräftigen Knuff in die Rippen versetzt.

«Übrigens, Miss Casey, wen wollen Sie eigentlich an der Nase herumführen? Nicht reifliche Überlegung hat Sie dazu gebracht, bei den Schindeln Ihre Meinung zu ändern, sondern Tim Lord Slattery und die Typen da in Carrick.»

Beim Anblick ihrer verletzten Miene hatte er dann unerwartet freundlich reagiert. Es sei keineswegs so, dass die ganze Gegend sich das Maul über sie zerreiße, erklärte er. Nur habe ein Bauhandwerker wie er eben immer mit dem Bauamt zu tun, und da habe er natürlich mitbekommen, woher der Wind wehe. Außerdem kenne er diese Slattery-Sippe schon sein Leben lang.

«Tim ist genauso schwach wie der Rest von ihnen. Zeig ihm einen Weg, ein schickes neues Büro zu bekommen, und er würde über die Leiche seiner eigenen Großmutter gehen und auch noch auf ihrem Grab tanzen, um es wirklich zu kriegen.»

Als er das sagte, war Hanna wegen des Knuffs in die Rippen weiter verärgert, aber auch peinlich berührt gewesen. Ein letztes Mal schaute sie zu den Zweigen der Eiche hinüber, und ihr wurde klar, dass sie diese Information vielleicht auch selbst aufgeschnappt hätte, wenn sie dem Klatsch der Leute nicht mit solcher Ablehnung begegnet wäre. Und dann hätte sie Tim Slattery mit wesentlich mehr Misstrauen betrachtet.

Nell Reily war diesmal in der Begegnungsstätte mit von der Partie und stand lachend und plaudernd mit ihrer alten Mutter um Kaffee oder Tee an. Sobald sie Hanna sah, kam sie zu ihr. Ihrer Mum gehe es inzwischen viel besser, berichtete sie, auch wenn die Erkältung sich letztlich doch als Grippe erwiesen habe.

«Heute ist sie zum ersten Mal wieder in der Begegnungsstätte, und da bleibe ich lieber zum Mittagessen da, falls sie früh nach Hause zurück möchte. Der Arzt hat gesagt, sie soll es langsam angehen.»

Mit einem Lächeln hielt Nell Hanna ein in Papier eingeschlagenes Päckchen hin. Darin lag ein Leinentaschentuch mit einer zarten Spitzenborte.

«Das hat Mam nach der Grippe als Allerallererstes angefertigt, Miss Casey. Wir waren sehr dankbar für diese Bücher, als sie das Bett hüten musste.»

In eine Ecke des Taschentuchs waren Hannas Initialen gestickt.

«Wahrscheinlich werden Sie es niemals verwenden, aber vielleicht wollen Sie es ja unter eine Vase legen oder so. Na ja, es ist einfach nur ein symbolisches Dankeschön.»

Einige der anderen Senioren versammelten sich um die beiden, um das Geschenk zu bewundern und Hannas Hilfsbereitschaft zu loben. Hanna hörte sich das ein wenig reumütig an. Hatten diese Männer und Frauen sich in ihren jüngeren Jahren vorstellen können, wie abhängig sie in ihrem Alter einmal sein würden oder wie dankbar für ganz gewöhnliche Gesten der Freundlichkeit? Beim Gedanken an ihren eigenen reserviert-kühlen Ruf wurde sie rot und fragte sich, ob Nell ihren ganzen Mut hatte zusammennehmen müssen, um sie an jenem Tag auf der Straße anzuhalten und um ein Buch für ihre Mutter zu bitten.

Jetzt setzte Nell sich neben sie und erkundigte sich nach Mary Casey. «Es ist wirklich schade, dass wir sie nicht ab und zu in der Begegnungsstätte sehen.»

Maurice, der Bäcker in Rente, kam mit einer Servierplatte Doughnuts zu ihnen. Er nickte und senkte die Stimme. «Ich möchte kein Wort gegen Father McGlynn sagen, auf gar keinen Fall, aber es ist wirklich eine Schande, dass auf dieser Seite der Halbinsel jeder in unserem Alter hierher nach Knockmore kommen muss, wenn er überhaupt irgendwo hingehen möchte. Wäre es nicht großartig, eine Begegnungsstätte in Lissbeg zu haben?»

Es folgte ein Chor der Zustimmung, immer mit dem vorangeschobenen Satz, keiner wolle etwas gegen Father McGlynn sagen. Wenn er nicht wäre, da waren sich alle einig, würde jeder, der sich auch nur die Zehennägel schneiden lassen wollte, bis nach Carrick wackeln müssen. Aber es wäre trotzdem schön, wenn die Leute auf der Halbinsel ein Angebot hätten, das näher an ihrem Haus läge. Oder wo man wenigstens besser hinkommen könne, weil ja die Busse inzwischen so selten führen. Eine Begegnungsstätte in Lissbeg und vielleicht noch eine in Ballyfin, in denen an unterschiedlichen Tagen verschiedene Dinge angeboten würden. So könnten mehr Leute etwas unternehmen und einander treffen. Trotzdem wären sie natürlich mit dem, was sie hätten, noch gut bedient, und sie wollten sich gewiss nicht beklagen.

Unter der Hochschätzung der Senioren für die Bemühungen des Gemeindepriesters meinte Hanna die Sorge herauszuhören, dass er ihnen das Angebot wegnehmen würde, wenn sie nicht die angemessene Dankbarkeit zeigten. Es kam ihr ungerecht vor, dass sie ihr Wohlergehen als so wenig gesichert empfanden, und genauso schrecklich fand sie es, dass sie ihr, Hanna, trotz ihrer eigenen Reserviertheit so gerne dankbar sein wollten. Und ihr eigenes Wissen, dass alles noch viel schlimmer werden konnte, entmutigte Hanna zusätzlich. Laut Brian Morton sah der Megaplan der Bezirksregierung auch die Konzentration der gesamten Betreuungsinfrastruktur der Halbinsel auf den neuen Riesenkomplex in Carrick vor.

Bisher war Hanna nie der Gedanke gekommen, dass es im Alter wichtig wurde, einen Treffpunkt zu haben, an dem man seine lebenslangen Freundschaften weiter pflegen konnte. Na gut, so weit war es eigentlich gar nicht bis nach Carrick, aber die Bezirksregierung müsste doch einsehen, dass die Entfernung für jemanden mit eingeschränkter Mobilität angesichts der schlechten Straßen und des lückenhaften öffentlichen Verkehrsangebots wie eine Strecke von Tausenden von Meilen wirken konnte.

Als sie in ihren Doughnut biss, sagte sie sich, dass eingeschränkte Mobilität nicht unbedingt mit Mangel an Energie gleichzusetzen war. Das sollte sie im Hinterkopf behalten. Und außerdem die Tatsache, dass Senioren im Gegensatz zu jungen Leuten wie Conor oder den Mädels von Habber-Dashery massenhaft Zeit hatten.

KAPITEL 44

Das Buch, das Oliver, der Hundemann, im Bücherschrank gefunden hatte, hieß *Gottes Garten*. Anfangs hatte es Conor nicht sonderlich beeindruckt. Es war eine Art Kräuterbuch, eine Sammlung von Informationen über Kräuter und Blumen, wie man sie pflanzte und pflegte und gegen welche Krankheiten sie halfen. Zudem war das Layout total langweilig, und die Fotos waren nur schwarz-weiß. Conor fand keinen Hinweis auf den Autor und keinen Bildnachweis für die Fotos. Auch ein Verlag war nicht zu entdecken, die Nonnen hatten das Buch vielleicht privat drucken lassen. Es bezog sich zweifellos auf das Kloster. Es fanden sich nicht nur Fotos darin, sondern auch gezeichnete Lagepläne, und einer zeigte das Schulgebäude mit seinem Eingang vom Hof her und auf der Rückseite des Komplexes das Kloster mit dem Nonneneingang. Der Parkplatz mit dem Tor zum Hof hin und der Ausfahrt auf die Broad Street war noch nicht da. Stattdessen war das Grundstück von hohen Mauern umgeben, die einen Garten umschlossen. Als er weiterblätterte, stellte Conor fest, dass die Pläne wie ein Film waren, bei dem die Kamera immer näher heranzoomt und neue Details enthüllt. Und nach einer Weile war er vollkommen gefesselt.

Dann kamen ein paar der jungen Frauen, die am Ecktisch miteinander geplaudert hatten, zu ihm, um sich zu verabschieden, und eine von ihnen erkundigte sich nach dem Buch. Gerade las Conor, dass Kräuter einen und manchmal auch zwei englische Namen besaßen und außerdem einen lateinischen. Anscheinend hatten die meisten von ihnen pharmazeutische Eigenschaften, was bedeutete, dass sie auch gefährlich sein konnten. Daher waren ihre Namen im Buch fett gedruckt, jeweils neben einem Foto und den relevanten Informationen, vermutlich, damit man nicht am Ende noch seine eigene Suppe vergiftete.

«Das ist echt cool.» Eine der jungen Frauen lehnte sich gegen den Schreibtisch und spähte Conor über die Schulter, und eine weitere Frau, die in einem Regal gerade noch nach einem Buch gesucht hatte, trat zu ihnen und schloss sich ihr an. Sie habe ja gar keine Ahnung gehabt, dass der Klostergarten so groß gewesen sei, sagte sie. Sie erinnere sich, dass er zu ihrer Schulzeit da gewesen sei, aber keiner habe ihn betreten dürfen. Die junge Frau grinste und meinte, das sei ja auch kein Wunder, wenn sie da drinnen giftige Tränke gebraut hätten.

«Das klingt ja wie ein Krimi von Agatha Christie.»

Die zweite Frau, die so etwa in Miss Caseys Alter war, lachte. «Na, ich weiß nicht, aber ich erinnere mich, wie meine Mutter immer sagte, dass die Nonnen früher einen großartigen Hustensaft gemacht hätten, mit Hagebutten oder Eisenkraut oder so. Und ich weiß noch, dass sie für jeden Festtag Blumen in bestimmten Farben verwendet haben. Und mit Lavendel und Rosmarin haben sie die Motten vom Altartuch ferngehalten. Ich hab mich in der Kirche zwar eher zu Tode gelangweilt, aber es hat dort toll gerochen.»

Conor blätterte weiter, bis er zu einer Liste mit Heiligen kam. Einen beträchtlichen Teil ihrer Namen kannte er gar nicht, aber anscheinend hatte jeder von ihnen seine eigene Blume. Auf der gegenüberliegenden Seite zeigte ein Lageplan alle Gartenbeete, mit kleinen Pfaden dazwischen und den Namen der Pflanzen, die in einer winzigen Handschrift auf den Beeten standen.

Als er die Bibliothek schloss, trug er das Buch zum Bücherschrank zurück und stellte es sorgfältig in sein Fach. Im Gegensatz zu dem großen, ledergebundenen Buch mit den phantastischen Bildern aus Italien, das ihm Miss Casey vor einiger Zeit gegeben hatte, wirkte dieses nicht sehr alt, und seine Bilder waren ziemlich langweilig. Trotzdem war es irgendwie interessant, und am liebsten hätte er es mit nach Hause genommen, um es zu Ende zu lesen. Aber es gehörte in den Schrank mit den verglasten Türen, und er wollte sich nicht von Miss Casey die Leviten lesen lassen müssen.

Zu Conors Erstaunen erschienen am Tag darauf den ganzen Vormittag über Leute in der Bibliothek, die sich nach dem Buch erkundigten. Als Erste kam die Frau, die in Miss Caseys Alter war und das Buch am Vortag gesehen hatte. Heute hätte sie es gerne für ihre Mutter ausgeliehen. Während Conor ihr noch erklärte, dass das nicht möglich sei, weil es nicht richtig zur Sammlung der Bibliothek gehöre, war eine weitere Frau eingetroffen. Ihre Tochter, die junge Frau, die das Buch so cool gefunden hatte, hatte ihr unmittelbar nach dem Frühstück eine SMS mit dem Vorschlag geschickt, es sich doch einmal anzusehen. Nun kam auch Miss Casey herüber, um zu erfahren, was los war. Conor berichtete, wie

Oliver, der Hundemann, das Buch gefunden habe und dass die Leute es jetzt ausleihen wollten, worauf Miss Casey erwiderte, er habe vollkommen recht: Sie könnten kein Buch verleihen, das nicht katalogisiert sei. Als die Frauen sich daraufhin aufregten, sagte Miss Casey, Conor könne es aber gerne auf einen Tisch legen, und dann könnten sie es sich dort anschauen. Da es nicht Eigentum der Bibliothek sei, sei er allerdings der Einzige, der damit hantieren dürfe, und er solle seine Hände vorher ordentlich waschen. Das hatte er also getan, und als die Frauen dann Fragen zu dem Buch stellten, traten auch ein paar Männer an den Tisch, um zuzuhören. Irgendwann verschickte jemand ein paar SMS, und weitere Leute kamen herein, um einen Blick darauf zu werfen. Conor fühlte sich ein bisschen idiotisch, wie er da die Seiten so vorsichtig umblätterte, als handle es sich um das *Book of Kells*, und eigentlich gab es ja gar nicht so viel zu betrachten, aber alle liebten offenbar die Geschichte, wie das Buch plötzlich aufgetaucht war. Als der letzte Besucher bei Bibliotheksschluss ging, schaute Miss Casey sich um und lächelte.

«Wenn das mal kein verborgener Schatz ist! Und dann handelt das Buch auch noch genau von dem Ort, an dem sich unsere Bibliothek befindet. Himmel, das bringt einen schon ins Grübeln, wie es hier früher einmal war, oder?»

Danach ging alles blitzschnell. An diesem Tag war früh Bibliotheksschluss, und sobald die Jalousien heruntergelassen und die Alarmanlage eingeschaltet waren, steckte Miss Casey *Gottes Garten* in einen Luftpolsterumschlag und sagte zu Conor, sie würden jetzt Schwester Michael aufsuchen. Bei der Klostertür angekommen, ignorierte Miss Casey den riesigen Türklopfer und drückte auf die Klingel daneben. Durch die Gegensprechanlage hörten sie etwas später Schwester Michaels Stimme, und gleich darauf führte sie sie hinein.

Dort war es ganz anders, als Conor sich das verlassene Kloster immer vorgestellt hatte. Von Spinnweben und Kerzen konnte keine Rede sein. Stattdessen sah er ein gemütliches Sofa und ein paar dazu passende Sessel, ein Buffet und einen altmodischen Fernseher. Außerdem gab es massenhaft Statuen und Heiligenbilder. Und er entdeckte sogar einen Stapel von Daniel-O'Donnell-CDs, aber auch nicht mehr, als man bei jeder Oma finden konnte. Schwester Michael trug einen Pullover mit V-Ausschnitt und einen Rock und darüber eine nach Arbeit aussehende, gestreifte Schürze. Sie habe gerade in Schwester Consuelos Schlafzimmer gesaugt, erklärte sie, sie müssten ihr Aussehen bitte entschuldigen. Wie sich herausstellte, war Schwester Consuelo die andere uralte Nonne, die noch im Kloster lebte, und nach allem, was Conor verstand, wurde sie von Schwester Michael gepflegt. Er sah, dass Miss Casey diese Information mit Erstaunen aufnahm, aber Schwester Michael sagte, Gott sei Dank sei sie noch gesund, kräftig und klar bei Verstand, während die arme Schwester Consuelo inzwischen kaum mehr ihren eigenen Namen kenne. Schwester Michael koche und putze für sie beide, und die Bezirkskrankenschwester schaue regelmäßig vorbei. Es sei also alles in bester Ordnung. Sie freue sich aber, sie beide jetzt zu sehen, denn viel Besuch bekomme sie nicht. Also, was könne sie für sie tun?

Hanna zog das Buch aus dem Umschlag. «Das hier ist gestern in der Bibliothek aufgetaucht. Es sieht aus wie eine

Geschichte des Klostergartens, und da habe ich mich gefragt, ob Sie etwas darüber wissen.»

Schwester Michael nahm den Band entgegen und schlug ihn auf.

«Jetzt schau sich das mal einer an! Als ich dieses Buch zum letzten Mal in der Hand hielt, habe ich noch den halben Tag Böden geschrubbt und die andere Hälfte des Tages im Garten herumgewühlt, und trotzdem war ich manchmal noch um Mitternacht auf, um Kochtöpfe zu scheuern. Mein Gott, man musste stark und gesund sein, um hier arbeiten zu können, das kann ich Ihnen sagen.»

Sie kenne das Buch gut, berichtete sie, denn sie habe es selbst für die Gartenarbeit im Klostergarten verwendet.

In Conors Ohren klang das so, als habe sie früher unglaublich hart gearbeitet, doch Schwester Michael schüttelte den Kopf. Sie sei die Tochter eines Farmers, erzählte sie, und die Pflege süß duftender Kräuter oder schöner Blumen sei viel angenehmer als das Ernten von Kartoffeln oder Mangold auf einem windigen Berghang. Beim Blick auf die rheumatischen Hände der alten Nonne stellte Hanna sich vor, wie sie als junge Laienschwester im Kloster geackert hatte, und sie fragte sich, ob Schwester Michael wohl jemals Zeit zum Beten gefunden hatte. Sie sprach den Gedanken nicht laut aus, aber die Nonne wandte sich ihr zu und lächelte sie an. Am Ende des Buches stünden ein paar Zeilen, sagte sie, die davon handelten, dass man Gott in einem Garten näher sei als irgendwo sonst auf Erden. Hanna erinnerte sich unbestimmt an das Zitat, das aus einem kitschigen Gedicht der Edwardianischen Ära stammte und manchmal auf Kunststoffschildern in Gartencentern zu lesen war.

«Glauben Sie, dass das stimmt?»

Schwester Michael faltete die Hände über ihrer gestreiften Schürze und zuckte mit den Schultern. Wo immer Gott auch sei, er oder sie könne in einem Garten ebenso gut gefunden werden wie irgendwo sonst.

«Ich habe keine Ahnung, Mädel, und ich werde meine Zeit nicht mit Nachdenken darüber verschwenden. Ich bin ohnehin bald tot, und dann werde ich ja meine Antwort bekommen.»

Sie legte das Buch auf den Couchtisch und fasste Hanna ins Auge.

«So, und jetzt lassen wir mal die Theologie und reden darüber, warum Sie hier sind.»

«Also ...» Fest entschlossen, nicht übermäßig aufgeregt zu klingen, deutete Hanna mit dem Kopf auf *Gottes Garten*. «Mir ist eine Idee gekommen, und ich würde gerne wissen, was Sie davon halten. Vielleicht haben wir ja unseren Knüller gefunden.»

Schwester Michael stand auf und ging zielstrebig zum Buffet. Sie würden jeder einen kleinen Sherry trinken, und dabei könne Hanna ihr alles erzählen.

Was Conor betraf, so schmeckte der Sherry wie Hustensaft, aber angesichts des Gesprächs, das das Getränk begleitete, fielen ihm fast die Augen aus dem Kopf. Miss Casey und Schwester Michael hatten einen Knüller gesucht, der die Phantasie der Leute wecken sollte. Etwas, das ihnen Kraft geben würde, sich zu wehren. Und dabei ging es nicht nur darum, die Bibliothek zu retten. Die Sache war viel umfassender, aber die Bibliothek würde als Auslöser herhalten. Nur sollten die Leute gar nicht mitbekommen, was eigentlich abging. Zumindest anfangs nicht. Tatsächlich durften sie drei, so Schwester Michael, niemanden wissen lassen, wie der Hase lief, nicht, solange das Fundament noch nicht gelegt war. Was Conor einleuchtete. Und nun war es also, laut Miss Casey, Conor selbst, der über den Knüller gestolpert war. Diese Erkenntnis war ihr heute Vormittag gekommen, als sie die Reaktion der Leute auf *Gottes Garten* beobachtet hatte.

«Die Leute finden das Buch faszinierend. Sie identifizieren sich sofort damit, weil es sie an ihre Vergangenheit erinnert.» Miss Casey stellte ihr Sherryglas ab und wandte sich erneut an Schwester Michael. «Ich dachte, die Bibliothek könnte vielleicht einen Vortrag organisieren.» Als sie weitersprach, sah Conor, dass sie wirklich aufgeregt war, obgleich sie sich Mühe gab, cool zu wirken. «Keiner könnte behaupten, dass der Veranstaltungsort irgendwie unpassend wäre. Schließlich würden *Sie* einen Vortrag über ein Buch halten.»

Schwester Michael zwinkerte verblüfft. «*Ich* würde den Vortrag halten?»

«Natürlich. Conor hat das Buch gefunden. Die Leute haben Fragen dazu gestellt. Da hat Conor Sie um Hilfe gebeten, und Sie haben versprochen, einen Vortrag zu halten.»

Nun zwinkerte Conor. «*Ich* habe sie gebeten?»

Miss Casey sah Schwester Michael an. «Habe ich recht? Ist das unser Knüller? Sie sagten, ich würde ihn erkennen.»

Schwester Michael erwiderte ihren Blick. «Ich glaube schon.»

Plötzlich sah Miss Casey ernüchtert aus. «Das Problem ist nur, dass mir nicht klar ist, wohin die Sache uns führen wird.»

Conor sah es genauso, aber das schien Schwester Michael nicht zu stören. Es sei der richtige Anfang, erklärte sie, und das sei es, was zähle. Es mache überhaupt keinen Sinn, die Zukunft vorhersehen zu wollen. Schließlich könne keiner, der am Morgen aufstehe, wissen, ob er nicht schon am Nachmittag tot umfallen werde.

KAPITEL 45

Als das Flugzeug zum Landeanflug auf den Stansted Airport ansetzte, schaltete Jazz ihren Kindle aus und griff nach ihrem Handgepäck. Flüge nach London waren bei den Angestellten ihrer Fluggesellschaft immer begehrt, sie hatte also Glück gehabt, denn sie hatte gerade für ihre freien Tage einen ergattern können.

Es war immer noch ein komisches Gefühl, von der U-Bahn-Station zum Londoner Haus zu gehen und dabei zu wissen, dass ihre Mum sie dort nicht erwarten würde. Jazz hatte den Verdacht, dass ihre Mum gerne wissen würde, ob das Haus sich verändert hatte, doch das Thema war eindeutig ein vermintes Feld, und so sprachen sie es nie an. Vielleicht ließen sogar die freundschaftlichsten Scheidungen Abgründe der Eifersucht zurück, die sich in unerwarteten Momenten öffnen konnten.

Früher hatten Jazz beim Heimkommen immer selbst gebackene Brötchen oder der Geruch eines im Ofen brutzelnden Abendessens empfangen. Jetzt dagegen lagen teure Fertiggerichte und eingeschweißter Räucherlachs im Kühlschrank, die Küche wirkte unbenutzt, und auf dem Tisch im Wintergarten, auf dem Mum immer einen Stapel Bibliotheksbücher aufbewahrt hatte, stand die Ladestation für Dads iPhone. Als Jazz noch klein war, war es ihr wichtig gewesen, dass ihre eigenen Bibliotheksbücher neben denen von Mum auf dem Tisch lagen. Sie waren jeden Freitag nach Schulschluss in die öffentliche Bibliothek gegangen und hatten ihre Lektüre für das Wochenende in Norfolk ausgesucht. Wenn sie dann mit Büchern beladen nach Hause zurückgekehrt waren, hatten sie haltgemacht, um im Park die Tauben zu füttern.

Im Rückblick nahm Jazz an, dass ihre Mum die Kinderbücher, die sie ihr damals vorgelesen hatte, genauso genossen hatte wie sie selbst. In ihrer eigenen Kindheit hatte Mum offensichtlich nicht sehr viel gelesen; und da Jazz Mary Caseys verächtliches Gehabe kannte, wann immer von Büchern die Rede war, konnte sie das auch ohne weiteres glauben. Dabei klang es eigenartig, dass Mum ohne Bücher wie *Der Club der guten Taten* oder *Der geheime Garten* von Edith Nesbit aufgewachsen war. Aber vielleicht hätten diese englischen Geschichten aus dem 19. Jahrhundert den Kindern im Irland des 20. Jahrhunderts auch nicht viel bedeutet. Eigentlich hatten sie auch Jazz' eigene Kindheitserfahrungen nicht widergespiegelt, ebenso wenig, wie sie sich selbst mit den Erfahrungen der amerikanischen Kinder in *Betty und ihre Schwestern oder What Katy Did* identifiziert hatte. Wenn man jedoch dieselben Bücher las wie die eigenen Freunde, hatte man das Gefühl dazuzugehören. Der Verlust dieses Gefühls, gemeinsame Erfahrungen zu teilen, war eines der Dinge, die sie beim Umzug mit ihrer Mum nach Irland traurig gemacht hatten. Zum Glück war am Ende alles gut geworden, und Jazz hatte nicht nur ihre alten Freunde behalten, sondern sogar neue hinzugewonnen.

In der Küche lag ein Zettel von Dad. Er habe einen Tisch fürs Abendessen reserviert, und sie solle ihn im Restaurant treffen. Nach dem Duschen und Fönen wählte Jazz ihr Outfit. Die Richtlinien der Fluggesellschaft sahen vor, dass dienstfreie Angestellte auf firmeneigenen Flügen in Uniform reisten, und einen Augenblick lang spielte sie mit dem Gedanken, mit ihrer leicht zerknautschten Stewardessenkappe aufzutauchen, die von den vielen Transporten in der Gepäckablage ein wenig ramponiert war. Aber es kam ihr unfair vor, ihren Dad zu hänseln, nachdem er eines ihrer Lieblingsrestaurants ausgesucht hatte. Und so wählte sie ein graues Etuikleid mit dunkelgrünem Gürtel und ergänzte es mit grünen Stiletto-Pumps und einem Kaschmirschal. Zweifellos sah die elegante Frau, die sie in London war, ganz anders aus als die tüchtige Jazz in ihrer Uniform mit den Messingknöpfen oder das Mädchen, das einen großen Teil seiner Zeit auf Finfarran in schlammbespritzten Stiefeln und Jeans verbrachte. Eine Zeitlang hatte sie dieser Gegensatz verwirrt. Aber jetzt, da sie älter war, erkannte sie, dass sich die scheinbaren Widersprüche aufgelöst hatten, und was immer sie auch trug, sie fühlte sich wohl in ihrer Haut.

Dad saß bereits im Restaurant und sah genauso elegant und gut gekleidet aus wie die anderen männlichen Gäste in ihren Anzügen. Er stand auf, umarmte Jazz und zog einen Stuhl heraus. Neben dem Tisch stand ein Eiskübel mit einer Flasche Champagner, und kaum dass sie saß, wurde ihr auch schon eingeschenkt. Es war entspannend, nach einer harten Arbeitswoche einmal bedient zu werden. Dad bestellte für sie beide. Die Gänseleberpastete, sagte er, und eine Auswahl an Micro-Leaf-Salaten. Gefolgt von Jazz' Lieblings-Lammgericht. Er selbst würde den Fisch des Tages nehmen, mit der unverwechselbaren Soße des Küchenchefs. Dann lächelte er Jazz über die Speisekarte hinweg an und schlug ihr als Beilage hausgemachte Pommes frites vor.

«Also ehrlich, Dad!»

«Na ja, früher hast du sie immer gemocht.»

«Als ich so ungefähr zwölf war!»

«Ach, komm schon, aus Pommes wächst man nicht heraus.»

Er warf einen Blick auf die Speisekarte und ließ leichtes Erstaunen erkennen. Der Kellner reagierte prompt.

«Der Küchenchef wird Ihnen sehr gerne welche machen, Sir. Eine Schale für Sie beide?»

«Großartig. Guter Service.»

Dies war meilenweit entfernt von der Beengtheit, unter der Jazz normalerweise das Essen für die Fluggäste servierte, und ihr war klar, dass der Küchenchef nicht in seiner Kreation sternewürdiger Menüs innehalten würde, um eine Schale Pommes frites zuzubereiten; das würde irgendeine Hilfskraft erledigen. Das Ganze war einfach nur ein Spiel. Dad blätterte ein Vermögen für ein angesagtes Gourmeterlebnis hin, und das Restaurant revanchierte sich, indem es jeder Laune nachkam. Und letztlich waren dann, zumindest nach Dads Maßstäben, alle glücklich.

Er hatte sich zweifellos Mühe gegeben, Jazz zu verwöhnen. Nach dem Hauptgericht hatten sie sich einen Pudding aus Meringen, Honig, Zartbitterschokolade und Limetten geteilt, eine echte Gaumenfreude. Am Ende des Essens war er dann beim Kaffee auf seine Mum zu sprechen gekommen.

Sie werde nächste Woche nach London kommen, um einzukaufen und zur Hampton Court Flower Show zu gehen. Es wäre großartig, wenn Jazz so lange bleiben und ein paar Tage mit ihr verbringen könnte.

Leicht verärgert, hatte Jazz ein kleines Stück Schokolade von dem Teller genommen, der mit dem Kaffee aufgetragen worden war. Es tue ihr leid, Granny Lou zu verpassen, mit der sie gerne zusammen sei, aber glaube er, Dad, etwa wirklich, sie könne sich einfach so freinehmen?

Er beugte sich vor und sah sie vorwurfsvoll an. Granny Lou werde nicht jünger und vermisse ihre Enkelin. Und wäre es nicht schön, mal eine Woche auszuspannen, eine kleine Shoppingtour zu veranstalten und dafür zu sorgen, dass sie nicht ganz allein im Haus sein müsse?

«Eine Woche! Ich wäre meinen Job los!»

Jazz' Dad rührte in seinem Kaffee. «Und wäre das denn so schlimm? Ich weiß, diese Stewardessengeschichte war so ein kleines Abenteuer, aber jetzt mal ehrlich: Eine richtige Arbeit ist das nicht. Wird es nicht allmählich Zeit, dass du über deine Zukunft nachdenkst?»

Er habe einen Freund, der ein Tourismusunternehmen besitze. In dessen Hauptbüro sei ein Praktikumsplatz zu vergeben, und den könne sie sich schnappen, wenn sie wolle.

«Aber ich will ihn mir nicht schnappen. Ich bin vollkommen zufrieden mit dem Job, den ich habe.»

«Ich weiß, dass du die Reisebranche liebst, und das hier wäre eine großartige Chance für einen Einstieg. Natürlich hatte ich gehofft, dass du studieren würdest ...»

Jazz fuhr so heftig hoch, dass ihre Kaffeetasse auf dem Unterteller klapperte.

«Das weiß ich inzwischen. Du versäumst nie, mich darauf hinzuweisen. Und ich habe es sterbenssatt, dir immer wieder zu sagen, dass ich das einfach nicht will.»

Er sah sie gequält an, doch bevor er noch etwas erwidern konnte, fuhr sie fort.

«Und ich suche auch kein Praktikum. Ich arbeite. Es ist die Arbeit, die ich mir ausgesucht habe. Ich liebe sie, ich bin gut darin, und zufällig werde ich nun auch noch befördert. Nicht, dass dich das interessieren würde. So, wie du das siehst, ist das ja alles unter meiner Würde. Aber das stimmt nicht, es ist nämlich nur unter *deiner* Würde. Ich wette, es ist dir sogar zu peinlich, davon zu erzählen, wenn du dich mit deinen blasierten Freunden triffst!»

Sie hatte von Anfang an gewusst, dass ihm ihr Job bei der Fluggesellschaft nicht gefiel. Aber irgendwie hatte sie geglaubt, wenn sie ihr Ding machte und sich bewährte, würde sie irgendwann seine Billigung erringen.

«Ich habe eine Wohnung, Dad, ein großartiges eigenes Zuhause in Frankreich, wo ich mit guten Freunden lebe. Ich bin unabhängig, und auch wenn dich das nicht interessiert: Ich habe vielleicht sogar Karriereabsichten. Und zwar solche, bei denen ich nicht auf Gefälligkeiten von Daddys reichen Geschäftsfreunden angewiesen bin.»

Ihr schoss plötzlich durch den Kopf, dass sie sich enorm ähnlich sehen mussten, wie sie sich da über den Tisch hinweg mit finsteren Blicken maßen. Mum sagte immer, sie schiebe auf die gleiche Weise wütend den Unterkiefer vor wie Dad, wenn man ihm in die Quere komme. Aber Dad verlor selten die Beherrschung, und jetzt merkte Jazz zu ihrem Entsetzen, dass sie den Tränen nahe war.

«Jammer mir doch nichts von Granny Lou vor, die mich vermisst. Du schlägst einfach nur zwei Fliegen mit einer Klappe. Sicher, du möchtest, dass ich meiner kleinen, ekligen Billigfliegerlinie den Rücken kehre, aber außerdem hättest du gerne noch eine private Assistentin, die dir deine sozialen Verpflichtungen abnimmt. Nun, ich werde das jedenfalls nicht sein. Oh, ich hab eine Idee: Warum fragst du nicht einfach Tessa? Ach so, Moment mal, das hatte ich ja ganz vergessen. Tessa arbeitet an ihrer Karriere. Und vielleicht hat sie ja sogar einen eigenen Freundeskreis und kreist nicht immer nur um dich!»

Ein neuer Ausdruck trat in Dads Gesicht, einer, den Jazz noch nie gesehen hatte. Aber die Erkenntnis, die ihr gerade gekommen war, ließ sich nicht zurückhalten.

«Ich bin nicht Mum, und ich bin nicht dafür da, dir das Leben leicht zu machen. Ich werde mich mit Granny Lou treffen, wenn sie und ich das wollen, und nicht, wenn es dir gerade gut in den Kram passt!»

Es folgte ein langes Schweigen, in dem Jazz spürte, dass sie fröstelte. Sie zog ihr Tuch enger um die Schultern. Dann merkte sie, dass sie Dads Blick auswich, und sah zu ihm hoch. Sein Gesicht war bleich und die Kieferpartie angespannt. Als er sprach, klang seine Stimme anders als sonst. Ganz dumpf, und seine Augen waren wie Glas.

«Ich denke, wir sollten Tessa aus diesem Gespräch heraushalten. Hier geht es um deine Zukunft, die du aus irgendeinem Grund anscheinend durchs Klo spülen möchtest. Denn genau das tust du, Jazz. Aber wenn du zu unreif bist, das zu begreifen, hilft es nichts, dass ich mir den Mund fusselig rede.»

Einen Augenblick starrten sie sich wütend an. Dann blickte Dad weg, und als er sie wieder anschaute, war sein ganzes Auftreten plötzlich anders. Jazz spürte, wie seine starke Persönlichkeit sich auf sie konzentrierte, während seine Stimme einen überredenden Tonfall annahm. Sie benähmen sich beide sehr schlecht, sagte er, und wahrscheinlich liege die Schuld bei ihm. Vielleicht seien das der Wein und der Champagner. Oder die Fritten! So oder so, es sei einfach nur albern. Das mit dem Praktikum sei nur eine Idee gewesen. Wenn es sie nicht interessiere, nun gut. Mit bedauernd hochgezogenen Augenbrauen lächelte er sie an, und ohne wirklich die Absicht gehabt zu haben, lächelte sie zurück. Dad winkte, und der Kellner kam mit frischem Kaffee und einer Flasche Weinbrand.

Jazz grinste. «Ich dachte, das Problem wäre zu viel Alkohol gewesen?»

«Ich habe nicht immer in allen Dingen recht, weißt du. Vielleicht war es auch zu wenig.» Er hob sein Glas, schaute darüber hinweg und zwinkerte ihr zu. «Wieder Freunde?»

Als sie ihr eigenes Glas hob, küsste er ihre Hand.

Wieder daheim, küsste er sie auf die Wange und sagte ihr, sie schlafe ja fast im Stehen ein. Jazz, die nicht recht wusste, ob sie eigentlich betrunken war oder nur schläfrig, stieg die Treppe mit den Schuhen in der Hand hinauf, während ihr Schultertuch hinter ihr über die Stufen schleifte. Der lange Tag und dann noch der Streit mit Dad, das hatte sie erschöpft. Und da Dad ihr ja nur einen guten Rat hatte geben wollen, traf die Schuld an dem Streit ganz allein sie selbst. Ihr letzter Gedanke vor dem Einschlafen war, dass sie mit ihrem dummen Theater einen schönen Abend kaputt gemacht hatte.

Irgendwann gegen Tagesanbruch wachte sie mit brennendem Durst auf und ging ins Bad. Als sie dann mit einem Glas Wasser auf den kalten Fliesen stand, kam ihr plötzlich eine Szene aus ihrer Kindheit in den Sinn. Dad hatte einen Fall gewonnen und dadurch einen riesigen Schritt auf der Karriereleiter getan. Sie erinnerte sich, wie er triumphierend ins Haus gestürmt und mit Mum durch die Küche getanzt war. Und sie erinnerte sich an das, was er gesagt hatte: Es gebe einen garantiert sicheren Weg zum Sieg, nämlich dafür zu sorgen, dass der Gegner sich wie ein Idiot fühlte.

KAPITEL 46

Hannas nächste Begegnung mit Brian Morton ergab sich vor der Bibliothek von Lissbeg. Er schüttelte ihr die Hand und erklärte, er habe einen Termin in Lissbeg und wolle sich ein Sandwich kaufen. Hanna, die ein belegtes Brot in der Handtasche hatte, war losgezogen, um sich einen Kaffee zu besorgen, und so überquerten sie gemeinsam die Broad Street und kauften das Gewünschte bei Habber-Dashery. Dann standen sie draußen ein Weilchen plaudernd beieinander, bis Brian vorschlug, sie könnten sich ja vielleicht irgendwo zum Essen hinsetzen.

«Leider gibt es im Deli keine Tische.» Hanna verzog das Gesicht und blickte sich um. «Ich kehre normalerweise in die Bibliothek zurück.»

Brian schüttelte energisch den Kopf. Jeder müsse mittags mal eine Weile Abstand von seinem Arbeitsplatz gewinnen, sagte er, und an sonnigen Tagen sollte man Sandwiches draußen verzehren. Dann schlängelte er sich zwischen dem Verkehr hindurch und lenkte Hanna über die Straße zu der Bank beim Pferdetrog.

«Nicht gerade ein lauschiges Plätzchen, aber wenigstens können wir in der Sonne sitzen.»

Hanna war sich nicht sicher, ob sie ihre Mittagspause mitten auf der Broad Street verbringen wollte, wo jeder sie beide sehen konnte. Aber dieser Einwand kam ihr albern vor, und so stellte sie ihren Kaffeebecher auf den Rand des Trogs und zog ihr Brot aus der Handtasche. Sie hatte kaum Zeit, es auszuwickeln, da landete auch schon eine SMS auf ihrem Handy.

DU KANNST DIESER BANDE IN LISSBEG SAGEN
DASS ICH DIE NASE VON ALTEM UNKRAUT VOLL HABE

Hanna stöhnte. «Oh verdammt, wenn ich darauf nicht antworte, folgt gleich eine Nachricht nach der anderen.»

Sie schickte ein knappes «Ich ruf später an» los und erklärte Brian entschuldigend, die Nachricht stamme von ihrer Mutter.

«Es tauchen immer wieder Leute mit Kräutern bei ihr auf, und sie hält die für Unkraut, ärgert sich und überschwemmt mich mit Textnachrichten.»

«Gibt es denn einen besonderen Grund dafür, dass diese Leute zu ihr kommen?»

Es gab eine Antwort auf diese Frage, die Schwester Michael sorgfältig ausgetüftelt hatte. In den letzten vierzehn Tagen hatte Hanna sie so oft verwendet, dass sie den ausgetretenen Pfad nun ohne Nachdenken einschlug. Oliver, der Hundemann, sei auf ein Buch gestoßen mit dem Titel *Gottes Garten*. Dieses Buch habe Conor gefallen, der so viel darüber geredet hätte, dass inzwischen das Interesse vieler anderer Menschen geweckt wurde.

«Und ehe ich mich's versehe, hält Schwester Michael einen Vortrag in der Bibliothek, und die halbe Einwohnerschaft

Finfarrans winkt meinen Bibliotheksbus an den Straßenrand und überreicht mir Kräuterstecklinge.»

«Aber warum?»

«Ach, ich weiß nicht. Diese Nonne ist eine Persönlichkeit. Sie hat einfach erklärt, dass sie einen Vortrag halten will, und irgendwie habe ich nachgegeben.»

«Nein, ich meine, wieso kommen Leute mit Stecklingen?»

«Weil die Zuhörer des Vortrags entschieden haben, dass es eine schöne Aktion wäre, den Garten der Nonnen wieder zur früheren Pracht zu erwecken. Nur dass eben das meiste von dem, was früher dort angepflanzt war, im Laufe der Jahre eingegangen ist.»

«Klingt wie eine großartige Idee.» Brian trank einen Schluck Kaffee und fasste Hanna über den Becher hinweg ins Auge. «Sie sehen das anders?»

Auch auf diese Frage gab es eine sorgfältig ausgetüftelte Antwort, denn wie Schwester Michael vorhergesagt hatte, erwies Hannas gestrenger Ruf sich jetzt als recht nützlich. Ihren Anweisungen gehorchend, hatte sie, Hanna, während des ungeheuer erfolgreichen Vortrags über *Gottes Garten* eine abweisende Missbilligung vorgetäuscht, sodass sie völlig unbeteiligt wirkte. Als dann nach dem Vortrag die Leute beisammenstanden und sich immer mehr für ein Wiederbepflanzungsprojekt begeisterten, hatte sie weiter einen mürrischen Mangel an Interesse vorgespielt, was die Leute tatsächlich nur noch mehr angespornt hatte. Jetzt zuckte sie mit den Schultern und schaffte es, genervt dreinzublicken. Sie habe ja nichts gegen die Wiederbepflanzung des Gartens, erklärte sie Brian, und auch nichts gegen den Vortrag. Nur fingen die Leute jetzt an, die Bibliothek als Mittelpunkt des Projekts zu nutzen.

«Aber warum denn nicht? Ich meine, es ist doch ein Projekt, das durch den Vortrag über ein Buch angestoßen wurde.»

«Ja, aber die Bibliothek von Lissbeg veranstaltet keine Vorträge. Und plant auch keine Projekte.»

Brian lächelte. Wildfremde Leute, die zu den unmöglichsten Zeiten mit Kräutertöpfen in den Händen auftauchten, könnten schon ganz schön ärgerlich sein, meinte er. Und eine ältliche Mutter, die sich per SMS darüber beschwerte, sei dann das Sahnehäubchen. Seine Reaktion war so freundlich, dass Hanna ein schlechtes Gewissen wegen ihrer Schwindelei bekam, und plötzlich fiel ihr Conors kummervolle Klage ein, wie ungern er Aideen belüge. Doch wie sie Conor noch am Morgen scharf erklärt hatte: Wenn man die erste Ausnahme von einer Regel machte, geriet man auf eine abschüssige Bahn. Und so senkte sie den Kopf und konzentrierte sich auf ihr Brot, und kurz darauf wechselte Brian das Thema. Ob sie wohl zufällig wisse, wo er einen ganz bestimmten Strand finden könne? Er habe gehört, der liege in Richtung Crossarra abseits der Schnellstraße, sei sehr klein und abgelegen und genau das Richtige für sonnenbadende Robben.

Diesen Strand kannte Hanna gut, und froh, über etwas anderes reden zu können, versuchte sie, den Weg zu beschreiben. Man fuhr auf der Schnellstraße von Carrick nach Ballyfin und bog dann südwärts auf ein schmales Sträßchen ein. Aber das konnte man leicht übersehen.

«Irgendwo in der Nähe dieses grauenhaften Bungalows mit der Pseudo-Buntglas-Türverglasung und der gekiesten Zufahrt? Den kann ja keiner übersehen.»

Hanna nickte. «Ich jedenfalls nicht. Ich wohne dort.»

Brian lief rot an. Als er dann eine Entschuldigung stammeln wollte, lachte sie laut heraus.

«Keine Sorge. Ehrlich. Grauenhaft beschreibt es genau. Und es ist nicht mein Haus, sondern das meiner Mutter.»

Das Aussehen des Hauses sei ja gerade ein Grund, warum sie sich danach sehne, es zu verlassen. Das und die Tatsache, dass ihre Mutter und sie sich angesichts der ganzen Unkräuter und der SMS und des üppigen mütterlichen irischen Frühstücks gegenseitig in den Wahnsinn trieben. Daher die Instandsetzung des anderen Hauses, für die sie Fury engagiert habe.

Als Brian noch immer verlegen wirkte und sie meinte, daran schuld zu sein, erklärte sie ihm zu ihrer eigenen Überraschung, warum sie nach Finfarran gekommen war.

«Als meine Ehe zerbrach, wollte ich im Grunde wohl einfach nur weg. Na ja, nach Hause, nehme ich an. Und jetzt sehne ich mich nach einem eigenen Heim.»

Und ein Grund dafür, rief sie sich in Erinnerung, war der Wunsch nach ein wenig Privatsphäre. Wieso vertraute sie sich also diesem Fremden an?

Nach dem Essen traf eine Gruppe junger Mütter in der Bibliothek ein und ließ sich um einen Tisch nieder. Unter ihnen war auch Susan vom Gästehaus Alte Schmiede, die sich der Gruppe von Freiwilligen angeschlossen hatte, die inzwischen im Klostergarten arbeiteten. Ihr Mann Gunther half unter Schwester Michaels Anleitung, die Beete von Unkraut zu säubern, während ihre Tochter Holly zusammen mit anderen kleinen Kindern draußen in der Sonne spielte. In der Bibliothek machten sich Susan und die anderen Mütter Notizen. Die Seiten aus *Gottes Garten,* die die ursprüngliche Anlage der Beete zeigten, waren fotokopiert worden, damit die Freiwilligen sie nutzen konnten. Indem Susan die Fotokopien mit einem Buch aus dem Bibliotheksbestand abglich, erstellte sie eine Liste der Kräuter, die gepflanzt werden sollten, während Darina Kelly in ihrem schmuddeligen roten Kaftan beim Bestimmen der Stecklinge ein Chaos veranstaltete.

Auf dem Rückweg vom Mittagessen hatte Hanna Darinas Kleinen so zerzaust wie immer in verrückten Kreisen im Garten herumjagen gesehen. Jetzt beobachtete sie, wie Darina ein Bündel geschenkter Stecklinge aus einer Plastiktüte schüttelte und dabei Erde auf den Bibliothekstisch streute. Hanna wollte schon den Mund aufmachen, doch bevor sie noch etwas sagen konnte, hatte Susan eine alte Zeitung unter die Sauerei gebreitet und die Blätter und Blüten ordentlich darauf ausgelegt. Eine der anderen Frauen setzte sich neben Darina und übernahm unauffällig das Bestimmen, indem sie die Stecklinge mit den Illustrationen in einer modernen Kräuterenzyklopädie verglich.

Hanna entspannte sich. Von der Gruppe am Tisch drang ein leises Gemurmel herüber, da sich jedoch nur noch Oliver, der Hundemann, in der Bibliothek aufhielt, der inzwischen bei einem Regalfach zum Thema Elektrotechnik angelangt war, beschloss sie, dass es keinen Grund gab, die Frauen zur Stille zu mahnen. Sie loggte sich in ihren Computer ein und fragte sich, wieso sie so gerne bereit gewesen war, ihre Mittagspause mit Brian Morton zu verbringen. Vielleicht weil es schön war, mit jemandem über Maggies Haus reden zu können, wo die Arbeiten jetzt mit Siebenmeilenstiefeln vorangingen.

KAPITEL 47

Nachdem sie an diesem Abend die Bibliothek abgeschlossen hatte, fuhr Hanna zum Haus und traf Dan und Fury bei der Arbeit an den elektrischen Leitungen an. Das neue Dach war stabil und dicht, die Innenwände waren frisch verputzt, und Fury hatte, ohne ihre Zustimmung abzuwarten, moderne Schiebefenster und eine alte, restaurierte Halbtür eingebaut. Die nasskalte, höhlenähnliche Atmosphäre war verschwunden, und das Haus roch nach frischer Farbe und Sägespänen. Und die Mauern des neuen Anbaus standen auch schon zur Hälfte. Als Hanna auf der Schwelle verharrte, schoss der mit Holzspänen übersäte Divil aus dem Schlafzimmer. Fury, der von einer Steckdose aufblickte, die er gerade installierte, sah sie mit schief gelegtem Kopf an.

«Sie hassen die Fenster.»

«Nein, überhaupt nicht. Und ich liebe die Tür.»

Fury kam auf die Beine, durchquerte den Raum und hob eine Staubschutzhülle hoch.

«Und wie lautet das Urteil zu denen da?»

Es war eine Küchenzeile aus vier schön gearbeiteten Schränken und ein teuer aussehender Herd, der nur darauf wartete, installiert zu werden. Er habe alles von einem Freund bekommen, sagte Fury, und der habe das Ganze aus einem Ferienhaus, das ein Banker aus Dublin erbaut hatte. In den zehn Jahren, während derer er das Haus besaß, hatte er vielleicht zweimal dort Urlaub gemacht und es anschließend an irgendeine Idiotin verkauft, für die eine gebrauchte Küche nicht in Frage kam. Hanna zögerte einen Augenblick, unsicher, ob eine gebrauchte Küche für sie selbst in Frage kam. Und schon fiel Fury über sie her und warf die Hände in die Luft.

«Ach, Herrgott noch mal, jetzt schau sich mal einer an, was für eine Fresse sie zieht. Was ist denn daran wohl verkehrt? Sie haben ein Vermögen gekostet, sie sind so gut wie unbenutzt, und ich habe den kompletten Haufen für ein paar hundert Euro bekommen. Sie legen eine Arbeitsplatte aus Schiefer drauf, und dann sieht alles aus, als wäre es eine Million Dollar wert!»

«Ja, aber ...»

«Aber was? Weiß ich etwa nicht, wie viel Zeit Sie in London damit verbracht haben, auf Bergehöfen nach kaputten Kaminvorsätzen zu suchen? Was ist das hier? Nur Bergung? Oder Upcycling? Oder einfach gesunder Menschenverstand, wenn die Dinger zu haben sind und man sie einfach nur mitnehmen muss?»

Eine nähere Untersuchung zeigte, dass das Kochfeld und der schicke Ofen überhaupt noch nie benutzt worden waren, und beim Anblick der eleganten, taubengrauen Schränke kapitulierte Hanna endgültig.

«Aber Sie haben sie wirklich bezahlt?»

«Die wenigsten meiner Freunde sind Dummköpfe, Mädel. Sonst wären sie nicht meine Freunde.»

«Aber nur ein paar hundert Euro ...»

«Wollen Sie einem geschenkten Gaul ins Maul schauen?»

Gleich darauf packte er sie am Ellbogen und schleifte sie zur Tür hinaus. Bei den Schränken fehle das Spülbecken, sagte er, weil irgend so ein Volltrottel es beim Ausbau der Küche mit dem Hammer zerschlagen habe. Und so müsse man zwei Dinge anderweitig besorgen, nämlich das Spülbecken und die Arbeitsplatte.

Und ehe Hanna sich's versah, rumpelten sie in Furys Kastenwagen über die Landstraßen, während Divil, der vom Beifahrersitz verbannt worden war, auf dem Rücksitz seinen lautstarken Protest deutlich machte. Als Fury sich hinters Steuer gesetzt hatte, hatte er Hanna ein großes, in Zeitungspapier eingeschlagenes Päckchen zugeschoben. Sie hatte keine Ahnung, wohin sie fuhren, hielt das Päckchen auf dem Schoß und stützte sich mit der anderen Hand am Armaturenbrett ab, um nicht auf dem Sitz herumgeschleudert zu werden. Als Fury schließlich den Kastenwagen unter dem Portikus von Castle Lancy zum Stehen brachte, fühlte es sich so an, als wäre jeder Knochen in ihrem Körper aus seiner Verankerung geschüttelt worden.

Sie blickte sich überrascht um. «Was, um Himmels willen, machen wir denn hier?»

Divil, der die Nähe der Küchenkatze spürte, sprang wild gegen die Hecktür des Wagens. Fury ging nach hinten, um ihn herauszulassen. Während der Hund schon um die Ecke des Gebäudes rannte, kletterte Hanna steifbeinig vom Beifahrersitz, noch immer das in Zeitungspapier eingeschlagene Päckchen in der Hand. Fury ergriff sie erneut wortlos am Ellbogen und zog sie zur Rückseite der Burg, wo eine schwarze

Katze auf dem Dach des Waschhauses saß und tödliche Beleidigungen gegen Divil fauchte. Auf ein wütendes Knurren Furys hin verschwand die Katze, und Divil schlich sich zum Auto zurück. Fury wandte sich Hanna triumphierend zu und stieß die Tür des Waschhauses auf. Ein alter Waschkessel aus Kupfer schimmerte in einem Sonnenstrahl auf, eine halb verrottete Wäschepresse lehnte an der Wand, und in eine breite, fünf Zentimeter dicke Schieferplatte war ein tiefes Spülbecken aus Keramik eingelassen.

KAPITEL 48

Zehn Minuten später bugsierte Fury Hanna nach einem hitzigen Hin und Her im Waschhaus in die Eingangshalle der Burg und brüllte. Gleich darauf ertönte zur Antwort ein Ruf, und Charles Aukin tauchte auf dem Treppenabsatz auf.

«Kommen Sie hoch, ich bin im Bücherzimmer!»

Er zog sich mit einem ermutigenden Winken zurück, und Hanna stieg, von Fury immer noch am Ellbogen gepackt, die Treppe hinauf. Charles war in seinem üblichen, gut geschnittenen Anzug und den abgenutzten Lederpantoffeln vorangegangen, um eine Tür zu öffnen. Der Raum, in den er sie führte, kam Hanna so vor, als stamme er direkt aus Elizabeth Caskells *Cranford*.

Irgendwann im 19. Jahrhundert mussten die de Lancys beschlossen haben, dass ein Adelssitz einen Raum benötigte, in dem der Hausherr sich den Klassikern hingeben konnte. Die Einrichtung war in Mahagoni, und die verglasten Regalfächer wurden von den Büsten Platons und Aristoteles' gekrönt. Ein riesiger Schreibtisch war mit Tintenfässchen aus Messing und einer Schirmlampe ausgestattet. Stühle mit hohen Rückenlehnen ließen an Gelehrte denken, und die

Karyatiden des offenen Marmorkamins ahmten die Akropolis nach. Ihre Bücher, so schien es, hatten die de Lancys meterweise gekauft.

Hanna konnte sich vorstellen, wie Werbeprospekte auf dem Frühstückstisch der Burg gelandet waren, in denen Komplettangebote annonciert wurden: schön anzusehende Buchausgaben, bei denen das Familienwappen auf den Einband gedruckt war, wie man subtil betonte. Das Ganze hatte die de Lancys sicher eine Stange Geld gekostet, war aber nicht unerschwinglich gewesen. Beim Blick nach oben auf die Regalfächer voller Einbände in beigem Kalbsleder mit eingeprägten Titeln und geriffelten, weinroten Buchrücken schätzte Hanna, dass die meisten Bücher in diesem Raum noch nie jemand aufgeschlagen hatte. Auf den unteren Regalfächern lagen gebundene Bände der Zeitschriften *Punch*, *The Illustrated London News* und *Horse & Hound*. Diese wirkten eindeutig gelesen und waren offensichtlich später hinzugekommen. Doch die Predigten, die kostbar anmutende Shakespeare-Ausgabe, Werke zu Historie und Philosophie sowie die religiösen Traktate waren einfach nur Wanddekoration.

Einen Augenblick lang fragte sie sich, ob man sie nun gleich um eine professionelle Einschätzung des Wertes der Bibliothek bitten würde. Dann begriff sie, dass das Unsinn war. Fury hatte sie als eine Frau vorgestellt, für die er arbeitete, und Charles Aukin konnte überhaupt nicht wissen, dass sie Bibliothekarin war. Als Fury jetzt mit dem Finger nach ihr schnippte, fast so, als wäre sie Divil, fiel ihr ein, dass sie noch immer das in Zeitung eingeschlagene Päckchen trug. Also reichte sie es ihm gehorsam, und er sah Charles aufmerksam an.

«Sie wissen, dass Sie da unten im alten Waschhaus so eine alte Spüle stehen haben.»

Charles entgegnete milde, er wisse nicht einmal, dass er ein Waschhaus besitze.

«Oh doch, Charles Aukin, Sie wissen genau, was Sie besitzen. In der Burg gibt es kein Stück Holz und keinen Stein, die Sie nicht schon selbst angefasst haben.»

Nach dieser geringschätzigen Erwiderung trat Fury an den Schreibtisch und wickelte sein Paket aus. Hanna holte entzückt Luft, als sie den Inhalt sah. Es war ein mit Schnitzereien verzierter Buchständer, dessen Auflagefläche aus einem Gitter schmaler Latten bestand. An einer als Stellfläche für ein Manuskript oder Buch gedachten Leiste waren zwei blattförmige Messinghalter festgeschraubt. Die Leiste war mit einem geschnitzten Band aus Beeren und Blättern verziert, die die zarte Gussform des Messings wiederaufnahmen. Fury stellte den Buchständer auf den Schreibtisch und sah Charles Aukin finster an.

«Wahrscheinlich vermurksen Sie ihn wieder, sobald ich Ihnen den Rücken zukehre.»

Charles trat zurück, damit Hanna mit dem Finger über die Schnitzerei streichen konnte. Fury hatte sich ein Stück nach hinten verzogen und blickte kritisch auf eine der Karyatiden, die den Kaminaufsatz stützten. Seine Hände steckten tief in den zerrissenen Taschen seiner abgetragenen Wachstuchjacke. Hanna hatte keine Ahnung, warum er dieses Wunder der Handwerkskunst in einer alten Zeitung eingeschlagen mit sich herumgetragen hatte.

Charles sah sie an. «Würden Sie gerne sehen, für welches Buch die Stütze ursprünglich gedacht war?»

Er schritt durch den Raum, zog eine flache Schublade in einem der Bücherschränke heraus und kehrte gleich darauf mit einer länglichen Pappschachtel zurück. Dann hob er den Deckel ab und brachte zu Hannas Erstaunen einen mittelalterlichen Psalter zum Vorschein.

Während sie diesen noch verblüfft anstarrte, schlug Charles das Buch auf und stellte es auf die Buchstütze. Es handelte sich um eine Sammlung lateinischer Psalmen mit illuminierten Anfangsbuchstaben und Illustrationen an den Rändern. Die Farben der Seiten waren noch immer so satt und leuchtend wie zu der Zeit, als sie in irgendeinem mittelalterlichen Skriptorium aufgetragen wurden. Hanna kannte Fotos von ähnlichen Kostbarkeiten, die in den großen Bibliotheken Europas aufbewahrt wurden. Sie wagte kaum, das Buch zu berühren. Fury dagegen kam quer durchs Zimmer und nahm es in die Hand.

«Herrgott noch mal, Mann, warum haben Sie mir das nie gezeigt?»

Charles grinste ihn an. «Sie haben mich nie danach gefragt.»

«Wie lange besitzen Sie das schon?»

«Es gehört zum Schloss.»

Hanna betrachtete das Buch in Furys Hand. Es erinnerte sie an das *Book of Kells*, dass sie einmal im Trinity College in Dublin gesehen hatte, ein Wunderwerk der Buchkunst aus dem 8. Jahrhundert. Auch dieses Kunstwerk musste lange vor Errichtung der Burg entstanden sein. Sie schaute Charles neugierig an.

Dieser nickte. «Ich weiß. Es wurde bei der Auflösung der Klöster gekauft.»

«Aber damals muss es doch schon Berichte über seine Existenz gegeben haben.»

«Aber gewiss. Es war berühmt. Es ist der *Carrick Psalter.*»

Hanna war auf einmal wie elektrisiert. Sie hatte über den *Carrick Psalter* gelesen, das Kleinod eines frühen irischen Klosters auf Finfarran. Man hatte angenommen, dass das Buch der Psalmen bei der Plünderung des Klosters durch die Wikinger vernichtet worden war. Genau das äußerte sie nun, und Charles sprach darüber, wie der Psalter vermutlich gerettet worden war.

«Anscheinend hat das Buch alle Zerstörungen überstanden und ist damals in einer anderen religiösen Gemeinschaft verschwunden. Und im Gegensatz zu seinen ersten Besitzern haben diese Leute es unter Verschluss gehalten. Als Heinrich VIII. dann mit dem Papst seine kleine Kabbelei wegen Anne Boleyn austrug, hat ein Abt das nahende Unheil erkannt und diesen Aktivposten zu Geld gemacht. Anscheinend haben die de Lancys gut für den Psalter bezahlt, und der Abt hat für den Rest seines Lebens vom Erlös gelebt.»

«Und über all das besitzen Sie Aufzeichnungen?»

«Ja, sicher. Ich habe sogar die Quittung. Das Buch ist ohne jeden Zweifel Eigentum der de Lancys. Gekauft und bezahlt.»

Fury beugte sich über eine Illustration, auf der ein Hirsch durch einen Wald lief. Hanna schloss sich ihm an und betrachtete den von Eichen umrahmten, schlanken roten Körper. Hufe und Geweih waren golden hervorgehoben, und im schnellen Lauf hatte er Blätter von den Bäumen gerissen. Weiter unten auf der Seite stand er in einer zweiten Illustration neben einem hoch aufragenden Felsen, von dem das Wasser nur so herabschoss. Von den Geweihsprossen des

Hirsches, die mit dem Eichenlaub verwoben waren, hingen Eicheln. Der lateinische Text auf der Seite war für Hanna nicht lesbar, doch der Blick auf die Illustration ließ erahnen, was dort stand.

«‹Wie der Hirsch schreit nach frischem Wasser, so schreit meine Seele, Gott, zu dir.›» Sie blickte zu Fury auf. «Das stammt aus Psalm 42.»

«Zum Teufel damit, es ist mein Wald! Und nicht nur das, es ist auch aus meinem Wald gemacht!»

Hanna schüttelte den Kopf. Mittelalterliches Papier sei aus Leinenlumpen hergestellt worden, nicht aus Holzbrei, erklärte sie. «Und außerdem ist das hier nicht Papier, sondern Pergament.»

«Na, wie Sie wollen, Mädel, dann ist es eben aus Gunthers Ziegen gemacht!» Fury deutete mit einem Zustoßen seines Zeigefingers auf die Seite. «Aber ich sagen Ihnen, dieser Fels heißt Lackatobbar. Als Junge bin ich halbe Tage darauf herumgeklettert.»

Er blätterte um und stieß ein entzücktes Blaffen aus. «Und das da ist die Landspitze von Finfarran.»

Die Illustration zeigte einen Mönch, der auf einer Landspitze stand, während sich eine riesige Welle voll grotesker Meeresungeheuer über ihm wölbte.

Auch hier rief sich Hanna die Verse in Erinnerung. «‹Deine Fluten rauschen daher, daß hier eine Tiefe und da eine Tiefe brausen; alle deine Wasserwogen und Wellen gehen über mich.›»

«Schauen Sie mal.» Fury hatte zu einem neuen Psalm weitergeblättert. «Schauen Sie sich das an! Es sind die Knockinver Mountains.»

Hanna sog die Luft ein. Die Illustration zeigte tatsächlich die Bergkette, die sie jede Woche bei der Fahrt nach Ballyfin überquerte. Die vertrauten Gipfel und Pässe verzierten das Initial, mit dem der Text begann, während Speere von Silber und Gold von einer aufgehenden Sonne und einem Halbmond an den Seitenrändern hinuntergeschleudert wurden.

«‹… daß dich des Tages die Sonne nicht steche noch der Mond des Nachts›», zitierte der hinter Hanna stehende Charles mit leiser Stimme. «Wie konnte mir nur entgehen, dass die Bilder aus der Gegend hier stammen?»

«Weil Sie nicht nur dumm, sondern auch blind sind!» Fury schüttelte in gespielter Verzweiflung den Kopf. «Heiliger Herr im Himmel, ich hoffe, der arme Tropf von Abt hat einen anständigen Preis erzielt. Er hat sicher aus dem letzten Loch gepfiffen, als er es euch Barbaren verkauft hat.»

Hanna erstaunte die Reaktion des Amerikaners, denn er legte den Psalter jetzt einfach in den Pappkarton zurück und wandte sich erneut der Untersuchung des Buchständers zu. «Von jetzt an muss ich meine Kreuzworträtsel wohl in einem Aktenordner aufbewahren.»

Mit dem großartig restaurierten Buchständer in der Hand grinste er Hanna an. «Sie können nicht bestreiten, dass der alte Herr Sowieso sich auf die Arbeit mit Holz versteht.»

Erst da begriff Hanna, dass Fury selbst den Buchständer restauriert hatte. Er war so wunderschön, dass ihr der Mund offen stehen blieb.

Charles stellte den Ständer auf den Schreibtisch. «Und, wie hoch ist nun der Schaden?»

Fury sah ihn mit Pokerface an. «Hatte ich Ihnen beim Mitnehmen nicht gesagt, dass ich zu teuer für Sie bin?»

«Dann bringen Sie mir die Nachricht schonend bei. Muss ich eine Hypothek auf die Burg aufnehmen?»

«Ich sage Ihnen, was ich für Sie tun werde.» Fury faltete die alte Zeitung zusammen, in die er den Buchständer eingeschlagen hatte. «Ich schaffe Ihnen dieses alte Spülbecken im Waschhaus vom Hals, und Sie können mich für die Arbeit an dem Buchständer mit dem Schieferbord bezahlen, das dort außerdem herumliegt.»

Hanna gelang es nur mit Mühe, sich zu beherrschen, bis sie wieder neben Fury im Kastenwagen saß. Als sie mit dem bellenden Divil auf dem Rücksitz mitten durch die Insel westwärts ratterten, erklärte sie, der Handel, den er abgeschlossen habe, sei empörend. Sie könne das Spülbecken und die Arbeitsplatte auf dieser Basis unmöglich akzeptieren. Furys Arbeit an dem Buchständer sei ein Vermögen wert, und er sollte die angemessene Bezahlung dafür erhalten.

Fury fuhr herum und sah sie finster an. «Weiß ich nicht selbst haargenau, was meine Arbeit wert ist? Als ich den Auftrag angenommen habe, habe ich ihm gesagt, dass ich zu teuer für ihn sein würde. Und Ihnen habe ich noch gar nicht mitgeteilt, was ich Ihnen für die Spüle berechnen werde.»

Als er daraufhin Hannas verstörte Miene sah, lachte er sie aus. Das Spülbecken und die Schieferplatte würden auf Heller und Pfennig als Kücheneinrichtung abgerechnet werden. Und zwar wie der ganz normale Krempel, den er im Baumarkt von Carrick hätte aussuchen können. Genau so würde er ihr die beiden Sachen berechnen, egal, ob ihr das nun gefallen würde.

«Wenn Sie sich einreden wollen, dass ich Sie übers Ohr

gehauen haben, können Sie ja die Polizei rufen. Und wenn ich Ihnen etwas gebe, das zehnmal so viel wert ist, wie Sie mir bezahlen, ist das dann nicht ganz allein meine Sache?»

Und was nun den Buchständer anbelange, erklärte er scharf, wäre er ihr dankbar, wenn sie sich um ihren eigenen Kram kümmern würde. Charles Aukin und er selbst verstünden sich gegenseitig, und mehr gebe es dazu nicht zu sagen.

KAPITEL 49

Mary Casey, die an ihrem Küchentisch saß, schenkte Pat Fitz einen kleinen Martini ein und reichte Ger eine Dose Guinness. Pat und sie hatten sich auf dem Weg zu ihrem wöchentlichen Einkaufsbummel in Carrick im Bus getroffen und Ger eine SMS geschickt, er solle Pat doch bitte gegen sechs Uhr im Bungalow abholen. Er würde dann ohnehin von einem Termin zurückkehren, und es wäre kein zusätzlicher Aufwand für ihn. Mary hatte sich nicht die Mühe gemacht, Knabbereien bereitzustellen, da Ger sie ohnehin niemals aß und Pat und sie selbst Kuchen vorzogen. Sie hatten einen einfachen Rührkuchen gekauft, wegen Gers Zähnen; es war allerdings sehr gut möglich, dass er auch den nicht essen würde. Ger verschmähte die Hälfte von dem, was Pat im Supermarkt unter Mühen für ihn aussuche, und wenn man Mary fragte, war sein Mürrischsein zur Hälfte auf Pats Versagen zurückzuführen, ihn richtig in den Griff zu kriegen.

Jetzt schnitt sie ein großes Stück Kuchen ab, knallte es vor ihn auf den Tisch und forderte ihn auf, es aufzuessen. Tom Casey hatte selten die Nase über etwas gerümpft, das sie ihm vorgesetzt hatte, und sie würde sowieso nicht zulassen, dass

Ger Fitz sie so behandelte wie seine arme, unterdrückte Frau. Als Ger den Kuchen nahm und ein großes Stück davon abbiss, warf Mary Pat einen triumphierenden Blick zu. Wenn man einem Mann nicht von Anfang an Manieren beibrachte, so sagte ihr Blick, war niemals etwas Gutes von ihm zu erwarten. Doch nur Sekunden später kippte Ger einen Schluck Guinness herunter, und er, der doch ein furchtbarer Geizkragen war, verkündete, dass Pat bald mit ihm nach Kanada fliegen werde. Er schufte schon viel zu lange wie ein Sklave, sagte er. Aber nun würde sich die ganze Arbeit bald mit einem hübschen Sümmchen auszahlen, und deshalb würde er seine Frau über den Atlantik begleiten, um die Söhne und Enkel zu besuchen.

Mary war empört. Seit Wochen erzählte sie Pat, Ger Fitz sei nun mal nicht Tom Casey. Er werde keinen Cent dafür ausgeben, seiner Frau einen Gefallen zu tun. Schließlich hatte Pat aufgehört, ihr die Geschenke zu zeigen, die sie für ihre Enkel in Toronto ausgesucht hatte, und auch die Bildbände über Finfarran, die sie für ihre Söhne gekauft hatte, hielt sie unter Verschluss. Und als die Wochen vergingen und Ger nicht mehr von der Reise redete, die er Pat angeblich versprochen haben sollte, war Marys Verachtung umso stärker geworden und hatte sich zunehmend in Worten Luft gemacht. Pat habe sich bestimmt nur etwas vorgemacht und sollte eigentlich mehr Verstand besitzen. Doch jetzt saß Pat hier in ihrer Küche, trank ihren Martini und hatte absolut recht behalten.

Ger aß sein Stück Kuchen mit dem Gehabe eines Geldmagnaten auf. Er habe die Flugtickets noch nicht gekauft, erklärte er, weil das Ganze von einem Deal abhänge, den er in Ballyfin eingefädelt habe. Mary stürzte sich wie eine Tigerin auf diese Bemerkung. Die Reise werde also vielleicht noch gestrichen, falls die Sache in Ballyfin schieflaufe? Pat, die ihren Traum schon wieder dahinschwinden sah, schaute Ger flehend an. Der schüttelte den Kopf. Es werde gar nichts gestrichen, sagte er, sie wären bald unterwegs, garantiert. Der Handel in Ballyfin sei praktisch schon abgeschlossen.

Als Hanna von der Arbeit zurückkam, waren Pat und Ger bereits gegangen. Das Essen stand im Ofen, und Mary Casey saß in der Küche und war in tiefste Gekränktheit versunken. Hanna sah ihre Mutter an und seufzte. Sofort stürzte Mary sich streitlustig auf sie. Sei das etwa eine Art, sie so zu begrüßen? Nicht einmal ein Lächeln oder ein paar freundliche Worte, sondern nur ein mürrisches Gesicht und ein blödes Stöhnen wie von einer schwangeren Kuh? Da Hanna wusste, dass ihr keine andere Wahl blieb, unterdrückte sie einen zweiten Seufzer, setzte sich zu ihr und fragte, was denn los sei. In den nächsten zehn Minuten zog sie der sich scheinbar sträubenden Mary die Würmer einzeln aus der Nase. Schließlich riss Hanna wie üblich der Geduldsfaden.

«Ehrlich, Mam, solltest du dich nicht eigentlich für Pat freuen? Sie hat doch ihre Söhne und Enkel seit einer Ewigkeit nicht mehr gesehen.»

Mary warf verächtlich den Kopf zurück. Pat sei ihre beste Freundin. Natürlich freue sie sich für sie. Sie sei entzückt.

«Ja, aber wenn du dich für sie freust, wo liegt dann das Problem? Und während sie in Kanada ist, solltest du auch selbst einmal ein bisschen mehr unternehmen. Es ist doch wirklich so, dass du viel zu sehr von Pats Gesellschaft abhängst.»

Mit verletzter Würde erhob Mary sich aus ihrem Sessel.

«Ich habe es nicht nötig, mich zu rechtfertigen. Oder mir Vorträge von dir anzuhören. Gott sei mit deinem armen Vater, der mich vor solch empörenden Beleidigungen beschützt hätte.» Sie marschierte zur Tür, drehte sich auf der Schwelle aber noch einmal majestätisch um, um Hanna den Todesstoß zu versetzen. «Und ich bin von überhaupt niemandem abhängig, das sage ich dir. Ich bin auf mich selbst gestellt vollkommen zufrieden.»

Als Mary die Küchentür heftig hinter sich zuschlug, schenkte Hanna sich einen Drink ein. Das Problem war, dass Mary, die daran gewöhnt gewesen war, von ihrem Mann auf Händen getragen zu werden, einen Horror davor hatte, einfach nur ein ganz normales Mitglied einer Gruppe zu sein. In ihrer Selbstwahrnehmung war es unter ihrer Würde, an den fröhlichen Treffen der Senioren in Knockmore teilzunehmen; und allein schon der Gedanke, zu dieser Kategorie gezählt zu werden, stieß sie ab. Hanna seufzte erneut. Viele der regelmäßigen Besucher der Begegnungsstätte in Knockmore hatten Schwester Michael Stecklinge geschickt, und da die Arbeiten im Klostergarten weiter voranschritten, hatten sie kürzlich den Einfall gehabt, einen Ausflug nach Lissbeg zu machen. Maurice, der Bäcker in Rente, der sich noch aus seiner Schulzeit an Tom Casey erinnerte, hatte vorgeschlagen, dass seine Frau Mary doch anrufen und zum Mitmachen animieren könnte. Man würde bestimmt jemanden finden, der sie von Crossarra nach Lissbeg mitnehmen könne, das ja nur einen Katzensprung entfernt sei. Und vielleicht würde ihr der Ausflug ja gefallen. Aber als Hanna heimkam, fand sie Mary in tiefster Empörung vor.

«Jetzt haben mich doch tatsächlich zwei verschiedene

Leute angerufen, die sagten, im Klostergarten wäre ein Riesenspaß geplant, und ob ich denn nicht auch kommen wolle.»

«Tolle Idee.»

«Bist du verrückt? So senil bin ich noch nicht, dass ich auf einen Rentnerausflug mitkomme! Und sowieso würde ich mich mit diesem Haufen zu Tode langweilen.»

Doch die Gruppe aus Knockmore amüsierte sich in Lissbeg großartig. Die alten Leutchen hatten sich von ihren Nachbarn hinbringen lassen und trafen mit weiteren Stecklingen sowie Picknickdecken, Gartengeräten und Leckereien zum Essen ein. Es war ein wunderschön sonniger Tag, und während einige von ihnen dem freiwilligen Gärtnerteam beim Umgraben und Pflanzen halfen, saßen andere plaudernd beieinander und tranken den Kaffee von HabberDashery. Hanna hatte an ihrem Schreibtisch in der Bibliothek gearbeitet, als Jean, die Frau des Bäckers Maurice, hereingeschaut und gefragt hatte, ob Mary nun auch kommen werde.

«Sie wäre herzlich willkommen, Miss Casey. Deswegen habe ich sie ja angerufen.»

Hanna hatte die höfliche Ausrede vorgeschoben, Mary habe zu viel zu tun. Aber Jean war offensichtlich viel zu fröhlich gestimmt, um mehr als flüchtig besorgt zu sein. Nachdem sie sich mit einem Blick über die Schulter vergewissert hatte, dass sie allein waren, kam sie vertraulich näher und strahlte Hanna an. Bríd habe Maurice gefragt, ob er das HabberDashery nicht mit seinem Kuchen beliefern wolle. Für besondere Gelegenheiten, Geburtstage zum Beispiel oder vielleicht auch Hochzeiten. Jemand habe so einen bestellen wollen, und es sei nicht wirklich ihr Ding.

«Zunächst will sie es nur einmal ausprobieren. Um zu sehen, ob es passt. Aber, mein Gott, Miss Casey, ist die Idee nicht großartig? Das würde den armen Maurice wirklich aufmuntern.»

Und Maurice war nicht der Einzige, der eine neue Geschäftsbeziehung geknüpft hatte. Gunther und Susan hatten angeboten, das HabberDashery mit ihrem Ziegenkäse zu beliefern, der nur halb so viel kosten sollte wie die bisherige Importware. Bríd willigte ein, da sie glaubte, er wäre genauso gut, oder vielleicht sogar besser, da er aus der Region stammte. Der Käse war immer in ein Wachspapier eingeschlagen, auf dem die Alte Schmiede prangte, und Susan würde noch ein paar Prospekte über das Gästehaus zum Auslegen mitschicken. Hanna schaute Jean nach, wie sie in den Garten zurückeilte, und schüttelte erstaunt den Kopf. Tag für Tag knüpften mehr Leute Kontakte miteinander. Alles verlief perfekt nach Schwester Michaels Plan.

Das um Tee und Kaffee von HabberDashery ergänzte Picknick hatte sich bis tief in den Nachmittag hineingezogen, und schließlich besprach man eine Neuauflage. Vielleicht könnten sie auch einen Computerkurs in der Bibliothek organisieren und eine regelmäßige Veranstaltung daraus machen? Als Hanna jetzt in Mary Caseys Küche verärgert ein Glas Wein trank, kam ihr der Gedanke, dass ein entspannter Computerkurs für Anfänger genau das war, was ihre Mutter brauchte. Und doch war es exakt die Art von Aktivität, die ihre Mutter entschieden verachtete. Innerlich stöhnend, trat Hanna gegen den Tisch. Es war ihr nicht entgangen, dass sich Marys und ihre eigene Haltung beim Thema Austausch mit der Gemeinschaft trotz der unterschiedlichen Gründe bemerkenswert ähnlich waren.

Mary, die wütend aus der Küche gestürmt war, kam nicht zurück. Als Hanna später an ihre Zimmertür klopfte, war sie schon zu Bett gegangen. Hanna öffnete die Tür einen Spalt weit, aber das Zimmer lag im Dunkeln. Marys Stimme klang verdächtig nach Tränen, und so beschloss Hanna, die Sache am besten ruhen zu lassen. Es war ein langer Tag gewesen, und weder sie noch Mary waren einem weiteren Streit gewachsen.

KAPITEL 50

Eine Gruppe von Schwester Michaels Freiwilligen hatte Gefallen daran gefunden, in der Bibliothek zu arbeiten. Hanna gewöhnte sich allmählich an sie. Heute brachte Susans Mann Gunther gegen Ende der Öffnungszeit ihre kleine Tochter Holly aus dem Garten herein, um sich ein Buch zum Ausleihen auszusuchen. Das Umgraben laufe wie geschmiert, und Aideen und Bríd hätten immer wieder den Freiwilligen Kaffee und Tee gebracht, berichtete Gunther. Schwester Michael habe Gunther gesagt, in der alten Klosterküche stünden noch ein paar Klapptische und -stühle, die er hinausgetragen und im Garten aufgestellt habe, damit die Leute sich setzen konnten.

«Es ist ein richtiges *meitheal,* Miss Casey. So heißt es doch, oder?»

Susan hatte Gunther offensichtlich das irische Wort für eine Gruppe von Nachbarn beigebracht, die zusammenkommen, um sich gegenseitig bei der Arbeit zu helfen. Hanna erinnerte sich noch, wie Tom Casey erzählt hatte, früher hätten sich zwanzig oder dreißig Männer auf den Farmen der Halbinsel versammelt, und die ganze Gruppe habe sich von einem Nachbarn zum nächsten vorgearbeitet, bis auf allen

Höfen die Ernte eingebracht war. Jetzt erklärte Holly ihr mit ernster Miene, sie wolle ein Buch über Gärten ausleihen. Ein riesengroßes, damit sie ihrem Daddy beim Kräuterpflanzen helfen könne. Während Gunther sich mit Holly auf die Suche nach einem solchen Buch machte und Susan und die anderen am Tisch ihre Notizen einpackten, schaltete Hanna die Computer aus und räumte ihren Schreibtisch auf.

Brian Morton war es so peinlich gewesen, mit seiner Bemerkung über Mary Caseys Bungalow ins Fettnäpfchen getreten zu sein, dass Hanna ihm zum Beweis dafür, dass sie keineswegs gekränkt war, angeboten hatte, ihm den Weg zu dem Strand zu zeigen, auf dem er Robben finden würde.

Beim Abschließen der Bibliothek ging ihr der noch immer aufregende Gedanke an den *Carrick Psalter* durch den Kopf. Als sie kürzlich bei ihrer Brotzeit draußen beim Pferdetrog mit Brian geplaudert hatte, war ihr bewusst geworden, wie gerne sie ihm das Buch beschrieben hätte. Aber auch über dieses Thema durfte sie nicht sprechen. Denn als sie und Fury die Burg verließen, hatte Charles Aukin ihr die Hand geschüttelt und um ihre Verschwiegenheit gebeten.

«Ich wäre Ihnen dankbar, wenn Sie das, was ich Ihnen im Bücherzimmer gezeigt habe, gegenüber niemandem erwähnen würden.»

«Natürlich nicht.»

«Nicht, dass ich damit andeuten wollte, Sie würden so etwas tun.»

«Auf gar keinen Fall. Ich meine, das würde mir im Traum nicht einfallen.»

«Was Sie von meinen anderen Büchern halten, können Sie

aber ruhig jedem sagen. Eine bessere Vorbeugemaßnahme gegen Einbrüche dürfte es nicht geben.»

Als Hanna rot anlief, hatte er ihr zugezwinkert und sich mit einem Winken verabschiedet.

Hinterher hatte sie zu Fury gesagt, der Mann müsse vollkommen verrückt sein.

«Dieser Psalter ist ein Vermögen wert. Er kannte mich doch gar nicht. Wie konnte er einfach so davon ausgehen, dass er mir vertrauen kann?»

«Beim Namen Gottes, Mädel, warum denn nicht? Er wusste doch, dass Sie eine Freundin von mir sind.»

Die Abzweigung zum Strand lag etwa eine halbe Meile hinter dem Bungalow, und das Sträßchen war so schmal, dass es eher wie ein Feldweg wirkte. Hanna fuhr vor Brian her und führte ihn bis zu der Stelle, wo der Asphalt endete und sich die Autoräder im Sand drehten. Dort stieg sie aus und streckte den Kopf durch sein Wagenfenster.

«Jetzt noch ein kleines Stück zu Fuß, und dann muss man die Felsen hinunterklettern.»

«Schauen Sie, es tut mir leid. Bestimmt wollten Sie nach der Arbeit nicht noch hier herumlatschen.»

«Keine Sorge, alles bestens. Ich bin gerne hier. Als Kind bin ich immer hergekommen und habe den Robben zugeschaut.»

Sie gingen zwischen Strandhafer und Disteln hindurch zum Rand der Klippe. Hanna wandte sich nach links und führte Brian zu einer Stelle, wo mehrere Falten im Fels eine Art Leiter bildeten. Man musste ein bisschen klettern, wenn man aber stetig Fuß vor Fuß setzte, war es nicht gefährlich.

Ohne Unfall kamen sie unten an, und Brian nahm die umgehängte Kamera zur Hand. Vor ihnen badete eine Familie von Kegelrobben im letzten Licht der Sonne.

Aus dem Schutz eines Felsvorsprungs am Fuß der Klippe heraus konnte Brian mehrere Minuten lang fotografieren, bevor ein Robbenbulle ihn bemerkte und sich seiner Sippe voran ins Meer stürzte. Nun gab Brian seine Deckung auf, eilte den Tieren über den Strand hinterher und schoss Foto um Foto von den schmalen Köpfen, die im Wasser tanzten, und den letzten, schwerfällig dahinwatschelnden Robben, die sich von den Felsen ins Meer plumpsen ließen. Hanna rannte ihm nach.

«Gute Aufnahmen?»

«Ich glaube schon. Ich muss sie mir auf dem Laptop anschauen, um mir sicher zu sein.»

Sie sahen den in der Ferne verschwindenden Robben nach.

«Ein bisschen gemein ist es schon, sie so zu stören.»

«Ach, die kommen zurück. Und wenigstens haben Sie nur Fotos geschossen. Als Kinder sind wir immer auf den Felsen herumgetanzt, um sie zu verscheuchen.» Das sei wahrscheinlich ziemlich töricht gewesen, fügte sie hinzu, denn ein Robbenbulle könne auch angreifen und sei dann gefährlich. «Aber wir waren eben Kinder, wir haben nicht an die Gefahr gedacht.»

Brian lachte. «Ich bin in den Wicklow Mountains aufgewachsen und auf der Suche nach Adlern wild in den Bergen herumgeklettert. Gott allein weiß, wie so einige von uns ihre Kindheit heil überstanden haben.»

Sie gingen zu dem Felsplateau, das die Robben gerade verlassen hatten, und setzten sich in die Sonne. Er habe nie einen Adler zu Gesicht bekommen, sagte Brian, wahrscheinlich deshalb, weil überhaupt keiner da gewesen sei.

«Ich habe mich wohl von Jack in den Abenteuerromanen von Enid Blyton inspirieren lassen. Der ist auch immer in Shorts und Schuhen mit Gummisohlen auf Burgmauern und Felsen herumgeklettert.»

«Und im Polohemd.»

«Wie ich sehe, besaßen Sie als Kind auch eine frühe Ausgabe mit den Originalillustrationen.»

Hanna schüttelte den Kopf. «Ich habe die Bücher gar nicht gelesen, Jazz aber schon. Und zwar die Hardcoverausgabe von Macmillan. Ich mochte diese Schwarz-Weiß-Illustrationen, und so habe ich ihr die Gesamtausgabe besorgt.»

Brian lehnte sich auf die Ellbogen zurück. Schwarz-Weiß-Fotos hätten dieselbe Wirkung, sagte er. Er verbringe unheimlich viel Zeit damit, die Farbe aus seinen Fotos zu tilgen, und habe dann immer das Gefühl, so sehe es besser aus. Sogar die Sonnenuntergänge. Die frühe Fotografie strahle etwas Machtvolles aus, woran das neue Zeug nicht herankomme. Ohne nachzudenken, fragte Hanna, ob er die de-Lancy-Sammlung alter Fotos in der Bibliothek von Carrick schon gesehen habe.

«Da gibt es eine? Das wusste ich gar nicht.»

Kaum hatte Hanna die Bibliothek von Carrick erwähnt, tat es ihr auch schon leid. Das war ein gefährliches Thema, doch je mehr Zeit sie mit Brian Morton verbrachte, desto schwerer fiel es ihr, daran zu denken, dass sie wachsam bleiben musste. Schwester Michael beharrte weiterhin darauf, dass der optimale Zeitpunkt, zur Tat zu schreiten, noch nicht gekommen sei. Hanna war absolut nicht klar, wie dieser Zeitpunkt auszusehen hätte oder woran sie ihn erkennen würden, wenn er gekommen wäre. Da jedoch Phase eins ihres Plans so gut lief, begriff sie, dass sie die Sache nicht gefährden durfte. Als sie Schwester Michael vor ein paar Tagen darauf hingewiesen hatte, dass es ein Zeitfenster für Anträge im Rahmen der Bürgerbeteiligung gebe, hatte diese einfach nur genickt. Das sei ihr sehr wohl bewusst, hatte sie geantwortet. Es sei aber nun mal genau so, wie wenn man auf die richtige Zeit für die Ernte warte. Man dürfe nicht zu spät kommen, sonst würde man den Ertrag verlieren. Zu früh wäre aber auch nicht gut. Vorläufig bleibe es entscheidend, dass niemand etwas von ihren Plänen erfahre. Die Losung laute Verschwiegenheit, betonte sie, und ihre blassblauen Augen glommen geradezu vor guter Laune. Schwester Michaels ruhige Gewissheit strahlte so viel Kraft aus, dass sich Hanna fügte.

Jetzt stieß Brian sie mit dem Ellbogen an. «Darf ich Sie etwas fragen?»

«Wahrscheinlich nicht.»

«Na ja, ich frage trotzdem. Etwas Schlimmeres, als dass Sie mich ermorden und den Wellen überantworten, kann mir ja nicht passieren.»

Hanna lachte. «Na, dann mal los.»

«Mögen Sie Ihre Arbeit?»

Sie hatte eine Frage über den Klostergarten erwartet und war deshalb überrumpelt. Um Zeit zu schinden, schaute sie Brian von der Seite an. «Ich könnte Sie genauso gut dasselbe fragen.»

«Ja, aber ich war der Erste.»

«Oh, also, wenn wir uns wie die Kinder benehmen wollen ...»

«Unbedingt. Wahrheit oder Pflicht.»

Hanna stöhnte innerlich. Hätte sie die de-Lancy-Fotos nicht erwähnt, würden sie sich jetzt vielleicht immer noch über Robben unterhalten. Dann entdeckte sie zu ihrer eigenen Überraschung das Verlangen in sich, sich ihm anzuvertrauen. Sie dachte noch kurz darüber nach, als ihr klarwurde, dass die Wahrheit in dieser Phase tatsächlich ein gutes Mittel wäre, die Aufrechterhaltung ihrer Schwindelei zu stützen. Einen Augenblick zögerte sie noch, dann gab sie auf. Nein, antwortete sie, sie möge ihre Arbeit nicht besonders. Was eigentlich widersinnig sei, da sie sich immer danach gesehnt habe, Bibliothekarin zu werden. Nur eben nicht eine Bibliothekarin, die, umgeben von klatschsüchtigen Nachbarn, in einem Provinznest festsitzt.

«Ich bin mit Plänen für eine große Karriere nach London aufgebrochen und mit nichts anderem als einer kaputten Ehe zurückgekehrt. Und jetzt bin ich hier die Lachnummer, die in der Bibliothek arbeitet.»

«Wieso die Lachnummer? Ehen gehen doch andauernd kaputt.»

«Na ja, nicht jeder Ehemann hatte während der gesamten Zeit der Ehe eine heimliche Geliebte. Übrigens war sie auch noch eine Freundin der Familie, und anscheinend hat sie die meisten Sommer bei uns zu Hause verbracht, während seine Tochter und ich im Urlaub waren. Da kann man schon herzhaft lachen.»

Hanna grub wütend die Fersen in den Sand.

«Wenn es nach mir ginge, würde ich also nicht in einer öffentlichen Bibliothek arbeiten, wo jeder mich anstarren kann. Wahrscheinlich würde ich mich einfach nur unter der

Bettdecke verkriechen und nie mehr zum Vorschein kommen. Und jetzt sagen Sie mir ja nicht, dass ich übertreibe. Wenn man Schwester Michael glaubt, ist die Tatsache, dass Männer mich ständig übers Ohr hauen, deren Problem und nicht meins. Leider fühlt es sich nicht so an.»

Brian schaute aufs Meer hinaus. Von der ersten Erwähnung ihres Exmannes, des Anwalts, bis hin zur Schilderung ihrer schwierigen Mutter tat das Reden über ihr Privatleben Hanna eindeutig weh. Und bei dem trotzigen Eingeständnis, das er gerade gehört hatte, hatte sie so verletzlich wie ein Kind gewirkt. Aber sie hatte sich ihm anvertraut, und es wäre unfair, ihr nun nicht das gleiche Vertrauen zu erweisen. Und so erzählte er Hanna, die Augen auf den Horizont geheftet, seine eigene Geschichte.

Auf die Kindheit in Wicklow war ein Internat in England gefolgt, weil sein Vater in den Golfstaaten gearbeitet hatte. Die Ferien hatte Brian meistens bei einer seiner Tanten verbracht. «Ganz wie bei Kipling und Saki, nur dass ich meine Tanten geliebt habe.» Er hatte ein Diplom als Architekt erworben und sich ein wenig in der Welt umgesehen, um Erfahrungen zu sammeln, war dann aber nach Wicklow zurückgekehrt, um sich mit einem Freund zusammen selbständig zu machen. Shane, der schon mit ihm zur Schule gegangen war, war verheiratet und hatte ein paar Kinder. Kurz nach seiner Rückkehr hatte Brian ebenfalls geheiratet.

Es sei nicht einfach gewesen, an Aufträge zu kommen, aber er und Shane hätten wie verrückt gearbeitet, um sich einen Namen zu machen, und schließlich habe man ihnen mehr und mehr Verträge angeboten. Nach ein paar Jahren, in denen sie in Wicklow Häuser angebaut oder Restaurants entworfen hatten, war ihnen jener Auftrag angeboten worden, auf den sie gewartet hatten und der sie in eine ganz andere Liga katapultieren würde. Zehnmal so viel Druck und noch immer sehr wenig Geld in der Hand. Aber sie waren auf dem Weg.

Brian warf Hanna einen Blick zu. So müsse es auch für sie gewesen sein, als sie nach England ging. Alles zu gewinnen und die Welt zu deinen Füßen. Aber dann hatte Sarah, seine wunderschöne Frau, ihn einfach verlassen.

«Sie meinen, sie hat Sie sitzengelassen?»

«Nein. Sie ist gestorben.»

Er sprach weiter, bevor Hanna reagieren konnte. «Tut mir leid, das war melodramatisch. Und unglaublich egoistisch. Aber genau so hat es sich angefühlt. Und ich hatte es einfach für unmöglich gehalten, dass so etwas geschehen kann.»

Es war Krebs. Drei Monate von der Diagnose bis zum Tod. «Ich sagte Shane, ich wolle weiterarbeiten, es sei das Einzige, was mich bei Verstand halten würde. Sarah war bis auf die allerletzten Wochen zu Hause, und ich arbeitete dort vom Schreibtisch aus. Und so ist es dann auch geblieben, als sie nicht mehr da war. Ich sagte Shane, ich würde das Mitleid nicht ertragen, ich wolle keine Leute sehen, und da meinte er, ich solle mir keine Sorgen machen und so weitermachen.»

Brians Stimme klang gepresst. «Eine wichtige Konferenz mit unserem Kunden stand ins Haus. Wir hatten eine Vorbesprechung geplant, um über die Teile zu reden, an denen ich gearbeitet hatte, und um allem eine gute Struktur zu verpassen. Als es so weit war, konnte ich das Haus einfach nicht verlassen.»

Er zog die Beine an und legte das Kinn auf die Knie. «Ich

weiß, dass das jämmerlich klingt. Aber ich kam nicht über die Türschwelle. Ich hatte Sachen, die Shane für die Konferenz brauchte. Und ich musste auch dorthin, um dem Kunden unsere Arbeit vorzustellen. Aber ich habe einfach die Tür abgeschlossen und mein Telefon ausgeschaltet.»

«Und dann?»

«Keine Ahnung. Ich habe mich ins Bett gelegt und muss wohl eine Woche dort geblieben sein. Shane war da, so erzählte er später, und hat gegen die Tür gehämmert wie der Antichrist persönlich, aber ich habe nichts gehört. Als ich wieder aufstand, wusste ich, dass wir den Auftrag verloren haben mussten.»

«Aber doch gewiss nicht? Ich meine, es war eine schlimme Brüskierung, aber es war doch verständlich.»

«Ja, na ja, vielleicht haben Sie recht. So oder so bin ich nicht geblieben, um es herauszufinden.»

Stattdessen habe er sein Haus zu einem Schleuderpreis im Internet angeboten. Na ja, nicht vollkommen idiotisch, aber doch niedrig genug, um sicher davon ausgehen zu können, dass jemand bei diesem Schnäppchen zugreifen würde.

«Der Verkauf ging in einer Woche über die Bühne, und inzwischen war ich schon nach Carrick gefahren. Als das Geld dann eintraf, habe ich die ganze Summe Shane geschickt.»

Er stützte sich wieder rückwärts auf die Ellbogen und blickte zu Hanna hoch. «Das bin also ich. Im Kern verantwortungslos, beruflich wie privat. Aber genau wie Sie habe ich einen Job gebraucht, und so bin ich nun hier. Ziemlich gelangweilt. Aber vermutlich am richtigen Ort.»

«Aber warum ausgerechnet Carrick?»

«Ach, keine Ahnung. So weit von Wicklow weg wie möglich. Und auf der Halbinsel gibt es massenhaft Felsen zum Rumklettern. Vielleicht finde ich meinen Adler ja in den Knockinver Mountains.»

Nach einer ganzen Weile sagte Hanna, dass ihr das mit seiner Frau leidtue.

«Ja. Sie war nett. Sie hätten sie bestimmt gemocht.»

Sie saßen schweigend nebeneinander, bis Brian wieder das Wort ergriff. «Das klingt alles ziemlich lächerlich, wenn man es laut ausspricht, nicht wahr? Ich meine nicht den Tod oder die Scheidung oder auch nur den Betrug. Ich meine die eigene Antwort darauf.»

«Ja, tja, ich glaube, den Preis für die überzogenste Reaktion bekommen Sie.»

Kaum dass die Worte heraus waren, hielt Hanna die Luft an, weil sie befürchtete, dass das zu schnoddrig gewesen war. Sie warf Brian einen blitzschnellen Blick zu, doch der grinste nur. «Okay, genug Seelenstriptease. Sollen wir wieder über Bücher reden?»

«Gute Idee.»

Doch stattdessen saßen sie in einträchtigem Schweigen da und hielten im Meer nach Robben Ausschau.

KAPITEL 51

In den nächsten Wochen ging die Pflanzarbeit im Klostergarten weiter, und gleichzeitig versammelte sich nun eine neue Gruppe am Tisch in der Bibliothek. Als die Leute einen Laptop an der Steckdose anschlossen, blickte Hanna angemessen missbilligend drein, und Conor spielte mit. Sie verbrauchten gar nicht übermäßig viel Strom oder so, erklärte er laut und ernsthaft. Nur habe der Laptop einfach mehr Rechenkapazität als die PCs der Bibliothek, und sie bräuchten enorm viele Gigabytes für ihre Arbeit.

Der Besitzer des Laptops war ein schlaksiger junger Mann namens Ferdia, der mit vier oder fünf weiteren Leuten, darunter Dans Mum Fidelma Cafferky, am Tisch saß. Fidelmas Mann Seán hatte Hanna schon bei den Freiwilligen im Garten bemerkt. Jetzt fiel ihr ein, dass sie beim letzten Stopp ihres Bibliotheksbusses bei der Poststelle der Cafferkys Ferdia im Internetcafé im Gespräch mit Seán gesehen hatte. Genau wie von Schwester Michael geplant, begann das Netzwerk, sein eigenes Leben zu entfalten.

Conor schleifte Hanna an den Tisch. «Warten Sie nur, bis Sie das hier sehen, Miss Casey. Es ist genial.»

Der Vorschlag stamme eigentlich ursprünglich von

Aideen, erklärte er. Natürlich sei das Ganze derzeit noch im Entwicklungsstadium, aber es würde großartig werden. Bevor Conor weiterreden konnte, unterbrach Ferdia ihn mit der Bemerkung, Multimedia sei für sich genommen witzlos. Hier gehe es vielmehr um Interaktivität, und Miss Casey solle selbst einmal schauen. Dann klickte er auf sein Touchpad, und auf dem Bildschirm erschien eine Überschrift.

WILLKOMMEN AUF DER HALBINSEL FINFARRAN

Hanna sah fasziniert zu, wie die Worte einer großartigen Luftaufnahme der Halbinsel und einer zweiten Überschrift wichen.

WILLKOMMEN AM RANDE DER WELT

Die Felder einer Navigationsleiste schwebten von links und rechts auf den Bildschirm. Ferdia klickte wieder auf das Touchpad und rief eine Umrisskarte der Halbinsel mit verschiedenen grünen Hyperlinks auf.

Conor konnte sich nicht mehr beherrschen. «Sehen Sie, was das ist? Ein paar von uns haben sich zusammengesetzt, und jetzt baut Ferdia diese Website auf. Sie wird jeden Betrieb, jedes Lokal und jede Sehenswürdigkeit auf der kompletten Halbinsel zeigen und Links zu den eigenen Websites der Leute oder ihren sonstigen Werbemaßnahmen enthalten. Schaubilder, Infos über ihren Service, einfach alles.»

Fidelma beugte sich vor und stieß Ferdia an. «Zeig ihr mal das mit den Walbeobachtungstouren.»

Die Seite zu den ökologischen Meerestouren begann mit

einem von Dans Fotos vom Sternschnuppenregen, enthielt ein bei den Walbeobachtungen gedrehtes Video, beschrieb die verschiedenen Tourangebote und war mit Links zu Pensionen vor Ort versehen, die Dans Kunden Sonderpreise boten. Es seien lauter kleine Gästehäuser, die sich durch eine biologische Küche auszeichneten, erklärte Fidelma, und es sei auch eine Farm darunter, auf der Unterricht im Trockenmauerbau angeboten werde, falls Gäste lieber an Land blieben, während ihre Partner auf dem Meer waren.

Ferdia klickte einen Link nach dem anderen an und rief jeden einzelnen Betrieb auf, vom Designer, der Bannerwerbung oder Hochzeitsbriefpapier für hiesige Läden anbot, über Schönheitssalons, Hüpfburgen und einen Fahrradverleih bis zu Massagekursen und Restaurants. Es gab auch eine Galerie großartiger Fotos eines einheimischen Fotografen, den man anheuern konnte und der einen zu den besten Aussichtspunkten fuhr und einem zeigte, wie man sie am besten aufs Bild bannte.

«Aber es geht nicht nur darum, den Touristen die Halbinsel gut zu verkaufen. Sondern darum, den Leuten, die hier leben, eine Möglichkeit zum Netzwerken zu geben.»

Alle, die am Tisch saßen, nickten zustimmend. Das sei der eigentliche Knüller, erklärte Conor der überrascht dreinschauenden Hanna. Es gab ein Forum, in dem die Einheimischen Nachrichten posten konnten, und jeder, der mit der Seite verlinkt war, konnte Sachen auf seine eigene Seite uploaden und die anderen benachrichtigen, wenn sie das wollten.

«Wenn das HabberDashery also etwas Neues kreiert hat, wie zum Beispiel Bríds Pralinen, könnte das den Mann interessieren, der das Hochzeitsbriefpapier verkauft, weil seine Kunden die Pralinen vielleicht gerne als kleines Geschenk in einem Schächtelchen beilegen würden. Oder vielleicht bietet eine Friseuse einen Spezialschnitt für einen Schulabschlussball an. Oder wir könnten die Daten posten, zu denen die Jungs mit den Feldhäckslern für die Silage kommen.»

«Oder uns gegenseitig Bescheid geben, wenn eine Gruppe von Fahrradfahrern unterwegs ist, die vermutlich auf einer bestimmten Route nach einem Mittagessen Ausschau halten.» Fidelma Cafferky zufolge machte der Zwang, gegebenenfalls Nahrungsmittel wegwerfen zu müssen, die Besitzer von kleinen Läden und Restaurants ganz rappelig. Kaum hatte sie das gesagt, schnippte sie mit den Fingern und griff nach einem Notizblock. «Wir könnten vor Ort ein Abholsystem für die Reste organisieren, für Leute, die damit ihre Schweine oder Hühner füttern wollen.»

Ferdia klickte sich durch mehrere halb leere Bildschirmanzeigen und öffnete eine Seite, die Finfarrans Wildblumen zeigte. Die Website sei noch Meilen von ihrer Fertigstellung entfernt, erklärte er Hanna, sowohl was den Content als auch das Funktionieren anbelange. Aber er komme der Sache schon näher. Er wolle auch noch Seiten zu Finfarrans Vergangenheit und bemerkenswerten Ereignissen der lokalen Geschichte hinzufügen. Jemand habe angeregt, dass vielleicht der Verlag des Buches *Der lange Weg nach Los Angeles* bereit wäre, das Werk als E-Book neu herauszubringen, und dann könne man es von einer Seite über Ballyfin herunterladen. Und Ferdia habe auch über die aus dem 19. Jahrhundert stammenden Fotos der de-Lancy-Sammlung nachgedacht. Ob Hanna vielleicht wisse, wer die Rechte daran besitze?

Bevor sie antworten konnte, erklärte eines der älteren Mitglieder der Gruppe energisch, Geld für Content zu bezahlen komme nicht in Frage. Irgendwann würden sie einen Weg finden müssen, damit die Website sich selbst finanziere, aber vorläufig baue Ferdia sie kostenlos auf. Andere Freiwillige sammelten Material und glichen es ab, und alle steuerten neue Ideen bei. Und natürlich waren alle Miss Casey und Conor dankbar dafür, dass sie die Bibliothek als Zentrum ihrer Aktivitäten nutzen durften. Hanna errötete, denn sie wusste, dass sie ohne Schwester Michael ganz anders reagiert hätte. Zu ihrer Überraschung spendete man ihr freundlichen Applaus.

«Und, wie schon gesagt, Miss Casey: Alles hat mit etwas angefangen, das Aideen vor einer Ewigkeit erwähnt hat.»

Conor war immer gerne zu Lob bereit, wenn jemand es verdiente. Aber vielleicht war in diesem Fall doch noch mehr dran. Mit ihrer unaufdringlichen Begeisterung und ihrer Bereitschaft, hart zu arbeiten, wirkten er und Aideen wie füreinander geschaffen. Es wäre eine schöne Vorstellung, wenn sie eine Chance auf ein gemeinsames Leben auf der Halbinsel haben würden, anstatt dass einer von ihnen oder beide wegziehen müssten, um Arbeit zu finden.

Bei der Rückkehr zu ihrem Schreibtisch warf Hanna einen Blick auf das Plakat am Schwarzen Brett und sah wieder einmal, dass es bis zur Abstimmung des Bezirksparlaments nur noch wenige Wochen waren. Als sie am Abend zuvor ein Gläschen Sherry mit Schwester Michael getrunken hatte, hatte sie erneut vorgeschlagen, jetzt öffentlich über die Vorbereitung eines Antrags zu reden. Man müsse Versammlungen abhalten, Formulare ausfüllen und viel Text erstellen.

Der Zeitrahmen sei knapp bemessen. Doch die Nonne blieb bei aller Gelassenheit eisern. Mit einem neuen Yachthafen in Ballyfin sei viel Geld zu verdienen, und alle in der Bezirksverwaltung sehnten sich nach modernen Büroräumen. Wenn diese Leute von dem sich anbahnenden Widerstand Wind bekämen, müsse man mit dem Schlimmsten rechnen. Jetzt sei eine Zeit des Wachstums, erklärte sie Hanna, und es sei Geduld vonnöten. Die Saat, die sie ausgebracht hätten, gehe aber bereits auf.

KAPITEL 52

Fury war auch weiterhin nicht per Handy erreichbar. Wenn Hanna mit ihm sprechen wollte, musste sie zum Haus fahren, wo er und Dan inzwischen an sechs Tagen die Woche ab sieben Uhr morgens arbeiteten. Wenn er mit ihr reden wollte, rief er sie auf ihrem Handy an und legte auf, bevor sie abnehmen konnte. Sie beschwerte sich, aber er lachte sie einfach nur aus. In Erinnerung an ihr erstes Gespräch mit Brian fragte sie sich manchmal, was Fury tatsächlich war: ein Analphabet oder einfach nur raffiniert? Wie dem auch sei, seine Entschlossenheit, nichts schriftlich festzuhalten, erstreckte sich auch auf Textnachrichten. Das sei keine Art, sich über Geschäfte auszutauschen, erklärte er, und es habe übrigens auch nichts mit einer höflichen Unterhaltung zu tun. Ob sie denn nicht auf dem Handy sähe, wer sie gerade angerufen habe? Und da sie ja nun wisse, wo er sich aufhalte, könne sie da nicht zum Reden zu ihm kommen?

Sie fuhr eines Morgens früh hin, als der Tau noch auf den Wiesen lag. Dan stand bereits auf einem Gerüst und legte bei den Wänden des Anbaus letzte Hand an. Divil, der zusammengerollt auf dem Beifahrersitz von Furys Kastenwagen lag, war inzwischen an sie gewöhnt; als Hanna sich dem Tor näherte, hob er noch nicht einmal den Kopf. Im Haus betrachtete Fury grübelnd Maggies Anrichte, die noch immer in ihrer Ecke beim offenen Kamin stand. Als Hanna über die Schwelle trat, holte sie überrascht Atem. Die Glasscheiben in der Tür des Möbelstücks waren blitzsauber poliert, und die Schubladen, die sich, halb geöffnet, verzogen und verklemmt hatten, waren jetzt ordentlich geschlossen, wie es sich gehörte. Der Inhalt der Regalfächer, darunter auch Maggies altes Buttermilchmaß, war herausgenommen und sorgfältig in eine Kiste in der Ecke gestellt worden. Und die Anrichte war sowohl von innen als auch von außen mit einem neuen Anstrich versehen worden.

«Und wie lautet das Urteil?»

Fury sprach, ohne sich umzudrehen, was Hanna Zeit verschaffte, ihre Reaktion zu kontrollieren. Der Farbauftrag war makellos. Aber die Farbe war eine, die ihr im Traum nicht eingefallen wäre.

Fury blickte sich um und schien ihre Reaktion trotz ihrer höflichen Miene sofort zu erspüren.

«Also, Madame ist offensichtlich nicht glücklich. Was ist los?»

«Nichts. Die Anrichte ist toll. Nur ...»

«Ja?»

«Ich weiß nicht, ob ich nun gerade diese Schattierung von Terrakottarot ausgewählt hätte.»

«Sie vielleicht nicht, aber Maggie schon.»

Er hatte die verdreckte oberste Schicht abgeschliffen, die inzwischen eher schlammbraun gewirkt hatte, und darunter den ursprünglichen Farbton zum Vorschein gebracht.

«Zufällig hatte ich alles, was man dafür braucht, bei mir

daheim im Schuppen, und so habe ich die Farbe für Sie neu angerührt.»

Hanna erinnerte sich nur zu gut daran. Irgendetwas zwischen Weinrot und Ziegelrot, eine Schattierung, die in Finfarans Küchen einmal äußerst beliebt gewesen war. In Maggies Fall hatte sie sich auf die Anrichte beschränkt, aber Hanna erinnerte sich, sie in anderen Häusern der Halbinsel an jedem Küchenmöbel gesehen zu haben. Seit ihrem letzten Besuch im Haus hatte Fury den offenen Kamin gesäubert, die Bodendielen abgeschliffen und Schichten von Fett und Dreck von der breiten Kaminsohle entfernt. Zusammen mit der Spüle und der Schieferarbeitsplatte war auch die Küchenzeile installiert worden. Der hohe Kaminvorbau war nun in einem dunklen Cremeton gestrichen, der zugegebenermaßen gut zu der Farbe der Anrichte daneben passte. Aber Hanna hatte vorgehabt, die Anrichte in Grün- und Grautönen zu streichen.

Fury forderte sie mit einer Kopfbewegung auf, ihm zu folgen, und marschierte in die Sonne hinaus. Am unteren Ende der Wiese, die inzwischen vollständig von allem Schrott befreit war, war die Grenzmauer wieder hergerichtet worden. Hanna folgte Fury den Hang hinunter bis zu der Stelle, wo drei aus der Mauer hervorstehende Steine eine Trittleiste bildeten, die zu dem Grasstreifen am Klippenrand führte. Auf der anderen Seite der Mauer bildete ein Brett auf zwei Steinsockeln eine Bank, die auf den Ozean hinausblickte. Sie war in demselben Rot gestrichen worden wie die Anrichte. Fury zog die Wachstuchjacke um seine mageren Hüften zusammen, setzte sich und wartete darauf, dass Hanna nachkam. Die Bank stand genau richtig, und hier auf der windigen Klippe, unter der in der Ferne ein Fischerboot vorbeizog, sah der Farbton großartig aus. Hanna setzte sich und lehnte sich gegen die Mauer. Obgleich es noch früh am Tag war, fühlten sich die Steine in ihrem Rücken bereits warm an. Zu ihren Füßen breitete sich das Kissen von Strandgrasnelken aus, auf das sie an jenem ersten Tag, als sie durch das Fenster des Anbaus geklettert war und über die Wiese zur Klippe gefunden hatte, ihre schlammbespritzten Pumps gesetzt hatte.

Sie warf Fury einen Blick zu. «Wissen Sie, was mir einmal jemand über Sie gesagt hat?»

«Nein.»

«Dass der Tag kommen würde, an dem Sie mir mein Haus zurückgeben würden, aber bis dahin wäre es Ihres.»

Fury lehnte sich zurück und schaute zum Himmel hinauf. Seine langen Beine waren fast bis zum Rand der Klippe ausgestreckt.

«Ich habe Maggie die Türen für die Anrichte geschreinert, als ich siebzehn war. Sie hatte den alten Topf mit Farbe hinten im Schuppen stehen, und die war zäh wie Leim. Aber sie hatte kein Geld für andere, und so bin ich mit Terpentin darangegangen. Heutzutage würde man Terpentinersatz nehmen, aber das wäre nicht dasselbe. Jedenfalls habe ich die Farbe verdünnt und die Anrichte gestrichen, und Maggie war zufrieden. Sie hat mir einen Rosinen-Scone geschenkt.»

Hanna erinnerte sich an Maggies Scones, die mit Rosinen gesüßt waren und bei denen Buttermilch als Treibmittel diente. Damals hatte das grüne Glas, in dem Maggie die Milch abgemessen hatte, immer auf der Anrichte gestanden. Hatte der jugendliche Fury es für die Zeit, da er die Anrichte für Maggie aufarbeitete, ebenfalls in eine Kiste in der Ecke geräumt, genau wie heute?

«Und nicht nur den Scone hat sie mir geschenkt, Gott sei ihr gnädig. Ihr Lohn hat mir damals, als ich es hier nicht länger ausgehalten habe, auch die Fahrt nach England ermöglicht.»

Fury zog die Schultern hoch und sah Hanna streng an. «Es war großartig, für Maggie zu arbeiten. Und ich würde sagen, sie wusste, wie es sich anfühlt, wenn man unbedingt von hier wegwill.»

Hanna erinnerte sich an Mary Caseys Bemerkung, Maggie habe die Halbinsel verlassen und sei in den 1920er-Jahren nach Manchester abgehauen. Dort sei sie mehr als zehn Jahre geblieben.

«Wissen Sie, warum sie nach England gegangen ist?»

Fury machte ein Pokerface. «Tja, sie hat es mir nicht erzählt, falls Sie das meinen.»

Das glaubte Hanna ihm gerne. Die Maggie, die sie in Erinnerung hatte, war so verschlossen gewesen, wie eine Frau es nur sein konnte; und es gab keinen Grund zur Annahme, sie wäre zu der Zeit des jugendlichen Fury anders gewesen. Aber da Fury älter als Hanna war, fragte Hanna, ob er nicht doch ein paar Geschichten über Maggie gehört hätte.

«Vermutlich soll ich Ihnen die jetzt erzählen.»

«Nein, durchaus nicht.»

«Tja, es heißt, Sie hätten selbst eine furchtbare Angst vor Klatsch und Tratsch.»

«Heißt es so?» Hanna sah ihn stirnrunzelnd an. «Und hören Sie auf das, was die Leute so sagen?»

Fury warf den Kopf zurück und lachte. «Vielleicht schon. Aber zuhören ist das eine. Weitererzählen etwas anderes.»

Maggies Geschichten seien jedoch inzwischen Schnee von

gestern. Die meisten Leute hätten die alte Frau längst vergessen. Und ehrlich gesagt habe auch die Hälfte von ihnen schon zu ihren Lebzeiten vergessen, dass es sie überhaupt gab. Das komme davon, wenn man als Einsiedlerin lebe, erklärte er Hanna spitz.

Hanna erinnerte sich an die einsame Beerdigung. Der Sarg hatte unter dem hohen Dach der Kirche sehr klein gewirkt, und die meisten Trauergäste hatten schon seit Jahren nicht mehr mit Maggie gesprochen. Wenn Hanna als Kind unwillig Torfsoden fürs Feuer herbeigeschleppt oder fröhlich *poreens* mit Butter verspeist hatte, hatte sie sich nie gefragt, warum Maggie so allein war. So waren die Dinge eben, und ihr war nie der Gedanke gekommen, irgendetwas in Frage zu stellen.

Fury kratzte sich am Kinn. Anscheinend hatte Maggie eine Affäre mit einem verheirateten Mann aus Crossarra. Maggie war damals noch jung und dumm, und so hatte sie ihm geglaubt, als er ihr versprach, dass sie zusammen weglaufen würden. Aber dann prügelte der Priester ihn zu seiner Frau zurück, und Maggie sah sich als Gespött der Leute.

«Es hieß, noch am selben Tag, an dem er sie verlassen hätte, sei sie nach England abgereist. Am Ende kam sie dann doch wieder nach Hause zurück, warum, hat sie niemals erklärt. Aber das war natürlich in den dreißiger Jahren, und da hatte sie mit Sicherheit in Irland keine Wohnung. Ich würde also sagen, dass dort drüben in England etwas schrecklich schiefgelaufen sein muss, sonst wäre sie nicht zurückgekehrt.»

Fury warf Hanna einen Seitenblick zu. «Damals hatte jener Mann Finfarran schon mit seiner Frau zusammen verlassen. Dann hinterließ Maggies Oma ihr dieses Haus hier auf der Wiese, und dort ist sie am Ende gelandet. Sie hat dreißig Jahre ganz allein gelebt, felsenfest davon überzeugt, dass die Nachbarn sich das Maul über sie zerrissen. Ich aber würde sagen, dass gegen Ende ihres Lebens kein Mensch überhaupt noch an sie dachte.»

KAPITEL 53

Vor ihrem Aufbruch versuchte Hanna, im Haus noch einmal das Thema Geld anzusprechen. Wenn Fury die Arbeit am Haus unterbrach, um eine unerwünschte Farbschicht auf eine Anrichte aufzutragen, war das ja nicht so schlimm. Was aber, wenn irgendeine eigenmächtige Entscheidung Furys sie letztlich ein Vermögen kosten würde? Da es keinen Vertrag gab, keinen Bauplan, keinen Zeitrahmen und keinen Kostenvoranschlag, erschien ihr nichts an diesem Projekt vorhersehbar. Tatsächlich war es sogar absurd, das Ganze auch nur Projekt zu nennen. Also sprach sie von Auftrag.

«Ich brauche ein ungefähres Gefühl für die Summe, die Sie für den Auftrag benötigen.»

Fury ergriff sie beim Ellbogen. «Machen Sie sich da jetzt keine Gedanken drüber. Kommen Sie lieber und schauen Sie sich das hier an.»

Auf einer Palette in der Ecke lagen die Armaturen, die er für Hannas Bad gekauft hatte. Hanna, die sich inzwischen schon an sein Händchen für altes Material gewöhnt hatte, war verblüfft zu hören, dass die Armaturen aus dem Baumarkt in Carrick stammten. Vor noch gar nicht so langer Zeit wäre ihr erster Instinkt eine Tirade gegen Fury gewesen, weil er sie bei dieser Einrichtungsentscheidung nicht einbezogen hatte. Jetzt aber betrachtete sie die Dusche, die Toilette und die Rohre mit dem Gedanken, was das wohl gekostet haben mochte. Fury bemerkte ihre Reaktion und schüttelte den Kopf.

«Ich weiß, was Sie denken, aber so darf man das nicht sehen. Die Sanitätsinstallationen kann man nicht aus verschiedenen Quellen zusammenstoppeln. Das zahlt sich auf lange Sicht nicht aus und macht einem nur das Leben schwer. Nein, im Bad will man ordentliche, solide Sachen haben, die gut funktionieren und mit Garantie verkauft werden.»

Hanna untersuchte die Kartons auf der Palette daraufhin, ob vielleicht auch ein Waschtrockner dabei war. Dann fragte sie Fury.

«Ach, so einen würde ich nicht kaufen, Mädel, denen würde ich nicht trauen. Für jede Aufgabe ein einzelnes Gerät, das ist meine Devise. Sie brauchen eine Waschmaschine von einer zuverlässigen Marke und einen separaten Wäschetrockner.»

Fury klopfte ihr fröhlich auf den Rücken. «Aber sorgen Sie sich nicht wegen der Kosten, ich finde beides für Sie. Es könnte natürlich ein Weilchen dauern, aber was sollte das schaden? Bis dahin bringen Sie Ihrer Mum die wöchentliche Wäsche, und dann können Sie bei ein paar Tassen Tee wunderbar miteinander plaudern.»

Der taufeuchte Morgen ging in einen sonnigen Tag über, und so luden die um den Tisch in der Bibliothek Versammelten Hanna mittags ein, ihr belegtes Brot doch mit ihnen zusammen im Garten zu essen. Sie war erstaunt über die Verwandlung, die das Areal in nur wenigen Wochen durchgemacht hatte. Als sie dort vor einigen Wochen Einsamkeit gesucht hatte, war alles überwuchert gewesen. Jetzt waren das Unkrauthacken und Umgraben abgeschlossen, die meisten Beete neu bepflanzt und die Kieswege dazwischen ordentlich gerecht und vom Bewuchs befreit. Die vielen Plastiktüten und Zeitungsseiten, die sich, vom Wind hereingeweht, in den Hecken verfangen hatten, waren verschwunden, die Sträucher beschnitten und die umgekippten Rosen auf dem umzäunten Friedhof wieder hochgebunden. Die Wiese unter den Bäumen war gemäht, und dort, wo die Wege sich bei der Statue des heiligen Franziskus kreuzten, hatte man Tische und Stühle um den alten Brunnen aufgestellt, in dem es auch wieder Wasser gab.

Als Hanna und die Gruppe aus der Bibliothek über die Wiese gingen, traf Aideen gerade mit becherweise Coffee to Go von HabberDashery ein. Nell Reily, die an einem der Tische saß, winkte Hanna zu. Die alte Mrs. Reily hockte auf dem Brunnenrand und unterhielt sich mit Schwester Michael. Hanna ging zu Nell, und die strahlte sie an.

«Ist der Garten nicht ein wunderbarer Ort für einen Treff, Miss Casey, und haben die Mädels nicht großartigen Kaffee in ihrem Laden? Wissen Sie, was, meine Mutter ist inzwischen ein totaler Fan von Cappuccino.»

Andere Senioren aus Knockmore, die mit ihr am Tisch saßen, stimmten ihr zu. Kaffee mit einer fiedrig verzierten Schaumkrone war eine tolle Abwechslung; und es war wunderbar, einmal ein paar Gesichter zu sehen, die nicht genauso alt waren wie das eigene.

Als Hanna sich umschaute, bemerkte sie, dass die meisten anderen Tische von Angestellten belegt waren, die hier Sandwiches von HabberDashery aßen. Aideen nahm Bestellungen auf und schaffte sie mit ihrem Fahrrad her. Das hatte sich Nell zufolge einfach so ergeben, und bald wollten die Mädels sogar ein Sonderangebot für Senioren anbieten. Ein Becher Suppe und ein Sandwich wären genau richtig, und beides würde nicht mehr kosten als das Mittagessen in der Begegnungsstätte. Und machte das Essen und Trinken beim Zusammensitzen mit Freunden in der Sonne nicht doppelt Spaß? Hatte Hanna eigentlich schon von der Fußpflege gehört? Schwester Michael hatte der Bezirkskrankenschwester, die mit diesem Service zweimal im Monat nach Knockmore kam, einen Raum im Kloster angeboten. Fußpflege würde es nun also auch hier in Lissbeg geben. Die Krankenschwester schaute ohnehin häufig im Kloster vorbei, weil sie ein Auge auf Schwester Consuelo haben musste, und so war das kein zusätzlicher Aufwand für sie.

Kaum hatte Hanna ihr belegtes Brot aufgegessen, tauchte Susans und Gunthers kleine Tochter Holly bei ihr auf und bat beharrlich, dass sie mitkommen und sich die Kräuter anschauen solle. Sie seien aus einem Buch gekommen, erzählte Holly, und deswegen hätten sie alle Seitenzahlen erhalten. Verwirrt blickte Hanna auf das Beet hinunter, zu dem Holly sie geführt hatte, und sah, dass jeder dort gesetzte Steckling mit einem Namen und einer Zahl versehen war. Susan kam zu ihnen und konnte Holly gerade noch daran hindern, ein Pflänzchen auszureißen, um es Hanna zu zeigen.

«Lass das schön stehen, Liebling. Sie müssen Wurzeln schlagen, wenn sie gedeihen sollen.»

Susan fragte Hanna lächelnd, was sie von den Zahlen halte. Die seien Hollys Idee gewesen, sagte sie, und bezögen sich auf die Seiten in *Gottes Garten*. Schließlich stamme die Idee, den Garten wieder anzulegen, ja buchstäblich aus einem Buch. Eine der Freiwilligen fertige derzeit ein Schild an, auf dem die ganze Geschichte erzählt, der Bezug zu den Zahlen erklärt und mitgeteilt würde, dass sich das Buch in der Bibliothek befinde.

«Wenn den Leuten das, was sie hier sehen, also gefällt, können sie rübergehen und sich anschauen, wodurch es inspiriert wurde. Und in der Bibliothek können sie auch gleich noch etwas über die Verwendung der Kräuter nachlesen.»

Hanna sagte sich trocken, dass die Besucher der Bibliothek hoffentlich etwas Interessanteres würden lesen wollen als *Gottes Garten*. Sie hatte schließlich mehr in ihren Regalfächern stehen als nur einen schlichten, mit Amateurfotos illustrierten Gartenratgeber. Doch wenn sie, wie Schwester Michael gesagt hatte, einmal für die Existenz der Bibliothek würden kämpfen müssen, würde der Nachweis steigender Besucherzahlen ihrer Sache guttun. Wenn jetzt also bald neue Besucher in die Bibliothek strömten, sollte sie vielleicht eine kleine Ausstellung mit den weniger oft ausgeliehenen Bänden der Bibliothek einrichten. Oder sogar – Gott steh ihr bei – eine Lektüreliste für eine Lesegruppe erstellen?

Bei diesem Gedanken zuckten ihre Lippen, und Susan strahlte sie an. Ob es nicht eigenartig sei, fragte sie, wie man das Gefühl bekäme, es mit der ganzen Welt aufnehmen zu können, wenn nur alle an einem Strang zogen? Ein wenig von ihrem eigenen Zynismus beschämt, erwiderte Hanna, da habe sie wirklich recht und der Verweis auf die Buchseiten sei eine großartige Idee. Dann ergriff sie so schnell, wie es der Anstand erlaubte, die Flucht und kehrte zu Nell zurück, um ihren Kaffee auszutrinken. Als sie sich wieder auf ihren Platz neben dem Brunnen setzte, spürte sie plötzlich, wie sich eine Welle der Unruhe verbreitete. Father McGlynn näherte sich auf dem Kiesweg!

Er wurde von allen lauthals begrüßt, gleichzeitig wechselten die Senioren heimliche Blicke. Als der Gemeindepfarrer dann zu ihnen trat, redeten alle gleichzeitig los. Aber unter der allgemeinen Fröhlichkeit lag ein unausgesprochenes Gefühl der Beunruhigung. Offensichtlich hatte keiner Father McGlynn gefragt, ob ihm die Ausflüge der alten Menschen nach Lissbeg genehm seien.

Mit einem Anflug von Verärgerung beobachtete Hanna, wie Father McGlynn einen Stuhl akzeptierte, einen Kaffee ablehnte und sich daranmachte, seine Herde zu bestrafen. Nichts von dem, was er tat oder sagte, war ein offener Vorwurf; er verweigerte ihr einfach jede Wärme. Es dauerte nur Minuten, da schwiegen die Senioren betreten wie Schulkinder, die von ihrem Lehrer zur Rede gestellt werden. Und je mehr sie den Priester umwarben, desto kühler verhielt er sich. Nachdem er sie dann da hatte, wo er sie haben wollte, stand er mit einem eisigen Lächeln auf. Er sei eigentlich hier, um Schwester Consuelo zu besuchen, sagte er, und er müsse jetzt wirklich los.

Als er aufstand, sah er Schwester Michael gebieterisch an, und die stellte sich sofort zu ihm. Hanna fiel es schwer, sich zu beherrschen. Mit seiner herrischen Kälte schien er die Wärme und das Selbstvertrauen der Nonne ausgelöscht zu haben, und doch war sie es gewesen, und nicht etwa er, die den Senioren das verschafft hatte, was sie brauchten. Hanna beobachtete, wie der Priester Schwester Michael quer durch den Garten zum Klostereingang voranging. Die am Tisch sitzenden Senioren wechselten Blicke. Vielleicht quälten sie sich mit der Frage, ob sie durch ihre Unterlassung, die Zustimmung des Priesters einzuholen, seinen Schutz und seine Unterstützung verwirkt hatten. Doch als Aideen mit Kaffee und Éclairs von der anderen Seite der Straße herüberkam, beschlossen sie anscheinend, ihre Sorgen auf später zu verschieben. Aideen wurde mit fröhlichen Rufen und lächelnden Gesichtern empfangen. Die alte Mrs. Reily stand vom Brunnenrand auf und kam an Hannas Tisch. Der Priester sei gekränkt, sagte sie mit gedämpfter Stimme. Aber bis er irgendwelche Maßnahmen ergriffe, lägen sie vielleicht schon alle tot in ihren Gräbern.

KAPITEL 54

Noch bevor die alten Leute damit fertig waren, die Éclairs mit freudigen Rufen zu bewundern, fühlte sich Hanna genötigt, aufzustehen und Schwester Michael zu folgen. Sie entschuldigte sich bei den anderen, ging durch den Garten zum Klostergebäude und trat durch die Seitenpforte ein. Sie kannte bereits den schnellsten Weg zu der abgeschlossenen Wohnung, in der Schwester Michael Schwester Consuelo pflegte. Jetzt eilte sie an den verschlossenen Türen und dem Eingang der riesigen früheren Klosterküche vorbei, von einem Gefühl der Dringlichkeit angetrieben, das sie selbst nicht verstand.

Die Tür zur Wohnung ging von einem breiten, leeren Korridor ab und führte zunächst auf einen schmalen, mit einem Teppich ausgelegten Flur. Zwischen den Schlafzimmern der Nonnen und dem Wohnzimmer lagen eine kleine Küche und ein Bad, und am Ende des Flurs führte ein kurzer, gefliester Gang zu der Tür, die auf die Straße hinausging. Auf dem Weg zum Wohnzimmer dämpfte der Teppich Hannas Schritte. Vor der halb geöffneten Tür blieb sie stehen, weil sie Schwester Michaels Stimme hörte. Die alte Nonne klang ganz unglücklich. Etwas sagte Hanna, dass jetzt nicht die

Zeit für zimperliche Bedenken war. Sie stellte sich leise an den Türspalt, lauschte und beobachtete.

Im Zimmer starrte Schwester Michael den Priester ungläubig an. Father McGlynn, der auf dem Sofa saß, breitete in gespieltem Bedauern die Hände aus. Es tue ihm leid, sagte er, und er wisse, dass sie es nur gut gemeint habe. Aber Tatsache sei nun einmal, dass weder das Klostergebäude noch das Grundstück für den Publikumsverkehr versichert seien. Daher sei es undenkbar, der Krankenschwester einen Raum für die Fußpflege zu überlassen oder auch nur die Öffentlichkeit, aus welchem Grund auch immer, in den Klostergarten einzuladen. Natürlich habe Schwester Michael keine bösen Absichten gehegt, aber was sie tue, setze den Bischof der ernsthaften Gefahr von Gerichtsklagen aus. Und dann noch die Genehmigung für einen Imbiss, auf kircheneigenem Gelände Geschäfte zu machen! Der Priester schüttelte betrübt den Kopf und stand auf. Er werde morgen mit dem Bischof reden und ihn daran erinnern, dass Schwester Michael schon recht betagt sei. Das werde er gewiss verstehen, und die Sache werde keine Konsequenzen nach sich ziehen. Aber die vollkommen unangemessene Nutzung von Garten und Kloster müsse sofort beendet werden.

Seine Stimme war so salbungsvoll, dass Hanna mit nichts anderem im Sinn, als ihre Solidarität mit Schwester Michael zu zeigen, ins Zimmer marschierte. Der Priester, der am Kamin stand, starrte sie überrascht an. Ganz offensichtlich war die Vorstellung, dass jemand die Wohnung der Nonnen einfach so betreten konnte, ein weiteres Beispiel vollkommen inakzeptabler Lockerheit. Hanna schenkte ihm keine Beachtung und sah einfach Schwester Michael an. Die stämmige, kleine Nonne saß in einem Sessel und wirkte hilflos. Mit düsterer Miene begegnete sie Hannas Blick. Dann trat der Priester aalglatt vor und reichte Hanna die Hand. Das Projekt im Klostergarten sei ihm zu Ohren gekommen, erklärte er, und gerade habe er Schwester Michael informiert, dass er die Sache vor den Bischof bringen werde.

In diesem Augenblick hatte Hanna blitzartig eine geniale Idee. Von Erregung ergriffen, packte sie seine Hand so fest, dass er zusammenzuckte und zurücktrat. Dann wandte sie sich, noch immer seine Hand umklammernd, an Schwester Michael.

«Wir wussten, dass Sie entzückt sein würden, Father, nicht wahr, Schwester?»

Ohne Schwester Michaels verblüfften Blick zu beachten, schüttelte sie dem Priester weiter kräftig die Hand.

«Wie großartig, dass Sie angeboten haben, mit dem Bischof zu sprechen! Und ist es nicht ein wunderbarer Gedanke, dass er nun endlich eine Gelegenheit bekommt, dieses alte Gemäuer loszuwerden?»

Aus dem Augenwinkel sah Hanna, wie Schwester Michael die Augenbrauen zusammenzog, während Father McGlynn sie einfach nur verständnislos anstarrte. Hanna ließ seine Hand los, setzte sich und lächelte beide an. Zweifellos habe Schwester Michael ihm von dem Antrag erzählt, den sie beim Bezirksparlament einreichen wollten. Und wäre es nicht wirklich dumm, all das Geld für einen riesigen neuen Komplex in Carrick zu verschwenden, wo es doch diese großartige Immobilie gebe, die die Kirche gewiss gerne verkaufen würde?

Sie konnte sehen, wie Father McGlynn allmählich etwas

dämmerte. Ihren Vorteil beim Schopf packend, fuhr sie mit einem Ausdruck unschuldiger Begeisterung fort.

«Wir wollten uns schon an Sie wenden, Father. Denn natürlich sind Sie derjenige, der dem Bischof die Idee unterbreiten sollte. Ich meine, ohne all Ihre Arbeit in Knockmore wäre uns niemals der Gedanke gekommen.»

Schwester Michael senkte den Blick und nickte. Wenn man der Wahrheit die Ehre gebe, murmelte sie, habe ja eigentlich der Priester die Idee gehabt. Und was für eine Erleichterung es für den Bischof bedeuten würde, sollte der Antrag angenommen werden.

«Und hat das Gartenprojekt die Leute nicht auf eine wunderbare Weise zusammengebracht? Bei all dem guten Willen, den wir schon in den Menschen geweckt haben, wird es keinen Mangel an Unterstützung geben.»

Dann hatte sie einen neuen Geistesblitz und fügte hinzu, man habe den Antrag noch nicht öffentlich erwähnt, weil man natürlich zuerst dem Bischof davon berichten müsse.

«Sie wissen ja selbst, Father, dass sich die Leute nicht einfach mit ihren eigenen dummen Ideen vordrängen sollten. Aber wenn der Bischof Ihren Vorschlag absegnet, werden sie sich Ihnen mit Sicherheit anschließen.»

Hanna fragte sich, ob sie zu weit gegangen war. Er war doch gewiss nicht so überheblich, dass er eine Idee, die sie gerade ins Gespräch gebracht hatte, als etwas akzeptieren würde, was er selbst erfunden hatte. Doch sein verbindliches Lächeln und der Ausdruck seiner Augen sagten ihr, dass das keine Rolle spielte. Was immer er nun auch glauben mochte, der Köder, den sie ihm hingehalten hatte, war einfach zu verlockend, als dass er ihn nicht schlucken würde. Hier war die

Gelegenheit, beim Bischof Pluspunkte einzuheimsen, und offensichtlich konnte er es kaum erwarten, Anspruch darauf zu erheben.

Hanna begleitete Father McGlynn zur Tür und winkte ihm nach. Als sie ins Wohnzimmer zurückkehrte, saß Schwester Michael noch immer mit im Schoß gefalteten Händen im Sessel. Die hellen, blauen Augen in ihrem runzligen Gesicht leuchteten. Hanna ging rasch zum Buffet und schenkte ihnen beiden einen Sherry ein.

Schwester Michael ergriff ihr Glas. «Auf Sie, Hanna Casey, Liebes, das war ein Geniestreich.»

«Es war das letzte Puzzlestückchen, oder? Statt einen neuen Rathauskomplex in Carrick zu bauen und einen Yachthafen in Ballyfin, kauft die Bezirksregierung das Kloster und entwickelt es zu einem Bürgerbegegnungszentrum. So können wir die bereits begonnene Arbeit fortsetzen, Lissbeg bleibt seine Bibliothek erhalten, und es ist immer noch Geld für die Entwicklung der Insel als Ganzes übrig – für Straßen, ein schnelles Internet, was auch immer.»

«Und wann haben Sie das ausgearbeitet?»

Hanna lächelte. «Das ist mir in dem Moment eingefallen, als ich den Mund aufgemacht habe. Und diese Gedanken wären mir nie in den Sinn gekommen, hätte sich dieser kleine Mann nicht derart aufgeplustert.»

Schwester Michael hob das Glas, um mit ihr anzustoßen. Es sei eben wirklich so, sagte sie zu Hanna, dass man den Acker vorbereiten und die Saat ausbringen könne. Aber der Ernte könne man nicht vorgreifen.

Von Begeisterung überwältigt, griff Hanna nach ihrem

eigenen Glas. «Jetzt ist es also so weit? Wir berufen eine Versammlung ein und machen die Sache öffentlich?»

«Genau.»

Und dann stießen sie miteinander auf das perfekte Timing an.

KAPITEL 55

Sie hielten die Versammlung in der Bibliothek ab, und diese war rappelvoll. Hanna begann mit der Schilderung des Plans der Bezirksregierung für die Halbinsel. Das sei die eine Alternative, erklärte sie, aber sie laufe darauf hinaus, alle für die Entwicklung bestimmten Mittel des Haushalts in Carrick und Ballyfin zu investieren.

«Nichts von dem, was ich gehört habe, lässt erwarten, dass das der Halbinsel als Ganzes zugutekommen würde, und Conor und Schwester Michael haben es genauso empfunden. Unserer Meinung nach wurden die Fragen, die wir bei der Bürgerversammlung gestellt haben, nicht angemessen beantwortet. Und so haben wir uns gerne daran erinnern lassen, dass die Öffentlichkeit dazu aufgefordert ist, im Vorfeld der abschließenden Entscheidung Fragen und Vorschläge einzureichen.»

Nun erhob sich natürlich Dan im Publikum und sagte, das Anhörungsverfahren sei doch nur ein Schwindel. Rundum im Saal wurde genickt. Was würde es denn wohl bewirken, wenn ein paar Leute protestierten? Das wäre bei der Abstimmung des Bezirksparlaments doch keinen Pfifferling wert.

Hanna wartete ab, bis die Leute verstummten. Genau

das sei der Punkt, erklärte sie. Kommentare von Einzelnen könnten durchaus wirkungslos bleiben. Und einfach nur Einwände zu erheben, würde zu nichts führen. Man brauche vielmehr einen völlig neuen, alternativen Entwurf. Einen besseren Weg in die Zukunft: ausgearbeitet, durchkalkuliert und nachweisbar vorteilhafter für alle Beteiligten. Und, was entscheidend war, er musste von der Gemeinschaft als Ganzes vorgelegt werden.

Von ihrem Platz am Vortragspult aus beobachtete sie die Gesichter im Publikum. Die Reaktionen reichten von Skepsis bis zu aufkeimender Begeisterung. Dann wies eine Stimme aus den hinteren Reihen darauf hin, dass das Geld knapp sei. Gebe es denn nicht genug kluge Leute in der Bezirksverwaltung, die bereits alles kalkuliert hätten? Warum sollte man annehmen, dass ein anderer Plan besser funktionieren würde als ihrer?

Sofort hob Conor seine Hand. Er sei bei der sogenannten Bürgerversammlung vor Ort gewesen, erzählte er, und er habe die klugen Leute reden hören. Die Bande achte nur auf ihren eigenen Nutzen und wolle einfach gemütlich in ein tolles, neues Bezirksrathaus einziehen. Nein, alles laufe darauf hinaus, dass Carrick und Ballyfin zum Schluss fein raus wären, und alle anderen würde man zum Teufel jagen.

Hanna sah, dass mehrere Leute aus Carrick und Ballyfin, die in der Mitte saßen, sich innerlich zum Kampf rüsteten. Hastig klopfte sie auf das Rednerpult und durchbrach damit das Durcheinander von zustimmendem Gemurmel und verärgertem Murren.

«Die Zwietracht stiftende Natur des Vorschlags der Bezirksregierung ist gerade einer der Gründe, weswegen ich diese Versammlung einberufen habe. Wir leben alle auf derselben Insel. Wir brauchen einen Haushaltsentwurf, der das widerspiegelt und Raum für gegenseitige Unterstützung schafft.»

Wieder wartete sie ab, ein Auge auf Schwester Michael gerichtet. Sie beide hatten vor der Versammlung einträchtig beschlossen, dass sie heute Abend Einigkeit brauchten.

Fidelma Cafferky stand auf und stellte eine Frage. Von was für einem Zeitrahmen müssten sie eigentlich ausgehen? Sie würden ganz schön viele Sitzungen brauchen, um einen Alternativentwurf zu entwickeln.

«Wir müssten unsere Ideen diskutieren, uns auf etwas einigen und ein Format für die Präsentation finden ...» Fidelma sah Hanna entschuldigend an. «Tut mir leid, Miss Casey, aber mir ist nicht klar, wie wir das schaffen sollen.»

«Und wieso sollte der Plan der Bezirksregierung uns eigentlich kratzen?» Ein Farmer aus der Nähe von Crossarra stand auf. «Es gibt doch nichts mehr, was sie uns nicht schon weggenommen haben.»

«Aber verstehen Sie denn nicht?» Hanna hörte, dass ihre Stimme angespannt klang. Sie riss sich zusammen und fuhr in zuversichtlichem Tonfall fort: «Mit einer anderen Investitionsstrategie könnte das Leben aller Menschen besser werden. Und nicht nur das der wenigen Leute, die vom Yachthafen und dem neuen Bezirksrathaus profitieren würden.»

Fidelma habe ein wichtiges Argument vorgebracht, denn für die Antragstellung hätten sie nur noch vier Wochen Zeit. Aber die Hälfte der erforderlichen Arbeit sei bereits erledigt. Durch das Gartenprojekt seien funktionierende Arbeitsgruppen entstanden, und auf der Website vom Rande der

Welt seien bereits massenhaft Informationen zusammengetragen.

«Wir besitzen Listen von Selbständigen, Geschäften und Betrieben einschließlich detaillierter Serviceinformationen, und außerdem haben wir schlagkräftige Beweise, die zeigen, wie die Zusammenarbeit bereits Partnerschaften und Wachstum angeregt hat. Wir bauen eine gemeinschaftliche Infrastruktur auf, die Finfarrans Einnahmen exponentiell wachsen lassen könnten.»

Plötzlich unterbrach sie sich und grinste. «Und vielleicht ist es ganz nützlich, dass ich anscheinend gelernt habe, wie einer dieser Leute zu reden, die Conor Federfuchser nennt.»

Hier und da wurde gelacht, und sie spürte, wie ihr Publikum sich entspannte. Sie straffte die Schultern und warf Schwester Michael einen Blick zu. Als sie die Zustimmung in den Augen der alten Nonne sah, kam sie zu ihrem letzten Argument.

«Und nein, sie haben uns noch nicht alles weggenommen. Noch nicht. Aber wenn ihr Entwurf angenommen wird, verliert Lissbeg seine Bibliothek. Und wahrscheinlich wird das Gartenprojekt ebenfalls abgewürgt.»

Eine Woche später leitete Hanna an einem Ecktisch in der Bibliothek eine Arbeitsgruppe zu Finfarrans Breitbandabdeckung, während Pat Fitz auf der anderen Seite des Saals einer Gruppe von Senioren aus der Begegnungsstätte in Knockmore einen Kurs im Umgang mit dem Internet gab. An Tischen im Klostergarten erarbeiteten Freiwillige Listen von Fakten, die Aspekte des *Antrags vom Rande der Welt*, wie sie ihn nannten, illustrieren würden. In Schwester Michaels Wohnzimmer werkelte Ferdia, der schlaksige Webdesigner, an der Bildschirmdarstellung der Flowcharts, die er bereits für seine Webseiten geschaffen hatte. Und Aideen und Schwester Michael eilten über die Broad Street hin und her, um den eifrig Beschäftigten etwas zu essen und zu trinken zu bringen.

Anfangs hatte Pats Computerkurs nichts mit dem Antrag zu tun gehabt. Es war einfach nur so gewesen, dass die Senioren die Idee eines Kurses in Lissbeg nicht mehr fallen lassen wollten, nachdem sie erst einmal in der Welt war. Beim Kaffeetrinken im Garten hatte jemand daran erinnert, dass Pat übers Internet Kontakt mit ihren Enkeln hielt. Wäre der Einstieg in Twitter und Facebook nicht eine tolle Möglichkeit, den Umgang mit dem Computer zu lernen? Als dann alle zugestimmt hatten, hatte Nell Reily eine Idee gehabt. Wenn sie schon bei dem Thema seien, könnte man dem Bezirksparlament mit diesem Kurs nicht auch eine großartige Botschaft senden? Das Problem mit diesen Jungs sei doch, dass sie auf jedes Argument eine Entgegnung wüssten. Wenn man ihnen sagte, dass man die Bücher vermissen würde, würden sie antworten, man würde sie ja noch mit dem Bibliotheksbus vorbeischicken. Aber die Computerkurse würden zeigen, dass die Bibliothek an sich wichtig sei. Und wenn man schon vor Ort war, konnte man sich auch noch nach einem Buch zum Mitnehmen umschauen.

Tatsächlich wuchs die Unterstützung für den Antrag auf allen Seiten. Kurz nach der Versammlung hatte der Hundemann Oliver Hanna den Weg verstellt. Ob es denn wirklich stimme, dass die Bibliothek vielleicht geschlossen werde?

«Es ist nun einmal so, Miss Casey, ich beginne gerne am Anfang, fahre fort, bis ich ans Ende komme, und höre dann auf. Mit den zwanzig Minuten jeden zweiten Tag, die ich mir für meine Suche nehme, habe ich wohl noch ziemlich lange zu tun. Gott allein weiß, was ich machen soll, falls es wirklich zur Schließung kommt.»

Zu Hannas Entsetzen hatte er dann ein Transparent hervorgeholt, mit dem er sich vor der Bibliothek aufstellen wollte. Es war mit riesigen, schwarzen Lettern beschriftet und lautete: ICH SUCHE EIN BUCH. Zum Glück hatte Conor ihn mit der Bitte abgelenkt, beim Kaffee zu helfen, und Aileen zufolge hatte er sich rasch in einen Barista verwandelt, der das fiedrige Muster in der Schaumkrone fast so gut hinbekam wie sie selbst.

Jetzt kam Oliver mit einem Bestellblock zu Hannas Arbeitsgruppe. Irgendwann war Hanna unter Druck geraten, das Getränkeverbot in der Bibliothek aufzuheben. Aber das war ihr zu weit gegangen, und so hatte man einen Kompromiss gefunden: Kurz vor dem Ende einer Sitzung wurden die Bestellungen aufgenommen, und die Mitglieder der Arbeitsgruppen verbrachten ihre Pause dann im Garten. Tatsächlich war das eine Lösung, die allen gefiel, weil es guttat, die Beine einmal auszustrecken.

Mehr noch als die stetig wachsende Unterstützung für die Bibliothek erstaunte Hanna das Ausmaß der Unterstützung für sie selbst. Ferdia hatte einen Bruder, der einen Aufsitzmäher besaß und im Sommer rundum Leuten den Rasen mähte. Er war sehr gefragt, aber Ferdia versicherte Hanna, wenn sie erst einmal in ihr neues Haus eingezogen sei, werde er für sie einen Platz auf seiner Liste finden. Hanna befürchtete, dass sie im nächsten Sommer massenhaft freie Zeit haben würde, in der sie ihren Rasen selbst mähen könnte, und kein Geld, um jemand anderen dafür zu bezahlen, trotzdem wusste sie das Angebot zu schätzen. Dann winkte eines Tages Orla McCarthy, Conors Mum, den Bibliotheksbus zum Halten an den Straßenrand. Sie wolle kein Buch, sagte sie, aber sie habe sich gefragt, ob Hanna ein paar alte Möbelstücke gebrauchen könne. Sie führte sie zum Kuhstall und zeigte ihr drei irische Súgán-Stühle mit Flechtsitzen und einen Súgán-Sessel mit breiten Armlehnen und hoher Rückenlehne, der gut vor den offenen Kamin passen würde. Früher hätten sie ihrer Oma gehört, erklärte sie, und dann seien sie im Kuhstall gelandet, weil keiner es übers Herz gebracht habe, sie wegzuwerfen. Hanna war verblüfft. Sie waren wirklich alt, das Holz von Generationen von Händen blankgescheuert und die Sitze aus geflochtenem Stroh unbeschädigt. Als Hanna protestierte, hier handele es sich um Erbstücke, hatte Orla den Kopf geschüttelt.

«Ist es denn etwa nicht eine Beleidigung für die Vergangenheit, Miss Casey, wenn sie keiner mehr nutzt?»

Sie möge die Stühle auch selbst sehr gerne, sagte sie, aber sie habe keinen Platz.

«Dann hat Conor erzählt, dass Sie ein altes Haus herrichten, und da dachte ich, die Möbel könnten gut da hineinpassen. Als Geschenk natürlich, ich würde kein Geld dafür annehmen, und schon gar nicht von Ihnen. Nicht, nachdem Sie so gut zu Conor waren.»

Hanna hatte sich tief berührt bei Orla bedankt, und am Abend hatte Conor ihr die Stühle und den Sessel in der Traktorschaufel vorbeigebracht. Hanna war ein wenig entsetzt über das Transportmittel, aber er versicherte ihr, er habe die Schaufel mit absolut sauberen Düngersäcken ausgelegt.

Als Hanna sich ein paar Tage später gerade beim Haus mit Fury unterhielt, tauchte eine Unbekannte mit einem Päckchen auf. Wie sich herausstellte, war sie die Tochter einer älteren Dame, die in Lissbeg lebte.

«Sie kennen mich nicht, Miss Casey, weil Mum und ich erst nach Lissbeg gezogen sind, als Sie schon in London waren. Aber für Mum ist die Bibliothek enorm wichtig, und wie ich höre, kämpfen Sie großartig dafür, dass sie uns erhalten bleibt.»

Sie selbst sei Buchhalterin, erklärte sie, und sie habe bereits angeboten, sich den Freiwilligen bei der Ausarbeitung des Antrags anzuschließen.

«Das hier ist einfach nur etwas, das Ihnen vielleicht für Ihr Haus gefallen könnte.»

Als Hanna das Paket auspackte, kam ein Patchworkquilt zum Vorschein, der ein wahres Kunstwerk war und ein Muster aus Gelb-, Grün- und Grautönen aufwies.

«Bei Mum hat er jahrelang in der Truhe gelegen. Er könnte vielleicht nach Mottenkugeln riechen, tut mir leid! Aber Orla McCarthy hat gesagt, dass Sie alte Möbel lieben, und da dachte ich, der hier würde vielleicht gut dazu passen.»

Als die Frau gegangen war, trug Hanna die Decke in den Garten und breitete sie über einem Ginsterbusch aus, dessen gelbe Blüten warm nach Kokosnuss dufteten. Fury kam mit Divil auf den Fersen aus dem Haus.

«Wir werden wohl so eine Wäscheleine für Sie spannen müssen, wie Maggie sie hatte.»

Hanna erinnerte sich an den Salzgeruch von Maggies Bettlaken und das Gefühl der in der Sonne getrockneten Baumwolle und lächelte. Sie würde eine Wäscheleine auf ihre Liste setzen, sagte sie, direkt hinter einem Küchentisch und einem Bett.

«Na, das Bett können Sie jedenfalls schon mal streichen.» Fury kratzte Divil mit der Fußspitze unter dem Kinn. «Ich habe Maggies alte Matratze weggeschmissen, aber das Bettgestell behalten. Es ist aus Messing und Stahl und inzwischen wunderbar sauber.»

Maggies Bett besaß am Kopf- und Fußende ein hohes Gitter und war immer mit einem Federbett mit Paisleymuster zugedeckt gewesen, das Hanna als Kind zentnerschwer vorgekommen war. Sie sah Fury zweifelnd an, und der lachte.

«Es wird Ihnen gefallen, wenn Sie es sehen. Und falls nicht, können Sie es ja für ein Vermögen an einen Antiquitätenhändler verkaufen. Vorausgesetzt, Sie teilen den Gewinn mit mir und Divil.»

Hanna war sich nicht sicher. Das Schlafzimmer war gerade groß genug für ein Doppelbett, einen Stuhl und eine Schubladenkommode. In die eine Wand war ein deckenhoher Schrank eingebaut. Sie hatte mehrere Abende damit verbracht, den Schrank und die Fensterrahmen in einem weichen Grauton und die Wände in einem sanften, hellen Gelb zu streichen. Dann hatte sie das Innere des Schranks mit ein paar Bahnen grüner Paisleytapete ausgelegt. Tiefer hatte die Verbeugung vor der Vergangenheit aber nicht ausfallen sollen; der Gedanke, in Maggies altem Bett zu schlafen, schien ihr nun zu weit zu gehen. Doch als sie das nächste Mal zum Haus kam, war sie wie bezaubert. Fury hatte das Bettgestell restauriert, das Gitter an Kopf- und Fußende mit einem cremefarbenen Lack überzogen, die Messingkugeln auf den Bettpfosten aber ausgelassen, sodass sie golden glänzten. Während Hanna das Gestell noch bewunderte, rief er aus dem anderen Raum herüber: «Als ich in Carrick die Grundierung besorgt habe, habe ich Ihnen auch eine neue Matratze bestellt, und dieser Quilt, den Sie von der Frau gekriegt haben, wird darauf wirklich was hermachen.»

Wie sie da in dem stillen Schlafzimmer stand, war Hanna erstaunt über all die glücklichen Fügungen. Doch unter der Freude lag ein Gefühl von Angst. Mit jedem Tag verliebte sie sich mehr in das Haus. Was würde sie tun, sollte sie es verlieren?

KAPITEL 56

Die Arbeit am *Antrag vom Rande der Welt* lief wie am Schnürchen. Wenn Hanna abends die Bibliothek abschloss, ging sie immer noch einmal durch den Garten zum Kloster, um sich mit Schwester Michael zu treffen. Ferdia, der das von den Freiwilligen erarbeitete Hauptdokument täglich updatete, hatte Hanna seinen Ersatzlaptop geliehen, damit sie den Gesamtfortschritt der Arbeit im Auge behalten konnte. Der Bischof, der alles förderte, was ihm die Chance eröffnete, das Kloster loszuwerden, hatte den Publikumsverkehr im Garten durch die Versicherung abdecken lassen. Und zu Schwester Michaels und Hannas Entzücken hatte er Father McGlynn die strenge Anweisung erteilt, sich aus dem Antragsprozess herauszuhalten, damit man der Kirche später nicht vorwerfen könne, sie habe nur ihr Schäfchen ins Trockene bringen wollen.

Die Arbeitsgruppen im Garten hatten weitere Teams hervorgebracht, die die Verantwortung für die diversen Unterpunkte des Antrags übernahmen. Einige mischten sich aus jungen Selbständigen und Senioren, weshalb die Verschiedenartigkeit der Fähigkeiten und Erfahrungen gelegentlich zu Konflikten führte. Jimmy Harty, ein Neunundsiebzigjähriger, der früher einmal die Straßenbauabteilung der Bezirksverwaltung geleitet hatte, hatte sich aus irgendeinem Grund der Flora-und-Fauna-Gruppe angeschlossen und sich schlimm mit Darina Kelly überworfen, die diese leitete. Aber dann hatte Dan Cafferky Hanna dargelegt, dass Jimmys Hintergrund ihn dazu prädestiniere, sich des Themas der vernachlässigten Straßen auf der Halbinsel anzunehmen. Es dauerte nur Stunden, da leitete Jimmy seine eigene Gruppe und grub die Unterlagen zu einem nie umgesetzten Plan aus, den er einmal für die Bezirksregierung erarbeitet hatte. Wenn sie die Kosten neu kalkulierten, sagte er, könnten sie ihn als Anhang dem Antrag beifügen, was das Ganze noch etwas aufpeppen würde. Ein Graphiker, der in einem Dorf nördlich von Knockmore lebte, war wegen seiner Computerkenntnisse hinzugebeten worden, und laut Ferdias neuestem Update schritt die Arbeit rasch voran.

Hanna, die mit Schwester Michael bei einem Gläschen Sherry saß, betrachtete die Terminvorgaben, die an der Wohnzimmerwand hingen. Bisher waren sie voll im Plan, da jedoch die Abstimmung des Bezirksparlaments nur noch drei Wochen entfernt lag, durften sie in ihren Anstrengungen nicht nachlassen. Und ständig tauchten neue Ideen auf. Jemand hatte darauf hingewiesen, dass der Zugang zum schnellen Internet ein großes Thema sei, und so recherchierte eine hastig zusammengetrommelte Gruppe über die staatliche Politik bezüglich des Breitbandzugangs auf dem Land und ermittelte, wie weit die Halbinsel hinter den Vorgaben zurücklag. Unterdessen hatten Hanna und Schwester Michael entschieden, dass sie nicht nur einen Onlineantrag einsenden mussten, der mit allen nötigen Hyperlinks versehen war, sondern sie mussten auch für jeden Abgeordneten des Bezirksparlaments, der bei der Entscheidung mit abstimmen würde, eine gebundene Kopie bereitstellen. Sie würden viele Seiten ausdrucken, abgleichen und überprüfen müssen, doch am Ende würde es die Mühe wert sein. Und um gar nicht erst die Versuchung zur Sabotage zu schaffen, würden sie die gebundenen Exemplare persönlich bei der jeweiligen Privatadresse der Abgeordneten abliefern.

Hanna ließ Schwester Michael zurück, die mit schmerzlich verkrampften Händen auf der alten Remington-Schreibmaschine des Klosters die Tagesordnungspunkte für morgen tippte, und ging quer durch den Garten zum Parkplatz. Susan und die kleine Holly saßen noch auf dem Brunnenrand und sahen zu, wie Vögel Brotkrumen aus den ausgestreckten Händen des steinernen heiligen Franziskus fraßen. Hanna setzte sich zu ihnen und lauschte auf das entzückte Quietschen des kleinen Mädchens und auf das Plätschern des herabrieselnden Wassers. Sie konnte kaum glauben, dass diese Wochen intensiver Arbeit – zum Guten oder zum Schlechten – bald vorbei sein würden. Gerade jetzt, am Ende eines anstrengenden Tages, kam es ihr nur zu wahrscheinlich vor, dass ihre Mühen umsonst gewesen sein würden. Plötzlich stieß Susan sie an und deutete auf Holly, deren Augen so rund wie Pennymünzen waren. Ein Vogel war von der Hand des Heiligen heruntergeflattert und pickte dicht am Schuh der Kleinen nach einer Brotkruste. Der Ausdruck in Hollys Gesicht versetzte Hanna plötzlich zurück in Jazz' Londoner Kindheit, als sie auf dem Heimweg von der Bibliothek im Park haltmachten, um die Vögel zu füttern.

Hanna, die so von Vergangenheit und Zukunft zugleich in

Beschlag genommen war, brauchte einen Augenblick, bis sie merkte, dass Susan ihr eine Frage gestellt hatte. Ob sie schon gehört habe, wie günstig Pat Fitzgerald ihre Flugtickets bekommen habe? Es sei ein echtes Schnäppchen gewesen, erzählte Susan. Pat hatte den Leuten in ihrem Computerkurs gezeigt, wie man eine Suchmaschine benutzt. Dabei hatte sie die Website einer Fluggesellschaft angeklickt und ein supergünstiges Angebot für Flüge zu der kanadischen Stadt gefunden, in der ihre Söhne lebten. Die Fluggesellschaft eröffnete gerade eine neue Strecke, und daher bekam man den kompletten Hin- und Rückflug zum Preis eines Einzeltickets und dazu noch ein kostenloses Upgrade in die Business Class. Es waren allerdings nur noch vier Plätze übrig, und die Tickets konnten nicht zurückgegeben werden. Aber es war ein Superangebot, und Mrs. Fitz hatte sich ihre Handtasche geschnappt und zugegriffen.

«Sie meinen, sie hat die Tickets gekauft, ohne Ger vorher zu fragen?»

«Na ja, anscheinend hatten sie die Reise ohnehin schon geplant. Und Sie kennen ja Ger Fitz, der ist ein echter Geizkragen. Sie hat sie mit ihrer Kreditkarte bezahlt, und als sie ihn anrief und es ihm mitteilte, soll er begeistert gewesen sein.»

Hanna fragte sich, ob Pat wohl auch so mutig gewesen wäre, wenn die Teilnehmer ihres Computerkurses sie nicht angestachelt hätten. Es war eine großartige Geschichte, auch wenn sie der armen, empörten Mary Casey wahrscheinlich den Rest geben würde. Andererseits mochte sie auch den entgegengesetzten Effekt haben und Mary selbst aktiver werden lassen. Da sich in Lissbeg jetzt so viel Aufregendes tat und überall auf der Halbinsel darüber geredet wurde, wuchs bei

Hanna der Verdacht, dass ihre Mutter sich allmählich übergangen fühlte.

Als Hanna später am Abend in den Bungalow kam, beschwerte Mary sich diesmal nicht über ihre späte Heimkehr, sondern stellte heiße Hühnersuppe und einen köstlich duftenden Laib frisch gebackenes Backpulverbrot auf den Tisch. Dann setzte sie sich zu ihr und wollte von Hanna alles über die Ereignisse des Tages wissen. Was war da eigentlich in der Bibliothek los? Und was sollte dieser ganze Quatsch, der ihr zu Ohren gekommen war? Dass Hanna sich wie Jeanne d'Arc aufführte? Und was war eigentlich an diesem Gerede dran, dass die Leute Hanna ihre alten Möbel schenkten?

Hanna wappnete sich seufzend für einen Streit. Doch Mary machte auf dem Absatz kehrt, ging zu einem Schrank und kam mit einer Tragetasche zurück.

«Erbstücke und alte Sachen, heißt es, hätte man dir geschenkt. Alter Kram aus Schränken und Zeugs, das im Schuppen abgestellt war! Also auf Súgán-Stühlen bist du nicht großgezogen worden, Hanna-Mariah Casey. Auch wenn du das weiß Gott nicht zu schätzen wusstest.»

Sie knallte die Tüte auf den Tisch, trat zurück und starrte Hanna böse an. «Und es ist ja nicht so, als besäße die Familie deiner Mutter nicht auch ein paar Erbstücke.»

In der Tüte lag ein Schultertuch. Hanna entfaltete es verblüfft. Es war aus beigefarbener Wolle mit einer breiten, schwarz-cremeweißen Borte um den Rand und einem handspannenlangen Fransensaum. Sie drückte das Gesicht in die Wolle, die nach Öl und Lavendel duftete.

Mary warf den Kopf zurück. «Es hat deiner Oma gehört.

Meiner Mam. Und davor deren Mam. Du wirst wohl nicht so verrückt sein, es dir um die Schultern zu werfen und herumzuflanieren wie ein Hippie. Aber vielleicht möchtest du es über ein Bett oder die Rückenlehne eines Sessels breiten.»

Bevor Hanna noch etwas erwidern konnte, stapfte Mary wieder davon, diesmal zur Anrichte. Sie öffnete eine Tür und nahm eine abgenutzte Pappschachtel heraus.

«Die hier haben ebenfalls meiner Großmutter gehört. Becken hat sie sie immer genannt. Früher haben die alten Leute aus so was ihren Tee getrunken.»

Hanna hatte ähnliche Gefäße in Frankreich beziehungsweise der Bretagne gesehen. Es waren Keramikschalen ohne Henkel, die man mit zwei Händen umfassen musste und die so tief waren, dass man ein Croissant in seinen Kaffee tunken konnte. Es machte keinen Sinn, bei Mary Casey irgendwelchen Überschwang zu zeigen. Stattdessen steckte Hanna die Geschenke einfach nur in die Tüte und bedankte sich. Als sie am nächsten Tag zum Haus fuhr, fand sie dort einen Düngersack voller schwarzer Torfsoden vor, den Johnny Hennessy ihr vor die Tür gestellt hatte. Sie schleppte den Sack in eine Ecke des unfertigen Anbaus, trug einen Armvoll Soden zum offenen Kamin und legte sie so zurecht, dass sie das Feuer beim Einzug nur noch anzuzünden brauchte. Dann warf sie das Schultertuch über die Rückenlehne des Súgán-Sessels am Kamin und stellte die Schalen neben Maggies Buttermilchglas in ein Fach der Anrichte. Das Haus war noch nicht fertig, und sie musste noch Dutzende von Dingen kaufen, bedenken und entscheiden. Aber als sie jetzt mit den Händen im Schoß beim Herd saß, hatte sie das Gefühl, wirklich zu Hause angekommen zu sein.

KAPITEL 57

Als der Tag der Abstimmung im Bezirksparlament näher kam, nahm der Druck noch einmal enorm zu. Immer wieder hatten Leute in letzter Minute Ideen, die sie dem Antrag noch hinzufügen wollten, und Hanna und Schwester Michael mussten standfest bleiben. Als Hanna dann gerade das Okay für den endgültigen Ausdruck geben wollte, tauchte Conor auf seiner Vespa mit einem Mann aus Ballyfin auf. Der sei ein Fischer, erklärte Conor, und habe ihn gestern Abend angerufen, weil er mit Miss Casey reden wolle. Die Bibliothek war mit Menschen gefüllt, und so nahm Hanna die beiden mit in die Küche. Als sie sich zu dritt dort drängten, wirkte der Raum plötzlich klein.

«Er heißt Lar Dunne, Miss Casey. Sein Bruder und er besitzen ein paar Boote. Früher sind sie mit der Flotte zum Fischen rausgefahren.»

Lar, der in den Fünfzigern sein musste, schoss Hanna unter seinen buschigen Augenbrauen hervor einen Blick zu. Ob es stimme, dass sie gegen den neuen Yachthafen sei? Da Abstreiten sinnlos war, räumte Hanna das ein. «Das heißt aber nicht, dass wir gegen die Leute von Ballyfin sind. Bei einem Teil unserer Arbeit geht es ja gerade darum, dort Arbeitsplätze zu sichern. Ich weiß, es gibt das Argument, dass der Yachthafen neue Arbeit schaffen würde. Gewiss, die Kreuzfahrtschiffe würden mehr Touristen bringen, und die würden dann wieder Geld im Dorf lassen. Aber wir versuchen, uns auf die Halbinsel als Ganzes zu konzentrieren. Auch wenn der Yachthafen Ihnen als Fischer wohl viel bedeutet ...»

Hanna stockte und kam nicht weiter. Lar Dunne starrte sie immer noch an, die buschigen Augenbrauen finster über der Adlernase zusammengezogen. Dann schlug er so heftig mit der Faust auf die Arbeitsplatte, dass die Kaffeebecher im Spülbecken tanzten. Das sei das Letzte, was er wolle, verkündete er, so einen riesigen Scheiß-Yachthafen und ein Rudel Kreuzfahrtschiffe. Ob Hanna eigentlich eine Ahnung davon hätte, wie sehr dieses Projekt das Leben im Meer beeinträchtigen würde? Oder wie schlimm die Fischereiflotte Ballyfins unter der Tourismusindustrie bereits gelitten habe?

«Jetzt verstehen Sie mich nicht falsch, ich hab nichts gegen Besucher. Meine Schwester führt da in Ballyfin ein tolles Bed and Breakfast. Und wenn die Leute am Strand liegen und ein paar Fische angeln wollen, so sind sie herzlich willkommen. Dann trinken sie was und essen einen Happen und nehmen der Oma daheim auch noch ein bisschen Schnickschnack aus den Läden mit, und warum auch nicht? Aber beim Herrn, dem Allmächtigen, das Dorf ist inzwischen vollkommen verrückt geworden. Und seit dieser verdammte Filmstar sein Buch geschrieben hat, hat die Landes- oder die Bezirksregierung doch keinen Cent mehr in die Fischereiflotte gesteckt. Als ich klein war, sind aus Ballyfin regelmäßig zwanzig Boote ausgefahren, Miss Casey. Was meinen Sie wohl, wie viele noch übrig bleiben, wenn man uns unseren Kai wegnimmt?»

Das war für Hanna so gut wie Gold. Brian Morton hatte ihr vor Wochen gesagt, Ballyfin sei längst überentwickelt, aber damals war ihr das als rein subjektive Meinung erschienen, und so hatte sie nicht weiter drüber nachgedacht. Jetzt hörte sie, dass nicht nur Lar und sein Bruder gegen den Yachthafen waren, sondern auch die Mehrzahl der anderen Fischer in Ballyfin.

«Wir haben einfach nur nicht geglaubt, dass es einen Sinn hat, uns Gehör zu verschaffen.»

Es wisse doch jeder, dass die reichen Säcke in den großen Hotels mit den Immobilienentwicklern unter einer Decke steckten, sagte Lar, und was nütze es schon, die Stimme gegen sie zu erheben?

Hanna beherrschte sich lange genug, um Lar die Hand zu schütteln und die Bibliothek ruhig zu verlassen. Dann aber rannte sie los, um Schwester Michael so schnell wie möglich zu erreichen. Selbst wenn einige der Antragskopien bereits ausgedruckt sein sollten, dies war ein neuer und wichtiger Punkt, den sie dem Antrag unbedingt hinzufügen mussten. Wenn sie noch einmal Tempo machten und eine Petition aufsetzten, würde sie von den Fischern Ballyfins unterschrieben, das hatte Lar Dunne versprochen.

Als schließlich der Abend der Abstimmung kam, waren alle erschöpft. Die Sitzung würde im Bezirksparlament von Carrick stattfinden, und die halbe Einwohnerschaft der Insel hatte angekündigt, dort aufzutauchen und der Abstimmung von den Besucherrängen aus beizuwohnen. Hannas Anspannung stieg noch einmal an, als Jazz unerwartet anrief und ankündigte, für einen Zwischenstopp nach Hause zu kommen. Das löste einen heftigen Streit mit Mary aus.

«Heiliger Herrgott, Hanna-Mariah, die Hälfte deiner Probleme machst du dir selbst!»

In diesem Fall hatte Mary recht, auch wenn Hanna nicht in der Stimmung war, das zuzugeben. Damit, dass Jazz auf dem Höhepunkt der Kampagne hereinschneien würde, hatte sie nun wirklich als Letztes gerechnet. Und weil sie ihr keine Sorgen bereiten wollte, hatte sie ihr nie erzählt, was eigentlich los war. Da sie jetzt vor ihrem Aufbruch zum Parlament keine Zeit mehr hatte, mit ihrer Tochter zu reden, hatte sie Mary angewiesen, Jazz bei ihrem Eintreffen nichts von alldem zu sagen.

«Und wozu soll das, Herrgott noch mal, gut sein? Reden hier nicht alle darüber? Denkst du etwa, sie wird nicht davon hören, wenn sie sich in der Stadt mit ihren Freundinnen trifft?»

Hanna fühlte sich, als würde ihr gleich der Kopf platzen. Wie hatte sie nur alles bis in die letzte Einzelheit durchdenken, aber Jazz völlig außer Acht lassen können?

«Ich hatte gehofft, dass sie erst wieder nach Hause kommt, wenn wir die Abstimmung gewonnen haben.»

Mary Casey sah sie vernichtend an. «Oh, und ihr seid euch sicher, dass ihr gewinnen werdet, ja?»

Es war der Tropfen, der das Fass zum Überlaufen brachte, und Hanna schrie sie an: «Himmel noch mal, Mam, wirst du vielleicht ein einziges Mal versuchen, mich zu unterstützen?»

Und in diesem Moment ging vom Flur her die Tür auf, und Jazz kam in die Küche.

Hanna und Mary drehten sich beide zu ihr um und setzten ein Lächeln auf. Nachdem die Begrüßungen und Umarmungen und das Teeausschenken vorbei waren, schaute Hanna Mary mahnend an und erklärte Jazz so beiläufig wie möglich, sie müsse gleich zu einer Versammlung. Zu ihrer Verblüffung strahlte Jazz sie an und prostete ihr mit der Teetasse zu.

«Ich weiß, das ist wirklich super. Auf euren Plan!»

Twitter sei voll davon, erzählte sie, und sie halte es für genial. «Wer hätte das gedacht, Mum? Finfarran trendet mit dem Hashtag #BibliothekAmRandeDerWelt.»

Hanna setzte sich unvermittelt hin. In einer der Arbeitsgruppen hatte jemand einen Twitter-Account erwähnt, aber sie twitterte selbst nicht, und so war das bei ihr nicht hängen geblieben.

Jazz tippte auf ihr Handy und scrollte durch den Twitter-Feed. «Wieso hast du mir eigentlich nicht erzählt, dass du jetzt Jeanne d'Arc bist?»

Hanna ignorierte Mary Caseys hämischen Blick und riss sich zusammen. «Ich hatte einfach zu viel damit zu tun, meine Truppen um mich zu scharen.»

Jazz blickte sie über ihre Teetasse hinweg entschuldigend an. «Es ist nur so – es tut mir wirklich schrecklich leid –, aber macht es dir was aus, wenn ich nicht mit zur Sitzung komme? Es gibt da so einen Kollegen von mir, Carlos, da entwickelt sich vielleicht was. Wir sind zusammen hergeflogen und wollten heute Abend zusammen ausgehen.»

Es sei sein erster Besuch in Irland, und er werde bestimmt keine Lust haben, sich eine Sitzung des Bezirksparlaments anzutun.

«Ich habe von der Sitzung erst erfahren, als ich es auf Twitter gesehen habe. Aber wenn du möchtest, könnte ich Carlos eine Nachricht schicken und ihm absagen.»

Hanna zerschmolz das Herz in der Brust. Sie war so darauf bedacht gewesen, Jazz vor Sorgen zu behüten, dass sie sie nie als Verbündete betrachtet hatte. Und jetzt war ihre Tochter sogar bereit, diesem Carlos, der ihr ja offensichtlich wichtig war, einen Korb zu geben, falls Hanna ihre Unterstützung brauchte. In diesem Moment hupte draußen ein Auto.

«Da kommt mein ‹Chauffeur›.» Hanna schnappte sich ihre Handtasche und umarmte Jazz. «Conor nimmt Schwester Michael und mich im Auto mit zur Sitzung. Und sei nicht dumm, du darfst deine Verabredung nicht sausen lassen. Wünsch mir einfach nur Glück.»

«Natürlich. Und ich werde wie wild twittern. Ach ja, und wo du jetzt schon eine Mitfahrgelegenheit hast, darf ich dein Auto leihen?»

«Ja, natürlich.»

Hanna schaute sich nach ihrer Jacke um, im Geist bei den tausend Einzelheiten des Antrags, für die es jetzt zu spät war.

«Wünsch uns Glück!»

«Hab ich gerade gemacht. Keine Sorge, Mum, morgen werden wir feiern.»

Hanna warf ihr noch einen kurzen Blick zu, schnappte sich ihre Sachen und eilte davon.

Der Parkplatz war rappelvoll, und als sie endlich im Sitzungssaal des Bezirksparlaments ankamen, herrschte dort eine erstickende Hitze. Von den öffentlichen Plätzen auf der Galerie aus konnten sie wie aus der Vogelperspektive die gebundenen Kopien des Antrags auf dem Tisch liegen sehen. Keine sah sonderlich zerlesen aus.

Die meisten Sitzplätze waren bereits belegt, und so überließ Hanna es Conor, einen Platz für Schwester Michael zu suchen, und schob sich selbst zu einem leeren Stuhl in der Mitte einer Reihe vor, in der auch Gráinne aus der Touristeninfo von Ballyfin saß. Hanna legte ihre Jacke über die Rückenlehne, schob ihre Handtasche unter den Stuhl und beugte sich vor, um zuzuhören.

Der Chef der Bezirksverwaltung leitete die Sitzung mit der Erklärung ein, dass es sich nicht um eine öffentliche Versammlung handele. Vielmehr würden bei diesem Anlass Finfarrans gewählte Bezirksparlamentarier nach Information durch die und Beratung mit der Bezirksverwaltung einen bereits vorliegenden Vorschlag debattieren und darüber abstimmen. Ihm sei bewusst, dass ein Antrag eingereicht worden sei, der tatsächlich auf einen Alternativvorschlag hinauslaufe, und selbstverständlich werde sein Inhalt in der Debatte berücksichtigt werden. Aber er wolle seine Erklärung von eben hiermit wiederholen. Dies hier sei keine öffentliche Versammlung. Sollte es von der Galerie aus zu Störungen kommen, sagte er mit einem Blick über seine Brillengläser hinweg, werde er nicht zögern, sie auf der Stelle räumen zu lassen. Hanna hoffte, dass Conor und einige andere die Warnung ernst nehmen würden. Sie hatte bereits in einer Vorabversammlung in der Bibliothek auf diese Möglichkeit hingewiesen. Alles, was zu sagen sei, hätten sie in ihrem Antrag gesagt. Ihre zahlreiche Anwesenheit auf der Galerie solle die

Bezirksparlamentarier beeindrucken, aber zu mehr seien sie nicht da. Sie müssten cool bleiben.

In den ersten Minuten hockte sie ganz vorn auf der Stuhlkante, lauschte jedem Argument, beobachtete jede Reaktion. Doch als unten immer neue Reden ertönten, entdeckte sie Tim Slattery, der ihr in der dritten Reihe der kreisrunden Galerie beinahe direkt gegenübersaß. Seine Augen waren wie Steine. Ganz kurz zog Hanna den Kopf ein. Doch dann hob sie ihn wieder und sagte sich energisch, dass sie von Freunden umgeben war. Ein paar Reihen hinter Tim zwinkerte Conor ihr mit erhobenem Daumen aufmunternd zu. Auf der Fahrt zur Sitzung hatte er erzählt, dass er und Aideen auf ein langes Wochenende in Florenz sparten. Dort würden sie sich Vespas leihen; er habe Aideen gezeigt, wie man sie fuhr, und sie mache ihre Sache großartig. Links von Conor entdeckte Hanna Fury, der an der Rückwand der Galerie lehnte. Und auf den Plätzen verstreut saßen Johnny Hennessy, der als Erster Kräuter für den Garten abgegeben hatte, Dennis von der Credit Union, Ferdia, der Webdesigner, Bríd, Aideen und die Knockmore-Senioren. Außerdem die Fischer aus Ballyfin, Gunther, Susan, die Cafferkys, Conors Eltern und sein Bruder Joe. Dans Freund mit der Lederjacke war ebenfalls da, den Arm um seine kaugummikauende Freundin gelegt, sowie Dutzende weitere Mitbürger aus Crossarra und Lissbeg.

Doch als unten ein Bezirksparlamentarier aufstand, um eine Frage zu stellen, wurde Hanna vom Klingeln ihres Handys aufgeschreckt. Der Vorsitzende warf einen verärgerten Blick zur Galerie hinauf, und rot vor Verlegenheit wühlte Hanna in ihrer Tasche und schnappte sich endlich das Gerät. Sie klappte es auf und zielte auf die Austaste.

Da sah sie plötzlich die SMS ihrer Mutter auf dem Bildschirm.

JAZZ MIT DEM AUTO VERUNGLÜCKT

Einen Augenblick lang begriff Hanna den Satz nicht. Dann schoss sie, die Handtasche mit der einen und das Handy mit der anderen Hand umklammernd, von ihrem Stuhl hoch und stolperte zur Tür. Draußen in der Eingangshalle piepte ihr Handy erneut.

BIN AUF DEM WEG ZU MARIA MUTTER GOTTES

Hanna war schon halb aus dem Gebäude, als sie Brians Stimme hinter sich hörte. Sie hatte gar nicht gesehen, dass er auch unter den Zuhörern gewesen war.

«Hanna, was ist passiert?»

«Jazz. Ich muss ins Krankenhaus.» Sie sah ihn verstört an. «Oh Gott, ich hab kein Auto. Sie war mit meinem Auto unterwegs.»

Wenig später saßen sie in Brians Wagen und fuhren zum Maria-Muttergottes-Krankenhaus auf der anderen Seite der Stadt.

KAPITEL 58

Hinterher erinnerte sich Hanna weder an die Fahrt noch an ihre Ankunft in der Notaufnahme. Sie wusste nur noch, dass sie ohne einen Blick zurück aus dem Auto gestürzt und durch die Eingangstür zum Empfang gerannt war. Und hinten im Wartebereich saß Mary und klammerte sich an Pat Fitz fest.

Hanna erstarrte, als sie das verwüstete Gesicht ihrer Mutter sah. Dann kam Pat auf sie zu und breitete die Arme aus.

Hannas Mund war staubtrocken. «Wo ist sie?»

Pat ergriff ihre Hand und sprach so sanft mit ihr wie mit einem Kind. «Alles gut, Liebes. Sie ist hier. Sie tun ihr Bestes.»

Hannas nächste bewusste Wahrnehmung war, dass sie mit auf die Knie gelegtem Kopf auf einem Stuhl saß. Nach einer Weile löste sie die Hände um ihren Nacken und richtete sich auf. Jemand reichte ihr einen Plastikbecher mit Wasser. Dann setzte Mary sich neben sie und hielt ihr die Hand.

«Sie wird gerade operiert.»

«Was hat sie?»

«Ich weiß es nicht. Ein paar Rippen sind gebrochen, aber das ist nicht das Problem. Sie hat innere Blutungen. Gott Allgütiger, Hanna-Mariah, ein Polizist hat an die Tür geklopft.»

Mary hatte ferngesehen, als es klopfte. «Und ich dachte noch, sie hat den Schlüssel vergessen. Aber dann stand da ein Polizist vor der Tür. Oder zwei, die eine war eine Frau. Und du weißt ja selbst, Hanna, wenn sie eine Frau schicken, hat das nie was Gutes zu bedeuten.»

Pat unterbrach sie sanft mit der Bemerkung, Ger sei Tee holen gegangen. «Um die Ecke steht ein Automat. Er bringt uns gleich einen Becher.»

Hanna schaute sich nach einer Krankenschwester um. «Gibt es denn niemanden, mit dem ich reden kann? Ich muss wissen, wie es ihr geht.»

Man habe sie aufgefordert, im Empfangsbereich zu warten, erklärte Pat. Dort werde man sie dann informieren.

«Und das ist doch gut, Pat, oder? Oder, Hanna!» Mary hielt Hannas Hand wie einen Schraubstock umklammert. «Sie hätten uns in ein eigenes Wartezimmer geführt, wenn sie der Meinung wären, dass sie es nicht schafft. Sie würden uns doch nicht mitten zwischen allen Leuten erklären, dass sie tot ist.»

Hanna griff nach ihrer Handtasche. Im Wartebereich waren Handys laut eines Schilds verboten, und so ging sie nach draußen. Sie lehnte sich gegen eine Wand und spürte, wie die Tränen ihr Gesicht hinunterströmten. Dann rief sie mit so heftig bebenden Händen, dass sie kaum das Handy halten konnte, Malcolm an.

Malcolm brauchte vier Stunden, um zum Krankenhaus zu gelangen, und inzwischen war Jazz aus dem OP. Aber bisher hatte ihnen noch niemand mitgeteilt, wie es ihr ging. Pat und Mary waren auf die Toilette gegangen, und Ger Fitz holte mal wieder Tee für alle. Hanna saß im Wartebereich, als die Automatiktür aufglitt und sie Malcolm auf die Empfangstheke zusteuern sah. Sein Mantel war vom Regen gesprenkelt, und der Wind hatte ihm das Haar aus der Stirn geweht. Hanna versuchte, nach ihm zu rufen, aber ihr Mund war zu trocken. Stattdessen stand sie auf, und Malcolm drehte sich um und erblickte sie. Dann flüchtete sie sich zu ihm und drückte die Stirn an seine vertraute Schulter.

Sie warteten weiter und tranken noch mehr Tee. Malcolm erzählte, wie er gerade noch einen Flug von Londons City Airport nach Cork erwischt hatte. Er hatte beim Flughafen angerufen und ein Taxi genommen, um es noch rechtzeitig zu schaffen. Mary wiederholte die Geschichte, dass Ger und Pat beinahe ebenso schnell im Maria-Muttergottes eingetroffen seien wie sie selbst. Die Polizisten hätten Mary hergebracht. Sie seien großartige Leute. Hanna saß neben Malcolm und hielt seine Hand. Es war eigenartig, seinen Ehering nicht zu spüren. Ein Betrunkener wollte mit jemandem Streit anfangen und wurde vom Sicherheitspersonal weggeführt. Und dann, noch einmal lange Zeit später, kam eine erschöpft wirkende Krankenschwester und erklärte, sie könnten Jazz jetzt sehen.

Sie lag mit bleichem Gesicht, von Infusionsständern und Monitoren umgeben, im Bett. Aber sie hatte die Augen auf. Der Arzt, mit dem Hanna und die anderen im Gang geredet hatten, hatte erklärt, Jazz habe Glück gehabt. Die starken inneren Blutungen hätten von einer schweren Verletzung der Milz hergerührt, aber die habe man nun erfolgreich entnehmen können. Als er Hannas erschreckte Miene sah, tätschelte er ihren Arm. Das sei eine vollkommen gängige Vorgehensweise, und Jazz dürfte sich wieder vollständig davon erholen. Ihre körperliche Verfassung sei vor dem Unfall hervorragend gewesen, und so werde sie voraussichtlich bald wieder daheim sein.

Pat und Ger sagten, sie würden draußen bleiben, und so setzten Hanna und Malcolm sich zusammen mit Mary zu beiden Seiten des Betts. Als Jazz sie anlächelte, ergriff Hanna ein Schwindelgefühl.

«Hi.»

«Hallo.» Jazz drehte den Kopf auf dem Kissen hin und her. «Was ist das, eine Familienzusammenkunft?»

Malcolm strich ihr über die Wange. «Wie fühlst du dich?»

«Mir ist kalt. Ich fühl mich beschissen. Anscheinend hatte ich einen Autounfall.»

Ihre Stimme war ein bisschen rau, aber darauf hatte die Schwester sie vorbereitet.

«Womit bin ich zusammengestoßen?»

«Du bist auf eine Kuh draufgefahren.»

«Na, ich hoffe, die fühlt sich jetzt besser als ich.»

Der Wagen war dann gegen eine Steinmauer geschleudert. Hanna brachte ein Lächeln zustande. «Also, mein Auto bekommst du nicht mehr geliehen, das sage ich dir.»

Sie sah, dass Jazz schläfrig wurde. Sie beugte sich über sie und kuschelte sie ein.

«Schlaf jetzt schön, Schatz, wir besuchen dich morgen früh wieder. Und es dauert nicht lange, dann bist du zu Hause und machst deinen Freudentanz.»

Jazz drehte ihr den Kopf erneut zu und sah sie diesmal richtig an. «Carlos …?»

«Er weiß Bescheid. Ich hab ihn angerufen. Die Krankenschwester hat mir deine Handtasche gegeben, und du hattest etwa zehn verpasste Anrufe auf dem Handy. Keine Sorge. Ich soll dich ganz lieb von ihm grüßen.»

Jazz lächelte. Dann schaute sie Malcolm an, obwohl ihr schon fast die Augen zufielen. «Wieso bist du eigentlich nicht in London?»

«Weil du mir einen furchtbaren Schreck eingejagt hast und ich herkommen musste, um zu sehen, ob mit dir alles in Ordnung ist.»

«Das ist schön. Ich meine, es ist schön, dass ihr beide zusammen hier seid.»

Mary Casey konnte ein Schnauben nicht unterdrücken. Hanna starrte sie wütend an. Jazz runzelte die Stirn.

«Du und Dad, ihr kommt doch miteinander klar, oder? Ihr habt euch nicht in irgendeinen grauenhaften Streit verbissen, von dem ich gar nichts weiß?»

Bei dem Gedanken, dass Mary es wagen könnte, den Mund aufzumachen, ergriff Hanna Malcolms Hand.

«Dein Dad und ich verstehen uns bestens. Und jetzt schlaf schön ein. Morgen ist auch noch ein Tag.»

Jazz ließ lächelnd zu, dass ihr die Augen zufielen. Unter Mary Caseys empörtem Blick und weiterhin Hand in Hand, beobachteten Hanna und Malcolm, wie ihre Tochter allmählich in den Schlaf glitt.

KAPITEL 59

Hanna kam es so vor, als wäre Mary Casey um zehn Jahre gealtert, seit sie sie bei ihrem Aufbruch vom Bungalow an diesem Abend zuletzt gesehen hatte. Als sie Jazz verließen, war Mary noch immer bleich, und ihre Hände zitterten, doch als sie sah, dass Hanna weiterhin Malcolms Hand gefasst hielt, raffte sie ihre Kräfte zusammen und starrte sie böse an. Hanna trat auf sie zu und nahm sie in den Arm.

«Es war eine furchtbare Nacht, aber jetzt ist sie vorbei, Mam. Lass dich von Ger und Pat heimbringen.»

Mary fuhr auf. «Und ich soll dich mit diesem Kerl allein lassen? Kommt nicht in Frage.»

Nach einem entschuldigenden Blick, den sie den anderen zuwarf, zog Hanna sie durch den Korridor. Dann setzte sie Mary auf einen Kunststoffsessel, hockte sich vor sie hin und ergriff ihre Hände.

Aus dem Augenwinkel sah sie, dass die kleine Gruppe vor Jazz' Tür diskret in die entgegengesetzte Richtung schaute.

«Weißt du, was ansteht, Mam? Du musst loslassen. Ich bin erwachsen, und mein Leben gehört mir.»

«Ja, solange du nicht zulässt, dass dieser Kerl sich wieder in dein Herz einschleicht.»

«Mam!» Hanna stand auf und zog Mary hoch. «Du bist erschöpft. Fährst du jetzt bitte einfach heim?»

Als Hanna sich daranmachte, sie zu den anderen zurückzuführen, drehte Mary sich um und sah ihr fest in die Augen.

«Na gut, du bist erwachsen. Ich lass dich also machen. Aber wenn du glaubst, ich würde meine Tochter zu sehr behüten, dann schau dir nur mal an, wie du Jazz behandelst.»

Am grauen Horizont zeichneten sich erste, rosa Streifen ab, als Hanna und Malcolm am Krankenhaustor auf sein Taxi warteten. Obgleich er an diesem Tag einen Termin bei Gericht hatte, verabschiedete Malcolm sich nur mit größtem Widerstreben.

Hanna sah ihn kopfschüttelnd an. «Los, fahr schon, du kannst nicht mitten in einem Gerichtsverfahren einfach abtauchen. Du hast gehört, was der Arzt gesagt hat: Jazz wird sich vollständig erholen. Ich bin da. Und ihr könnt morgen skypen oder euch WhatsApp-Nachrichten schicken oder was auch immer ihr sonst tut.»

Als er weiter zögerte, lächelte sie. «Ehrlich, Malcolm, es ist in Ordnung. Du kannst am Wochenende herfliegen und sie besuchen.»

Er erwiderte ihr Lächeln. «Okay. Ich weiß, dass sie in guten Händen ist.»

Hanna beobachtete, wie die Streifen am Himmel leuchtender wurden, und fragte sich, ob sie schon jemals in ihrem Leben eine so entsetzliche Angst ausgestanden hatte. Als jetzt die Müdigkeit einsetzte, kamen ihr die Ereignisse der Nacht zunehmend vor wie ein Traum.

Malcolm stieß sie an. «Hör mal, ich wollte mich bedanken.»

«Wofür?»

«Na ja, für das, was du eben im Krankenhaus gesagt hast. Dass zwischen uns alles in Ordnung ist. Das weiß ich zu schätzen.»

Sie hatten Arm in Arm dagestanden, aber jetzt trat Hanna einen Schritt zurück.

«Was, dachtest du etwa, ich würde dich da bloßstellen?»

«Nein, aber ...»

«Aber ich hätte es tun können, meintest du vielleicht das? Dass ich den Mythos unserer Scheidung ohne Schuldzuweisungen hätte auffliegen lassen können?»

«Ach was, Hanna, vergiss es.»

«Du bist ehrlich ein Prachtexemplar, weißt du das, Malcolm? Unsere Tochter hätte sterben können. Und du denkst nur daran, wie du es schaffst, weiter als das Unschuldslamm dazustehen!»

Malcolm hob die Hände. «Hör mal, wir sind beide müde. Ich habe mich bedankt. Das wolltest du nicht von mir hören. Okay, kein Problem.»

«Du hast ganz recht, das wollte ich nicht von dir hören. Ich möchte von dir hören, dass es dir leidtut. Aber das wird wohl niemals geschehen, oder? Weil du nicht einmal einsiehst, dass du dich falsch verhalten hast.»

Sie beobachtete, wie er seine übliche Rüstung anlegte. Die ruhige Stimme, das vernünftige Auftreten, selbst den Kopf neigte er so, wie sie es im Gerichtssaal bei ihm gesehen hatte. Angesichts seiner nächsten Worte hätten sie auch wieder in diesem idiotischen Hotelzimmer in Mayfair sein können.

«Ich wollte mich nicht in eine andere Frau verlieben. Es ist einfach passiert. Wäre es dir wirklich lieber gewesen, wenn ich es dir damals erzählt hätte? Weißt du, wie du warst, als wir das Baby verloren hatten? Hilflos. Zu nichts zu gebrauchen. Du hattest selbst die Orientierung verloren.»

«Ich war diejenige, die gesagt hat, wir sollten unsere Ehe beenden! Und du hast darauf bestanden, dass ich bleibe!»

«Und das hast du auch getan. Und das Haus gefunden. Das Haus war das, was dich gerettet hat. Streitest du das etwa ab?»

Das konnte sie nicht. Und sie hasste ihn dafür, dass er sie jetzt ins Kreuzverhör nahm.

«Du hast das Haus gefunden. Und dann habe ich Tessa gefunden. Es war ein beschissenes Timing, aber es war nicht meine Schuld.»

«Und dann hast du mich die nächsten zwanzig Jahre zum Narren gehalten.»

«Ich habe es dir schon gesagt, ich habe das getan, was mir als das Beste erschien.»

Hanna drückte den Rücken gegen den Krankenhauszaun. Was sollte das hier eigentlich? Sie war über Malcolm hinweg, schon lange. Und sie hatte diese ganze Schulddiskussion satt, ebenso wie das Gefühl, sich wie ein Trottel zu fühlen. Sie biss sich auf die Lippen, senkte den Kopf und schaute dann wieder zu ihm hoch.

«Okay. Vergiss es. Tut mir leid. Du hast recht, ich bin müde.»

Sein Gesicht wurde weich, und er ergriff sie bei den Schultern.

«Wir hätten Jazz verlieren können, aber das ist nicht geschehen. Das ist das Einzige, was zählt. Und was den Rest angeht, da haben wir vielleicht beide Fehler gemacht.»

Er zog sie sanft an sich, und seine Augen waren genau so, wie sie sie in Erinnerung hatte. Und das galt auch für den leichten Duft seines Rasierwassers und seine jetzt, am frühen Morgen, ein wenig kratzige Haut, als er sich über sie beugte, um sie zu küssen. Als er sie losließ, lächelte er.

«Das hat sich gut angefühlt.»

Auch für Hanna hatte es sich gut angefühlt. Plötzlich durchfuhr sie die Erinnerung an die Tasse Tee, die er ihr nach der Fehlgeburt ans Bett gebracht hatte, und den süßen Duft des Jasmins, den er ihr in der Nacht, als sie Jazz' Namen gefunden hatten, in ihrem Londoner Garten geschenkt hatte. Als er ihr Gesicht zu seinem emporhob und sie die Augen schloss, fühlten seine Hände sich in der frischen Morgenluft warm an.

«Wir hatten auch viele gute Zeiten, oder, Hanna? Sollen wir es nicht noch einmal miteinander versuchen?»

Einen Augenblick lang kam ihr das wie eine wunderbare und vollkommen denkbare Entwicklung vor. Doch dann öffnete sie die Augen und trat zurück.

«Und was ist mit Tessa?»

«Ich habe nie aufgehört, dich zu lieben.»

«Nein, ich meine, was ist nun mit Tessa? Wie wird sie sich dabei fühlen?»

Natürlich war es blöd, sich über eine Frau den Kopf zu zerbrechen, von der sie so viele Jahre hinters Licht geführt worden war. Aber Malcolm und Hanna waren inzwischen geschieden, und Tessa, die bei ihm geblieben war, verdiente ein gewisses Maß an Rücksichtnahme. Hanna sah Malcolm an und wollte vorschlagen, die Dinge gelassen anzugehen. Er könnte nach London zurückfliegen und mit Tessa reden. Wenn er ihr dann seine Entscheidung eröffnet hätte und wieder zurückkäme, um Jazz zu besuchen, könnten sie von da aus weitermachen. Es würde nicht leicht werden. Aber vielleicht war es möglich. Sie und Malcolm waren inzwischen beide älter geworden, und vielleicht auch klüger. Und vielleicht hatte er ja recht, und sie hatten tatsächlich beide Fehler begangen.

Während sie noch im Kopf die Möglichkeiten durchging, warf sie einen Blick in sein Gesicht und bemerkte seine Reaktion auf ihre Frage. Für einen winzigen Augenblick war er in den Gerichtssaal zurückgekehrt und suchte, hinter seiner üblichen Rüstung verschanzt, die richtige Antwort.

Hanna zog die Augenbrauen zusammen und trat zurück. «Sie hat dich verlassen, stimmt's?»

Malcolm zuckte mit den Schultern. «Ja, Tessa und ich, wir haben uns getrennt ...»

«Wann?»

«Was spielt das für eine Rolle?»

«Wann?»

«Vor kurzem. Aber das hat nichts mit uns beiden zu tun.»

«Okay. Lass dir eines gesagt sein: Es gibt kein uns. Inzwischen nicht mehr. Wir teilen nur eines miteinander, nämlich unsere Tochter. Das musst du begreifen, Malcolm. Was auch immer wir in der Vergangenheit hatten, es ist vorbei. Und du bist derjenige, der es weggeworfen hat.»

Sie trat dicht an ihn heran und sagte ruhig: «Und noch etwas kannst du dir merken. Ich mach bei deiner erfundenen Story über unsere Scheidung nicht mehr mit. Jazz ist inzwischen erwachsen, und wenn sie mir das nächste Mal eine Frage stellt, werde ich sie nicht mehr belügen. Also solltest du ihr vielleicht besser selbst die Wahrheit erzählen, bevor es so weit ist.»

Während ihrer letzten Worte hielt das Taxi am Straßenrand. Sie werde ihn am nächsten Tag anrufen, versprach sie. Und sollte es schon vorher eine Änderung in Jazz' Verfassung geben, werde sie ihm auf jeden Fall Bescheid geben. Dann sah sie dem Taxi nach und kehrte zurück ins Krankenhaus. Der einzige wirkliche Fehler, den sie je begangen hatte, sagte sie sich, hatte darin bestanden, sich von Malcolm Turner die Gedanken verwirren zu lassen.

Als sie in den Wartebereich zurückkehrte, saßen die anderen noch dort. Mary hatte verkündet, sie werde sich nicht vom Fleck rühren, bis dieser Londoner Kerl weg sei. Nach einem scharfen Blick auf Hanna war sie nun widerstandslos bereit, sich nach Hause bringen zu lassen. Pat, die umständlich Mäntel und Handtaschen einsammelte, bedrängte Hanna, auch mitzukommen.

«Danke, Pat, das ist lieb von dir, aber ich möchte noch einmal bei Jazz reinschauen. Ich bleibe noch ein Weilchen.»

Als Hanna Mary in den Mantel half, zwinkerte sie ihr zu und sagte mit leiser Stimme: «Du hast mal wieder recht gehabt, Mam, aber erwarte nicht, dass ich das zugebe.»

Mary Casey umarmte sie einfach nur kräftig und forderte sie auf, wieder zu Jazz zu gehen.

KAPITEL 60

Hanna fand Jazz weiterhin schlafend vor. Als eine Stunde später eine Krankenschwester hereinschaute, saß sie noch am Bett ihrer Tochter.

«Ich würde an Ihrer Stelle heimgehen, Mrs. Turner. Sie können später zurückkommen. Hier bei uns ist sie gut aufgehoben.»

Hanna fand es nahezu unerträglich, Jazz mit einem Patientenkittel bekleidet und von Apparaten umstellt in dem weißen, sterilen Bett zurückzulassen. Aber die Krankenschwester hatte recht. Dass sie hier saß, half Jazz nicht. Und sie merkte, dass sie bis ins Mark erschöpft war.

Die Dame an der Rezeption gab ihr die Nummer eines Taxiunternehmens und erinnerte sie daran, nicht mit dem Handy im Krankenhaus zu telefonieren. Als Hanna hinaustrat, war es noch frisch, obwohl die Sonne schon aufgegangen war. Malcom saß inzwischen wohl schon im Flieger nach London, dachte sie, und Mary dürfte längst zu Hause im Bungalow sein. Sie wollte gerade nach ihrem Handy greifen, als sie Brian Mortons Stimme hörte. Er habe auf einer Bank neben der Tür gesessen, rief er, als er auf sie zukam. Sie sah, dass er ihren Mantel dabeihatte.

«Es ist frisch. Ich dachte mir, den hier könnten Sie gebrauchen.»

Hanna starrte ihn ungläubig an. «Haben Sie die ganze Nacht hier gesessen?»

«Nein. Aber ich lebe nicht weit von hier und habe eben im Krankenhaus angerufen und mich erkundigt, wie die Dinge stehen. Es hieß, der Rest der Familie sei schon daheim und Sie würden gerade aufbrechen. Und ich erinnerte mich, wie kalt ein früher Morgen nach einer langen Nacht im Krankenhaus sein kann.»

Er half Hanna in den Mantel.

«Man wollte mir nicht viel über die Patientin sagen, aber ich habe herausgehört, dass es ihr den Umständen entsprechend gut geht.»

«Sie schläft gerade. Die Ärzte haben gesagt, sie wird sich wieder vollständig erholen.»

«Na ja, ich dachte, ich schau mal vorbei und biete Ihnen an, Sie nach Hause zu fahren.»

«Himmel, ich hab mich noch nicht mal bei Ihnen dafür bedankt, dass Sie mich hierhergebracht haben.»

«Na ja, das können Sie ja gleich im Auto tun.»

Auf dem Weg zum Wagen fragte er sie, wo er sie hinbringen solle. «In den scheußlichen Bungalow?»

Hanna brachte ein mattes Lächeln zustande. «Nein, nur nicht! Es ist bestimmt fast schon Zeit fürs Frühstück, und ich könnte die borstigen Speckstreifen jetzt nicht ertragen.»

Also fuhr er sie zwischen tauglänzenden Hecken hindurch zu Maggies Haus. Hanna lehnte sich im Sitz zurück und spürte, wie sich ihre Muskeln, die über Stunden verkrampft waren, ein wenig entspannten.

Als Brian vor dem Tor hielt, fiel ihr ein, dass sie den Mantel, den er ihr gebracht hatte, am Abend auf der Rückenlehne ihres Stuhls im Bezirksparlament liegen gelassen hatte. Er musste zur Versammlung zurückgekehrt sein, nachdem er sie im Krankenhaus abgesetzt hatte.

«Ja», antwortete er. «Ich wollte im Krankenhaus nicht stören. Da dachte ich, ich geh jetzt erst mal und melde mich später wieder.»

«Dann sind Sie ja bei der Abstimmung vor Ort gewesen. Wie ist es gelaufen?»

Brian stieg aus und ging um den Wagen herum, um ihr die Beifahrertür zu öffnen. Als sie den Wagen verließ, nahm sie seinen Gesichtsausdruck wahr.

«Hanna, es tut mir leid, der Vorschlag wurde angenommen.»

«Sie meinen den Vorschlag der Bezirksregierung?»

«Ja. Es war nur eine kleine Mehrheit, und euer Antrag wurde ausführlich diskutiert. Aber letztlich ging dann doch die ursprüngliche Vorlage durch.»

Brian ergriff sie am Ellbogen und sagte, es tue ihm leid. «Ich weiß, wie wichtig Ihnen die Sache war.»

Hanna fühlte sich wie benommen. Es erschien ihr beinahe unmöglich, dass all die Mühe und Kreativität, die in den Antrag geflossen waren, vergebens gewesen sein sollten. Gleichzeitig konnte sie sich jetzt, übernächtigt und emotional ausgewrungen, wie sie nach Jazz' Unfall war, kaum mehr erinnern, worum es überhaupt gegangen war. Sie wollte nicht reden, sie wollte einfach nur die Augen zumachen und alles hinter sich lassen. Doch da war noch etwas, das sie sagen musste.

«Hören Sie mal, es tut mir leid. Die ganze Sache hat als Geheimnis begonnen. Und ich weiß, dass ich bei einigen unserer Gespräche nicht gerade ehrlich war.»

«Das ist schlimm.»

«Wie schon gesagt, es tut mir leid. Ich wollte Sie nicht belügen, und es ist mir sehr schwergefallen.»

«Na ja, dann ist das wohl gut.»

Brian machte das Tor auf, und sie folgten dem Pfad an der Giebelseite des Hauses vorbei. Als sie um die Ecke bogen, schimmerte der weite Himmel am Ende der zerfurchten Wiese wie mit Perlmutt überzogen. Hanna atmete tief durch. Nach dem Desinfektionsgeruch im Krankenhaus war der salzige Duft der Seeluft köstlich. Sie kamen zu ihrer Tür, und Hanna drehte sich auf der Schwelle um. Brian, der sie am Arm gehalten hatte, ließ sie los und sah sie an. In der Pause, die folgte, begriff Hanna, dass sie beide wollten, dass er blieb. Sie würde die Tür aufmachen, und das Haus mit dem großen offenen Kamin und den frisch gestrichenen Wänden würde sie willkommen heißen. Sie würde ein Feuer entzünden, um die Morgenkühle zu vertreiben, Kaffee kochen und ihn in den großen Keramikschalen servieren. Vielleicht würden sie sich unterhalten oder auch einfach nur dasitzen und trinken. Vielleicht würden sie auch gleich ins Schlafzimmer gehen und sich in die tröstliche Wärme des bequemen Messingbetts sinken lassen, in dem Hanna noch nie geschlafen hatte.

Sie sahen einander an und dachten gemeinsam an all die Möglichkeiten, aber Brian rührte sich nicht. Hätte hier Malcolm gestanden, wäre der Hase anders gelaufen, aber Hanna war klar, dass ein Mann wie Brian die Entscheidung ihr überlassen würde.

Brian sah in ihre ernste Miene. Es wäre leicht für ihn gewesen, seinem Impuls zu folgen, sie in die Arme zu nehmen und über die Schwelle zu tragen wie ein Romanheld. Aber das hier war das echte Leben. Und vor ihm stand Hanna, verletzlich, reizbar, intelligent, dumm und jetzt gerade total erschöpft. Ihm war klar, dass wahrscheinlich mindestens einer von ihnen Finfarran würde verlassen müssen, wenn sie es jetzt falsch anstellten. Aber wenn sie es richtig anpackten, war es gut möglich, dass es ihr Leben verwandeln würde.

Hanna streckte die Hand aus und legte sie an seine Schulter. Unter dem dicken Wollstoff seines Jerseysakkos spürte sie die Kuhle oberhalb des Schlüsselbeins. Genau an diese Stelle hatte sie bei Malcolm den Kopf gelegt, als sie im Krankenhaus zu ihm geeilt war. Sie spürte noch die Regentropfen auf Malcolms Mantel und die vertraute Kraft seiner Arme. Jetzt verschränkte sie die Hände hinter Brians Nacken und zog für einen kurzen Moment seinen Kopf zu sich herunter. Dann legte sie beide Hände an seine Schultern und schob ihn sanft zurück.

KAPITEL 61

Als sie das Haus betrat, hieß es sie still willkommen. Sie schloss die Tür, und während sie sich gegen das Türblatt lehnte, sah sie, wie Brians Gestalt sich vor das Licht schob, als er beim Weggehen am Fenster vorbeikam. Die Morgensonne hatte das Zimmer schon ein wenig aufgewärmt, aber Hanna war es immer noch kalt. Sie kniete sich vor den offenen Kamin, hielt ein Streichholz an die Anzündespäne und sah zu, wie die ersten, kleinen Flammenzungen durch die Torfsoden leckten. Sie überlegte, ob sie schon zu müde war, um Wasser aufzusetzen, aber der Gedanke an die Wärme der Schale zwischen ihren Händen und den kräftigen Duft und Geschmack von Kaffee spornte sie an. Als der Kaffee fertig war, trug sie ihn zum Feuer und setzte sich auf den aus Binsen geflochtenen Sitz des Sessels.

Zunächst fühlte sie nichts als Erleichterung, dass Jazz noch am Leben war. Dann traf sie die Tatsache, dass sie durchaus hätte sterben können, wie ein Hieb in die Magengrube. Als sie so heftig zitterte, dass sie beinahe den Kaffee verschüttete, stellte sie die Schale auf den Boden, nahm das Schultertuch von der Stuhllehne und legte es sich um. Nach ein paar Minuten ließ das Zittern nach, und in der

Stille, die folgte, hätte sie beinahe gelacht, denn ihr kam der Gedanke, wie sehr sie so übers Feuer gebeugt und mit dem Tuch über den Schultern Maggie ähneln musste. Sie hatte sich nie gefragt, worüber Maggie wohl nachdachte, wenn sie so ganz allein im Haus saß. Sie selbst dachte an Brian. Wie wäre es, wenn er jetzt bei ihr wäre? Wenn sie zusammen ins Haus getreten wären, hätte sie dann das Feuer entzündet, während er Kaffee kochte, und hätte sie zugelassen, dass er sie tröstete und sie umsorgte? Es wäre anders gewesen. Aber es wäre nicht das gewesen, was sie brauchte. Oder wollte. Zumindest jetzt noch nicht. Zunächst einmal musste sie begreifen, was sie selbst hatte und wie weit sie gekommen war.

Dies hier war nicht das Haus ihrer Kindheitsträume. Der naive junge Mann mit dem Dreispitz und der blumenbestickten Weste, dem der Stolz auf seine rosenwangige Frau mit dem gesteppten Reifrock und dem Baby aus den Augen leuchtete, hatte hier keinen Platz. Und dies hier war kein Lifestyle-Projekt, das in ein Hochglanzmagazin gepasst hätte, und auch nicht der perfekte Rückzugsort vor einer stressigen Welt. Vielmehr war das hier ein Ort der Kompromisse. Die elegante Küche, die ihr sehr gefiel, war ein Schnäppchen aus zweiter Hand. Die Anrichte beim Kamin gehörte immer noch mehr zu Maggie oder zu Fury als zu ihr selbst. Tatsächlich war keins der Möbelstücke und Dinge, die sie umgaben, ein Symbol ihrer unter Mühen erlangten Unabhängigkeit. Sie erzählten vielmehr die Geschichte ihrer Reintegration in eine Gemeinschaft, deren Wert sie über Jahre verkannt hatte und die sich jetzt als ihre Rettung erweisen mochte.

Von der Sonne und vom Feuer gewärmt, hörte Hanna auf

zu frösteln. Sie ließ das Tuch von den Schultern zu den Ellbogen heruntergleiten und griff wieder nach der Kaffeeschale. Die Nachricht, die Brian ihr überbracht hatte, war ihr immer noch sonderbar fern. Der Kampf um die Bibliothek von Lissbeg war verloren. Bald – nicht sofort, doch unvermeidlich – würde sie ohne Stelle dastehen. Es gab keinen Zweifel, dass in Finfarrans Bibliotheksdienst kein Posten für sie frei sein würde. Dafür würde Tim schon sorgen. Vielleicht würde sie jetzt, da sie so viele neue Kontakte geknüpft hatte, leichter eine andere Stelle finden, als es zuvor der Fall gewesen wäre. Aber würde jemand einer Frau ihres Alters Arbeit anbieten, die auf der Halbinsel doch ohnehin so rar war? Das waren die harten Fakten, von denen Brians Gesellschaft sie heute vielleicht abgelenkt hätte. Tatsächlich war es ihr lieber, ihnen sofort und allein ins Auge zu sehen.

Jemand klopfte an die Tür, und beim Öffnen merkte Hanna, dass sie paradoxerweise hoffte, Brian könne zurückgekehrt sein. Doch auf der Schwelle stand Fury, die Wachstuchjacke wie immer um die Hüften gezogen und einen am Boden schnüffelnden Divil im Schlepptau. Hanna trat zurück, um die beiden einzulassen. Ein Tisch fehlte noch, und so standen die drei Súgán-Stühle an der Wand. Fury trug einen davon ans Feuer und stellte einen weiteren zwischen seinen Stuhl und Hannas Sessel. Dann griff er in die Tasche seiner Jacke, die eines Wilderers würdig war, holte ein anrüchig wirkendes Päckchen heraus und legte es auf den Stuhl zwischen ihnen. Divil rollte sich vor dem offenen Kamin zusammen, so nah am Feuer wie möglich.

«Wie ich gehört habe, geht es Ihrem Kind im Krankenhaus gut.»

Hanna lächelte. Natürlich war Fury über alle Neuigkeiten informiert.

«Sie wird sich erholen. Aber dann haben Sie bestimmt auch gehört, dass wir die Abstimmung verloren haben.»

«Natürlich, und ich hatte es kommen sehen. Joe Furlong, Ger Fitz und die ganzen anderen Geldsäcke hatten längst alles eingefädelt.»

Seine Selbstgefälligkeit verärgerte Hanna. Wenn er sich so sicher gewesen sei, dass sie ihre Zeit verschwendeten, warum habe er das dann nicht schon vorher gesagt?

«Weil es keine Zeitverschwendung war, sondern ein Triumph.»

Sie solle doch nur schauen, wie die Leute zusammengefunden hätten. Menschen wie Conors Vater Paddy McCarthy, der noch vor ein paar Wochen kaum je das Haus verlassen hatte, hätten sich einer Arbeitsgruppe angeschlossen. Und ehe man sich's versah, sei er mit dem Computer klargekommen und habe Tabellen erstellt. Und dann die Senioren. Die würde man nun nie wieder beim Kotau vor Father McGlynn erleben, jetzt, da sie die Freiheit gekostet hätten. Und all die jungen Leute und die Kontakte, die sie geknüpft hätten. Und Schwester Michael draußen im Garten, umgeben von Freunden, während sie früher immer nur im Krankenzimmer saß. Und dazu noch Hanna selbst.

«Was ist denn mit mir?»

«Ist das nicht offensichtlich? Jahrelang haben Sie ein Gesicht wie ein Hühnerarsch gemacht, wenn Sie über die Halbinsel fuhren. Und jetzt schauen Sie sich doch nur selbst einmal an! Ihr Schritt ist plötzlich munter, und Sie haben für jeden ein fröhliches Lächeln.»

«Na ja, es sieht ganz danach aus, dass ich nicht mehr lange lächeln werde.»

«Warum denn nicht?»

«Weil ich vor dem Aus stehe. Wir haben den Kampf verloren, und die Bibliothek wird geschlossen.»

«Na, na, Mädel, halten Sie mich eigentlich für einen Blödmann? Die Typen werden nichts dergleichen tun.»

Fury deutete mit einer Kopfbewegung auf das Päckchen, das er auf den Stuhl gelegt hatte.

«Schauen Sie mal, was ich Ihnen mitgebracht habe.»

Hanna entfernte die Verpackung. Zum Vorschein kam der Buchständer aus Eschenholz mit den Messingblättern und dem neu geschnitzten Beerenfries. Sie blickte vollkommen verwirrt zu Fury rüber, der sich mit einem selbstgefälligen Lächeln auf seinem Stuhl zurückgelehnt hatte.

«Ist es nicht wirklich ein Ding, Miss Casey, dass ausgerechnet ein Buch Ihre Bibliothek retten und die Geldsäcke auf ihren Platz verweisen wird?»

Fury nahm den Buchständer nun selbst in die Hände und lächelte sie an. Er habe das Ende der Versammlung gestern Abend gar nicht erst abgewartet, berichtete er. Er habe gemerkt, wie der Wind wehte, und sei daher zu Burg Lancy gefahren.

«Irgendetwas sagte mir, dass nun die Zeit gekommen sei, die Gegenleistung für ein paar Gefälligkeiten einzufordern. Charles Aukin ist auf seine Art durchaus eine ehrliche alte Haut. Und Gott weiß, dass die de Lancys der Halbinsel viel verdanken.»

Ein paar Drinks seien nötig gewesen, erzählte er, schließlich hätten sie sich geeinigt. Im Gedenken an seine verstorbene Frau, der Letzten de Lancy, werde Charles den Bürgern von Finfarran den *Carrick Psalter* schenken.

Hanna starrte Fury verständnislos an. Entzückt von der Wirkung seiner Ankündigung, kratzte Fury Divil mit der Stiefelspitze.

«Nein, Moment, da kommt noch mehr, und das ist sogar noch besser.»

Der Psalter selbst sei nur die Hälfte des Geschenks. Charles werde eine Stiftung für seine Bewahrung und Präsentation gründen. Und die Bedingungen der Stiftung würden den Ausstellungsort des Psalters genau festlegen.

«In der Bibliothek von Lissbeg, die dann zu einem neu gegründeten, vom Bezirk finanzierten Bürgerbegegnungszentrum gehören wird. Und das wird im alten Kloster eingerichtet.»

«Sie meinen, die Stiftung wird mit ihren Bedingungen vorschreiben, dass der Bezirk unseren Vorschlag annehmen muss?»

«Oh, Sie werden recht bald herausfinden, dass es dann der Vorschlag der Bezirksregierung sein wird, und nicht mehr eurer. Und die HoHo-App wird zur Website vom Rande der Welt mutieren, raten Sie Ferdia also am besten, dass er seine Arbeit nicht unter Wert hergeben soll.»

«Nein, also jetzt mal langsam, was ist denn mit der Abstimmung von gestern Abend?»

«Na, ein Bezirksabgeordneter wäre der Letzte, der nicht auch mal zurückrudert. Das hier ist ein Angebot, das sie nicht ausschlagen werden. Meinen Sie etwa, die Landesregierung würde das zulassen? Der Bezirk bekommt ein Museumsstück von Weltrang und dazu die Finanzierung des Hauses, in dem es ausgestellt wird. Charles Aukin wird der Arm abgebissen, und zum Austausch bekommt er den Dank der Nation.»

Die Beine von Divil scharrten durch die Asche. Im Traum jagte er Ratten.

Hanna sah Fury an, noch immer unfähig, das alles richtig zu verarbeiten. Er beugte sich vor und gab ihr den Buchständer in die Hand.

«Ich weiß natürlich, auf was für Unfug die Jungs von der Versicherung bestehen werden. Und daher habe ich noch meine eigene Bedingung hinzugefügt, bevor Charles und ich uns die Hand darauf gegeben haben. In welcher kugelsicheren Vitrine das Buch nun auch immer landet, ihr werdet es auf meinem Buchständer ausstellen, oder Charles und ich bekommen es zurück.» Fury legte den Kopf schief und zwinkerte ihr zu. «Sagen Sie Conor, wenn er seine Motorradhandschuhe anzieht, darf er jeden Tag eine Seite umblättern.»

Hanna saß mit dem Buchständer auf dem Schoß da und schaute ins Feuer. Nach ein paar Minuten stand Fury auf und stieß Divil mit der Fußspitze an. Der kleine Hund wälzte sich herum, sprang auf und schüttelte sich so kräftig, dass Asche auf die Kaminsohle rieselte. Fury sah Hanna missbilligend an.

«Sie brauchen einen Kehrbesen und eine Schaufel für den Kamin.»

Einen Augenblick lang erwartete Hanna, dass er die Geräte aus seiner Hosentasche ziehen würde. Doch er warf den Kopf zurück und lachte sie aus.

«Aber nein, Miss Casey, das ist jetzt Ihr Problem. Ich komme morgen, um mit dem Anbau weiterzumachen. Aber heute habe ich Ihnen Ihr Haus zurückgegeben.»

Mit der Hand als Schirm über den Augen, um sie gegen die grelle Sonne zu beschatten, trat Hanna aus der Tür. Dies hier war ihr Feld über dem Atlantik, von einer Steinmauer umgeben und bereit, bestellt zu werden. Der türkisblaue Himmel brach sich im tieferen Blau des Meeres. Eine Steinplatte diente ihr als Türschwelle, und das Land zu ihren Füßen fiel zum Rand einer hohen Klippe hin ab. Hinter ihrem Grundstück lag ein Grasstreifen mit Strandgrasnelken, und dann folgte der lotrechte Absturz zu den tanzenden Wellen. In ihrem Rücken stand das stille Haus wie eine heilige Schutzstätte. Vor ihr lag eine mit Hoffnung gefüllte Zukunft.

Als Fury weg war, schenkte sie sich eine weitere Schale Kaffee ein und genoss das Gefühl der Wärme, das durch die rissige Glasur strömte. Jetzt hörte sie auf dem Weg den Hang hinunter Bienen in den blühenden Grashalmen summen. Als sie zur Mauer am Klippenrand kam, flog eine Seemöwe über ihren Kopf hinweg. Während sie über die Trittsteine der Mauer kletterte, hielt sie die Schale sorgfältig fest und setzte sich dann auf die Bank. Mit einem Aufblitzen schillernder Farben landete eine Libelle auf einer Blume. Rund um sie herum freuten sich Tausende kleiner, lärmender Lebewesen ihres Daseins, und der Stein, gegen den sie sich mit ihrem Rücken lehnte, war warm.

Hanna atmete tief ein und dachte an den Psalter. Ein Hirsch rannte durch den Wald, die Hufe und die Flanken von Gold gesprenkelt. Weiter unten auf derselben Seite stand er neben einem Felsen, von dem das Wasser herabschoss, und Eicheln hingen von seinem Geweih herab. Meereswogen wölbten sich trompetenförmig nach oben, und zwischen den auf das Pergament gemalten Worten ragten die Berge auf, die sie jede

Woche auf der Fahrt nach Ballyfin mit dem Bibliotheksbus überquerte. Wenn sie morgen zur Arbeit kam, würde es in der Bibliothek von Menschen wimmeln. Darina Kelly würde mit ihrem schmuddeligen kleinen Sohn auftauchen, Conor mit der Vespa kommen und Pat Fitz ihren Computerkurs für Senioren geben. In der Metzgerei gegenüber würde Ger Fitz mit den Zähnen knirschen, wenn er von dem Psalter erfuhr. Charles Aukins Geschenk an Finfarran dürfte Ger um einen riesigen Gewinn bringen. Aber Pat, die davon ja nichts erfahren würde, würde ihn nicht vermissen. Und da die Flugtickets nach Kanada, die sie gekauft hatte, ein Schnäppchen waren, würde Ger die Dinge so nehmen müssen, wie sie kamen.

Hanna legte lächelnd den Kopf zurück und lauschte auf das Rauschen des Meeres. Jazz war nicht gestorben, die Bibliothek war gerettet, und in den nächsten Tagen würde sie mit Sicherheit Brian Morton beim Pferdetrog in der Broad Street treffen. Der Horizont in der Ferne war ein silberheller Streifen zwischen dem Türkis des Himmels und dem Indigoblau des Meeres. Und der Geschmack des vom Wind herangewehten Salzes auf ihren Lippen mischte sich mit dem Honigduft der Blumen.

DANK

Mein Dank gilt allen beim Verlag Hachette Books Ireland und wie immer meiner Agentin Gaia Banks bei Sheil Land Associates.

Anna McPartlin
Die letzten Tage von Rabbit Hayes

Erst wenn das Schlimmste eintritt, weißt du, wer dich liebt. Stell dir vor, du hast nur noch neun Tage. Neun Tage, um über die Flüche deiner Mutter zu lachen. Um die Hand deines Vaters zu halten (wenn er dich lässt). Und deiner Schwester durch ihr Familienchaos zu helfen. Um deinem Bruder den Weg zurück in die Familie zu bahnen. Nur neun Tage, um Abschied zu nehmen von deiner Tochter, die noch nicht weiß, dass du nun gehen wirst …
Die Geschichte von Rabbit Hayes: ungeheuer traurig. Ungeheuer tröstlich.

Ein zutiefst ergreifender Roman über das Leben und das Sterben.

464 Seiten

Ro 405/1

MIX
Papier aus verantwortungsvollen Quellen
FSC® C083411

Das für dieses Buch verwendete Papier ist FSC®-zertifiziert.